湖南大学出版社图书出版基金资助项目
湖南省哲学社会科学基金资助项目
湖南省普通高等学校教学改革研究项目（20160470）
湖南省普通高等学校教学改革研究项目（2020232）

□典』的纷争与正名——对一个学术关键词的理论考察

谭军武 著

湖南大学出版社

·长沙·

内 容 简 介

受后现代思潮、文化研究及媒介语境的影响，文学经典的权威性，遭到了各种新观念的挑战。何为"经典"？谁的"经典"？这些当代的新问题，只有还原到概念的旧传统中，才能被真正厘清。本书对"文学经典"这一关键词的语义进行了详细的理论考察，揭示了文学经典形构的时间机制，阐释了文学经典置入文化传统母体性结构的独特言说方式，探讨了文学经典实现民族国家想象性叙述的寓言化手段，呈现了文学与社会的动态张力关系。本书对于中文专业研究生、从事文化工作相关人士的学习，多有裨益。

图书在版编目（CIP）数据

"文学经典"的纷争与正名：对一个学术关键词的理论考察/谭军武著. 一长沙：湖南大学出版社，2020. 12
ISBN 978-7-5667-2045-0

Ⅰ. ①文… Ⅱ. ①谭… Ⅲ. ①世界文学—文学研究 Ⅳ. ①I106

中国版本图书馆 CIP 数据核字（2020）第 200814 号

"文学经典"的纷争与正名——对一个学术关键词的理论考察
"WENXUE JINGDIAN" DE FENZHENG YU ZHENGMING
——DUI YIGE XUESHU GUANJIANCI DE LILUN KAOCHA

著　　者：谭军武
责任编辑：饶红霞
印　　装：广东虎彩云印刷有限公司
开　　本：710 mm×1000 mm　1/16　　印张：16.25　　字数：340 千
版　　次：2020 年 12 月第 1 版　　印次：2020 年 12 月第 1 次印刷
书　　号：ISBN 978-7-5667-2045-0
定　　价：58.00 元

出 版 人：李文邦
出版发行：湖南大学出版社
社　　址：湖南·长沙·岳麓山　　邮　　编：410082
电　　话：0731-88822559（营销部），88821594（编辑室），88821006（出版部）
传　　真：0731-88822264（总编室）
网　　址：http://www.hnupress.com
电子邮箱：749901404@qq.com

目　次

绪　论

在晚近几十年的学术活动中，"经典"是一个令人瞩目的文学关键词。围绕"谁"有资格入选经典的争论，纷纷攘攘，此起彼伏；对经典建构机制的多元化研究，各擅胜场，一时蔚然。20世纪70年代以来，受后现代思潮和文化研究的影响，传统经典文学遭到了理论上的重大质疑，由此引发的文化、政治、社会和审美争论，上升为文学研究领域具有国际影响力的重大议题之一。与西方学界姿态鲜明的理论主张相比，国内的"经典"研究，时而表现出价值立场的含混。这些以中国文学经验打底、用新理论挑战旧经典的做法，在研究视野和运思路径上，并未跳脱西方既有的范式。其中，既有解构学术思潮所提供的观念和方法，也有经典论争带来的"问题"意识和研究策略。对西方理论的迻译和化用，虽有益于我们打破旧有研究格局、拓展全新的学术空间，但也造成了对诸多关键概念的习惯性失语。国内学界不乏对"经典"问题的敏锐关注，在具体文本阐释和文学史叙述中，也置入了新的"经典"意识；但是，对这一理论关键词的思考，却依然停留在由（文本）事实引发的"问题"（problem）层面，更多"现象式"争论、"态度化"消解，甚至夹杂学者的个人好恶，时常遮盖了对"问题"（question）的理性探讨。

我们以为，国内学界在涉及"经典"问题的理论研究时，还存在以下两种不良倾向。

第一，将"经典"概念视为一个确定的、已得到证实的、惯例性的合法前提，忽略了其内涵在具体语境中的动态演变，以理论的绝对主义掩盖了概念的历史维度。"经典"一词被先在地赋予了宏大叙事功能，成为用来甄别杰出作品的一套规则和标准，一个可供驱使操作的静止的理论范畴。亦即，"经典"被固定为不证自明的理论前提，掩盖了许多应该仔细甄别的内置"问题"（question/problem）。实际上，"经典"是一个必须加以历史性论证的关键词，它并非我们讨论经典问题的固定前提，而是应该被质疑和解剖的历史（理论）对象。正因为对"经典"概念的理论前移和内涵偷换，使得一个需要进行合法性论证的关键词，在我们的学术议题中，变成了讨论的逻辑起点。学术争论也就由对"经典"的理论本体关注，转向了对"经典事实"的论争；从"经典是什么"（Being）之思，演变为"谁是经典"（who）之争，以至各家说法纷呈，经典榜单混乱，互相拆台。显然，这种对文本排行的锱铢必较，使得"经典"之争变成了一个伪命题——它无法在必要的共识之上，来讨论经典的基本理论问题。不同经典"事实"的主张者，难以凭借"事实"本身，建立起理论"正义"。全凭主体的兴趣判断，各人都可有一套自己的"经典"，也就无法形成有效的基本共识。从绝对的意义上说，所有具有物理形式的作品，都可以成为"经典事实"，而那些消失了的巨著，就仅仅是一种经典的"想象"。这样，就把"经典"之争，降低为一种媒介决定的偶然选择。当代盛行的媒介诗学和文化研究，就它们对"经典"问题造成的冲击而言，有时竟到了"媒介本体论"的偏执地步。阅读点击率和流量走向，成了网络时代文学江湖赢者通吃的经典规则。这无疑是以文学存在的暂时性（现象）"事实"，取代对文学"存在"的本质探讨。

我们经常在国内文章中看到的推演模式是：开篇对"经典"作一番简单的、例行的辞典学解释，再把论证的逻辑建基在这样封闭性的字面理解之上，既不讨论词源意义的历史变化，也不顾及这个概念特定的时代特征，而是把其作为理论思辨的前置术语加以应用。"经典"被理解成是对标准知识的静态还原，而不是知识形成的历史过程。从文学领域蔓延开来的"文学经典"论争，是西方思想文化历史演变和文学理论观念革新的重要事件。我们觉得，通过全面了解西方"经典"争论过程，进入到"经典"理论的本体性问题之中，才能拨开纠缠不休的文本事实或文学经验之争，从而把握"文学经典"这一学术关键词的理论内涵。只有将经典理论的探讨始终维持在"问题"（question）的层面，采取一种历史性的视野，观察各种经典理论观点得以形成的具体语境，才能在一般和普遍的意义上，解开经典的某些基本问题（problem）。在基本的理论共识之上，以"经典"概念来评判文本价值，文学"事实"的讨论才是有效的。

第二，正是因为"经典"概念被内置为无需论证的前提，国内对有关经典问题讨论，特别热衷于用"经典"标签对各类作品进行分封打赏。而对过去文学"经典"的消解与挑战，也是从文本事实（占位）改变开始的。以新的文本取代旧的作品，似乎就完成了对经典秩序的历史改造，简单粗率、各自为政的情况时而有之，富有理论意义的价值评断并不多见。对文学"事实"的历史究判，让我们看到了其本身的虚幻性和主观偏见。实际上，一切将"经典"问题导向文学史实或经典事实之争的假设，都是现实性叙述的想象方法。经典"事实"亦不过是"现实"需要的"事实"。如此，经典的理论思考，就易于为功用主义、实用主义的文学政治学花样所遮蔽。毋庸讳言，国内

对西方理论的迻译，多是有选择的、实用性的断章取义。举凡西方经典理论于
个人论述有利的，才"拿来主义"地引证；而那些难以融入当下文化研究框
架的"经典"文献——特别是古典主义的经典理论，则一概漠视或拒绝。因
此，国内学者对美国二十世纪七八十年代经典论争中盛行的多元主义、解构理
论，搬用较多；而对为经典问题贡献了重要力量的传统批评家的真知灼见，常
常无动于衷，一笔略过。诸如阿诺德、利维斯、艾略特、圣伯夫、本尼特、阿
德勒、克默德这些批评家，少有论者潜心整理研究他们的"经典"思想。① 这
就导致了对西方思想资源引介的不平衡，以至造成理论上的偏颇和狭隘。

"经典"之争并非当代才有，几乎每个面临文化转型的时代，都产生过围
绕"经典"的大辩论，所以与此议题相关的学术积累，已形成了丰富的历史
成果和理论传统。确然，关注文学"事实"层面的经典论争，有利于国内学
界进入重写文学史的历史现场，展开更宽泛的经验检讨。但也容易陷入一个误
区，无限地扩大了文学经典与现实社会之间的权力纠葛，忽略了对文学经典内
在价值的历史阐释。热衷于文学经典的意识形态"幻象"，从而把对文学经典
秩序的颠覆与革新，变成更大的社会权力运动的一部分。很多人在文化多元主
义设下的思想迷障中，不再执守文学的基本价值特性，抛弃了对文学的本体性
观照。这些偏执之见，都需要通过研究文学经典的核心理论问题，才能得到有
效的反思。

正是基于对以上研究现状及其存在问题的认识，我们觉得，全面系统地梳
理西方理论资源，围绕"文学经典"这一学术关键词，回到对文学普遍问题
的基本探讨上来；以共时的"问题"（question）贯串历时的理论，以历史化
的方法处理当下的经典"问题"（problem），才能以多元的视角克服立场的偏
颇，深化有关"文学经典"的事实论争。我们认为，以动态的历史化的思路

---

① 西方传统派理论家的"经典"思想，以美国批评家布鲁姆受到的关注较多，学术论文和研究
资料相对丰富一些。比较重要的论文如括号内所示（曾宏伟. 在 Canon 与 Classic 之间：哈罗德·布鲁姆
经典观特征管窥 [J]. 广西社会科学，2009，6：97-101；金永兵. 文学经典的阐释与美国精神的建
构——哈罗德·布鲁姆"文学经典"理论解析 [J]. 北京大学学报（哲学社会科学版），2011，4：
107-113；金永兵. 哈罗德·布鲁姆"文学经典"论的精神阐释 [J]. 汉语言文学研究，2011，1：56-
61；陆扬. 经典与误读 [J]. 文学评论，2009，2：83-87；江宁康. 文学经典的传承与论争——评哈罗
德·布鲁姆的《西方正典》与美国新审美批评 [J]. 文艺研究，2007，5：130-138）。另有一些硕博论
文涉及布鲁姆的经典观念研究。另外，艾略特的"经典"理论，因其文学批评思想的重要性，也得到
了一定关注。其他如括号内所示（董洪川. 托·斯·艾略特与"经典" [J]. 外国文学评论，2008，3：
104-112；蔡清子. "经典"何以可能——论艾略特与库切关于经典的对话 [J]. 黔南民族师范学院学
报，2010，1：31-34）。而对其他人的理论讨论，几乎处于一种阙如的状态。如，英国文学批评家弗兰
克·克默德，为"经典"问题贡献了许多理论篇章，但国内对其研究却寥寥无几。

框架，来研讨"文学经典"的理论共相问题，可以兼具历史与思辨的双重维度：既可以在文学事实的历史更迭中，发现"经典"观念的具体内涵和思想演变，同时又能够以理论关键词的学术演化史，进入到文学史实的纷繁现场，对经典文本作出具有历史性意义的阐释。对"文学经典"这一关键词进行理论性的学术考察，至少具有四个方面的意义。

第一，一部文学史，就是一部"经典"文学史，这是一个客观存在的普遍事实和基本规律。研究文学，乃是研究"经典"的文学。即使那些以叛逆传统彰显个性的先锋创作，也依然在创造"经典"文学史的道路上狂奔不止。所以，就文学的历史阐释而言，"经典"概念的理论辨析，可以提供一种更本体的结构。换言之，经典的话语考察，可以将我们过往就文学形成的诸多"惯例"和文化无意识，以理论的方式加以透视，乃至改变某些惯例和无意识认知——即使这些认知已经过了历史检验，具备了某种程度上的理论色彩。对"经典"概念的考察，可以从多方面为"文学"注入理论的内涵。一定意义上来说，对这个关键概念的话语考察，是有普遍的文学理论价值的。

第二，"经典"这一关键词，不仅只是概念内部的自足发展，它的思想演变和历史认知，是在更大的话语语境中得以展开的，因此也就孕育并积累了非常丰富的历史话语意涵。而且话语作为实践，也会在关键词的历史演变中得到体现。"思想、观念和命题不仅是某种语境的产物，它们也是历史变化或历史语境的构成性力量。"① 因此，对"文学经典"这一关键词的考察，不仅对文学研究和文学经典的认知具有历史性的意义，而且，它还连缀着更大的文化和社会场域，即权力和资本结构，这一切，都可以在词的考辨中加以"物"的重现和建构。因此，看似是词的疏证，实则是对词后之"物"的话语性历史呈现。深入考察研究"文学经典"这样一个具有极大文学和文化话语生成力量的关键词，能发现其中蕴含的更多社会与文化议题，从而拓展文学研究的维度。

第三，通过考察西方的"文学经典"观念之历史发展，提炼生发出具有理论价值的重要问题，避免我们对"经典"的思考落入空洞抽象的大而化之。即使对普遍性问题的审视，也能使我们获得一种坚实的历史基础，不至于空无所依——这就为当下的"经典"事实争论，提供了具有历史特征的经验借鉴。这种历史性不但注重理论本身发展的深度视野、学术传统和逻辑谱系，而且在对过去重要理论思想的重新展开中，为我们呈现了这些"经典"观念得以生成的文学历史及其话语状态。这样，就将文学经典的理论考察，变成了一个由

---

① 汪晖. 现代中国思想的兴起：上卷 [M]. 北京：生活·读书·新知三联书店，2004：2.

文学经典事实、文学经典理论乃至文学本身发展所组成的、宏大的话语框架结构。立足于历史建构问题的研究思路，既有文献疏证和考辨的价值，更有问题意识启发的现实意义。

第四，西方的理论发展，特别是当代的"经典"论争，为我们探讨中国文学经典的诸般问题提供了鲜活的思想资源，是我们进一步思考的重要参考。如前所言，中国当代学界涌现的经典热潮，不啻是西方理论的一种东方回响，两者具有不可分割的历史联系。要推进和深入中国"经典"议题的研究，就离不开对西方经典话语资源的全面认知。我们执着地把"经典"研究的视域，引向对西方理论传统的整体关注，看似颇不合中国当代经典讨论的现实需要，实则不然。一方面，疏证西方传统的经典理论资源，可以简略地建立起一个西方理论思考的问题谱系，在一个更大的传统框架中，提供有关当代"经典"观点的发展轨迹，纠正和克服对某些理论的偏颇认识；同时也能为我们的经典认知，提供更为深厚的历史内涵，避免轻浮简单的意气之争。另一方面，在中国传统的文学研究中，虽然一直遵循着以"经典"为核心的理论路径，但受到政治化"经学"阐释方法的影响，实际上潜含着浓重的文学权力化倾向。这种权力化倾向，不时表现出对社会变化的过度"应激"反应，无视美学与政治之间更为合理有效的平衡。这导致长期以来，我们对经典的"词物"之辩停留在比较单一的层面：经典之"物"多为政治（道德）的，阶级利益层面的内涵，"文以载道"的理念就是这种传统的反映。其实这一点，在西方漫长的"经典"理论嬗变中，早已得到了体认。当代的多元主义立场，不过是对经典建构权力化体制更为激进的批判。但西方学界的讨论，始终考量着文学审美与政治表征之间的悖论性张力，有效地制约了对文学权力化的过度夸张。

因此，为了避免将"经典"问题片面化，我们希望通过对西方经典理论的历史性回溯，在一个更开放的历史语境中，重构各种经典理论内涵的社会文化维度，以求在话语层面对"经典"概念作出更有深度的阐发——这恰是克服表面化的"事实"论争的有效手段。与此同时，只有充分地认识到西方经典理论的学术史演变，深入厘清经过"理论旅行"之后被中国语境改造的关键概念本源，才能完整地把握当代那些依然畅行于学术界的"普适性"概念，及其背后的文化权力和学术霸权。如此，在寻求文化多元共存的人类命运共同体发展的历史进程中，中国传统的学术资源和理论思想，才能彰显出独特的文化价值和东方智慧。以西方视野进入理论思考现场，最终是为超越狭隘的西方文化观念，建立一种富有历史感和时代性的"现场"理论坐标，将中国的文学思想资源，融汇于多元文化的全球学术对话之中。从这个意义上来说，文学经典问题研究的西方视野，是中国学术思想与价值立场实现主体自认的有效参照,也是中国文学理论自信出场、进入当代国际学术对话的重要环节。

为此,我们始终基于对"文学经典"这一学术关键词的理论话语考察而展开。从"文学经典"在当代引发的学术争辩切题,审视文学经典在当代遭遇的剧烈冲击和历史断裂,直面经典现实"问题(problem)"的出场。这种出场,不仅以传统经典在读者中的式微为标志,而且在学界形成了声势浩大的理论"讨伐"。美国学界对西方文学传统的解构与质疑,引发了席卷全社会的文化战争;国内学界对文学经典的重估、重评,对文学史的重写、重建,亦是对新时期社会转型的一种思想文化表达,显示了两种文学观念的权力交锋。文学经典的争辩是一个历史化的思想行动,并非今日始,也不会一日而终。当代的文学经典论争,与其说是文学在现实权力角逐中的乖戾转身,不如说是经典在历史演进中的自我正名。现实争辩是历史正名的当下表达,经典正名是通过不断的时代性争辩、较量、淘汰形成的历史化结果。文学经典的争辩与正名,都是其实现历史性自我建构的路径。因此,对文学经典这一关键词的理论考察,离不开历史化的思想框架和学理逻辑。为了更清晰地彰显"文学经典"这个关键词的历史名辩,本书以问题意识为切入,考察"经典"概念的语义演变和文化意蕴。通过对"词与物"的历史考古,希图由符号的思想史还原,为"经典"(classic/canon)正名。

我们还需要在书中讨论文学"经典性"形成的时间机制。时间作为经典历史化的机制,意味着文本最初生发的含蕴和品格,在历史的结构中,逐渐超越其生成的时刻,上升为具有普遍意义的价值属性。多长的时间距离足以成为经典建构的标志?经典如何在时间机制中获得价值?又如何在历史时间的演化中,实现恒与变的张力平衡?这种恒变的历史逻辑,在文学经典书目中是如何具体表现的?这些问题,都将在书中得到理论探讨。

本书还会关注经典建构与权力编码的历史关系。借助象征寓意方法,我们希望在文学经典的"诗性"技巧,与西方帝国欲望的野心之间,找到历史架通的桥梁。以罗马"帝国"对维吉尔的经典化作为基点,我们阐明了"帝国"与"经典"的历史性关联。同时,通过对经典隐含的权力结构进行分析,在社会、文化等层面思考文学经典与政治权力话语之间的复杂纠葛,简明阐释现代民族国家的共同体想象与经典建构之间的同一关系。

回到当下,我们借助"文化资本"概念,通过对当代多元主义经典观的辩证审视,对学校机构在经典建构过程中的体制性作用进行分析,将问题引向社会的生产性结构中,将整个专题的探讨,切入到了经典建构更为具体的现实层面。原本寓言化的帝国想象,在一个更日常化的场域中揭开了它幽深的权力面纱。至此,完成了对经典建构之权力机制由宏观到微观的双重解析。

　　我们始终秉着强烈的"问题"意识，从国内学术研究与文学实践的现实出发，希望在与诸多文学经典理论的批评性对话中，找到"问题"（problem），发现"问题"（question），从而为理性、深入、有序的经典论争，提供参照性的西方视野，以缓解情绪化论辩带来的浮泛无力。无疑，只有辨清概念，才能更好地进入到具体的语境化讨论之中。"经典"变成一种常识，成为一种前提，已经掩盖了概念的复杂性和丰富性，僵化板结的后果，就是对经典概念历史性内涵和理论的抽离。本书所作的还原工作，正是为了正本清源，使问题的探讨更接近"经典"这一概念的理论本相。

第一章　文学经典论争：时变与思辨

在文化（Culture）"大写"的时代，文学经典以其独特的符号形式，构成了人类生存的文化本体性基础。文学经典得到传承、保护，并被理所当然地视为民族文化和时代精神的象征。文学在历史中因应时变，新的经典不断加入进来，旧有的秩序得到调整，这本是文学经典存在的基本规则。艾略特曾深刻地阐述了个人创造性同经典传统之间的历史性关系，辩证地论述了经典秩序的自我包容能力。① 而布鲁姆在《影响的焦虑》一书中，则用"反向命名"的方式，解释了经典构成的传统及与天才诗人之间的张力关系，并重新确定了经典秩序自我历史演变的稳定性。② 任何一个时代，都会有经典秩序的某种质询、调整与重构，时变乃是文学自在发展的本质活力。但自 20 世纪 50 年代以来，作为"恒久之至道，不刊之鸿教"的经典，遭到了断裂性的冲击——与传统对经典秩序的包容性调整不同，此次经典"时变"，试图对传统秩序作出一种颠覆性的挑战。其根本区别在于，消解了构成讨论经典秩序时变的基本共识。文化多元主义、平权运动、女性主义等学术和理论运动的兴起，更是推波助澜，将英语世界的经典论争，演化成了席卷整个英美学界的文化战争。在声势浩大的学术辩论中，大量学者参与进来，各自抱团，渐次组成了两个截然对立的理论阵营："捍卫经典派"和"拓宽经典派"。前者执着于对传统经典和伟大之作的审美分析或价值阐释，以期在作品内部寻找超越时代的"永恒"力量，从而确证传统经典秩序的合理性。后者奉行解构主义的颠覆策略，力图开放既有的经典序列，重建经典范式。"文学之死"的逼视，③ 与其说是文学经典论争在当代的断裂性延续，不如说是文学时变在当代语境中面临的新思辨。媒介语境的急剧变化，审美感觉方式的革新，文学表达形式的多元化，写作行为与日常生活的高度融合，诸如此类，都在改变文学原有的秩序版图和传统价

---

① 〔英〕T. S. 艾略特. 传统与个人才能［M］// 王恩衷，编译. 艾略特诗学文集. 北京：国际文化出版公司，1989：1-8.

② 〔美〕哈罗德·布鲁姆. 影响的焦虑［M］. 徐文博，译. 南京：江苏教育出版社，2006：17-46.

③ 〔美〕希利斯·米勒. 文学死了吗［M］. 秦立彦，译. 桂林：广西师范大学出版社，2007：15-21.

值。文学经典的论争，不只是在两个时代的转化中进行的隔代权力之争，更是文学时变引发的剧烈理论思辨。我们需要重新面对传统经典所构成的"文学"观念，更要面对文学自身向四处探索时，如何重新选择一种历史化出场的可能。一方面，文学经典在迅速地被新的感觉形式所抛弃，另一方面，又在对价值的重建中不断被召唤。文学经典论争，既是文学时变在当下的学术反映，也是文学理论对当代文学发展的一种历史化的思辨。时变中孕育着文学自我思辨的时代自觉与理论探求，思辨中有着对时代文学现场的理论审视和历史观察。回到文学经典论争的现场，才能对当代的经典危机作出深入的思辨性理解。

第一节　文学经典的当代论争

中国学界在 20 世纪 80 年代急切介入"经典"论题，并将学术讨论延续至今，与国内文学实践和理论发展的当代语境密不可分。一般认为，1993 年，荷兰学者佛克马在北京大学进行的系列演讲——后结集为《文学研究与文化参与》出版，① 对中国学界的"经典"研究，尤其是 20 世纪 90 年代中期以后的学术讨论，有着重要的引导作用。这不仅是因为佛克马在其书中直接谈到了中国当代文学的经典化问题，还因他不时采用中国文学的具体经验，来阐发其理论主张。佛克马是较早关注中国文学"经典化"问题的国际学者之一，他运用西方当代的思想方法和文学理论，对文学运转的社会机制，进行过多方面的探讨，这恰好应和 20 世纪 90 年代中期中国文学研究的文化转向。当是时，驳杂斑斓的文化流动，正在急剧转型的社会场域里，形成众声喧哗的景象。一方面，是由伟大作品构成的传统"经典"，支配并控制了中国正统的学术、文化和思想实践。长期以来，借助世俗政治权力的强大推动，这种被视为"国学"的经典——就"经国大事"的意义来说，1949 年后重树的"经典"也是一种新"国学"——汇聚成国人智慧和经验的"启示性"源头。由此，不仅形成了源远流长的"经学"（"国学"）阐释传统，而且建立了以此为范本的观念哲学和思想方法。几乎所有的文学分支领域都蹈入其中，维持着"经典"的堡垒。另一方面，"经典"概念在日常生活和学术实践中，任意膨胀，乃至泛滥，不仅使这个词的内涵边界发生了根本性的改变，而且使它丧失了既有的言说功能。"经典"不再是一种价值判断，而变成了颇为愉悦的情感修辞，甚至染上了商业狂欢的色彩。许多戏仿、恶搞，甚至严肃的改编，都以向"经

---

① 〔荷〕D. 佛克马，E. 蚁布思. 文学研究与文化参与 [M]. 俞国强，译. 北京：北京大学出版社，1996.

典"致敬为名,背叛着"经典"原有的价值结构。这其中的玄机,就在于价值判断被情感愉悦所取代。这种倾向,在 20 世纪 90 年代以后的文学研究中,日益彰明,渐成"显学"。如此,围绕"经典"展开的讨论和争议,在各个文学知识领域,或隐或现,形成了极大的冲突和对立。新理论观念和既有知识方法的矛盾,致使传统的"经典"叙述与当下的文学经验之间,产生了断裂。以传统经典(classic)为核心建构的文学传统,试图超越历史与时间的限制,将其价值永恒化,以使"过去"在一个更广阔普遍的历史进程中,展现出启示性与合法性;然而,厚今薄古者则极力赞扬当代创作的历史合法性,以新的作品序列为核心,重构文学发展的"当代"谱系,试图以文学经验的当下性颠覆传统经典的有效性。① 一系列带有解构色彩的新命题和新经验,加剧了对"经典"权威的质疑和审判,也不断将文学基本问题的思考,代入到新的历史文化语境中。

粗略来看,近三十年的学术争鸣和文学实践,实际上就是一场针对过去"经典"而展开的围猎行动,并为重构新的经典秩序版图提供理论依据。1985年,黄子平、陈平原、钱理群联合在《文学评论》发表《论二十世纪中国文学》一文,揭开了"重建中国现代文学史"讨论的序幕。后陈思和、王晓明等及时跟进,形成南北呼应的局面,由此引发轰轰烈烈的"重写文学史"大讨论,并以新视野新观念改变了中国现当代文学史的写作格局。② 1994 年,由王一川等主编的《20 世纪中国文学大师文库》(四种八册),怀着总结 20 世纪中国文学的宏愿,即"还文学以文本,还历史以公正",试图让文学摆脱政治偏见和"高雅惯性"的陈规,"从审美标准评析文学,澄清文学史的真面目,为大师重新定位","企图以经典文本总结 20 世纪中国文学的业绩"。关于谁是 20 世纪文学大师的问题,该文库刻意绕开了"现有文学史"的叙述,力求寻找作品的"审美价值与文学影响",提出了"大师级文本确认"的四种品质:"语言上的独特创造""文体的卓越建树""表现上的杰出成就""形而上意味的独特建构"。③ 编者剔除了一大批有盛名无杰作的作家,更对被政治

---

① 我们认为,为新兴文学样式辩护的声音中,有一种"技术决定论"的倾向,认为技术的不可逆性,决定了文学样式和审美形式的不可逆性,由此确证,属于当代的文学"经典",是历史发展的必然合理的结果,而传统经典不可避免地走向与现实审美感受的疏离。

② 参见黄子平等人著作(黄子平,陈平原,钱理群. 论二十世纪中国文学 [J]. 文学评论,1985,5:13-14;陈思和,王晓明. 关于"重写文学史"专栏的对话 [J]. 上海文论,1989,6:4-6)。值得一提的是,唐弢先生曾发文参与"重写文学史"的讨论,提出文学史"需要稳定",不宜翻覆"重写"。参见唐弢著作(唐弢. 关于重写文学史 [J]. 中国现代文学研究丛刊,1990,4:300-301)。

③ 王一川,张同道. 世纪的跨越——重新审视 20 世纪中国文学 [M] //尹鸿,张法,主编. 20 世纪中国文学大师文库:散文卷. 海口:海南出版社,1994:2-6.

拔高的大师侧目而过，毫不掩饰编者对过去"大师排行榜"的愤懑，乃至偏见。特别是"小说家"排行榜，金庸赫然在列，茅盾被踢出局，更是掀起了轩然大波，搅动了整个文坛与评论界。虽然编者在序言中特别说明了处理茅盾、赵树理等人的缘由，其中包括美学因素、创作实绩、同类相较等，也把勘定鲁迅、沈从文、巴金、金庸、老舍、郁达夫、王蒙、张爱玲以及贾平凹座次的推荐语，写得棱角分明，① 但这种"自圆其说"的辩词，不管是在学理上还是经验上，都显得过于仓促，缺乏全面性与深刻性，难免有以偏概全的情绪袒护在里面。这实际上是"重写文学史"观念的进一步延伸和具体反映。比较而言，1996 年，谢冕和钱理群主编的《百年中国文学经典》八卷本，按百年时序分阶段精选不同文类的代表性文本，在"经典"的遴选上，就遵循了诗与史、审美与社会、情感与道德融合的文学标准，"那些能通过具体的描写或感觉，直接或间接地表现出生活的信念、对人和大地的永恒之爱、有鲜明的个人风格、又有精湛丰盈的艺术表现力的作品"，都被纳入了"百年中国文学经典"之列。②

1998 年《北京文学》第 10 期上，发表了由朱文主持发起的一个名叫《断裂：一份问卷和五十六份答卷》的调查报告。这篇报告可以视作尚未获得经典地位、未在权威性机构占据优势位置的年轻作家（主要是 20 世纪 60 年代的作家），对于那些已被经典化并占据机构化权威地位的老一代作家，以及他们话语地位的集体挑战。在附录的"问卷说明"中，调查者指出，"问题是针对性的，针对现存文学秩序的各个方面以及有关象征符号。通过对这些问题的回答将明确一代作家的基本立场及其形象。"③ 而且透露，将调查对象集中在 20 世纪 60 年代出生的一代中并排斥成名的作家，理由是"这些著名作家除了名声大以外，没有什么值得我尊敬和信赖的地方。这次问卷调查如果变成一次风度表演，那将是无聊透顶的"。至于调查的初衷，组织者描绘为"是为了明确某种分野，是为了让人们知道在同一个时空下有不同的写作"，④ 显然是把世代之间的文学话语权争斗，转换为写作者的内在冲动，用中性的自我表达需要，掩饰狭隘的利益分割。而把"文学"从名词变成一个"动词"，则完全表露了此次调查的"叛逆野心"。在这份自我叙述前后"断裂"的"工作手记"

---

① 王一川. 小说中国 [M] //王一川, 主编. 20 世纪中国文学大师文库：小说卷·上. 海口：海南出版社, 1994：1-6.

② 谢冕. 百年中国文学经典：序 [M] //谢冕, 钱理群, 主编. 百年中国文学经典：第一卷. 北京：北京大学出版社, 1996：1.

③ 朱文. 断裂：一份问卷和五十份答卷 [J]. 北京文学, 1998, 10：38.

④ 朱文. 断裂：一份问卷和五十份答卷 [J]. 北京文学, 1998, 10：40.

中，一路的标榜式解释，抹除了"立场"对参与的干预，但却把真正的立场留在最后，成了对这份调查的终极命名："不是揭示断裂的事实……而是寻求一次次的断裂。"①

　　不管是"重写文学史"理念的提出，还是"大师重排座"事件的发生，以及新生代作家的"断裂"行动，都不过是对既有"文学经典"框架的质疑。美国理论家 J. 希利斯·米勒则对全球化时代"文学之死"进行了境遇性反思。米勒从媒介变迁与文学精神生活的演变入手，追踪了文学与社会经济、政治、情感层面的话语关系。他认为，文学作为想象性叙述仍然是属于世界和现实的一部分，它永远不会消失，并构成了对现实与自然的意识形态生产。在新的媒介语境下，文学原有的意识形态"幻觉"功能正在被更为直观的电子信息手段所取代，从而弱化了其介入社会的影响力。"印刷文化的特色都依赖于相对严格的壁垒、边界和高墙；人与人之间、不同的阶层、种族或者性别之间、不同媒介之间（印刷、图像、音乐）、一个国家与另一个国家之间、意识与被意识到的客体之间、超语言的现实与用语言表达的现实的再现，以及不同的时间概念。"② 而这些坚固的结构与对立的思维，在新媒介语境下，都面临着多元化的、分裂的、模糊性的激变。这一变化对文学的最大冲击，是那些有利于经典文学栖息的堡垒正在被迅速破坏。没有了民族国家的文化认同，丧失了现实与虚幻的边界，瓦解了主客的中心意识，模糊了价值判断与高下区隔，文学成了没有历史根基、文化凭借和思维逻辑的游戏。文学之死，不仅在意识形态的现实层面上被新媒介取代，而且在思想文化的实践中被挤出中心。"文学之死"命题揭示，"就文学和文学研究而言，我们永远都耽在中间，不是太早就是太晚，没有合乎适宜的时候"③。但米勒又说，"文学从来就是生不逢时的"④，似乎看到了文学与社会之间的批判性悖论。"文学"作为人类最基本的文化和精神活动，仍是需要并值得研究的。消失的只是"文学"的过去（经典）形态以及理解（经典）文学的方法而已。事实上，问题不在于文学是否死亡；所谓文学之死，显然不是"文学"这样一种人类活动本身的死亡。从这一点上来说，国内关于这个话题的许多讨论实际上是没有太多意义的。因为

---

　　① 朱文. 断裂：一份问卷和五十份答卷 [J]. 北京文学，1998，10：40-41.

　　② 〔美〕J. 希利斯. 米勒. 全球化时代文学研究还会继续存在吗？[J]. 国荣，译. 文学评论，2001，1：136.

　　③ 〔美〕J. 希利斯. 米勒. 全球化时代文学研究还会继续存在吗？[J]. 国荣，译. 文学评论，2001，1：138.

　　④ 〔美〕J. 希利斯. 米勒. 全球化时代文学研究还会继续存在吗？[J]. 国荣，译. 文学评论，2001，1：138.

他们把文学在现实语境中被无限扩大的情感娱乐功能，上升为文学的本质要义，而试图取消传统经典的沉思性和审美性，这其实非常荒谬。那些宣称文学娱乐正义口号的人，显现出幼稚的文化官能主义症状，也是这个时代精神简化的表现之一。文学之"死"实际上是"文学经典"之死，或说是传统文学经典序列的瓦解，是评判文学价值的既有标准之"死"。

就研究方法和价值取向而言，中国现代文学学术范畴内的"经典"质疑，主要针对过去文学史叙写中存在的逻辑错位和价值偏误，以重新评估现代文学经典秩序的甄选原则和文学标准。而在传统文学领域，对古典文学的挑战来自20世纪90年代以后商业驱动的文化产业化和市场化转型，以及媒介语境形成的新文学美学经验与规范。现代文学经典的质疑和重构努力，是思想解放与知识革命的历史冲动之一，潜藏着巨大的权力诉求；现象还原的哲学方法，试图改变体制化的文学表达语言，用文学再生的美学框架，断臂求生的激进策略，逃脱受制多年的陈旧观念体系。这种有些冒险的经典抵触，获得了破坏的快感与自由。20世纪80年代，这种破坏的冲动，尚在人文精神和历史意识的框定下，展现出结构性精神力量。延至20世纪90年代，一切开始向着商业主义滑落，对经典的抨击与控诉，演变成为新时代商业写作与偶像化运动的理论前驱。经典的落难、颓丧、边缘化、去魅化，是整体性文化浮泛主义的症候之一。而20世纪末在文论界掀起的文艺学边界之争，因"日常生活审美化"命题的多向度展开，由此引起了文艺学科内的大讨论，几乎颠覆了过往以文学经典为核心的文艺学研究观念、方法和思路。无疑，对传统经典来说，这是一场由理论革新带来的根本性大断裂，经典"美学"在文艺的核心层面遭到了新兴"审美活动"的震荡。① 在"经典之死"的终点，又追加了一场喧闹的理论狂欢。这无疑是文化研究理论制造的"美学反叛"——经典既有的文化的、精神的"价值"（value），已为现实的、世俗的"价格"（price）逻辑所取代。伴随着社会语境的整体转型，文学的内外格局都发生了深刻改变，一种"轻快"的悲伤主义和虚无的"经典"理念甚嚣尘上——我们之所以判断中国当代的经典态度是"轻快的悲伤"，是因为一大批经典"解构"的学术拥趸，正

---

① 作为学术命题，"日常生活审美化"的提出，源于新世纪文艺学学科对"文学介入生活"问题的重新思考，其基本理论逻辑和思想方法，主要来源于西方的文化研究理论与实践。周宪在2001年《哲学研究》第10期发表《日常生活的"美学化"——文化视觉转向的一种解读》，较早地提出了有关概念，并就日常化的图像—视觉形态给审美活动带来的冲击，进行了分析。陶东风在2002年《浙江社会科学》第1期发表《日常生活审美化与文化研究的兴起———兼论文艺学的学科反思》，提出了"艺术与日常生活的界限的消失"，"审美活动"向"日常生活"渗透。他以学科性的理论意识，指出文艺学研究需要应对时代现象，应对新的拓展和挑战，实际上将问题从传统的文学研究引向了更广义的"泛文化"讨论。

是新时代大众文化的积极提倡者，是文化世俗化精神的赞同者。他们也深知经典面临着艰难时世，但却并不是真正哀伤，而是乔装成"悲伤"的姿态，向社会释放自己的学术"责任感"。暗地里却努力调整文化立场，降低知识分子的精英身段，曼舞在对经典的大众娱乐之中。一方面，他们可以挟专业身份而自重，不至于落入外行跟风的盲流处境；另一方面，却配合着文化工业的要求，对高雅的经典文学持续唱衰，扮演着文化犬儒主义的角色。若我们比较一下中国学者的"悲叹"与美国理论家布鲁姆写下的"经典挽歌"，就能更清楚地嗅出这种犬儒主义的味道。布鲁姆的哀婉是沉重而悲伤的，是英雄相望的忧愁，其中没有轻佻与戏谑，没有俯身与迎合，是一首经典"挽救者的歌"①。而国内学界的"悲伤"，则是咄咄逼人地向"经典"发出了哀婉的宣判，是文化胜利者的凯歌。"经典的终结"②"经典的黄昏"③"经典的焦虑"④"经典的末路"⑤，持续唱衰了"经典"在现实中的权威地位与文化影响力。

围绕"经典"议题的学术活动与理论研究日渐丰富，场面轰轰烈烈，对"经典"议题的设置也颇为多元，学术刊物的专题文章甚至形成了集束效应。⑥ 但总结起来，众说纷纭中有一点得到了各家研究的一致关注，亦即对"经典"建构机制的历史审视和权力分析。不管是热闹激烈的文艺学科对象之争，还是中国现当代文学"经典"的重新排位，乃至对新媒介语境下的"经典"形成之探讨，都离不开对社会语境的权力化解析。这种理路和方法，明显受到西方"经典论争"的启发与影响。而西方的"经典之争"，又是 20 世纪文学研究和学术整体转型中的重要一环。二十世纪七八十年代，在英语世界

---

　　① 〔美〕哈罗德·布鲁姆.经典悲歌［M］//布鲁姆.西方正典，江宁康，译.南京：译林出版社，2005：11-33.

　　② 孟繁华.新世纪，文学经典的终结［J］.文艺争鸣，2005，5：6-9.

　　③ 尤迪勇.经典的黄昏［J］.读书，1995，1：141；季广茂.经典的黄昏与庶民的戏谑［J］.山东师范大学学报（哲社版），2005，6：8-13.

　　④ 周晓风.经典的焦虑［J］.重庆大学学报（哲社版），2005，5：51-55；孙士聪.经典的焦虑与文艺学的边界［J］.天津师范大学学报（哲社版），2005，3：44-47.

　　⑤ 毕光明.经典的末路［J］.海南师范学院学报（哲社版），2005，5：1.

　　⑥ 近 20 年来，以"经典"作为论题进行研究的文章，难以尽数，涉及的学科专业和研究领域，也极其广泛。也正因为如此，才会出现众声喧哗而实则轻浮空洞的不良倾向。相对而言，《中国比较文学》和《文学评论》发表的系列专题文章，较有代表性，引发了学界的极大关注和广泛回应，对重写文学史、文学经典的重构、文化研究视野中的文学经典等论题，作了深入的探讨。其他包括《文艺研究》《文艺理论研究》《天津社会科学》等，也都以专题的方式组稿，表达了对"经典"问题的持续关注。与此同时，以"文学经典"为中心议题的研讨会也成为热点，结集出版的会议论文，有代表性的包括童庆炳，陶东风先生主编的《文学经典的解构、建构与重构》；林精华，李冰梅，周以量主编的《文学经典化问题研究》等。

风起云涌的"文学经典"论争，使一向在社会文化结构中具有不可置喙权威地位的文学经典，遭遇了普遍性的"政治问题"。整个论争的起点，是对传统经典的反叛颠覆与价值重估。论争双方针锋相对，围绕学校课程的经典安排，展开了全面深入的文化战争。卷入其中的学术流派和理论资源之多，论争介入社会的程度之深，以及产生的文化影响之大，都是令人始料未及的。

有关西方经典论争的发生过程，简要概述如下：1971 年，希拉·狄兰尼（Sheila Delany）为大学一年级学生编辑一本题为《反传统》（*Counter-Tradition*）的文集，表达了其对以往"经典"读本的不满；而后路易·坎普（Louis Kampf）和保罗·劳特（Paul Lauter）等编辑了《文学的政治》（*Politics of Literature*）一书，进一步推动了文学教学和研究领域对传统"官方经典"的批判。此种态度在 20 世纪 80 年代初期得到英国两所举世闻名的大学牛津大学和剑桥大学的回应。两校师生之间就"英语文学教学大纲应包括什么内容"分兵对峙，进行了激烈的争论，由此引发一连串与文学经典相关的"价值重估"行动，包括对文学价值、评价标准、经典甄选等议题的讨论。按照保罗·劳特的说法，在1973 年芝加哥美国现代语言学会年会的讨论中，他第一次组织了内部的经典议题研讨会；此后几年，这一论题引起了广泛反响，到 1982 年年会时，已有一半的研讨会论题都与经典及其修正议题相关。[①] 而在 1981 年，莱斯利·费德勒（Leslie Fiedler）和休斯顿·贝克尔（Houston Baker）等汇编了在哈佛大学召开的经典主题研讨会论文集，名为《打开经典》（*Opening Up the Canon*）。从此，关于经典问题的讨论正式进入西方学术界主流。1983—1984 年，美国著名理论杂志《批评探索》（*Critical Inquiry*）主办了以"文学经典"为主题的多期讨论，从而将经典论争引入更为学术化、专业化和理论化的层面。1984年，威廉·本尼特发表的《收复遗产：关于高等教育中的人文学科报告》被视为文化保守主义对多元主义解构立场的坚定反击。由于本尼特当时担任美国人文科学委员会主席，他的报告显示了半官方色彩的保守主义文化主张，从而受到来自新左翼、自由主义、女权主义、权力多元论者及少数族群学者的抨击，引发了超出文学之外的"文化战争"。1985 年 9 月 4 日，《美国高等教育年鉴》组织了一次由不同领域的 22 个权威专家合议的讨论会，为读者预测了未来几年各个领域的发展趋向。其中对"文学发展"的预测认为，受解构主义启发的新女性主义和黑人理论研究，将掀起文学界"文学经典重构"的热潮。这表明，各种新生社会主体力量聚合的多元主义，就文学经典建构问题，已发出了自己的权力呼声。对于女性主义批评和黑人文学研究来说，如何选择

---

① Paul Lauter. *Canons and Contexts* [M]. Oxford and New York：Oxford University Press, 1991：7.

不同种族和性别的作家，取代原来由欧洲白人男性作家占据的位置，是经典重构的关键。美国的文学经典论争是对 20 世纪 60 年代以来社会民主政治运动的回应，是日益凸显的种族性别诉求在学院和文化机制中的具体反映，因而也就成为总体性社会平权运动的一部分。在声势浩大的学术辩论和"文化战争"中，大量学者参与进来，各自抱团，渐次组成了两个截然对立的理论阵营："捍卫经典派"和"拓宽经典派"——用布鲁姆的话说，就是发生在"右翼的经典保卫者"和"学术新闻界"之间的理论战争。① "拓宽经典派"以保罗·劳特（Paul Lauter）、乔治·麦克费登（George Mcfadden）、莉莲·罗宾逊（Lillinan Robinson）、希拉·狄兰妮（Sheila Delany）、莱斯利·菲德勒（Leslie Fiedler）、休斯顿·贝克尔（Houston Baker）等人为代表，奉行解构主义的颠覆策略，力图开放既有的经典序列，重建经典范式。"捍卫经典派"的代表主要有哈罗德·布鲁姆（Harold Bloom）、弗兰克·克莫德（Frank Kermode）、阿兰·布鲁姆（Allan Bloom）、查尔斯·阿尔铁利（Charles Altieri）、哈尔德·亚当斯（Hazard Adams）、罗伯特·哈尔贝格（Robert von Hallberg）等人。他们执着于对传统经典和伟大之作的审美分析或价值阐释，以期在作品内部寻找超越时代的"永恒"力量，从而确证传统经典秩序的合理性。

在这场围绕传统经典展开的文化战争中，各种理论观念纷纷登场，不同权力主体各擅其长，或是从事着传统经典秩序的维护工作，或是忙着开辟新的"经典空间"，或是为自己的阶级和族群在经典序列中谋求适当的位置。一元化的传统经典秩序，被新兴的族群权力所分解；永恒的经典价值，也为利益的表征所淹没。经典的价值一再被矮化，乃至变成了历史的权力阴谋或偶然的投机取巧。种种对既有学术权力体制的愤怒和不满，借助经典论争的大舞台，得到了释放。② 这次论争的核心话题事实上远未完结，因为经典涉及了文化和政

① 〔美〕哈罗德·布鲁姆. 西方正典：序言与开篇［M］. 江宁康，译. 南京：译林出版社，2005：3.

② "文学经典"论争中，比较有代表性的重要文献包括：保罗·劳特，《经典与语境》（Paul Lauter. Canons and Contexts ［M］. New York：Oxford University Press, 1991）；阿尔铁力，《经典与秩序》（Altieri Charles. Canons and Consequences：Reflections on the Ethical Force of Imaginative Ideals. Evanston ［M］. IL：Northwestern UP, 1991）；弗兰克·克默德，《论经典》（Frank Kermode. The Classic：Literary Images of Permanence and Change ［M］. London：Viking Press, 1975）；莱斯利·菲尔德，《英语文学：打开经典》（Leslie Fiedler & Houston Baker, ed. English Literature：Opening Up the Canon ［M］. Baltimore：Johns Hopkins University Press, 1981）；李·莫里森，《经典之争》（Lee Morrissey, ed. Debating the Canon ［M］. New York：Palgrave-Macmillan, 2005）；廉姆·凯因，《批评的危机：理论，文学与英语研究的改革》（William Cain. Crisis in Criticism：Theory, Literature and Reform in English Studies ［M］. Baltimore：Johns Hopkins University Press, 1984）等等。在后文的具体论述中，我将会提及有关著作，在此不赘述。

治的权力关系，所以形成了围绕经典而展开的争取平等权利的"肯定性行动"①、少数族群抵抗行动，并汇聚成与文化保守主义对峙的文化多元主义。从某种意义上来看，正是西方世界的文学经典论争，刺激并加速了中国学术界对相关议题的思考。如此贴近地对西方当代学术脉动作出热烈回应，不只是反映了中国学界融入国际学术话语的急切愿望；更重要的在于，西方文学经典论争积累的理论资源和话语范式，恰好应和了当代中国文化世俗化的出场，为文化领域的去精英主义、解构经典主义提供了合法依据，并成为新一代研究者抢夺学术话语权的最好手段。②

　　因此，在全球化和文化研究的学术背景下，要真正直面中国当下出现的"经典"危机，把握大众媒介语境下经典的理论变奏，探讨中国文学经典重构的意义和价值，理解文学经典与政治权力之间的复杂关系，诸如此类的学术论题，都需要我们首先回到具有启示性价值的西方"经典"理论之中，才能获得较为完整的论说背景。然而，恰恰是在对西方"经典"理论的疏证和整合方面，国内学术界做的是"表面文章"。寻章摘句式的断章取义、笼而统之的学术大话，往往在研究文章中被当作理论演绎的前提。很显然，没有严谨而深入的学术整理，就容易陷入对"经典"这一内涵丰富的关键词之浅表化理解之中，从而遗漏许多重要的理论意蕴。许多研究颇怀着"中学为体，西学为用"的现实主义原则，在零星提及西方"经典"理论观念时，都秉着有利原则加以裁剪。这就不免一叶障目，造成对西方经典理论资源的偏见与误解。例如，我们常使用汉语的"经典"概念，用以讨论与此有关的基本问题。但在借用西方理论方法时——所有对"经典"的语词性解释，几乎都要提到西方学界的界定——却忽略了"经典"同时对应着 canon 与 classic 两个词。然而，很少有人对这一概念作出跨语际的历史还原，从而厘清相互之间的异同。很多时候，我们并不明确如何用汉语"经典"一词，在"概念"的层面转述 canon 与 classic 的理论内涵。以至于，要么惯例性模糊或忽略 canon 与 classic 的历史差异，要么刻意地用汉语表达的不同来显示两者的区别，以致出现"文学经

---

①　关于"肯定性行动"的情况，参见括号内著作（Garcia Mildred, ed. *Affirmative Action's Testament of Hope*: *Strategies for a New Era in Higher Education* [M]. New York: State University of New York Press, 1997）；另可参见任东来著作（任东来. "肯定性行动"与美国政治 [J]. 太平洋学报，1996，1：13-19）。

②　参见陶东风著作（陶东风. 文学经典与文化权力：上——文化研究视野中的文学经典问题 [J]. 中国比较文学，2004，3：61-77）。陶在该文中提到，与文学经典安排相关的系列行动，"不仅牵涉到审美标准与文学趣味的分歧，也不仅关乎民族国家文化想象的差异，而且涉及知识分子内部文化资本的争夺"。知识分子内部的文化资本之争，正是学术话语权的争夺与斗争。

典 I 和文学经典 II"① 这样不太严谨的生硬表述。不仅如此,甚至在专题的"关键词"释疑中,论者也有意无意地忽视了对 canon 与 classic 的分辨,足可看出国内学界对"经典"概念的语词转译,颇有点漫不经心。有学者在对 canon 的关键词阐释中指出,一篇论文显然无法包容整个西方在"经典"(canon)议题上的诸多有意义的讨论,但学界显然没有注意区分,当提到艾略特、利维斯、圣伯夫等人时,他们所关注的"经典"是 classic 而不是 canon。② 有学者对 20 世纪 70 年代以来发生在美国的经典论争,从多元修正的角度加以审视并指出:"'经典'一词原意是指宗教法庭所颁布的律法和教令。"③ 这显然也特指 canon 一词的内涵,并未在 classic 与 canon 之间作出区隔。无疑,经典修正的一项重要工作,就是对古代经典(classic)的颠覆与反叛。鉴于这种习惯性的学术忽略,又加之 classic 和 canon 确有疏离的语义差异,因此,对两词进行历史还原是必要的——当然,在转译术语时,我们不得不暂时使用通行的汉语"经典"来进行概念性的表述。对"经典"的概念化使用,显然需要我们在语词上首先作出历史的还原,找到作为概念的同一性内涵,才能展开更深入的理论讨论。而这样的基本工作,却没有得到国内学界应有的重视。

此外,在国内学界的大量文章中,我们能看到英美二十世纪七八十年代经典论争中"解构"理路的深刻影响,却很少有学者对从西方学界在论争中挖掘出来、并得到进一步引申和探讨的传统"经典"思想观念,进行有价值的分析和引介。西方经典论争的重大意义,不只是揭开了经典的权力维度,而是在于它将西方对经典问题的历史思考,推进到了多面向多维度的更深层次。诸多新观点新方法,只有置于历史化的传统理论结构中,才能找到其本体性的思想源头。而这,才是经典论争具有重大价值的真正原因。然而,我们对这些传统的理论成果,几乎视而不见。而对新的多元思考,又常拘囿于单一的视角,导致局促狭隘,理解片面。目前所见,除了布鲁姆的《西方正典》、吉罗瑞的《文化资本》等被迻译外,大量的西方"经典"理论文献在国内付诸阙如。以至经典论争中出现的重要理论家,如阿德勒、本尼特、克默德、赫希、劳特、

① 李玉平. 多元文化时代的文学经典理论 [M]. 天津:南开大学出版社,2010:15-16.
② 刘意青. 经典 [J]. 外国文学,2004,2:45-53.
③ 金莉. 经典修正 [M] //赵一凡,张中载,李德恩,主编. 西方文论关键词. 北京:外语教学与研究出版社,2006:294.

基洛瑞、格里乌斯、阿尔铁利等人的著作和文章，甚少被提及或讨论。① 这一方面有文化语境差异导致的议题不同，另一方面也反映出国内学界对西方传统"经典"理论与思想资源的漠然。② 理论的漠视又容易导致一种大而化之的浮泛作风，使国内的"经典"讨论难有思想观念上的深入突破。一段时间以来，中国的经典建构，罔顾艺术，溢出边界，已经严重违背了经典的逻辑规律。数量膨胀的既有"经典"，事实上在矮化、俗化、粗鄙化文学的独特内蕴，这引起了对权威作品和既定秩序的强烈弹击。所以，西方的解构主义方法和文化研究理论，就特别受到国内学者的青睐。而经典论争中的多元主义，恰是以批判解构立场取胜，也多有推陈出新的霸气。然则，激情的批判立场，导致许多争议陷入了感情用事，或是隔代攻讦，乃至脱离理论辩析，走向人事纠缠，这就在在偏离了"经典"学术的初衷。由此导致了，理解"文学经典"概念时，常产生理论绝对主义和绝对的相对主义迷误。

第二节　文学经典研究的学术思辨

基于此前描述的经典论争状况，特别是中国当代以重写文学史为契机的经典重构实践，要对文学经典在时下遭遇的诸种议题进行学术化的反思，必须还原"文学经典"这一关键概念的理论本相。以学术史的思想眼光，辨别概念发展的内在张力与外在压力，通过梳理西方经典理论的文化演变轨迹，在一个参照比较的框架中，围绕关键词的核心理论问题，展开一种历史性的、语境化的、问题式的考察。这对于我们进入经典论争的事实现场和经验层面，是非常有必要的。在这个意义上，本书的研究，为"经典"问题的讨论，提供比具体文本阐释更有普遍性的理论价值。

---

① 例如，在经典论争中出现的许多重要著作，就很少出现在国内学者的研究视野中。其中包括：《经典》（Hallberg Robert von. ed. *Canons* [M]. Chicago：University of Chicago Press, 1984），《经典 vs 文化：对当前争论的反思》（Jan Gorak eds. *Canon vs. Culture：Reflections on the Current Debate* [M]. New York：Garland, 2001），《现代经典的形成：一个文学理论的起源与批评》（Jan Gorak. *The Making of the Modern Canon：Genesis and Crisis of a Literary Idea* [M]. London and Atlantic Highlands, New Jersey：Athlone. 1991），《批判理论与文学经典》（E. Dean Kolbas. *Critical Theory and the Literary Canon* [M]. Boulder：Westview Press, 2001），《经典与话语》（Paul Lauter. *Canons and Contexts* [M]. New York：Oxford University Press, 1991），《经典论争——一个从阿迪森到纳菲西的读本》（Lee Morrissey, ed. *Debating the Canon：A Reader from Addison to Nafisi* [M]. New York：Palgrave-Macmillan, 2005）等。

② 在当代文学经典讨论中很有影响的洪子诚，其《问题与方法》的立论方法和思路，颇受 20 世纪 80 年代进入中国的佛克马之影响；而大部分文化研究的持论者，又往往只是将大众文化理论和媒介研究的手段，简单地套用在"经典"分析的个案中，实际上并没有形成对"经典"问题的本体性思考。参见括号内著作（洪子诚. 问题与方法 [M]. 北京：生活·读书·新知三联书店，2002）。

　　首先，需要对本书的研究对象作一点解释。本书将要讨论的是西方"经典"概念的形成历史及理论流变，我们的总体设想是，把"西方"作为文化意义上的整体来加以把握。"西方"的内涵有二：第一，它是相对中国"经典"研究而言的，是对一种异质文化的理论思考。经典是文化构成的基础，而异质的"西方"以它们特有的方法，建构着自己的经典体系。透过这种非同一的"他者"视野，我们能够找到更具参考价值的思想观念，从而在跨越文化的比较框架中，解析"经典"的普遍问题和共同规律。这样更有助于我们广域地思考中国"经典"问题的疑惑与困境。第二，"西方"是一个整体的、大文化意义上的概念，而非地缘政治的界定。这是一个发轫于古希腊罗马、由一套"伟大的书"奠定语法结构的文化对象，它们在文化上具有衣钵传承的关系。也正是在这个意义上，考察"经典"的概念演变和秩序建构，才能跨越地缘政治的分割与对立，使问题的探讨始终保持着内在统一的逻辑。也正因这套"经典"对西方世界具有共同的文化生成价值，我们的问题研究，对整个"西方"语境下的各个国家，都具有普适的意义。换言之，我们将要研讨的，是那些具有普遍意义的宏观的"经典"问题，而不是确立某个西方国家"经典"的正统合法性——在这个意义上，处理美国的经典之争，我们秉持的也是一种文化上的"西方"取向，它并非只是"美国"一家的经典大事，而是"西方"文化的存续之论。这也是我们为什么不选择具体文本进行分析的原因。我们希望以西方文化的整体性结构，作为勘察"经典"理论的历史基础；这样，通过提炼"经典"理论问题的演变，我们就能触摸到西方文化发展的历史线索。因此，取裁理论和选择视点，越是近于古代传统、论及具有普遍性的"西方经典"建构问题，我们研究的对象就越具有普适的"西方性"，希腊罗马意大利法国等诸多的思想资源都会进入我们讨论的范围；而越近于现代，特别是当代，我们的取向和立场，就越偏向于英语世界，特别是英美的理论资源。这是因为，第一，19世纪晚期以来，美国已逐步成为西方学术和思想发展的中心。其他地域和语种的重要文献，通常会在英语学术讨论中得到及时的译介与吸收。而且，美国文化继承了"西方传统"的基本精神，是对西方"经典"历史的整体发展。它们的基本理论主张和思想观念，是在西方总体传统中所进行的发展与开拓，符合我们历史地观察西方"经典"概念的要求，具有典型性和代表性。所以，观察和思考以美国为代表的"经典"讨论，基本上可以把握并追踪当代西方经典理论的脉动和逻辑演进。第二，当代经典论争激发出来的有理论价值的话题，主要集中在英语世界。毫无疑问，这场论争对当代学术的理论影响，比其他国家的"经典"思考更有参考价值。美国当代的学术理念和思想方法，确实给中国的"经典"研究带来了直接而深入的启发。说美国代表着当今西方学术话语的主流，这并不过分。因此，从文化影响的角度来说，在现当代"经典"理论的探疑上，侧重于美国的英语学术资源，是顺理成章选择的结果。尽管这可能会忽略另外一些具有创造性的思想经验，但还不至于在整体上影响我们对"西方"的理解。

　　还有一点，需要说明。我们研究作为文学概念的"经典"，当然不是要去穷尽这个词在所有现代文化中的能指意义。我们深知，它的内涵在不同语言之间转译时，可能出现文化误读和意义空缺。本书不想做纯语言的对应分析，而是希望通过汉语与英语之间的能指转化，来提示并表征这种意义的移植与空缺之存在。"经典"作为一个文学研究和文化实践的关键概念，在西方所有国家的文学活动中，都有着非常重要的理论作用。由此形成各具特色的民族"经典"谱系和叙述话语。在每个具体的文化时空中，"经典"事实都会展现出其千差万别的一面。我们显然无法、也没必要对"西方"各国的经典形成，或是它们不同的经典文本，进行巨细无遗的梳理、阐释和说明。对"经典"问题的（国别）微观研究和文本经验考辨，会因文化和地缘、时间和空间的转移而产生无以穷尽的讨论议题。这些讨论，对于各个民族国家的文学进展和文化演进，当然具有重大的理论价值，也为其他文化提供了可参考的思想资源。但由于资料浩繁，且经典问题始终处在文化、历史、社会的结构之中，每个具体经典事实的研究，需要对庞大的话语体系进行分析，几乎无法进行。更何况，拘泥于各自民族文学传统、脱离"西方"整体结构的具体"经典"文本之争，很难在基本观念上构成有效的普遍理论探讨。当然，我们承认，具有普遍性理论价值的思考，都是从具体的经典建构历史中提炼和总结出来的；但普遍理论问题的考辨思考，更强调对文学本质、文学经典普遍规律的把握。因此，我们试图在宏观意义上研究和思考经典的基本"问题"（question），对与文学经典议题相关的重要理论观点进行历史透视和深入阐释。反之，那些针对民族（国家）具体经典文本的研究，由于文学经验的历史特殊性，往往缺乏理论辐射张力。这就是我们何以避开对个别"经典"建构进行具体历史分析，而选择对经典的基本理论进行梳理提升，并进行"问题化"思考的原因。我们相信，有了清晰的理论阐释和论辩，对具体个案的分析，一则可以减少无谓的纠葛，二则可以得到更深入的探讨。通过对西方"经典"理论发展进行历史化的梳理，挖掘提炼出几个基本的、普遍性的问题，并加以重点阐释，就是本书要实现的主要目标。这些思考，当然可以在具体的"经典"争讼时，发挥其宏观的理论作用；也可以为不同文化语境下，处理"经典问题"（problem），提供理论路径。因此，它的意义要比具体而微的经验考察来得更普遍。

　　然而，西方经典理论源远流长，庞杂纷乱，需要处理的研究对象非常多；

加之文学观念的变化，理论家思想的多元发展，我们也无法用一册小书来穷尽所有文献。即于"经典"这一概念的论辩而言，既有传统的审美本质主义，也有保守的文化传统主义，甚至有更为严格的文学古典主义，当然还有坚守文学底线的调和派。而在艾略特的视野中，"经典"是一个涉及"帝国"大业的话题，把他看作是先锋的"意识形态派"代表也不为过。二十世纪七八十年代涌现出来的文化多元主义立场，则为新的经典解构理论提供了鲜活的例证。如此庞杂而繁复的理论文献，要做出细大不捐的搜罗穷尽，既不可能，也没必要。毕竟，我们不是作关于"经典"理论的文献编年。我们需要提供的是对西方学术界"经典"理论的总体性观察和思考，以及对"经典"观念形成的各种话语叙述展开综合研究。所以，对历史资源的剪裁和取舍是不可避免的。限定了大致的学术范围之后，将哪些理论资源纳入我们的研究视野，很大程度有赖于研究立场和方法的选择。为避免落入文献堆砌，尾大不掉；同时也为实现我们理论化思考的目标，大致形成对"经典"核心议题的逻辑化探讨，我们将采用历史性、问题式、语境化的理路与方法，来抽绎概括时空跨度极大的各家思想观点，依"问题"（question）取材，而不是简单地按时间或空间的次序展列众说纷纭的理论主张。笔者将庞杂的西方理论文献加以整合，并理清这一关键概念的几个基本"问题"。这其中，"问题化"（questionization）是整个思想方法的核心。历史性、语境化只是"问题化"处理浩繁"经典"理论观的操作标准或要求，也是"问题化"的具体路径和手段。

　　所谓"问题式"，包含两个层面的内涵。第一个层面，我们始终直面经典的各种问题（problem）出场。书中一再提出，经典之问（problem）绝不是20世纪晚近以来才有的特殊之问（question）。每个时代和社会的转型阶段，都有着或大或小的经典之争，也产生了不同程度的经典问题（problem）。对经典的"问题"（question）之思，往往与这种现实性的"问题"（problem）困境，密切相关。毋宁说，"问题"（problem）的出场，昭示并引出了更深刻的经典理论探讨。经典遭遇"问题"（problem）所带来的文化矛盾及现实诉求，也时常孕育并生成了具有创造性价值的经典议题。几乎每一次经典之争，都会就文学标准、文学价值、审美意蕴、文学类型等诸多学术论题，形成激烈的辩论。而这，恰恰应和并促进了文学基本观念的历史演变和总体发展。文学经典的"问题"（problem）式呈现，多是随着社会、文化、政治条件的变化——当然包括媒介语境的改变——而发生的新旧经典秩序斗争。"经典"从根本上成了"问题"（problem），则意味着既有传统秩序越发不确定，没有权威，失去了约束力。这样，我们就把"经典"的讨论，放置在了一个开放的动态历史结构之中，从而将静态权威的经典存在（being），变成一个动态而充满矛盾的开放过程（becoming）——这也与历史性的要求正好吻合。经典是个问题（problem），意味着其建构的历史活态化，正是这种活跃于历史时空中的存在，令经典在内外双重结构的不断调整和容适中，保持着永恒不息的价值力量。与此相应，面对这样一个历史性存在的问题（problem），我们必须时时以问题（question）之思进入其理论与事实的现场，在具体的作品评判和社会语境把握中，明见其意义。西方当代经典论争中出现的诸多理论创见，都是由这种对"问题"（problem）的敏锐感悟而生发出来的、与"经典"概念有关又兼具历史与现实意义的命题。"问题"（problem）甚至暗示了经典基本"问题"（question）的表述和发展方向。所以，经典的"问题"（problem）困境和"问题"（question）沉思，是问题化研究方法的一体两面，具有密不可分的内在逻辑联系。①

　　然而，经典遭遇"问题"（problem），并不意味着经典理论"问题"（question）的自觉呈现。有时，因作品事实的对峙而形成的经典"问题"处境，反倒会掩盖对更本质性问题（question）的审视。表面上看来"问题"重重、各不相让的经典秩序或文本甄选，其背后的理论观念，却可能是一致的。例如，美国的"重写文学史"运动，包括埃里特主编的《哥伦比亚美国文学史》、劳特主编的《希斯美国文学选集》、吉尔伯特等人主编的《诺顿女性文学选集》，都在"重写"方面用力卓著，影响深远。论者的意图就是力争在传统的叙述框架中，为女性作家和少数族裔作家张目，有的试图建构女性文学史或少数族裔文学史，来颠覆原有的"瓦斯普"（WASP）经典秩序。② 可是其背后秉承的基本理念和价值主张，却依然是"瓦斯普"式的，都把文学经典看作社会权利的基本诉求和表达载体，只不过决选的作品对象和范围发生了转移而已。从这一点来说，"重写文学史"的经典观，并没有什么实质性的改变。③ 这就是为什么要对经典"问题"（question）进行反思，对普遍性的理论问题加以特别阐释的原因。

---

　　① 本书的结构安排，主要是考虑到经典遭遇时代之"问"（problem）所带来的议题设置。经典与政治、经典与权力、经典与多元文化批判等主题，都是经典"问题化"（problemization）在当代形成的理论交锋，自然也是我们需要加以整合的理论资源。

　　② WASP（瓦斯普）是 White Anglo-Saxon Protestant 的简称，即白人盎格鲁-撒克逊基督新教中枢文化，乃是代表了以白人种族基督传统为核心的西方文化思想观念，被视为美国主流文化的代表。

　　③ 参见括号内著作（Elliott Emory, et al., eds. *Columbia Literary History of the United States* ［M］. New York：Columbia University Press, 1988；Lauter Paul. et al., eds. *The Heath Anthology of American Literature*：Vol. 2 ［M］. Lexington：D. C, Heath & Co, 1990；Sandra M. Gilbert and Susan Gubar, eds. *The Norton Anthology of Literature by Women*：*The Tradition in English* ［M］. New York：W. W. Norton & Company, 1985）。

"问题式"内涵的第二个层面，需要强调"经典"作为一个问题（question）的意义。作为一个文学研究的概念，"经典"有其思想发展的文化逻辑，积累形成了许多具有影响力的学术资源。在总体的文学批评话语中，"经典"概念的演绎，呈现了整个文学观念发展，以及文学史演变的规律与脉络。透过那些有影响力的批评家对经典概念的重要论述，可以更清晰有效地理解"经典"指称的内涵，把握"经典"所彰显的理论价值。当然，本书要做的，不是梳理概念发展的思想史，去追溯"经典"这一理论关键词与西方文学观念的演进关系。我们采用的是一种韦勒克式的"纯粹的叙述方法"。把"焦点集中在批评理论和见解上面，那就必须排除另一个极端复杂的问题：我们对将要叙述的种种变化不作因果的解释"①。在对概念的理论话语进行历史梳理和整合时，"只有通过一种清醒的单纯处理方法——一方面决不涉及环绕我们的有关联的问题，一方面对于大作家和核心思想加以详尽的探讨——我们希望借此能够攻破面前的课题"②。我们力图关注理论家的独特叙述，同时也希冀以几个集中的"问题"（议题）来整合"经典"概念的丰富历史。至于"经典"概念发展与各个民族国家文学之间的特定因果关联，以及理论家的"经典"思想与其整体文学观念的复杂联系，则不是本书处理的重点。之所以避开这种讨论，一则是因为如此会带来更为庞大的话语难题，笔者无法驾驭；二则，过多牵扯对诸因果联系的分析，会减弱对"经典"这一关键概念的本体性分析力度，会导致枝蔓重叠，以文化研究的旨趣和热情淹没了对"文学经典"的议题研究，甚或变成了"文化诗学"合唱的一部分，这都不是本书所追求的研究方式。所以，首先有必要在热闹纷繁的经典事实之争中抽身出来，聚焦概念本身，以一种关键词研究的方式，追溯"经典"一词发展轨迹，以一个概念连接文学诸多问题的讨论，从理论上重新反思"经典"以及"经典争论"。这是一个值得深入探讨的"问题"（problem），也是充满张力、尚待挖掘的"问题"（question）。

本书从经典的现实问题（problem）入手，展开对经典的"问题"（question）之思，但这并不是说，要将一切"经典"理论观点都演绎成"当代观点"。对"问题"（problem）的理解，是在一个历史化了的"现实当下"进行的，每一个问题（problem/question）的出场，都需要结合其产生的具体历史"现实"和生动语境，来加以后续的"回溯"。同时，又必须始终将每个促成

---

① 〔美〕雷内·韦勒克. 近代文学批评史：第一卷［M］. 杨自伍，译. 上海：上海译文出版社，2009：10.

② 〔美〕雷内·韦勒克. 近代文学批评史：第一卷［M］. 杨自伍，译. 上海：上海译文出版社，2009：13.

经典问题（problem/question）生成的"现实"，置于历史性的总体结构中来观察，这样才可对经典的基本理论和思想观念，作出清楚明晰的阐释。进入一个历史化了的、历史性的理论场域之中，各种经典的思考就能展现出其独特的历史活力和张力。这种张力为我们当下的文学经典研究，提供了一个开放的历史性对话空间，可以避免那种时代性的短视，以及暂时的理论固执带来的偏见。历史性的框架逻辑，为本研究提供了历时与共时的双轴辩证思维。一方面，依循着历史的时间线索，考察"经典"概念在不同时代的特定内涵，及其在社会话语实践中的历时演变关系。另一方面，历史性视野也为"经典"的本体探讨提供了共时性框架。所谓共时，不仅指"经典"与促使它生成的社会话语是共时出场的，无法割裂的；更指对"经典"本质和意义的探讨，在不同语境中，总是以某种同一的方式，在历史的视界中"共时性"地敞开。不但"经典"的建构是一个"视域"融合的过程，有关"经典"的理论之思，同样是一个跨越时代的视域融合过程。盖因此，最后才可在对"经典"理论的历史勾勒中，捕捉到具有一般意义的基本"问题"。此种一般性的"问题"意识，有利于从对经典事实的现象之争中跳脱出来，从"问题"的暂时显现，进入到对"问题"的历史反思中。换言之，这可以赋予不同历史语境下的经典事实，以历史性内涵的思想前提。

　　另外，在研究中，笔者始终把"经典"建构理解成社会语境化实践的产物。"经典"作为一种特定的文化符号构成了人类特定的生存方式，它本身就显示出了特定语境下的知识特征，必须在人类的话语实践关系网络中加以考察和研讨。同时，经典既不是历史中独立存在的客体，也不是具有绝对赋义的自足主体，它的意义和权威，都源自特定社会语境下的体制性作用。尽管权力的或隐或现增加了经典的复杂性，特别是对有久远历史光晕的作品而言，其伟大性看似脱离了特定语境的权力制约，但在根本上却无法自外于话语机制。所以，我们对"经典"的问题式思考，是被置于历史化的语境中加以考察的，切不可将其从社会历史语境中抽象分离出来，进行一般的概念化逻辑演绎。尽管书中强调，"问题"之思，首先需要对经典的普遍性理论议题进行研判；但这种讨论的基础，是处于历史话语实践之中的"经典"问题，而不是被抽象成思维模式的机械表述。这是本书从概念的辨析开始，就始终贯穿的一种思维方法，即在知识和文化史的思想演变中，以颇有考古意味的方式，还原概念陈述的对象、主题和意义的变化过程。这与书中秉承的历史化视野和历史性思维是一脉相承的。由此再来看历史上林林总总出现的"经典"之思，就不能只以历史编年的方式作文献罗列，对其加以静态描述；而要在历史的话语结构中，展开其所具有的理论价值。在其中可以看到，不同时代的经典理论，为

"经典"问题（question）提供了具有时代印记的历史经验。这些带有时代性语境特点的思想观念，始终保持着动态的活力。而理论反思的根本动因，就在于"经典"文本的建构及其价值取得，是在历史中不断延伸完成的过程，是与人类不断伸展的话语实践和文化需求同一展开的历史过程。因此，历史性的思路和语境化的分析，具有同一的价值取向和基本原则，都是"问题式"方法实现其理论目标的重要手段。

运用"问题式"方法，根据经典"问题"（problem）的历史性存在所带来的理论问题（question），笔者在本书中意图提炼并着重阐述几个基本的理论议题。为使整个行文兼顾思想考察的历史性和理论铺陈的逻辑性，笔者大致按照以下基本思路来展开具体的论述。首先，以问题意识切入，考察"经典"概念的语义演变和文化意蕴。通过对"词与物"的历史考古，希图由符号的思想史还原，在 classic 与 canon 的差异性中，找到其内含演变与发展的同一性。笔者认为，不管是 classic 还是 canon，就其语词涵义的历史生成和文化律动而言，都与社会机制和文化语境的内在需要密不可分，本质上而言，两者都是一种历史需要的内在转化。19 世纪以后，classic 与 canon 在文学领域已经可以相互替代使用，它们指称的文本对象，大致也是重合的。这也是为什么，本书认为可以用汉语的"经典"，来归拢翻译 classic 和 canon 两个词语、并在"经典"命题下，讨论一些核心问题的原因。笔者觉得对经典的问题式考察，需要加以历史化、语境化。"经典性"不是抽象的客观本质，它是文本在时间的结构中，不断沉淀和延传的历史价值。能否经受住时间的考验，是一个文本"经典化"的重要维度。为此，我们引入时间检验的评判机制，希图在一般的意义上，探讨经典形成的基本时间限度，以及"时间"作为评价结构，它发生作用的基本方式。由此，引出了一个与经典恒变相关的基本"问题"——时间的检验。

无疑，所有文本在创作和生产时，都是无法预知并谋划其"经典化"命运的。时间的距离结构，是检验一个文本之厚度、宽度与高度的历史机制。借助于对已有理论观点的分析，可以看到，时间检验不是一个测算文本活得长短的数学问题，而是在一个基本的时间限阈中，考验文本价值能否得到普遍认同，能否跨越世代，在不同主体间引发共鸣的过程。一个文本要确定其经典地位，至少需要历经三代人、将近百年的时间考验。这不仅显示了一个文本具有的历史张力，而且能反映它在趣味和文化的转换中，所具有的普遍性生命力。这意味着，文本起初生发的含蕴和品格，在历史的结构中，逐渐超越其生成的时刻，上升为具有普遍意义的价值属性。然则，普遍性也是能够转化为"当下"经验的力量；借助这种力量，经典文本才可实现跨越时空的"汇通"。文学经典总是在这样的普遍性与当下性、恒与变的转化和融合之中，实现自己的历史存在。这种恒变的历史转换，显示了经典因时而变的历史生命力，同时也保证了文学经典秩序的稳定。文学经典的恒变不仅是单个文本价值在历史中外化的过程，也是一个文学经典秩序传承和发展的过程。从这个角度来说，经典的恒变还突出地表现在艾略特所言的传统与个人才能、布鲁姆所谓的"影响的焦虑"等议题中。我们相信，这种经典奠定的文学传统之恒与变，也是我们理解文学经典内在属性的重要维度之一。就文学经典与人类文化生活的密切关系而言，经典建构既是对文学传统秩序的历史调整和改变，也是一个与文化传统形成和发展互相呼应的历史过程。这就需要在更广更深的层面上，思考经典在整体文化结构中的历史价值。就此，必须在文化传统的整体中考察"经典"的价值问题。

把文学经典置于文化传统的总体结构中来加以考察，不是发思古之幽情，而是希望在符号的意义上，还原文学诗性与人类生存本质之间的文化关系。这种关系生动地体现在文学经典恒变隐现的历史实践中，而不只是作为一种哲学的抽象逻辑而存在。作为特殊的符号系统，文学经典不但组构了一套独特的文学传统"变体链"，而且以文字符号特有的言说方式，完成了对文化传统的母体性建构——文字符号相对其他文化符号所具有的文化优先性，使文学经典（建构）成为了文化传统（建构）的重镇。文学经典的建构，是文化传统建构的具体行动；文学经典书目的选择，文学意象（形象）的原型化，以及特定文学表达话语的提炼，勾勒出一种文化传统的基本图景。这一点，在知识分化尚不明确的时代，体现得更为鲜明。而文化观念在现实行为与主体价值（信仰）之间的连接转换，通常也依赖于文学化（语言）的修辞表达方式来实现。毋宁说，"文学性"一直漫延在文化传统之中。为此，本书在历史考察的基础上，理清了文学经典在不同历史时代与西方文化观念和文化实践之间的逻辑联系，并通过在文学—文字（语言）符号—传统之间进行价值同一的逻辑转换，从而阐明了文学经典与文化传统之间的价值同构关系。不同时代文学经典书目的选择，正是这种同构关系在文学经验上的具体展现。简略地考察不同时代的"经典"书目，更好地确证了它们与西方文化传统之间的共生关系。不过，也就是在对历史书目的简单清理中，笔者又发现了其背后蕴含的另外一种机制，即权力的结构。因过往强调了文学经典的文化和道德维度，权力结构被遮蔽，潜隐不明。可以得出的基本判断是，像当代西方一样，在不同国家上演的各种经典之争，是经典内在发展的基本历史逻辑，政治权力在这其中发挥了深刻的制约作用。这也成为经典理论需要从历史角度加以详细检讨的又一重要"问题"。

由此进入到一个个具体的"当下"时刻，文学经典背后那些被遮蔽和暗化的权力光谱，也就逐渐透过历史的棱镜一段段呈现出来。每个经典在时间的检验中，都不可避免地面临时代的权力编码。伟大的作品，不以封闭的方式逃离政治刻写，而是以自己普遍性的价值维度，在时间中淘洗掉那些牵强附会在其身上的"过渡阐释"。一方面，需要警惕那种剥落文学内核的权力化手段，把文学经典变成纯粹的政治武器或是"皇帝新衣"。另一方面，绝不可绕开政治权力设下的"语境"，而去高谈悬于云端的"纯文学意义"，那样容易陷入历史虚无主义。本书借助象征寓意方法，在文学经典的"诗性"技巧，与帝国欲望的野心之间，找到了历史架通的桥梁。西方"帝国"的权力欲望在文学的语言/寓言中实现了自己的历史在场。在西方世界中，始终孕育并历史性存在着的"帝国"野心，从古罗马开始，就与文学经典的建构相连，并一直持续到当下的帝国主义观念之中。以罗马"帝国"对维吉尔的经典化作为基点，笔者在书中阐明了"帝国"与"经典"的历史性关联。同时，通过对经典隐含的权力结构分析，从国家、社会、文化与精神共同体等层面，思考文学经典与政治权力话语之间的复杂纠葛，并揭开现代民族国家的共同体想象与经典建构之间的同一关系。长期以来，西方一元化的经典体系和价值取向，巩固并强化了文学与政治的这种同一结盟关系。不过，这一切在晚近却发生了急遽的转向。于是，研究还需要进入当代经典论争的现场，观察全新历史语境下，经典与权力之间隐蔽复杂的关系。这是具有重要现实意义的又一大"问题"。

政治权力与经典建构的历史关联，在西方文明"大观念"的传播过程中，尤其在教育机构的人文（文学）课程设置中，得到了强化。但在 20 世纪下半叶，社会语境的剧烈变化，冲击了传统经典在整个文化生活中的地位。分化了的社会阶层，分解了的文化生活，分散了的权利诉求，分裂了的审美共识，都加剧了整个西方社会对原有一元化经典体系，及其隐含的独裁权力之不满。笔者从对美国多元主义立场的阐发进入，在 20 世纪特定的历史语境中，逐步梳理经典解构主张的思想特点和权力倾向。多元主义者重新描述经典价值呈现的社会历史语境，挖掘各类文本意义发生的权力现场，解构了传统经典普遍性价值的文化幻象，事实上也就以多元化"阐释共同体"分割了统一的西方文化精神"共同体"。但他们具体的文学研究，却多少陷入了对"谁"该进入经典的门楣之争。由此将问题引向具有历史性和时代感的社会学层面，来探讨文学经典价值在现实中转化的（权力）资本逻辑。这正好可以从一个侧面缓和多元主义激进立场留下的解构偏执，平衡文学经典在历史与现实、文化保守与激进解构之间的失重状态。基洛瑞关于经典建构的"文化资本"分析，呈现了当代"文化权力"的另一面相。通过对学校机构的体制性作用进行分析，本书的讨论切入到了经典建构更为细微隐秘的层面，原本寓言化的帝国想象，在一个更日常化的场域中揭开了它幽深的权力面纱。至此，完成了对经典建构权力机制由宏大到微观的解析。

　　无疑，本书所取用的历史性、问题式、语境化的理路与方法，是一种融合经验与理论、历史与逻辑的辩证方法。将文学经典在当下遭遇的种种危机，置于更加广泛而宽阔的历史结构中进行审视，同时又充分打开历史"当下"建构经典的时代语境，从而完成对文学经典价值的历史性阐释和现实化体认，这正是在理论上对文学经典之为经典的历史性"正名"。从这个意义上来说，当代的文学经典论争，不过是经典正名的历史律动中的一个篇章。历史性、问题式、语境化的话语考察，也是我们对"文学经典"这个关键词的一次理论正名。

第二章　"文学经典"概念的学术考古

以汉语的言说方式，要对取法西方的"经典"概念，进行跨语言（文化）的理论探讨，首先必须要有对"词与物"关系的历史考察。若惯例性地悬置于对"词"的追问，很多核心问题的展开将会显得局促无依。我们前面已提到过，国内的"经典"讨论，由于对"词"的思想内涵和文化变迁，未作历史考古的还原，"经典"一词被默认为既定的前提化概念，已造成了叙述逻辑上的缺陷和牵强。在迻译西方思路和方法时，往往"词"未穷理多曲，从而导致问题的思考浮游在"经典"事实的表面争斗上。更何况，当代西方"经典"论争的矛盾与混乱，很大程度上是由对 classic 和 canon——汉语"经典"一词同时对应着它们——的不同理解所引起的。① 所以，在进入经典的基本"问题"之前，我们有必要爬梳语词意涵的生成与思想文化变迁的关系。至少有两点理由，促使我们作这样一个"词与物"的文化发掘工作。其一，词汇的语言形态和符号变化，往往蕴含着与社会历史改变相对应的意义迁移过程。有时候，一个"词"的历史可能比一种思想运动的历史更能传达出知识和价值。许多社会问题和思想争议，往往要回到"词"本身，才能找出其所蕴含的历史之"物"。诚如威廉斯所言，"大部分的社会、思想问题——包括渐进的演变及明显的争议与冲突——在语言分析的范围里或是范围之外一直存在。然而，我们发现这些议题有许多是无法真正地被完全了解，而且我深信其中有一部分甚至是不可能找出焦点，除非我们能够明了这些词就是问题的要素"。② 由是观之，有些眩惑高深的话语纠缠，乃是"词"设下的思想迷阵。若能回到"词"本身，就可以更好地回到问题的内部，为理论深入提供一个撬动的支点。其二，我们经常使用的某些语词概念，看似是基于"同一性共识"而展开的意义交流，事实上却可能各执一端，存在着各种认知的偏差与分歧。当人们说《大话西游》是"经典的"时，与用这个词来指称《红楼

---

① Lundin Roger. *The "Classics" Are Not the "Canon"*. ［M］// Cowan, Louise, Guinness, Os, ed. *Invitation to the Classics*. Grand Rapids, MI: Baker Book House Company, 1998: 25-33.

② ［英］雷蒙·威廉斯. 关键词：文化与社会的词汇 ［M］. 刘建基，译. 北京：生活·读书·新知三联书店，2005：7.

梦》的艺术品格内涵之间，并无任何"同一性"。所以，对"经典"这一
"词"的知识考古，对我们进一步研究和辨析"经典"理论的核心观念及基本
内涵是非常重要的，它能从"词与物"的历史生成关系中，为我们提供观念
演变的思想线索。

当然，追溯"经典"的词学谱系和源流变化，不是为了对"词"作一种
辞典学的界定，或百科式的解释，而"是对于一种词汇质疑探寻的记录"①，
是为了再现这个词演变的"历史的'现在'风貌——现在的意义、暗示与关
系"②。"经典"在当下"现在"的处境下，受到的诸般非难和诘问，与它在
历史上不同"现在"时刻所孕育的意义、暗示，有着一脉相承的联系。对
"经典"的历史返回，是为以历史的方式进入"现在"，并解开枝蔓缠结的在
场困境。这种质询的历史再现，正与我们坚持的历史化、问题式研究思路一以
贯通。我们希望将这个词的文化之"物"变，处理成历史语义学中的一章，
并通过语义性的历史还原，将其作为"思想史的参照点来处理。它将放在其
概念的领域内，在与之形成竞争或对比的某些术语的关系中进行考察"③。我
们相信这种历史化的思想史观察，可以为经典理论的探讨，推开厚重而幽深的
话语之门，让历史之光穿透时间烛照当下，使问题讨论回归喧嚣争辩之后的冷
静与深刻。

第一节　classic 与 canon 的词学谱系

若以中文"经典"的辞典学意义来解读西方"经典"概念，稍显粗率，
入理不深；若以汉语"经"学的专门对象和广延影响来借代西方"经典"，又
会莫衷一是，过犹不及。有时，"经典"对应 classic 的古老、高雅、典范之
意，是形成传统文化的语法结构；有时，"经典"强调的又是 canon 的律法、
道统、教条之意，是决定精神信仰和社会认同的纲常伦则。所以，我们将要操
持汉语"经典"一词所进行的论述，首先应该充分还原考量 classic 和 canon 两
词的历史语义，找到它们在汉语"经典"意义上得到统一的基本内涵。这样
才能尽量减少跨语际转述给概念带来的模糊和混乱。博尔赫斯曾武断地认为，
要"确知我们当今所理解的'经典'一词的涵义，也不必追究此词源自拉丁

---

① 〔英〕雷蒙·威廉斯. 关键词：文化与社会的词汇 [M]. 刘建基，译. 北京：生活·读书·新知
三联书店，2005：6.

② 〔英〕雷蒙·威廉斯. 关键词：文化与社会的词汇 [M]. 刘建基，译. 北京：生活·读书·新
知三联书店，2005：17.

③ 〔美〕R. 韦勒克. 批评的诸种概念 [M]. 丁泓，余徽，译. 成都：四川文艺出版社，1988：30.

文的 classis 一词，即'船队'之意，后来又有了'顺序'的意思"①。显然，无论从哪个层面上说，classic 的内涵都与其整个语词谱系的原初意义密切相关。即如博氏轻弹的"顺序"之意，不正见出"经典"（classic）定鼎高下、规范秩序之内涵的历史痕迹么？可见，"词"的考证不是缺乏思想的文字旅行，而是对思想形成的现场重构，非是"不必"，实属亟须。

classic 与 canon 毫无疑问是分属于两个不同词语矩阵的。早期，它们各自意义清晰，来源明确，识别度高，不易混淆，更少有相互替代。然而，就指向文学"经典"、权威作品和标准书目等意义来说，classic 与 canon 又有着不可分割的历史关联，以至 18 世纪晚期以来，用以指称文学杰作、标准书目和文化传统时，两者已无泾渭之分。检视西方的"经典"理论，我们会发现，钦慕传统的理论家更多针对 classic 一词来展开论述；而在 20 世纪以后的学术争鸣中，论者则更喜欢使用 canon 一词来作为论辩对象。② classic 与 canon 究竟有着怎样的历史语义和文化关联？它们又是在什么意义上同时进入了"经典"概念的论域之中？它们具体的问题指向存在哪些应该辨清的差异？这些都是我们通过对"词"的质疑探寻应解决的问题。

classic 与英文单词 class 属于同一词源体系。classic 后来与教育发生的亲缘关系，也是通过 class 这一词语的意义延伸实现的。class 的词源应该追溯到拉丁文的 classis，"意指根据罗马人民的财产所做的区分"③。"区分"的内涵之于"经典"的意义生成，是有直接关联的。经典本身就是"区分"和比较选择的结果，是经过区分之后认定的特殊作者和文本；正因为有区分和比较，才有被选择作为"标准"的、第一流的、最高典范的 classic。换言之，"经典"无法在一个文本内部得到自我确证，必须与他者进行比较区分，方能显出其等次高低。相比而言，源出宗教圣典（Scripture）的 canon 一词，则具有极强的自我确认属性。它不存在与其他文本的比较区分问题，canon 是排他的。Canon 更关心经典的真假问题（authenticity）。入选 canon 的那些文本是否真实可信、其文句是否掺入了虚假之辞，对树立教义和经法的权威，具有无与伦比的重要性。真假之辨是圣经文本内在的属性确证，它依赖于对文本自身各

① 〔阿根廷〕豪尔赫·路易斯·博尔赫斯. 论经典 [M] //作家们的作家. 倪华迪，译. 昆明：云南人民出版社，1996：20.

② 如艾略特与圣伯夫所写的同题文章都名为 *What is a classic*；而布鲁姆虽然持文化保守立场，但使用的概念却是 canon。这可能与 canon 一词直到 18 世纪晚期才被引入用于对世俗作家书目的指称有关。这也是 classic 在早期文学批评中使用更广泛的原因之一。

③ 〔英〕雷蒙·威廉斯. 关键词：文化与社会的词汇 [M]. 刘建基，译. 北京：生活·读书·新知三联书店，2005：52.

种特征与标志的真实性指认——即,它确证"经典"是否是真实可信的上帝之言。而高下之辨则需要借助比较的框架,在自我与他者之间进行甄别,它涉及的不仅是文本自身的特征与独到性,还涉及其他文本的属性差异。因为需要借助自外于文本的比较性标准进行区分,尤其是考虑到 classic 这个词的社会政治意蕴,以及古代罗马时代书写作品与社会生活复杂的交织关系——早期的 classic 作品,很大一部分是为识字教育而选择出来的典范——classic 从源头上就富含了浓厚的社会学意味。在当代的经典论争中,经常把 canon 视作充满权力斗争的阵地,而 classic 被理解成具有超越性价值的古典巨著。但实际上,就其最初的意义源起来看,classic 身上的社会权力色彩并不逊于 canon。以至于学者克提乌斯感叹这个词"真是马克思文学社会学的珍味啊!"[1] 言下之意,被引入文学分析中的 classic,充满了马克思主义阶级分析的特定气息——如我们将要看到的,它是对社会群体进行阶层性划分的产物。如此看来,后来多元主义对传统"经典"提出的质疑,颇多针对 classic 作品的政治攻击,并非全无道理。

classic 的拉丁词 classicus 出现稍晚。一直到古罗马早期,也仅仅只是在格利乌斯的著作中使用过。[2] 要是没有格利乌斯,现代美学可能都不知道用哪个单一的普遍概念去指称拉辛、莫扎特、歌德之类的艺术家。经典(classic)、古典主义(classicism)这些今天耳熟能详的术语,要追溯到一个并无文学盛名的古罗马作者那里,恐怕不只是对词语历史的精确考古或文献还原,而是带有强烈的"后设"意愿。克提乌斯就认为,"古典"(classic 与 classicism)的系列术语,都是现代美学建构的产物;而这种术语历史的重塑背后,隐藏着整个现代社会和现代美学对古典与过去的一种改造,"它表明,我们已经可能做出的有意建构,比过去要更多——比文学术语历史自身存在的变化更多"[3]。亦即,现代视域中理解的 classic,可能已经改变了格利乌斯等人最初使用该词时的内涵。现代美学刻意在用 classic 区隔一种过时的、历史的美学趣味和文化品格,以便将那些古老的作家作品,笼统归之为同一性的家族。其实在此之

---

① Ernst Robert Curtius. *European literature and the Latin Middle Ages* [M]. New Jersey: Princeton Universrity Press, 1991: 250.

② 参见括号内著作(Aulus Gellius. *The Attic Nights*: Books I – V [M]. John Carew Rolfe, Trans and Introduction. Cambridge: Harvard University Press, 1996: XIX)。Aulus Gellius(约 125—180 年),是古罗马时期著名的拉丁作家和语法家。*The Attic Nights*(拉丁原文 Noctes Atticae)汇编了他研习语法、哲学、历史以及古物等问题时,留下的思想笔记和书籍摘录,其中保存了许多今已无法得见的作品片段,有较大的价值。格里乌斯是文化上的厚古派,于古典作品尤其青眼相加,而对当时作家取舍谨慎。

③ Ernst Robert Curtius. *European literature and the Latin Middle Ages* [M]. New Jersey: Princeton Universrity Press, 1991: 250.

前，对古代典范作家和经典作品的归类，所使用的不只有 classic 这种单一称谓。文本筛选和编纂是极为古老的学术活动之一。"亚历山大的文献学者最早将早期文学进行筛选，以为学校的文法学家所用。"① 此时，依文学形式对作品进行分类和划分等级的做法尚不明确，并没有统一的范畴和术语来指称"标准"作品。后期亚历山大里亚学者用"收入选集"②，区别典范文本与一般之作。而修辞家昆体良则用"归类选本"（genera lectionum）来概括言辞标准、语法规范的一流作家和作品。③ 昆体良的选择是语法意义上的，文学经典就是用来教人正确使用语法的规范著作，所以"归类选本"大多收入的是"提供了语法秩序的人"的作品。可以肯定的是，昆体良所选的那些提供语法秩序的作家和作品，基本出自古代，尤其是古希腊罗马。按他的修辞标准"归类"，古典作家具有这种语法教育上的优先地位。但亚历山大里亚学者在"收入选集"时，却对古代作家有所甄别，并非古人都照单全收——这就在时间指谓的"古代"与经典标准的"古代"之间，作出了区别性理解。当时少数模仿古代经典的新作也能进入"选集"，成为被"收入"的典范作品。虽然古典为尊的总体取向一致，但具体的刊选对象，昆体良与亚历山大里亚学者还是稍有不同的。④ 在稍后的安东尼时期（约公元 2 世纪），还使用"典范作家"（model author）作为文辞和语法追慕的标准。然而，早期这些用以概括经典作家作品的术语，包括"the received"（into the selection）、"genera lectionum"，甚至 model anthors（典范作家），并未在后来得到认同。倒是格里乌斯著作中的 classicus 一词，被后世想象性地加以建构，成为了能够涵盖"经典"作家作品丰富内涵的术语。这多少与"现代"社会对"古典"世界的整体性编码有关。⑤

　　然而，我们在现代美学视野中理解的 classic 与 classicism，同格利乌斯将

---

① 参见括号内著作（Ernst Robert Curtius. *European literature and the Latin Middle Ages* [M]. New Jersey: Princeton Universrity Press, 1991: 249）。亚历山大里亚在希腊化时期（公元前 3 世纪左右）成为重要的学术中心，一大批古典作家、语法学家、修辞演讲家、政治学者等，集聚与此，推动了古代学术的繁荣与发展。后亚历山大里亚学派也成为重要的古典学术流派，其传统一直延续下来。

② 收入选集，英语翻译 The Received；有时也译 into the Selection。

③ 昆体良有时也用"名录"（Ordo）概念，用以括入权威作家作品。18 世纪德国著名的古典学者伦肯（David Ruhnken, 1723—1798）在著作中时时援引，与"最佳名单"和世俗意义上的 canon 一词形成对应。

④ 〔英〕约翰·埃德温·桑兹. 西方古典学术史：第一卷·上册 [M]. 张治，译. 上海：上海人民出版社，2010: 140-141.

⑤ 克提乌斯认为"古典""古典主义"这些概念，都是"现代"意义上的历史性建构，目的是凸显"现代"作为一种发展阶段所具有的价值进步性。参见括号内著作（Ernst Robert Curtius. *European Literature and the Latin Middle Ages* [M]. New Jersey: Princeton Universrity Press, 1991: 247-272）。

classic 引入文学领域时所表征的内涵，已经大相径庭了。不同于现代人对古典的距离化处理，格利乌斯引 classicus 入文学，倒是道出了"经典"（classic）的历史语义。Classic 作家和作品不仅是对文学文本进行区分的审美判断，而且事关社会阶层（class）与身份地位的等级划分。Classic 基于对社会人群的阶层分化，具有特定的社会内涵和所指。正如克提乌斯所言，"经典……作家没有穷人。"① Classic 从来不是纯粹美学领域的价值判断，它牵连着古罗马特定的社会等级秩序和文化身份划分。克提乌斯就谈到，"若没有塞尔维亚（Servian）② 的税收分层制度，就不会有（古典主义）这个已经影响了数个世纪的宏大概念系统。如果我们真正理解了 classicus 这个词（的起源），也就不可能发生那么多关于 classicism 的讨论了。但是，因为这个词的意义并没有被理解，所以它后来就被一层神秘的光晕所包容。"③ 克提乌斯虽强调 classicus 在现代语境中被重新建构的性质，强调一种历史后设的神秘化重塑，但至少他为我们揭示了，"古典""古典主义"这两个颇具神秘色彩的宏大学术概念曾经得以产生的世俗化的历史话语土壤。

classicus 在文学意义上原本并没有特别神圣的美学和文化光晕，它不过是古罗马社会等级划分在写作领域的适度延伸。在古罗马时代，classicus 作家就是这样一些人，"演说家或诗人中的部分人，他们至少是属于更为古老的时代，他们是第一阶层和纳税的作家，而不是一个无产者。根据古塞尔维亚的法律，市民按照财富被分成五个阶层。第一阶层的市民不久逐渐地被简称为classici……相对比而言，无产者（阶层），格利乌斯则将其归于免税阶层。"④ 格利乌斯评断"经典作家"以能否纳税作为标准，"经典作家"属于超出纳税起征点的阶层（Surtax class）。这就是格利乌斯所言"经典作家没有穷人"的社会基础。格利乌斯对作家的等级排列，显然取譬自图利乌斯时代对罗马社会等级（classes）的划分。⑤ 其时第一等阶层称作 classici，余者为

---

① "经典……作家没有穷人"，原文为"Classicus……scriptor, non proletarius"，参见括号内著作（Ernst Robert Curtius. *European literature and the Latin Middle Ages* [M]. New Jersey：Princeton Universrity Press, 1991：250）。

② Servian，古罗马城邦，今塞尔维亚所在地。

③ 参见括号内著作（Ernst Robert Curtius. *European Literature and the Latin Middle Ages* [M]. New Jersey：Princeton Universrity Press, 1991：250）。克提乌斯强调，就词源学来说，classicus 这个词并没有现代美学所想象的诸多文学魅力，甚至它都与文学审美无关，是一个表征社会税收分级和等级分层制度的词汇。

④ Ernst Robert Curtius. *European literature and the Latin Middle Ages* [M]. New Jersey：Princeton Universrity Press, 1991：249.

⑤ 塞尔维乌斯·图利乌斯（Servius Tullius），（578—535 BC），古罗马第六任国王。

"较次等级"（infra classem），末者为平民（proletarii）。① 关于 classic 的这个"等级"化内涵，圣伯夫的考查更为细致。他指出，此种意义的 classic 首次出现在《罗马书》中，由罗马人首倡，"在他们看来，classic——这个词更为准确的说法——并不是指不同阶层（classes）的所有公民，而是仅指那些至少拥有一定数额固定收入的最高阶层。所有那些低收入者则被称作'次等阶层'，要低于经典阶层。"② 以财富和收入多寡来区隔等级地位差序，这是世俗罗马社会的现实规则。当用这样的标准来判断"经典"作家时，一方面表明，这个群体在日常进项上属高收入阶层，不同于平民；另一方面则显示他们拥有的精神"财富"无与伦比，不同于拙劣的作者。"一个有价值和地位的作家就是经典的作者，一个有重要意义的作家。他在世界上拥有财富，不会与普通的平民群体混淆。这样说来，预示着文学发展进入了一个评价分类多层化的时代。"③ Classic 在文学领域的运用，确实预示着人们分类处理文学事物和各种作品的意愿与要求，也昭示着文学之业在社会生活中的重要地位。

尽管对不同类别作家的具体称呼不一，但根据社会等级划分，来确认作家高下之别的做法，在较长时期里则是相通的。格利乌斯对举"经典作家"（scriptor classicus）和"平民作家"（scriptor proletarius）以示区分；西塞罗则称克莱安塞与克律西波为"五流的"（quintae classis），以区别于德谟克利特。④ 经典作家应隶属于当时社会的精英阶层，是脱身社会底层的"高收入群体"——至少是"纳税阶层"，这与经典作家及其作品所承担的社会教育功能密切相关。至少直到 12 世纪中叶现代大学的学生联合会产生之前，课本和学习手册的定价权基本掌握在写作者或抄写者手上，所以经典作家的"收入"颇类当下的畅销书作者，应该属"高纳税"群体。现代意义上的大学学生组织出现以后，"才通过他们的代表获得了确定房屋租金和书本价格的权利"⑤。在学生组织掌握文本选择权和定价权之前，由于教育的贵族化，经典作家作品

---

① Ernst Robert Curtius. *European literature and the Latin Middle Ages* [M]. New Jersey：Princeton Universrity Press，1991：249.

② *Sainte-Beuve*，*Charles Augustin. What Is a Classic?* [M] //Elizabeth Lee，Trans and Introduction. *Essays by Sainte-Beuve.* London：Walter Scott，Ltd. 1893：1.

③ Sainte-Beuve，Charles Augustin. *What Is a Classic?* [M] //Elizabeth Lee，Trans and Introduction. *Essays by Sainte-Beuve.* London：Walter Scott，Ltd. 1893：1.

④ 克莱安塞（Cleanthes，约前 330—前 230），克律西波（Chrysippus，约前 280—前 207），古希腊哲学家，他们俩都是芝诺创立的斯多噶学派的重要继承人。德谟克利特（约前 460—前 370）是古希腊伟大的唯物论哲学家，原子论学说创始人。

⑤ 关于早期大学教育内容和组织的情况，可以参见该书（〔美〕查尔斯·霍默·哈斯金斯. 大学的兴起 [M]. 梅义征，译. 上海：三联书店，2007：6）的第一章，第 6-31 页。

面向的主体多是社会上的"经典"（classicus）阶级。作家以他们的作品，参与社会场域的竞争，能够顺利地凭借对语言规范和文化教养的界定权，得到收益，获取高等的社会地位。从这个意义上说，"经典"不过是满足高等阶级和贵族教育需要的产物，尽管这些文本一定程度上代表了特殊时代在语言和文化上的最高典范。

在19世纪之前的西方文学中，"经典的"被用来指涉作为整体的古希腊罗马——它是一个总体的思想和知识体系。经典（classic）文学之所以会演变为古典主义作家的大本营，主要是这些作品在语法规范和识字教育实践中具有权威的典范作用。[①] 所以，在很长时间里，classic一词的"经典"内涵与"古典"意义是融二为一的。"古典作家"——它具有特定的时代所指，即古希腊罗马——也就是那些文法修辞都堪为模板的"典范作家"（model anthors）。格利乌斯在区分"经典作家"时，也强调他们应该具有一点"古老性"（antiquity）——至少在我们使用这个词指称"典范"的时候，所指的应该是"我们之前"的人。[②] 但是，从古典时代后期开始，直到12世纪的"文艺复兴"，希腊罗马的"古典"知识日渐枯竭，遭到了教会的驱逐，致使"古代世界的学问几乎就是通过完全公式化为一些标准的文本才得以流传到中世纪"[③]。古代希腊世界丰富而博大的知识文库，被极少数内容简略的标准化"课本"取代。时人编纂的拉丁语语法及基础性读物、逻辑学手册，算数、音乐、修辞学手册，实用天文学大纲，充斥在新兴的教育课堂上，"希腊时代的东西什么也没有留下来。"[④] 这种改头换面的杂烩"课本"，美其名曰"典范"（classic），在知识活动特别是在教育过程中成为唯一权威，加剧了古代"经典"——古典作家作品的衰落。

为了对抗学校"课本"简单粗劣的编摘做法，亚历山大里亚学者使用了"收入文集"（the received），以刻意区分当时广泛用以指称时兴课堂范本的classic，还原古典作家和古代知识独一无二的整体性。亦即，能"收入文集"者，都是既有的、经过慎重甄选出来的杰作，而非零碎的汇编"范本"（classic）。在亚历山大里亚学者看来，当时为满足实用教学所编的手册课本，重实

---

① 在古代，一直到早期的中世纪，欧洲教育的基本课目主要是文科"七艺"，其中语法、修辞、逻辑，是比较基础的核心三艺；另外加上算数、几何、音乐、天文构成了古典教育的总体框架。参见括号内著作（〔美〕查尔斯·霍默·哈斯金斯. 大学的兴起 [M]. 梅义征，译. 上海：三联书店，2007：3）。

② Ernst Robert Curtius. *European literature and the Latin Middle Ages* [M]. New Jersey：Princeton Universrity Press，1991：250.

③ 〔美〕查尔斯·霍默·哈斯金斯. 大学的兴起 [M]. 梅义征，译. 上海：三联书店，2007：18.

④ 〔美〕查尔斯·霍默·哈斯金斯. 大学的兴起 [M]. 梅义征，译. 上海：三联书店，2007：19.

利轻知识、重当下轻古人，妄称"经典"，标榜规则，完全破坏了传统的"经典"编纂原则。作为学问和知识核心的古典作者（classic），却在时髦"经典"选本的淹没下，被逐渐冷落乃至消失。为积极推动古典学术译介和研究，提倡以古代希腊典范作家的文本作为学习教育研究的依据，亚历山大里亚学者用"收入文集"来强调典范作者和作品，以示与当时实用文本的区别。经过精心爬梳、搜罗考证编选的"经典"之作，通过各种方式的"还原"，成为知识典范。与此同时，注解和阐释这些经典之作的权威作品，也逐渐地进入研究学习视野，并渐次取得了与原有经典同等重要的地位。某些模仿古典（classic）的当代新作，若能达到成为语法和文辞规范的水平，视其在赓续古希腊文化传统血脉中的贡献，也可成为被"收入者"（received）。可见，亚历山大里亚学者的编选标准，在注重"古典"传统的同时，并不拘泥于作品"古老性"的时间长短，而是适当选择收入晚近乃至当代的"经典"之作。这种"选择性"（in the selection）的观念，比 classic 一词原来全然"古典"的意义所指，具有更为开放的空间。之前人们习惯依时间和历史的分界，把古希腊（罗马）作品不分良莠地统归为"经典"（classic）；而"收入文集"（the received）虽主要是指对古希腊罗马文化著作的编选，但却已经渗透了一种辨别和比较的价值区分，更为接近我们所理解的 classic 之原初意义——通过比较进行等级和阶层划分。同时，亚历山大里亚学者强调的"收入"（received）过程，也为"经典"作家名录的调整打开了历史之门。当代文学经典之争总以为 classic 的"打开"（opening）是 19 世纪以后的事情，实际上亚历山大里亚学者早已开始了超越"古代"时间限制的努力，为经典秩序的历史周延，引入了现时和当下的"入选者"。

　　相对 classic 与罗马拉丁语言的因缘关系，canon 一词则源起于宗教的教条、律法等内涵隐喻，其词义发生可能要追溯到希腊语文中去。在古希腊，有两个词："káνva"（kanna）和"kavων"（kanon）与 canon 形成有关。希腊词源 kanon 原意指芦苇，引申出了包括门闩、尺子、规则、标准、模板、边界、严格批评以及课税评估（assessment for taxation）等内涵——特别要注意这最后的"课税评估"，它暗示着 canon 与 classic 在词源意义的发生上，具有同样的社会维度，即都是对收入和财富进行度量的方法与标准。后来，"kanon 这个词逐渐发展成为其衍生义'尺度'（rule）或'法则'（law）。它的意义延伸，用来表示尺度、标准；另引申出'书目'（list）'目录表'（catalogue）

之意"①。canon 这个对文学批评有着重要意义的词,则首次出现于 4 世纪。它吸收 kanon 的诸多内涵,突出了对"书目""目录表"的特殊应用,当时"用来指一组文本或一群作者,尤其指早期基督教神学家《圣经》一类的书籍"②。这些经籍由宗教机构勘定,收入到神圣"圣典"之中,虽数量有限,却是教会活动的规则、标准、律条和法度——这就将 kanon 几乎所有词源意义都融合到了"圣典"之中。canon 收入的作品,都必须是权威神圣文本的集合——"权威的在这里意味着(这些作品)是受到上帝的启示或是得到了信仰教义群体的合法认可。"③ canon 必然是得到公认的原初"真经"和神圣注本。以此作为规范标准,剔除那些鱼龙混杂的假托伪劣之作,也成为 canon 目录的一个重要作用。这从一定程度上引申出"真作"目录的概念——绝对排除篡改、假托、拟附的各种伪作,真实性(authenticity)是保证圣典权威的前提性条件。严格来说,canon 的编选和维护,是树立宗教威权和纪律的核心工作。Canon 目录的建构,也起到甄别排除伪经(apocrypha)的作用。从这个角度来看,canon 一词根源于"基督教内部关于希伯来《圣经》和《新约全书》真实性的辩论。只有教会认定的、具有神圣权威的作品,才能被认可收入经典(canon)"④。

在西方世界的漫长历史中,无论在基督教的哪个支派或教宗,圣典(canon)都被视为稳固封闭的一系列作品构成的体系。它以旧约和新约作品为基础,按严格要求有限地补充少量不同时代传释经义的著作。在特定时期,教会认定的 canon 书目相对固定,不可随意更变。稍有区别的是,不同教宗和支派会有不同的甄选和勘定。这些作品都具有神启性、真理性和预言性。在希伯来宗教中,"上帝之言"的传播流布,经历了由口头形式向书面文本发展替代的过程,canon 是书面化以后的产物。"律法书"(Torah)是作为与先知的启示性口头教谕相对立的书面教条形式而被固定下来的。Torah 这个词意味着典范的律法文书,这导致对先知的信任渐次被对典籍(canonical book)的阐释和评论所取代。从口头神启到书面经文的转变,不仅是一种思想媒介的变化,而且促成了经典(canon)文本的神圣地位——宗教律法条文被赋予神圣色彩,

---

① John Guilory. *Canon* [M] // Frank Lentricchia et al., eds. *Critical Terms for Literary Study*. 2nd ed. Chicago:The University of Chicago Press, 1995:233.

② John Guilory. *Canon* [M] // Frank Lentricchia et al., eds. *Critical Terms for Literary Study*. 2nd ed. Chicago:The University of Chicago Press, 1995:233.

③ Preminger Alex, Brogan T. V. F. eds. *The New Princeton Encyclopedia of Poetry and Poetics* [M]. New Hersey:Priceton University Press, 1993:166.

④ M. H. Abrams, Geoffrey Galt Harpham, ed. *A Glossary of Literary Terms*. 9th ed [M]. Boston:Wadsworth, 2008:28.

这也是后来教会特别强调圣经书籍印刷和出版标准化的原因。"经典"书籍被一种与上帝之言同等的神圣光晕所环绕，经籍的一文一字，都具有无可置喙的圣洁性，不可随意造次、玷污。因此，对 canon 真假的甄别，以及 canon 书目的确立，就成为西方宗教发展中至为重要的一个环节。许多次宗教改革，都是从对圣典文本的"打开"入手的。Canon 书目的调整和释义变化，正是各种观念和宗教权力斗争的征兆。在晚近的文学讨论中，之所以会常用 canon 一词，根源就在于这个词极富神圣性的权力色彩——过去是宗教权力的神圣权威，现在是世俗权力的政治权威。

如果说 classic 反映了从罗马人开始延续的、一种对"古代"希腊学问的整体认同的话——从中世纪开始，因为罗马人对希腊文化亦步亦趋的忠诚，他们自身也被后人整合进了 classic 的内涵中，那么，canon 则是罗马人自身宗教和法律生活的直接反映。它的源起被追溯到希腊文字，正见出罗马时代试图整合希腊与之融为一体的文化努力。Canon 的内涵确实与罗马社会的宗教生活交错相依，但若把与宗教的关联程度视为区别 classic 和 canon 的根本标准，恐怕是缺乏雄辩性的。作为植根于罗马社会历史的拉丁词语，classis 早期也主要是"用于与罗马历史有明显关系的事物"；鉴于罗马社会与宗教生活的密切关系，classis 词义后来也引申"变成教会组织的一个专门术语"[1]。所以，宗教是我们理解 canon 的重要维度，但却应该避免陷入其中而无法自处。

事实上，希腊词 kanon 是非宗教化的，因为它诞生的语境尚无宗教可言。据考，古希腊雕塑家波利克里托斯（Polyclitus），著有现已失传的著作《经典》（Kanon），在其中提出了理想的人体比例法则，认为艺术，特别是美术，可以在人体动静结合的身体形态中达到美的平衡。其在公元前 450—公元前440 年左右，创作了雕塑"持矛者（Spear-Bearer）"，特意命名为"Kanon"，以示反映他在《经典》（Kanon）一书中主张的艺术原则。这可能是最早将"经典"用作审美术语的例子。大约其时，Kanon 的标准，是雕塑（美术）创作追求的理想规则。波利克里托斯用 kanon 一词表达了对一种典范的审美原则与艺术标准的理解，而且以自己的雕塑作品，实例展示了"kanon"的典范（model）形态。以雕塑作品"Kanon"来具体化其在审美著作《经典》（Kanon）中阐发的理念，足见"kanon"的要求和原则，是可以通过美学手段与艺术形式加以实现的。从这个源头来看，kanon 显然是对艺术作品内在本质和属性的要求，它孕育了对"美学"的判断；而不像罗马时代那样，仅被视

---

① 〔英〕雷蒙·威廉斯. 关键词：文化与社会的词汇［M］. 刘建基，译. 北京：生活·读书·新知三联书店，2005：51.

作上帝权威的箴言记录。经由罗马社会的演绎发展，canon 的宗教属性确实得到了强化，其内涵被过度宗教化，已经淹没了该词初具的"美学"辞源意义。在中世纪，canon 所"收入"（received）的圣经宗教书目，与亚历山大里亚学者所指的以古典著作（classic）为核心的"收入"，已然判若云泥。

大体上来说，最初 canon 之书目集中在法律学、神学的领域。因中世纪的法律观念主要由宗教律条改造而来，实际上 canon 的核心还是宗教圣书文本（Scripture）。而 classic 收入的书目，则以语法、修辞及逻辑学为尊，一般所宗的是古代作家的典范作品。所以，自罗马以降，很长时期内，canon 与 classic 两词，原本有着极为清晰的界限。Classic 广涉古典作家和世俗生活，而 canon 则与圣经作品和宗教生活相连。"基督教文化的学生绝不愿意混淆 classic 的力量与圣经所具有的权威。圣经是上帝之谕，而最伟大的 classic 的也不过是人类洞察的最高体现。"① 圣经典籍则不同于"人类的洞察"，它是上帝对人性的质问之言。上帝之言是永远鲜活的，它比任何双刃剑都更锋利，它能深入一切，直到把灵魂从精神世界中分离出来，它能判定心灵的想法和意愿。鉴于基督教圣书驳杂交错、伪托假冒的情况大量存在，通过规范经典（canon）所收书目，作为教会和民众宗奉之本，也就是顺理成章之事。圣书都被视为上帝神启的真言，只有真实可靠的经典之作，才能接近并体现上帝之谕。Canon 之书，必受神启沐浴，具有不可亵渎的神圣力量。这也是为什么 canon 一词被引入世俗文学领域之后，依然强调经典文本的权威性和震慑力的原因。

Canon 与宗教的关系确乎是紧密的。经过古罗马宗教性的意蕴注入和改造，其所指的特定对象，基本上不逾越宗教圣典（biblical canon）范畴。一直到 18 世纪，canon 一词都很少直接与文学作品的属性相关。萨缪尔·约翰逊在 18 世纪中叶所编的《英语辞典》，收录 canon 释义共 8 条，其大部分属于宗教领域的内涵。其中包括指"规则、律法""圣经或是具有伟大影响力的规则""主教堂的主事者、权威人士"或是进入"圣堂参事会的人员"，都直系宗教人事。第七个解释则用于外科医学上，指缝合伤口的工具，与笔者讨论的问题基本无关。第八个解释说到，canon 是"一种印刷文体，可能源自印刷 canons 书籍作品；就大小尺寸而言，最好写作 cannon"②。这个释义虽也源于对圣经作品的文字规范要求，但在后来语义演化中，逐渐引申出作为所有书写作品的一种规范，这可以看作是 canon 向世俗文本领域扩展的应用。其后，约翰逊在

---

① Lundin Roger. The "*Classics*" Are Not the "*Canon*" [M] // Cowan Louise, Guinness Os, ed. *Invitation to the Classics*. Grand Rapids, MI: Baker Book House Company, 1998: 25-33.

② Samuel Johnson, A. M. ed. *A Dictionary of the English Language*: Vol. 1 [M]. London. W. Strahan, MDCCLV, 1755: 322.

辞典的修订版中，增加了一条与艺术相关的释义："在音乐上，指一种乐曲的名称，一个声部曲调与另一个声部曲调始终相互追随"①，这就是通常所言的"卡农"音乐，一种非常讲究节奏的特定乐曲形式。此条释义可算是把 canon直接用于了对艺术问题的阐述，至少点明了一种音乐艺术（canon）应该具有的特征属性：严密的节奏和规则。但在约翰逊的辞典中，尚未出现将 canon 直接用于阐释世俗文学的义项。这种扩展，要等到 18 世纪中期以后，布鲁姆认为在观念上，对由宗教圣典不朽引喻而来的文学经典永恒性之理解，在文艺复兴的但丁那里虽已有了比较明确的体现，但世俗经典在社会生活中享有 canon的权威地位，"实际上直到 18 世纪中叶才出现，即出现敏感、感伤和崇高的文学年代"②。即便如此，在指称文学"经典"时，canon 也还不是一个得到广泛认同的概念。应该说，在 canon 被广泛应用于讨论世俗文学之前，classic在指称经典作家和作品时，意义非常明确并且具有无可争议的排他性。不仅因为 classic 囊括的"古典作家"代表了文学和语言的最高典范，而且因 classic所具有的等级和分化意义，在古代与现代之间拉开了必要的价值差距。而canon 作为特定的用以说明宗教圣典的概念，在社会生活和语义应用的实际层面，并没有取代 classic 的独特性。

今日所见，"最早将文学作品与神圣圣经之作联系起来思考，通常要追溯到 1768 年的大卫·伦肯③。到了 19 世纪的早期，柯尔律治曾提到过'有关诗歌的批评经典'和'普遍趣味的经典'之类的话。但在文学研究中，canon 这个词并没有得到过普遍认可，而是与其他类似的术语一起，构成了人们对文学的理解"④。像"经典"（classic）、"伟大的书"（Great Books）等概念，都曾被广泛接受，而 canon 一词则在很晚才获得认可。但从根本上看，classic 之类的概念与 canon 一样，"讨论的是同一件事：不管怎样变换，或是出言武断，

① Samuel Johnson, John Walker, eds. *A Dictionary of the English Language*. 2nd ed ［M］. London：William Pickering, Chancery Lane, George Cowie and Co., Poultry. 1828：94.
② 〔美〕哈罗德·布鲁姆. 文学正典［M］. 江宁康，译. 南京：译林出版社，2005：14.
③ 此处提到的大卫·伦肯（David Ruhnken, 1723—1798），是 18 世纪德国著名的古典学者（后长期在荷兰担任古典学术方面的教职），精通希腊文学和罗马法律。"经典"（canon）一词在名录编订意义上的广泛使用，尤其在非宗教的世俗意义上使用，通常会被追溯到伦肯。他在 1768 年首次将canon 引入用于对世俗作家书目的指称，标志着 canon 一词内涵的重要改变。伦肯有时也用"最佳名单"，或援引昆体良的概念"名录"（Ordo），canon 的宗教神性被一种更普遍的权威性所涵盖。
④ Schellinger Paul. ed. *Encyclopedia of the Novel*：Vol. 1 ［M］. Chicago：Fitzroy Dearborn Publishers, 1998：45.

像 classic 这样的术语关心的是界定——以及寻找合适的范例——文学的伟大性"①。只要细看一下,就可以明白,那些构成西方经典(canon)的伟大作品,绝大部分都是古典作家(classic)的皇皇巨著。这就能解释,为何 classic 与 canon 在指称世俗文学时,能具有内涵上的统一性。

Canon 内涵向世俗文学"经典"(classic)的位移,更大的变化是发生在19世纪以后。文学的"经典"建构与民族国家新"信仰"之形成,关系日趋紧密。传统宗教在社会结构中的总体位置,已经逐渐让渡给世俗的政治性国家机器,宗教也不避为世俗权力张目和提供支持。原有 canon 书目的权威性,在阐释"政治共同体"的世俗文学经典中得到承继,文学经典发挥着传统宗教般的塑造作用,canon 跳出宗教的特定意义,用以概括文学中的非古典作家,已不是忤逆之举。在时间上远离了希腊罗马文学,近世作家作品不断忝列"经典"(canon)之中。再加之对 classic 书目潜隐意识形态色彩的认知,在指称"经典"时,canon 与 classic 已经不是过去那样,界限分明。学者罗格·伦丁对 canon 一词的世俗化转换,以及它在文学领域中的广泛应用,有过具体的历史分析。他认为,"仅仅在19世纪,用以取代古代圣书典范的文学经典(canon)的观念才出现。特别是在19世纪后半叶,出现了大量的批评文章,讨论在一个没有了圣典的后基督世界中'经典'(canon)的问题。他们赞同把诗、戏剧和小说看作是一种'世俗圣典'的形式。当正统的信仰和行为看来已经丧失它们的权威并成为了许多人心智的蒙障时,一些人认为,一个文学的经典(canon)可以替代已声名扫地的'宗教圣典'。"② 而英国大批评家马修·阿诺德,则被视为是促成世俗杰作(classic)赢得"经典"(canon)地位的关键人物。根据他著名的论断,现代世界的人必须"通过那些被认可并不断谈到的最好的作品才能认知我们自己"③。这最好的作品,乃是阿诺德歌赞的那些"诗的精华"。将近一个世纪,阿诺德的观念改变了英语世界的文学研究,而学者和出版人则更进一步推动了由"伟大的书"——这些书主要由古代经典(classic)组成——构成的稳固的文学经典(canon)概念深入发展。在强调和归纳"经典"作品的卓越属性与深刻价值方面,canon 在文学领域的应用,实现了其与 classic 在内涵上的双向融合。"当 classic 要求我们审视我们

---

① Schellinger Paul. ed. *Encyclopedia of the Novel*: Vol. 1 [M]. Chicago: Fitzroy Dearborn Publishers, 1998: 78.

② Lundin Roger. *The "Classics" Are Not the "Canon"* [M] // Cowan Louise, Guinness Os, ed. *Invitation to the Classics*. Grand Rapids, MI: Baker Book House Company, 1998: 25-33.

③ Sister Thomas Marion Hoctor, ed. *Matthew Arnold's Essays in Criticism*: First series [M]. Chicago: The University of Chicago Press, 1958: 210.

自己最深层的信仰时，我们也是这个作品审视反思的对象……就 classic 对我们生活的根本质问来说，它有点像《圣经》的神圣之晕。"① Classic 的内涵更具 canon 的神圣色彩，这让人对"古典"（classic）作家在简单崇拜之外，又平添几分敬畏。然而，在 20 世纪的晚近三十年，这种观念遭到了颠覆性的批评。多元论者强烈质疑由经典（canon）所代表的那些真理与普遍价值；而西方经典（canon）的核心杰作（classic），被描述成是一种权力压迫和种族歧视的工具。由此受责难的，就不仅仅是 classic 构成的道统，还有 canon 编织的权力谱系——classic 与 canon 两个词，在被权力话语逼仄围攻的态势中，又取得了某种历史的同一性。

　　我们强调 canon 一词的宗教来源，但又一再主张不能以宗教属性作为区分 canon 与 classic 的唯一特征。这是因为，canon 的希腊词源 kávva 及其变体 kavωv，在后来罗马拉丁语的演变中，不但披上了宗教性的涵义，而且被赋予了明显的世俗权力色彩——这可不是直到晚近才新植入的内涵。也就是说，在 canon 一词身上，同时孕育并包容了神圣宗教权力与世俗军事权力双重历史内涵——政教合一，这也正是罗马权力结构的重要特征。用罗伯特·斯科尔斯的话说，"帝国所到之处，大炮与经典同在（Where the Empire went, the cannon and the canon went too）"②。此言极为贴切地诠释了 canon 的一体两面。古罗马以军事立国，以宗教护国，火药的引进和大炮的使用，宗教圣典的刊布和宣讲，对于维护罗马帝国的权力地位，都是必不可缺的。Canon 一词原本与管状物有关，所以用来衍指大型的枪械武器（大炮）是其正常的意义延伸。③ 这里我们尚需对"大炮"的词形演变作一点补充，以便更好地理解它与"经典"（canon）之间的意义关系，还原 canon 与世俗权力之间的历史演进过程。

　　"大炮"原词为 cannon，由拉丁文派生词 canna 演化而来，主要保留的是 kávva 的内涵，即指芦苇秆、细长的杆状或管状物。约翰逊在他的《英语辞典》中认为，由 canna 引申出来的 cannon 一词，主要指"战斗用的大型枪械，一般超过人用手能掌握的尺寸"。凡与 cannon 相关的词组，都与战斗事物和发

　　① Lundin Roger. The "Classics" Are Not the "Canon" [M] // Cowan Louise, Guinness Os, ed. Invitation to the Classics. Grand Rapids, MI: Baker Book House Company, 1998: 25-33.

　　② "Where the Empire went, the cannon and the Canon went too"，这句话源出自罗伯特·斯科尔斯对美国国家人文基金委员会主席及教育委员会前秘书本内特（Bennett）和弗吉尼亚大学教授赫斯（Hirch）的回应文章。参见括号内著作（Scholes. Robert. Aiming a Canon at the curriculum [J]. Salmagundi, 1986, 72 (Fall): 102）。

　　③ Scholes Robert. The Rise and Fall of English [M]. New Haven: Yale University Press, 1998: 105-110.

射性武器有关。^① 而 canon 一词则顺承了 kavων 的延伸和扩展意义，包括标准、规则、模式，以及测量工具等意涵；最后又派生出了以谷物、金、银为主的贡品之意——"贡品"乃是等级划分和阶级区隔的产物，从中可以看出罗马宗教权力世俗化的特征。Canon 的复数形态 cannones 和 canonnum "在晚期的拉丁文化中，即用来意指大炮（cannon）或枪械（guns）"^②。足见在罗马帝国时代，"经典"与"大炮"两者所具有的同一性——对维护帝国权力而言，大量复数"经典"构成的体系，以它的神圣经文发挥着"大炮"一般的强大威力。很长时期内，"大炮"的词形都依附于"经典"（canon），成为其内涵的一种世俗化延伸。而 cannon 在英语词形上的变化，虽保持了对其拉丁词源意义的延续，但更多反映了英国政治权力的历史演变。 "在我们的语汇中，cannon 作为对枪炮的指涉，直到 19 世纪后半叶才得以完成。在这个时期枪炮强烈地需要一个属于它们自己的词语拼写方式（而不是与 canon 共用一种拼写）；正像枪炮在 19 世纪能战胜其他一切一样，cannon 的拼写方式也成功胜出，成为对枪炮的命名。"^③ Cannon 一词的独立，正好昭示了现代战争武器对宗教文化"武器"（canon）的胜利；这是新的帝国时代（英国）取代古老（罗马）帝国的历史进程。大约是在 16 世纪末 17 世纪初，英国完成了他的海上霸业，"英国将它的意志通过大炮 cannon 和权杖 cane 强加给世界，并成就了帝国权力。它通过海军的大炮迫使外国人就范；通过权杖 cane 的挥舞掌控自己的水兵。法规与权力：大炮、权杖，当然，也包括书籍。帝国所到之处，大炮与经典同在。"^④ 由此，原本同出一源、共用同一形式的 cannon 与 canon，以及 cane，构成了新帝国基业的三种不同权力形态。

既然 canon 与 classic 原本有着明确的词源学差异，为什么在后来的文学批评中，两者会时常交融，甚至相互替代呢？如前所述，这主要归咎于 19 世纪以后，classic 与 canon 在内涵上的趋同演变。"在西方印刷文化中，世俗文学的权威性一直是远远地（有时是公开地）拟照圣书的权威。"^⑤ Canon 的权威内涵溢出宗教领域拓展指称世俗文学，而 classic 则因现代审美对个性的强调——19 世纪是张扬个性的新时代——古典作家（classic）被更进一步神秘化，有了令人生畏的光晕。两者在收入文本的品质与功能要求上，以及指称包

---

① Samuel Johnson, A. M. *A Dictionary of the English Language*：Vol. 1 ［M］. London：W. Strahan, MD-CCLV，1755：322.

② Scholes Robert. *Aiming a Canon at the curriculum* ［J］. *Salmagundi*. 1986，72（Fall）：101.

③ Scholes Robert. *Aiming a Canon at the curriculum* ［J］. *Salmagundi*. 1986，72（Fall）：101.

④ Scholes Robert. *Aiming a Canon at the curriculum* ［J］. *Salmagundi*. 1986，72（Fall）：102.

⑤ ［美］希利斯·米勒. 文学死了吗 ［M］. 秦立彦，译. 桂林：广西师范大学出版社，2007：127.

含的文本对象上，大体是吻合的。第一，classic 和 canon 都由一系列堪称标准、典范的文本构成，是人们特定行为和文化实践的指南。Classic 作品更多地与识字和人文教养有关；而 canon 则更多与法律和信仰的训诫有关。不管具体目的如何，classic 与 canon 作为归化的标准与典范，作为一种特定权力，基本作用和功能是一致的。在文学上，两者蕴含的权威性和永恒性，都毋庸置疑地得到了体认。第二，classic 与 canon 所收入的核心书目，共同构成了西方文化的基础，是西方文明的"核心观念"。经过一代代的诠释和注解，许多古典（classic）作品，甚至被纳入原本属于宗教范畴的圣典（canon）之中——古罗马人做的一个非常重要的工作，即是将古代文化的杰作整合进神圣罗马帝国的宗教世界之中，维吉尔就是其中的突出例子。用学者罗格·伦丁的话说，"阿诺德及其继承者所赞扬的那些文学经典（canon），大部分作品正是那些我们称之为古典（classic）的作品。它们包括像《荷马史诗》和希腊悲剧，维吉尔的埃涅阿斯和拉丁诗人，也包括英国文学中那些无可置疑的作品，如乔叟的《坎特伯雷故事集》，弥尔顿的《失乐园》，莎士比亚的戏剧。"① 到 1909 年编辑出版《哈佛经典》②，乃至 1950 年代编辑《西方世界伟大的书》时，已少有人再去怀疑西方伟大书目（Canon）的精华就是古典（classic）作品。阿德勒使用"伟大的书"（great book）来指称 canon 与 classic 所涵盖的对象，基本上解决了概念之争给经典书目选择带来的麻烦。特别是他强调"伟大"（great）不等于一般意义上的"好书"（good book），为"经典"确立了非同寻常的标准。③ 作为西方文化传统的核心要素，canon 与 classic 所涉的书目对象，总体上是重合的。在对西方文化命意和基本观念的表征上，canon 书目中不断收入的新"经典"，乃是 classic 古老传统的一种历史延续。Canon 与 classic 构成西方文化精神的主轴，具有逻辑的一致性。经典就是"一个社会中被赋予文化含量的一套文学作品，重要的哲学、政治和宗教文本的组合"④，在这个意义

---

① Lundin Roger. The "*Classics*" *Are Not the* "*Canon*" [M] // Cowan Louise, Guinness Os, ed. *Invitation to the Classics*. Grand Rapids, MI: Baker Book House Company, 1998: 25-33.

② 《哈佛经典》是由哈佛第二任校长查尔斯·艾略特主编的一套西方经典丛书，共51卷。参见括号内著作（Eliot Charles W, ed. *Harvard Classics* [G]. New York: P. F. Collier & Son, 1909-1912）。

③ 《西方世界伟大的书》是由阿德勒和赫钦斯等主编的大型丛书，1952 年第一版出 54 卷，20 世纪 90 年代加以修正的第二版，已经出到 60 卷。

④ 参见括号内著作（Lauter Paul. *Canons and Contexts* [M]. Oxford and New York: Oxford University Press, 1991: IX）。这是一个较为广义的经典定义，劳特在另一处对文学经典的定义为"大学课程和教科书中的那套作家和作品，以及在标准的文学史、书目或批评中通常讨论的那些作家和作品"（见此书第 23 页）。而在《希斯美国文学史》的序言《致读者》中，又认为经典是"重要得足以作为阅读、学习、书写、教学的作品和作者的清单"。

上将 canon 与 classic 转化替用并不会造成什么误解。

不过，还是有一点变化值得我们注意，canon 在 19 世纪进入世俗文学领域之后，大有取代 classic 独领风骚的趋势。作为概念，两词的内涵多可转换；但作为指代语词，两者却有着颇深的权力角逐。"现代文学"的整体建构，将"古典作品"（classic）推到了其历史的对立面。青睐新作，非难过去，随着"经典"（canon）目录的不断调整与修正，"古典"意味浓厚的 classic 渐次受挫，而 canon 则因充沛的"现代活力"而被青眼相待。"作为现代文学基础的经典（canon），已包括了许多非古典（classic）的作品，因为（在现代文学的视野中）古典（classic）作品的永恒意义受到了怀疑。"① 在讨论"现代英语经典的形成"时，对"古代经典"（classic canon）与"现代经典"（modern canon）概念进行必要区分，似已成为基本的理论前提。② 而 canon 在当代西方经典论争中取代 classic 成为探讨的中心词眼，则更多体现了多元主义理论家策略性的"权力"安排。"Canon 一词取代具有敬意色彩的 classic 一词，明显是为了将 classics（古典杰作）疏离开来成为批评的对象。Canon 这一概念将传统课程中的文学文本类比为具有内在的封闭性逻辑、内容上富有历史特征、真实可靠的作品——圣经经典。这种源出圣经的类比始终存在着，不过一般是不引人注意的。所以，无论什么时候，经典的修正都必然表现为'打开经典'（canon）。"③ 这样看，多元主义的做法是很挣扎的。一方面，将 classic 冠于传统"经典"之上，将它们历史化为一个封闭的、与现代无关的过去对象，以便为脱落了"古典陈腐"气息的 canon 一词留地。另一方面，却又将 canon 的权力属性比附于传统经典（classic）之上，将其引申为一个压抑着现代社会的强权体系，无形中又模糊了多元主义自己在 canon 与 classic 之间刻划的分界线。Canon 非但未能成为替代 classic 的语词，反倒变成了对 classic 内涵的"现代"注解。不过，这恰好是多元主义消解传统经典（classic）崇高性、将其拖入权力战场的重要思想策略。

将文学经典（classic）进行类比为宗教性圣典（canon），以强调传统文本被历史赋予的神圣权力，乃是多元主义力图借助"历史"名义打开"经典"封闭结构的谋划。纳入西方文学经典（canon）的文本是有限的，主要集中于

① Lundin Roger. *The "Classics" Are Not the "Canon"* ［M］// Cowan Louise，Guinness Os，ed. *Invitation to the Classics*. Grand Rapids，MI：Baker Book House Company，1998：25-33.

② Gorak. Jan. *The Making of Modern Canon：Genesis and Crisis of a Literary Idea* ［M］. New Jersey：Athlone Press，1991：248.

③ John Guillory. *Cultural Capital：The Problem of Literary Canon Formation* ［M］. Chicago：The University of Chicago Press，1993：6.

传统经典（classic），它们一旦被选定，就获得了不可动摇的神圣地位。又因其历史的真实可靠性，往往比一般文本更具真理价值。尽管 canon 在文学领域的使用，类比引申了该词最初在宗教上的内涵，但毕竟宗教文本的选择过程，与文学文本的保存、生产和传播过程，大不相同。我们考察已知，宗教上的 canon 一般数量有限，且保持相对的稳定，并且排他性极强，书目调整事关重大，不可无限开放。而 classic 在现代视野中，用以指称整体上的"古典"之物，实际上是随着时间推移在无限延伸的——除了特指古希腊罗马以外，"古典"是一个相对的历史概念。"作为名词的 canon 是一个指称系列作品的集合词，在英语中并没有词用来指称一个单独的 canonical 诗歌、戏剧或小说。与此同时，classic 作为一个名词仅仅应用于单个作品，我们也没有相应的词用来指称由单个 classic 组成的作品集合。……从本质上来说，classic 是一个比canon 更为包容和具有韧性的概念。Canon 的作品数量有进有出，总是随着每一代人的选择而变化，而 classic 则能承受不同时代的考验。因为很容易受到判断、趣味和价值变化的影响，canon 经常要不断调整。"① 在这里，classic（古代经典）被一种更具现代气息的 canon——就这个词的强大社会规制力量而言——想象性建构为不可亵渎的稳定系统，被理解为由时间的累积而自洽了的系列文本。每个作品都能以自己独特的创造性价值，在西方文化的延续中得到总体性的确认，能经受不同时代风雨的洗礼。新的天才式作品，以对"经典"传统的认同和屈从，纳入"经典"的总体秩序中去——不断延伸的"经典"谱系，并不会改变其整体的结构。所以，既有"经典"一旦获得一席之地，就能在一个相对平衡的秩序中，始终维持着自己永恒的地位。而 canon 作为与古典（classic）传统相对的一种现代性想象建构，与现代社会的历史进展一样，总是处在激烈的震荡和冲突之中，时刻面临着各种历史主体的价值性"阐释"——尤其是权力的排他性，容易导致 canon 缺乏包容韧性——"经典"（canon）书目的调整，总是打破或颠覆着整体的结构秩序，既有"经典"也时常面临着不确定的位置，因而显得缺乏永恒的品格。

　　经典的伟大性总是尚在时间中接受检验的东西。以上区分，将 classic 和canon 置于各不相同的历史观念下加以界定。与 classic 品格对应的是永恒的时间观，它意味着从古代，特别是古希腊罗马以还，西方世界的精神水平是不断衰退的，只有那些伟大的经典（classic）才堪称超越暂时趣味的不朽文章。相反，canon 对应的是一种发展进步的历史观，它意味着一切经典（canon）都

---

　　① 　Lundin Roger. The "Classics" Are Not the "Canon"［M］// Cowan, Louise and Guinness, Os, ed. Invitation to the Classics. Grand Rapids, MI：Baker Book House Company, 1998：25-33.

需要在新的历史语境中得到"进步"逻辑的重新校验，因而也就对经典文本提出了更"现实"的价值要求，强调作品的"时代性"品格。Canon 的"进步性"孕育着复杂的权力机制，将以时间距离作基础的 classic 形构替换为 canon 书目的现实甄选，是多元主义利用语词变化而实行的权力批判手段。classic 身上的社会政治色彩并不亚于 canon 包含的权力因素，这一点我们从其词源意义上已有所知。由传统经典（classic）构成的西方文明基础，也体现出了强烈的"时代偏见和趣味判断"。正是在这个意义上，传统的经典（classic）需要接受一种价值变化的书目（canon）改造，此乃多元主义者自担的历史使命。如此，就不难理解，为什么在当代经典论争中，canon 一词频频露面，而 classic 则只能在理论的一角偶露真容——canon 比 classic 更适合用来言说"经典"的处变之道。

由于现代学术运用 classic 概念对"古典"的反向命名，西方的古典学术就独立成了对象明确的"希腊罗马"之学，并围绕古典精神和风格，建构了脉络清晰的传统。直到 18 世纪启蒙主义，"现代性"历史观念才将 classic 从思想和文化的中心，后撤到历史的布景上。Classic 书目鼎立西方精神传统，始终在做着历史性的且非常严苛的"收入"与调整。Classic 在外延上由一套常规性的作品"目录"支撑起庞大的学术传统与文化道统，这与中国过去的"经学"研究有某种类似。不同的是，中国经学的发展，不管是传统延续的时间，还是经籍"目录"的变化，都比西方的 classic 更具有包容性。这就决定了"经学"的质与量、社会功能和文化效果，比西方的 classic 更为复杂。其中，有些根本性的经学文本，已经具备了西方早期 canon 的神圣命意。据周予同对中国经学派别的划分，"今文学"寻绎到了经学文本的政治思想，古文学把经学典籍视为历史研究的材料，而宋学则把经学文本演绎成为中国哲学思想和心性理气的工具，颇有了精神规范的抽象性质。① 以儒家精神为核心的经学文本，原属先秦诸子之学的一家，经汉代独尊儒术的政治推崇，而跃为中国古代学术思想、文化精神，以至政治和社会诸多方面的最高典律，其过程也颇类于西方神圣化古希腊罗马经典的经历。在古罗马基督教诞生的初期，处理并将希腊罗马的文化融入宗教教义中，正反映出经典建构的复杂社会关联性。维吉尔的作品被圣化，与汉代独尊儒术的取法方式，大体一致，都是将某一文本提升为奠立社会文化秩序和思想结构的神圣典范（canon）。

但是，中国"经"（classic/canon）之成学，又比西方古典学术史的发展，更具有现实性和时代性。"经学"一词，始见于《汉书·兒宽传》，"宽见上，

---

① 周予同. 经学史与经学之派别 [M] //周予同. 经学和经学史. 上海：上海人民出版社，2012：3.

语经学,上说(通"悦")之"①。周予同先生指出,"作为儒家编著书籍通称的'经'这一名词的出现,应在战国以后;而'经'正式被中国封建专制政府'法定'为'经典',则应在汉武帝罢黜百家、独尊儒术以后"②。围经而学,这正是汉代以还,儒家经典地位神圣化的现实惊变。意味着整个社会的体制与生活机制,围绕"经"组织起了庞大的知识、思想与道德体系;不断注解和阐释经义,被提升到关乎"经国之大事"的高度。但"经学"之学,涉猎繁多,其影响远远越过了政治性的工具功能。日本学者本田成之指出,"所谓经学,其内容甚形复杂,不单可说是政治学、宗教学和哲学,也不单是道德学……乃是在宗教、哲学、政治学、道德学的基础上加以文学的、艺术的要素,以规定天下国家或者个人的理想或目的的广义的人生教育学"③。从经学与中国人生活的密切关系而论,本田成之把经学视为总纲各类人生行为与政治实践、指导社会生活行动的最高价值标准与原则,同时也强调了经学与中国人发生关联的教化路径。"经学实是中国的最大权威者,从其内容来说,它是中国哲学,宗教或政治、文学的基础。"④ 本田一定程度上,又提出了具有极大包容性的经学概念,并且将狭隘意义上的儒家道德经典观念,补缀了文学、艺术和思想的维度,从而为理解中国经学与文学的关系,留出了充分的空间。文学经典的"经"义,借由传统"经学"引申而来,这也成为"文以载道"艺术观念的思想哲学基础。所以,汉语世界的"文学经典",是整个"经学"叙述体系的构成部件,它只有在"经学"建构的政治、道德和文化场域中,才能确立自己的位置;同时,文学作品一旦进入"经"文目录,即可超越具体的个人化经验书写,获得抽象普遍的本质性力量。这一点,与 classic 和 canon 两词的内涵演变轨迹颇为类似。

通过对照分析汉语"经"义的内涵,我们可以对"词与物"的跨语际形态和概念转译关系,亦即,汉语"经典"—"词"与它所对应的"物"——classic 与 canon 之间的指称关系,做些简单交代。惯例上,我们通常用"经典"同时转译 classic 与 canon 两词,虽在符号形式上不对称,但却未造成太多认知上的分歧。就"经"学与中国人日常生活及思想文化的本体性关联而言,"经典"概念完全可以包容 classic 与 canon 两词在世俗和精神意义上的丰富内涵。正如我们对 classic 和 canon 的历史语义分析所示,在指向文学领域时,两

① 班固. 兒寬传 [M] //班固. 汉书:第九册. 北京:中华书局,1962:2627.
② 周予同. 经学史与经学之派别 [M] //周予同. 经学和经学史. 上海:上海人民出版社,2012:15.
③ 〔日〕本田成之. 中国经学史 [M]. 孙俍工,译. 桂林:漓江出版社,2013:2.
④ 〔日〕本田成之. 中国经学史 [M]. 孙俍工,译. 桂林:漓江出版社,2013:2.

词具有共同的概念属性；而汉语"经典"一词在指向文学领域时，具有的价值意涵，可以同时转译 classic 的古典性、传统性，以及 canon 的权威性、典范性。在后面的理论分析中，我们也会看到两者在诸多层面上更具体的同一关系。所以，用汉语"经典"来表征 classic 和 canon 包括的基本问题，并不会造成根本性的词义混淆与内涵偏差。在国内学界，"经典"这一表达，具有非常高的识别度，并且获得了公认，不会与其他近似的语词产生意义分歧。因此，在讨论具体问题时，将其作为 classic 与 canon 的对译概念加以使用，还是合适有效的。因此，我们在书中坚持这种惯例性的翻译，而不以汉语译文的差异化来显示 classic 与 canon 之间的不同。一则学者们使用"正典""典律"之类译法，虽有新意，反映了对 canon 与 classic 内涵的差异化思考，但刻意为之，反倒略过了 classic 与 canon 之间的内在共性。二则，"正典""典律"之译法，相对突出 canon 的权力规则内涵，以示区别 classic 的传统性，这无疑是忽略了 canon 一词在西方历史语境中意涵的丰富性。更何况，classic 也不会因文本的古老性或道德大义，而超越于权力之外。再者，"经典"在古汉语中本就是两个独立词的合成。"经也者，恒久之至道，不刊之鸿教。"[1] "典，五帝之书也。"[2] 两词皆重视作品的崇高地位和神圣权威，但具体所指又略有差别。"经典"合用，大约始于汉魏时期，主要用来指儒家典籍。[3] "经典"一词在所指意义上，已经具有了包容 classic 与 canon 两词内涵的对应性。就汉语"经典"对作品地位、影响、效果、功能、属性及其特定价值的界定来说，实则与英语 classic 与 canon 两词所指称的内容有广泛深刻的相交。所以，采用"经典"来同时转译 classic 和 canon 是可行的。但我们不是要忽视对 classic 和 canon 两概念的差异认识。我们所采取的历史处理方法，本就在语境的变化中，显示了不

---

① 周振甫. 文心雕龙今译 [M]. 北京：中华书局，1986：26.

② 参见括号内著作（许慎. 说文解字 [M]. 段玉裁，注. 上海：上海古籍出版社，1988：200）。所谓"三坟五典"，皆乃"处尊阁之上者也"，凸显了这些典籍的崇高尊位。

③ 譬如，《汉书》第 77 卷中就使用了这一名词。书中说，当众人异口同声以王莽比周公时，孙宝委婉地给予驳斥："周公上圣，召公大贤，尚犹有不相说，著于经典，两不相损"。汉语"经典"所指作品，不同于一般性的著作，是最能接近"道统"的高等杰作，它们实际上具有西方 classic 与 canon 的双重性，既是世俗的权杖（cane），又带有儒教信仰的色彩。汉武帝设"五经博士"，"经"从此收纳《诗》《书》《礼》《易》《春秋》。唐代把五经扩大到十三经，这就是我国儒学的核心代表作，后来又增加老子和庄子的著作为经。"经学"乃是中国古代社会的国家教义之学，具有西方世界宗教经典和世俗经典的双重性质。就儒家经典的社会功能而言，其宗教道德性，实不逊于西方的宗教圣典，在数量上，它也维持着一种相对稳定的状态。而对经书的辨伪考订，又确实与维护封建道德风纪关系重大。所以，"经典"之转入文学领域，不过是其宗教性和社会性文化寓意的具体应用。中国最早的文学经典《诗经》，正是儒家经学的源头，也是阐发社会文化道德伦理的"恒久至道"之一。参见括号内著作（刘象愚. 经典、经典性与关于"经典"的论争 [J]. 中国比较文学，2006，2：44-58）。

同概念的历史差别。如果非要加以符号区分，我们不妨在"经典"之间以分隔符进行停顿——"经/典"，倒也可以在新异中将人带入对"物"的深思，以符号性的刻意变形引发对"经典"的理论追问。以"经典"问题在当代文学实践中所产生的巨大辐射力，我们觉得，完全不必要借助这种符号形式层面的惊异之举，来寻求一种理论的存在感。鉴于此，除非有特别需要，本书一般惯例性地使用汉语的"经典"——也利用它的含混性和包容性——来转译 classic 和 canon 两词的多重内涵。对其细小入微而不影响经典理论探讨的差异，不作特别区分。在具体论述时，如有需要对 classic 与 canon 加以甄别，我们将在汉语"经典"一词后括注英文进行区分。

第二节　"文学经典"内涵演变

"文学经典"就是文学作品中的经典？这似乎并不需要作太多的特殊解释。我们花了大量篇幅来阐述 classic 与 canon 两词的语义谱系，就是想减少对"文学经典"概念的纠缠。在一定程度上，对文学的"惯例"认知，可能比学理化的分析，能让我们更容易地把握"文学经典"的概念。但问题是，文学内涵的历史认知，呈现出动态游移，并不像人们惯例共识那样稳定可靠。过度信任惯例，反而掩盖了对概念的真相探问。许多曾被归入"文学经典"的古典著作（classic），在今天看来只不过是"高雅知识"的一部分，并不属于"特别种类的著作"①；而以我们当下的标准判断，可以纳入文学经典的"大部分的诗、戏剧与小说"，在传统的视域中"甚至不被视为文章（literature）……它们并没有'内容充实'或'重要'到可以被称为'文学作品'（work of literature）"②。如此看来，文学的惯例性认知有时并不具备区分经典文本的功能。"文学经典"未必全是某一固定"文学"概念的经典；"文学"所指向的外延边界，总随着"文学"观念的历史性变化而发生迁移。Literature 一词 14 世纪出现在英语世界，一直是作为"高雅的知识"（learning）的代称，目的是培养人们的读写能力（literacy）。属高雅知识范畴中的所有作品被视为"文学"（literature）——亦即，由"文"构成的知识之"学"。这样，"文"本就脱离日常经验，具有更文雅的特点。而所有和这些兴趣与写作有关的行为及作品，就被看作是"人文的"（literary）实践。按照威廉斯的考

---

　　① 〔英〕雷蒙·威廉斯.关键词：文化与社会的词汇 [M].刘建基，译.北京：生活·读书·新知三联书店，2005：270.

　　② 〔英〕雷蒙·威廉斯.关键词：文化与社会的词汇 [M].刘建基，译.北京：生活·读书·新知三联书店，2005：270.

察，"literature 的词义在中世纪末期与文艺复兴时期，从'阅读技巧''书籍特质'等意涵分离出来，这一点可以从印刷术的发展获得充分的证明。除了'学问、知识（learning）'这个意涵仍然内涵于 literature 的词义里，文法与修辞的技巧也包括在 literature 的词义里。"① 察其言可知，直到文艺复兴，"文学性"的内涵才逐渐地在 literature 一词中具有了某种独立的价值。而真正地将 literature 归为"具有文学特质或文学趣味"亦即"写得很好、具有想象力或创意之类的书"②，则是 18 世纪晚期以后的事了。

由广义知识转向独立文学的演变逻辑，在中国古代文学观念的发展历史中，也可以清晰地看到。郭绍虞先生在《中国文学批评史》中，梳理了中国"文学"观念的演变过程，认为其关键的演化进路，可以分为周秦—两汉—魏晋南北朝三个阶段，并指出不同阶段文学观念的意涵变化："周秦时期所谓'文学'，兼有文章、博学二义：文即是学，学不离文，这实是最广义的文学观念，也即是最初期的文学观念。"③ 此时"文学"是一种"知识"之学，与西学 learning 类似。"两汉，始进一步把'文'与'学'分别而言了，把'文学'与'文章'分别而言了。——用单字则'文'与'学'不同，用连语则'文章'又与'文学'不同。故汉时所谓'文学'虽仍含有学术的意义，但所谓'文'或'文章'，便专指词章而言，颇与近人所称'文学'之意义相近了。"④ 足见文学之观念，在汉代时已有从知识之学中独立出来、注重辞彩文笔的倾向。"迨至魏晋南北朝，于是较两汉更进一步，别'文学'于其他学术之外，于是'文学'一名之涵义，始与近人所用者相同。而且，即于同样美而动人的文章中间，更有'文''笔'之分：'笔'重在知，'文'重在情；'笔'重在应用，'文'重在美感。始与近人所云纯文学杂文学之分，其意义亦相似。"⑤ 中国传统文学观念的历史演进，自有内在的思想和学术逻辑；但要说现代意义上的"文学"观念转换，"不是从'文学子游子夏'上割下来的，是从日本输入的，他们的对于英文 literature 的译名"⑥。这正是西方"文学"在 18~19 世纪走向审美独立之后的产物。鲁迅的说法，似乎更符合中国现代"文学"的观念演变史及文学创作实际。

---

① 〔英〕雷蒙·威廉斯. 关键词：文化与社会的词汇 [M]. 刘建基，译. 北京：生活·读书·新知三联书店，2005：272.

② 〔英〕雷蒙·威廉斯. 关键词：文化与社会的词汇 [M]. 刘建基，译. 北京：生活·读书·新知三联书店，2005：272.

③ 郭绍虞. 中国文学批评史：上 [M]. 天津：百花文艺出版社，1999：5.

④ 郭绍虞. 中国文学批评史：上 [M]. 天津：百花文艺出版社，1999：5.

⑤ 郭绍虞. 中国文学批评史：上 [M]. 天津：百花文艺出版社，1999：5.

⑥ 鲁迅. 鲁迅全集：第六卷 [M]. 北京：人民文学出版社，2005：96.

　　文学活动以及人们对文学的认知，当然早就伴随人类的活动发生，但真正独立而自足的观念发展，则是晚近的事。因为印刷业的蓬勃发展，书写作品的大量出现，作家行业意识的觉醒，以及作家摆脱资助人而进入书籍市场，人们越发关心"写得好"的问题。① 但究竟何为写得好的书，并没有统一的标准；将文学与艺术、美学、想象和具有创意等属性交织一体形成的现代意涵，则更是 19 世纪晚近以来所发生的重大变化。尽管有丰富的文献作为支撑，但威廉斯一再强调，"文学"概念的内涵仍"不甚明确""不够明确"②。"文学"既然那么复杂，"文学经典"就并非望文生义理解那般简单。如此看来，提出"文学经典何为"这个问题还是必要的，对"文学经典"是什么、怎么样、该如何之类的话题进行必要的追问，也就成为展开更广泛的理论阐述的重要基础。

　　追问"文学经典何为"，我们恐怕不能再采取词学"考古"的方式进行了。"文学"概念的内涵在不断变化，穷其词学渊源，有助于我们更好地把握这个概念历史的（historical）特殊意蕴，但却无法真正反映人们对文学经典的历史性（historic）认知。更何况，举凡列入"文学经典"名目下的著作，因时因事而大异其趣，迥然不同。我们觉得，用一种宏观的视野，从不同时代对"文学经典"事实及理论的动态化理解中，寻绎关于这一概念的"共同知识"，会更有意义。而考察人们在历史的哪一个具体时刻使用 literary classic 或 literary canon 之概念，并不会让"文学经典"的丰富内涵得到完整呈现。诚如前文所言，classic 和 canon 两词被引入文学领域是一件颇有年头的工作了，不管是格利乌斯引入的经典（classic），还是波利克里托斯所命名的经典（kanon），乃至 19 世纪人们用以取代神学圣经的"文学经典"（literary canon），都只是关于"文学经典"历史知识的一部分；它们使用的具体时刻，也并非决定"文学经典"内涵的关键性因素。所以，与其考察"文学经典"的词学谱系和文献渊源，不如回到对"文学经典"具体对象和特定标准的讨论中，以丰富的历史"知识"来完成对"文学经典"的概念化描述。

---

　　① 〔英〕雷蒙·威廉斯. 关键词：文化与社会的词汇［M］. 刘建基，译. 北京：生活·读书·新知三联书店，2005：270.

　　② 参见括号内著作（〔英〕雷蒙·威廉斯. 关键词：文化与社会的词汇［M］. 刘建基，译. 北京：生活·读书·新知三联书店，2005：271-273）。关于"文学"概念的历史讨论，还可以参见韦勒克，沃伦，《文学理论》第二章"文学的本质"，其见地和史料很有启发意义（〔美〕雷内·韦勒克，沃伦. 文学理论［M］. 刘象愚，邢培明，陈圣生，等，译. 南京：译林出版社，2005：9-18）。另外，伊格尔顿在《二十世纪西方文学理论》（〔英〕特雷·伊格尔顿. 二十世纪西方文学理论：导言［M］. 伍晓明，译. 北京：北京大学出版社，2007：1-15）一书中也有对"文学"（literature）概念在英语世界中演变的理论梳理。

Canon 在世俗文学领域的应用，确实拓宽了"古典"（classic）文学世界的边界。但若是把宗教意义上圣化使用的 canon 一词与文学上类比借用的 canon 一词完全重叠，恐怕也会混淆许多问题。按宗教经典模式塑造文学经典，强调其权威性和唯一性，容易使文学经典的选择及批评与宗教经典的阐释一样，变成一个封闭、坚固的过程——宗教圣典更强调阐释和解读的神意归一。与宗教经典的神秘性、排他性和非开放性相比，文学作品的传播、接受与阐释，是一个具有恒变活力的历史化行动。"文学经典的形成，不是将一个作品接纳为严格限定的权威文本序列，而是将其引入一个持续不断的批评性对话之中。"① 文学接受的主体性参与，肯定了文学经典在历史维度上具有的开放性与对话性，"与赋予作品权威性不同，文学经典意味着进入一个文化的批评对话。而这仅仅是永不完结的对话的一角"②。正是这样的包容力量，使得文学经典可以进入不同时代的解读与阐释视野，在独特的主体经验中获得普遍认同。如果说文学文本收入"经典"序列可能会导致作品的固步自封，那么，在阐释与接受上表现出来的开放性与对话性，就为"文学经典"建构提供了更丰富的历史内涵。"表面看经典是由文学作品构成，但实际上，它不是作品本身构成的，而是由对文学作品的解读形成的。"③ 我们看到的"文学经典"文本，可能已经不是原初的"文本"；即使被收入不同选集的同一个文本，也不再是同一意义层面上的文本。一个文学作品在经过不同解读以后，可以满足我们多样化的"经典"需要。"文学经典"不是一个为人们被动接受的静止的作品序列，它需要不断地在阐释对话中动态地生成自己的意义和价值体系。

文学是一种特殊的文字符号作品，文学经典的功能与其他经典，如哲学经典、历史经典或理论经典等，固然存在价值同一性，但文字的美感、个性、趣味、风格，以及独特的审美创造性，却非其他经典所有。书写作品早期的主要功能，是以典范的文本教育人们正确地阅读、思考并写作。文字不像口头语言，它需要加以特别的训练才能掌握，将形诸文字的作品都归类为"高雅知识"（literature），也正是"文字"在古典教育中的特殊内涵。在希腊时期，经典书目的选择，典范文本的确立，主要是作为"一种语法的标准，一种正确表达的标准。"④ 经典意指那些经常被选入课本并不断被教授、阅读、阐释的作品。相比人们口头表达的随意性，大凡文字性的著作，亦即绝大部分的

① Wendell V. Harris. *Canonicity* [J]. PLMA, 1991, 106 (1): 111.
② Wendell V. Harris. *Canonicity* [J]. PLMA, 1991, 106 (1): 112.
③ Wendell V. Harris. *Canonicity* [J]. PLMA, 1991, 106 (1): 117.
④ Ernst Robert Curtius. *European literature and the Latin Middle Ages* [M]. New Jersey: Princeton University Press, 1991: 250.

"文学"（literature）作品——如果考虑到它们在古代生产的艰难程度——都可以视为"经典"①。中国早期的"文章博学"知识观念，也可作如是观。教会人们读写能力的那些作品，富含"高雅知识"，必是少数"经典的"标准之作。一直到今天，由经典（classic）奠定的人文教育框架，即使受到质疑和抨击，却仍是西方文化训练的基本模式。"从定义上看，'古典的'（classic）文学几乎都是经典的（canon），从实践的层面上看，经典就是古典时代留存下来的作品总集。"② 在古代，作品誊写传播本就不易，若能保存并被广泛接受，必是在社会生活中扮演重要作用的文本。虽那时尚未对作品进行特定的"文学性"区分，但在教育中起到基础作用的"典范"之作，强调了以文字为核心的读写规范，体现了对"文"更高的道德思想寄寓。即便没有形成特殊的"文学经典"认知，但甄选读写课本的工作，也是一个对作品文字"技巧"进行严格审查的过程。能够被采纳堪为"经典"之用的作品，必然在语法、文采、修辞、流畅性等方面，达到了"一流的"（classic）的水平。

古希腊历史学家、修辞学家狄奥尼索斯在《致庞培》的信中指出，希罗多德的《历史》是"最好的经典"，因为其语言不但"优美得体，而且给人以韵律的快感"③。虽然今天我们不一定把《历史》视为严格意义上的"文学经典"，但它作为希腊人的语言典范，却是学校教育和语言训练的重要书目。罗马时期的亚历山大里亚学者们提出的"经典"标准是"措辞和韵律的精致、修饰的典雅、性格的统一和想象的力量"④。措辞、韵律、修饰都是对作品语言文辞的具体要求，它们与性格的统一和想象的力量互为策应，体现了经典的整体意蕴。无独有偶，汉代扬雄也主张，"玉不雕，玙璠不作器；言不文，典谟不做经"⑤。在扬雄看来，儒家经典除了思想上的权威性和典范意义之外，在文辞方面也是后世学习的楷模，这种推崇经书文辞的思想对后世产生了深远的影响。大批评家刘勰也在道德经学的视野中，开拓了对文学经典理解的文学

① 韦勒克就曾指出，英语"literature"一词的词源，仅仅限于手写或印行的文献，而没有包括口头文学，从完整的意义上来说，用该词来指称人类的"文学"活动是不全面的。参见括号内著作（〔美〕雷内·韦勒克，沃伦. 文学理论 [M]. 刘象愚，邢培明，陈圣生，等，译. 南京：译林出版社，2005：11）。

② Kennedy George. *Classics and Canons & Teaching Classical Literature in the 20th Century* [J]. South Atlantic Quarterly, 1990, 89（1）：217-225.

③ Cited in Jan Gorak, eds. *Canon vs. Culture: Reflections on the Current Debate* [M]. New York: Garland, 2001: 106.

④ Adrew Milner, Jeff Browitt. *Contemporary Cultural Theory 3rd ed.* [M]. New York: Routledge, 2002: 108.

⑤ 汪宋宝. 法言义疏 [M]. 北京：中华书局，1987：22.

性视野。"刘勰是一个对经典力量及其在文学文化史上的正统价值具有特殊意识的批评家之一……不同于同时代的大多数儒家学者，刘勰坚持经书——无论是内容或是风格上——皆为最精粹的文学范式。"① 刘勰始终主张，圣人最本质的条件，就是明了如何创造性地透过优美的文字以传"道"，用典雅的言辞通达人之情性。换言之，"一个圣人首先必须是一个杰出的作家"②。刘勰称孟子和荀子是"理懿而辞雅"，列子是"气伟而采奇"，邹子是"心奢而辞壮"，淮南子是"泛采而文丽"③。经典应该具有规范语言、奠立语法的功能，注重辞采表达的优美，才能彰显出文章的理气思想。文与质的争论，其实并非思想与语言的矛盾，而是思想本身出了问题。卓越的思想，如果没有杰出的文学形式，也是没有精神感染力的——对古典作家而言，首先是语言的规范性与高贵性，而不是一般意义上的抒情性和诗意性。好的经典文本，他能够将思想的力量以动人心魄的方式表达出来。

可见，构成古典教育的伟大经典（classic），虽因各自时代对知识的不同要求而存在着选本上的差异，但对语言却逐渐提出了一些共同的标准。即使对语言的衡量还没有达到"文学性"的细度，但对文字技巧的要求却不断丰富——实因文字乃一切教养培育的水源。所以，克提乌斯才会感叹，"教育成为了文学传承的重要媒介，这是欧洲出现的鲜明事实"。④ 古典教育的书目选择，保留着那个时代语言最规范、最优美的"文学"之作。这里面还有一个非常重要的问题，文字的流传、写作行为的持续性以及经典的保存，都有赖于读写活动与统治阶级的制度关系。在漫长的古典时期，不管是西方还是中国，读写都是严格限制在少数特权阶层中的教养训练，具有明显的制度依附性。"文学"很难独立成为个人创造性与想象力驰骋的阵地。西方如此，中国亦是如此。宇文所安就曾指出，"从公元前两千年的晚期开始，一直到14世纪末，从甲骨文到高度发展的商业印刷文化，既涵盖了上古汉语作品，也包括新兴的城市白话文。在这一长时段中，写作以及对写作的阐释，从一个非常小范围的、附着于王室的写作阶层的特殊技能，转变为一个大帝国的精英阶层的根本

---

① 孙康宜. 刘勰的文学经典论 [M] //孙康宜. 文学经典的挑战. 南昌：百花洲文艺出版社，2002：21.

② 孙康宜. 刘勰的文学经典论 [M] //孙康宜. 文学经典的挑战. 南昌：百花洲文艺出版社，2002：21.

③ 周振甫. 文心雕龙今译 [M]. 北京：中华书局，1986：161.

④ Ernst Robert Curtius. *European literature and the Latin Middle Ages* [M]. New Jersey：Princeton Universrity Press，1991：36..

身份特征"①。进入明朝以后，随着工商业和城市市民文化的兴起，写作行为才渐次从王室的附庸与特殊雇佣中挣脱出来，成为可以容纳个性声音的国家书写与知识体系的一部分，借助制度性运转，造就了一个比王室写手更广大的精英阶层。这个阶层依然发挥着书写行为的制度性和统治性功能，但因为书写群体的扩大而带来的个性表达空间也在不断地延展。"文学"的教育和训练，在王室之外的社会中推行，经典的范围无疑在大量需要中日渐增长，这就为那些原本处于王室和古典范本之外的写作，开辟了经典化的道路。

"经典"之书（classic）以对文字的规范，保存了"文学"发展的经验。但反过来，也正是"经典"的文字不朽流传，为道德和人性的传达提供了演出的剧场。这种互相依偎的关系，在西方文学的发展历史中，长期存在，并成为"经典"建构的语境化力量，从而将"文学经典"的价值从"文学"拓宽到了更广的社会话语之中。明道、征圣、宗经，中外皆是如此理解文学经典与圣贤大道的。所谓"言而无文，行之不远"也是对思想与文学关系的深刻理解。对古典教育课本的选择者来说，语言文字的要求集中在两点：一是选用哪种（语言）文字进行表达；二是如何运用这种文字进行更好、更规范、更标准地表达。语言文字不只是一种外在的形式媒介，很大程度上它被理解为知识和文化本体性的一部分。"古典教育预先设定这样一种信念：那些伟大古老的作品不仅以最高贵的形式包容人类最高贵的精神食粮，而且这种高贵的精神与生俱来地就与这些作品所用语言的语法和文辞紧密联系在一起。"② 语言不仅是文化精神的表达利器，它本身就是文化奥义的象征。从这个意义上来说，古典教育赋予经典语言的道德承担，要远远超过对"文学性"的要求。不独古典时期，在后来民族国家的形成过程中，民族文学经典的建构与发展，也都深深依赖于对语言文字的差异化区分与倡扬。怎样嫁接民族语言与古代拉丁语言传统的血缘关系，成为民族文学合法化的头等大事。所以，语言文字的选择使用，不仅是文字内部的技术处理问题，而且是一个至关重要的文化"道德"问题。优秀的"经典"作品，不只是培养人们对语言的操作能力，它还承担着化育道德、滋养人心的作用。正因为如此，古代经典作品（classic canon）所具有的语法、修辞等语言操练价值，都会趋向外在文本的"道德"诉求。一个人通过经典教育获得的并非"舞文弄墨"的皮相功夫，而是通过操作规

---

① 〔美〕宇文所安. 剑桥中国文学史：上卷·导言［M］//宇文所安，孙康宜，主编. 剑桥中国文学史：上. 刘倩，等，译. 北京：生活·读书·新知三联书店，2013：23.

② Graff, Gerald. *Professing Literature: An Institutional History*［M］. Chicago & London: The University of Chicago Press, 1987: 29.

范化言说来显现自我内在的道德面相。对文学经典或是伟大作品的道德诉求，渐次成为寄寓文字之下的、评判作品高下优劣的重要标准。约瑟夫·阿迪森直言不讳地承认，"我所读过的书，以及我在人间所看到的一切之中，没有什么比那些以完美高贵的形式表达了人类本性的文字更让我感到欣慰的了……最优秀的古代作家就是展现人更为良好的一面。他们培养人类伟大的灵魂，赋予心灵以优雅的气度，使心灵得到不朽和完美希望的滋养"①。而阿诺德之所以要提出一套严格的精挑细选的原则，给各类文本和诗人排列等级，建立起他那供人钦仰的大师圣殿，乃是因其"竭力要在诗歌中创立一套新的《圣经》教规，用它作为推行一些社会准则的先导，他所希望的正是从宗教领域中把这些社会准则照搬到文化中来"②。

　　其实，从柏拉图对文字的忧虑和批判中，可以看到文字炫技做法是被抵制的。柏拉图担心利用文字技术的迷障欺骗公众，从而使作品呈现出来的道德和真理受到削弱，甚至与这种诉求背道而驰。他主张真理的传播与理解，应该依赖现场化存在的说与听，所以演讲的技巧得到了适当的肯定，这种传统一直延续在亚里士多德和西塞罗的修辞著作中。同时，柏拉图对炫耀口才的"诡辩家"或煽惑群众的人，是非常警惕的，把他们归入远离真理的"第七流人"。而可以在时空上分离说与听同步过程的"文字"，则很容易导致意涵的曲解与误读。文字变成了一种符号化的"知识"，而不是对世界的真理性认知；凭借文字获得的是一种"真实界的形似而不是真实界本身"③。所以，文字妨碍了人们对真理的理解与接受。在柏拉图看来，文字的发明和修辞的技巧，都是与世界的真理显现相关的重大问题，绝非信息媒介的简单转变和替代。④ 不独西方，在中国现代文学的生成过程中，新文学的提倡者又何尝不是把自己宏伟的道德理想与社会乌托邦，建构在对古典作品的"文字"祛魅之上呢?⑤ 这种对

---

　　① Morrissey Lee, ed. *Debating the Canon: A Reader from Addison to Nafisi* [M]. New York: Palgrave Macmillan, 2005: 15.

　　② 〔加〕诺思罗普·弗莱. 批评的解剖 [M]. 陈慧，袁宪军，吴伟仁，等，译. 天津：百花文艺出版社，2006：31.

　　③ 柏拉图. 文艺对话录：斐德若篇 [M]. 朱光潜，译. 北京：人民文学出版社，1980：169.

　　④ 柏拉图. 文艺对话录：斐德若篇 [M]. 朱光潜，译. 北京：人民文学出版社，1980：168-169.

　　⑤ 如陈独秀所言，废除古代奉为经典的八股书，不独是为了语文的表达技术问题，而是关系到一种文化精神的革新。当年举文学革命大旗时，陈就指责旧文学为"之乎者也"摇头摆尾的、虚伪阿谀铺张作势的贵族习气，"此种文学，盖与吾阿谀夸张虚伪迂阔之国民性，互为因果"（陈独秀. 陈独秀著作选：第一卷 [M]. 任建树，等，编. 上海：上海人民出版社，1993：263）。整个白话文革命的重要策略，很大程度上是把文字的技术问题，转变成了历史道德的显现问题，从而强化了文学革新的双向革命意义。

"经典"语言的道德文化要求，就成为文学经典建构的重要标准。此倾向后来在古典主义者和许多批评家那里，都得到或隐或现的回应。18世纪的批评家约翰逊就认为，文学经典性的标志，是作品中表达出的普遍的根本人性。"一个作家首要做出的努力，就是将自然（nature）从习俗（custom）中分辨出来，或者说，将那些因为合理而得到承认的事物，与那些因为被承认而变得合理的事物区别开来。"① 这样，有对普遍本质（nature）的理解托底，作家既不会因为自己的创造求新而违背基本原则，也不会拘囿于狭隘观念，因担心破坏规则而妨碍自己获得对普遍之美的追求。约翰逊强调的是文学普遍的道德力量，而非满足特定的世俗教化之需。任何用外在世俗权力手段而强加的文学权威规则，都无法成为"自然"的、普遍的大美标准。"自然"是超越暂时世俗生活的普遍原则和规律，而习俗是基于一时的社会生活需要而形成的基本规则。所以，经典作家应该努力从习俗之中找出超越的普遍的自然。约翰逊的经典观中剔除了那些鲜明的、暂时性的政治诉求，这可能是他与19世纪以还民族文学建基者的不同——对文学经典的现实"道德"价值认知，两者存在程度上的较大差异。

强调"经典"人性伦理功能的阿诺德，也始终把作品蕴含的高尚道德与完美人性，同文辞的高雅庄重之统一，视为"经典"杰作的重要标志之一。在阿诺德（又译作"安诺德"）看来，文学经典首推那些公认的古典杰作（classic）——"古典"（classic）本身意味着第一流的作品。然则，古典作家在阿诺德这里绝非简单的时间区分，而是一种文学的判断标准。真正的"古典"是对内容与形式的规则要求。究竟伟大经典的标准和品质是什么？阿诺德用具体的作品加以说明并提出，"最好的诗的内容与题材，是由于它们的显著的真实与严肃，而获得特征的……最好的诗的风格与表现方法的特征，是表现在它们的字汇，尤其是它们的行动优美上的。"② 题材内容和艺术风格上的"真实和严肃"，才是"最高的诗"的品质标志。不过，阿诺德强调，内容题材与形式方法两者之间是一种相互关联的作用，并非各自分裂的。"最好的诗的题材与内容上的那种真实和严肃的优美特征，是和风格与表现方法上的那种

---

① 参见括号内著作（Samuel Johnson. *The works of Samuel Johnson*：Vol. 4 ［M］. London：Adamant Media Corporation，2006：100）。这里说到"自然"（nature）与"习俗"（custom）之辩，是发轫于古希腊城邦时期的一场重大讨论。"自然"这个词最初的物理概念逐渐演变为柏拉图的理念，遂成为一种超验的价值准则。以此为基础而形成的以自然来批判现实弊端的思维模式，对西方政治思想史的发展产生了重大影响。

② ［英］马修·安诺德. 论诗 ［M］//安诺德文学评论选集. 殷葆瑹，译. 北京：人民文学出版社，1958：93。

词汇与行动的优美特征分不开的。"① 这种品质不是抽象的概括，而是可以在经典作品中学习和体悟的。"批评家费尽了心思，要抽象地找出构成诗的最高品质的东西。这就莫若求助于具体的例证了——找出具有高的或最高的诗的品质的范例，然后说：诗的最高的品质的特征就是在这里所表现的。"② 于是，阿诺德提出了检验文学作品等级的"试金石（touchstone）"观念。正是那一系列堪当"试金石"的伟大作品，体现出了一流巨著真正的崇高性和精神的"普遍性（universality）"。"试金石"作为诗歌品质之典范，成为我们评价其他诗歌好坏的标准，这就是它的功能与意义。"试金石"显然不是抽象的理论推演，而是由"伟大经典"加以佐证和示例的标准。阿诺德自己的文学批评，就经常从"经典"作品中寻章摘句，以探讨文学"点石成金"之良策。"把大诗家的一些诗的字句，牢记在心，并用它们当做试金石应用到别人的诗上，是能帮助我们发现什么是属于真正优秀一级的，因而对我们是最有好处的诗。其实也再没有更好的办法了。当然我们不能要求别人的诗全像它们，那可能是完全不同的诗。但如果我们还不太笨，在把这些诗句放在心里以后，便会看出它们确是很灵验的试金石，能检查出放在它们旁边的别人的诗，是否含有这种高的诗的品质，或含有多少这种品质的分量。短短的段落，甚至一行两行，就很够用了。"③ 但阿诺德心目中的上等"试金石"，都是古希腊罗马史诗与悲剧中的段落——就文学风格和文辞特征而言，阿诺德试金石检验出来的"经典"，显然是"古典"趣味的——按照这种高雅庄重的文学标准，乔叟和彭斯都被阿诺德贬为二流作家，这显然是偏颇的。④ 也正是因为经典作品之语言所具有的这种道德和文化价值，以古代经典为核心建构起来的整个西方文化传统，长期都被视为人文教育的基础。当这些古代经典成为文化的最高典范和精神象征时，或多或少就具有了某种权力化的色彩——它们构成并维护着统一的思想体

---

① 〔英〕马修·安诺德. 论诗 〔M〕//安诺德文学评论选集. 殷葆瑮，译. 北京：人民文学出版社，1958：93.

② 〔英〕马修·安诺德. 论诗 〔M〕//安诺德文学评论选集. 殷葆瑮，译. 北京：人民文学出版社，1958：92.

③ 〔英〕马修·安诺德. 论诗 〔M〕//安诺德文学评论选集. 殷葆瑮，译. 北京：人民文学出版社，1958：89-90.

④ 弗莱就批评指出，阿诺德的"试金石"概念过于强调对作品的高雅庄重形式的修辞性批评，而且陷入古典主义的风格与体裁等级论偏见。所谓高雅庄重的文辞标准，完全服从阿诺德古典式的道德伦则，"文学价值观仅是社会价值观的投影"。喜剧和讽刺性作品因为它们在社会道德层面的悖逆性和无规则性，而被视作是逾矩的，背离伟大作品的要求。因此阿诺德提出的那些严格的选文原则和"试金石"标准，显得过于狭隘单一，有时并不能在价值上鉴别创造性"经典"作品的优劣。参见括号内著作（〔加〕诺思罗普·弗莱. 批评的解剖 〔M〕.陈慧，袁宪军，吴伟仁，等，译. 天津：百花文艺出版社，2006：31）。

系与文化形态。文字是一种依赖一定物理形态的传播媒介，文字形诸文本而留存下来的"文学经典"，毫无疑问具有"物化"的色彩特别是作为手稿时代的留存物，古典化的经典作品因其语言文字和表达方式的独特性，构成了对文化和道德的独特言说，散发出了特定时代的精神气息——这气质又对语言读写能力提出特殊要求，变成非同寻常的教养标志。它们的存在，逐渐标识了一种文化和道德上的阶层分化与间隔。古典经典的生成、流通和传播，承载着特殊的"符号消费"意味。带有古典和古迹趣味的品评，在古典时期里，是一种"炫耀性"和"夸富宴"式的消费，是对"一种制度，或者是一种价值等级秩序的保留。"① 语言文字不仅是表达的外在形式，它本身就蕴含着"内容"。

反过来，因为经典语言的强大道德感召力和文化教诲功能，其语言就远远超越了工具性的结构，成为了事关人生大道社会教化的枢纽机关。我们也就不难理解，为什么像利维斯这样的文学道德主义者，也会强调经典作品的语言问题了。无疑，利维斯对文学作品的道德内涵和思想价值，是至为推重的。他认为"对文学艺术敏感而又有鉴别力的人是文化圣所的看护"，而对高品质文化精粹的保护，就在于这些人能辨别语言的优劣。语言的优劣反映出一个作家及其作品的道德品格，利维斯正是在这个意义上建构英国文学的"伟大的传统"②。语言的水平与品质，代表了文明的水平和品质，这种观念也在诸多文学精英的理论中频现，庞德、瑞恰兹都有类似言论。庞德曾写道："没有词语，个人无法思考，无法交流思想，统治者和立法者也不能有效地制定法律，词语的坚实有效是由那些被人小看的文人学士来照顾的。如果他们的作品腐烂了——我指的不是他们表达了不得体的思想——而是说他们使用的工具，也就是他们作品的本质，即以词指物的方式，腐烂了，变得含混不清，或是花里花哨，那么，社会和个人的思想、秩序机体，也就完蛋了，这是一个历史教训，一个未被记取的教训。"③ 瑞恰兹更是不遑多让，直言"人类文明从一开始就依赖于言语。所以，词语是我们相互之间、我们与历史之间的主要纽带，是我们精神遗产的通道。当传统的其他传播渠道，如家庭和社区解体的时候，我们

① 参见括号内著作（〔加〕麦克卢汉. 麦克卢汉精粹［M］. 何道宽，译. 南京：南京大学出版社，2000：322）。我们知道，法国古典主义者对语言文字的要求，已经到了刻板严苛的地步；古今之争的导火线就是因拉丁文与法文的角力点燃的。

② 陆建德. 弗·雷·利维斯与《伟大的传统》［M］//陆建德. 思想背后的利益. 北京：中信出版社，2015：113.

③ Ezra Pound. *Literary Essays of Ezra Pound*［M］. T. S. Eliot, ed. New York：New Directions Publishing Corporation，1968：21.

被迫愈益依赖语言"①。不管是庞德还是瑞恰慈，都把语言的社会话语建构功能推到了极高的位置上。与其说他们的思想是对"语言"与文明关系的普遍概括，不如说是对各自民族文化的体己感触，这从西方古典学术研究和民族语言形成的复杂交织关系中，也能看出某些端倪。

早期的英语教育主要依赖（拉丁）古典作品，大学很少有专研英语和纯英语文学作品的教授。19世纪开始盛行"精神训练"理论，当时流行的观点认为，通过规范的艰苦训练，灵魂和性格也会像肉体一样得到强化。而古代经典作品，就是精神训练的依据。古典教育和古典研究，获得了优先的合法性，并且具有一种精神价值的引导作用。学习古典作品，就是学习古典的精神和文化观念，大学里英文教授兼有古典研究者的身份，英语只是他们据以展开古典研究的现代语言媒介和表达载体。最典型的英语教员都是神学博士，既要懂英语语法，又要博通文学知识，深谙古典学问之道。直到19世纪晚期，一批继承阿诺德意志的人文学者，才在英语系中取代宗教与古典研究的正统，完成了英语系的人文学术转化。② 英语（作品）从古典研究学问的（语言）媒介上升为研究的本体对象，不只是表达工具的更新，而是全新的民族文化自我建构，是庞德所谓的"社会和个人思想、秩序的整个体制"的转化，是一种新的文化对古典文化的胜利。欧洲其他民族国家的文化发展，或多或少都经历过类似的"语言"性体制化更迭过程。正因为语言具有话语性力量，以语言为核心的文学经典，才与政治权力构成了强大的张力关系。文学艺术的生命是语言，一切围绕文学发生的社会、文化以及道德选择，都必然隐含在对作品语言的内在追求和理解之中。因此，不管具体书目如何变更，价值诉求有何分化，对文本语言的特定要求与甄别，都会在经典建构过程中发挥非常重要的作用。只不过，这种对文学经典语言的特别关切，是与对文化、道德和社会权力话语的外在诉求密切相关的。从西方古典教育的语法规范，到19世纪以后的民族国家文学史叙述，对文学经典的内在语言要求，都潜含了宏大道德和文化权力诉求。这也是"文学经典"成为意识形态建构和权力批判阵地的重要原因。

即如艾略特和圣伯夫这样强调文学宗教意义和道德蕴含的批评家，也将文学经典的评价标准建立于语言基础之上。艾略特早期认为，一种语言只能构成一种文学，语言而非地缘政治才是划分文学的根本标准。所以他断言"仅仅

---

① I · A · Richards. *Practical Criticism*：*A Study of Literary Judgement* [M] London：Kegan Paul, Trench, Trubner & Co., Ltd. 1930：321.

② 〔英〕特雷·伊格尔顿. 二十世纪西方文学理论 [M]. 伍晓明，译. 北京：北京大学出版社，2007：16-52.

只有一种英语文学……没有什么英国文学，或是美国文学"①。在他看来，真正的经典作品不是国家政治的产物，而是整体文明成熟的结果。"经典作品只可能出现在文明成熟的时候，语言及文学成熟的时候，它一定是成熟心智的产物。赋予经典作品以普遍性的正是那个文明、那种语言的重要性，以及那个诗人自身的广博的心智。"② 在普遍意义上，就经典产生的几个条件来说，"英国没有经典"，这是艾略特的论断——因为一种文明是由语言的成熟而非"国家"稳固所决定的，经典属于语言而非国家。具有普遍性和"广涵性"特征的文学经典，是超越国族和地缘政治之上的、具有文明的普泛意义的作品。"当一部文学作品除了在相对本国语言时具有广涵性外，相对于许多别国文学具有同样的重要性时，我们不妨说它也具有普遍性。"③ 基于语言的民族性和普遍性，艾略特设定了两个层面上的经典，一个是属于特殊民族的相对经典（relative classic），一个是属于整个西方文明的绝对经典（absolute classic）。只有绝对经典才能代表经典的绝对标准，从而克服地方性和狭隘性，具有永恒的文明力量。艾略特眼中的绝对经典乃属于维吉尔的作品，因为维吉尔的拉丁文著作奠基了西方文学和文化的规范。

　　无独有偶，圣伯夫在同名文章《什么是经典》中，提出的"经典"评价标准，除了强调作品的思想性、道德意蕴、真理寓意和情感共鸣外，也特别要求文学经典"能以一种独特的风格来向所有人叙说，这种风格并非依凭生疏的新词来猎奇，它可以在世界的不同地方找到，不管新还是旧，这种风格多易于与不同时代融合"④。布封在《论风格》中，也专门论述了形式风格与知识真理之间，内在的统一关系。"风格就是置于思想中的秩序和行动"，⑤ 作品能够流芳百世，不只是因为"包含知识的数量、发现的新奇"，而且必须有与其智慧相统一的高尚优雅风格。"只有真理能够持久甚至永恒，好的风格实际上就是它表现出的无数真理。"⑥ 如果说艾略特的经典观背后隐藏着以拉丁语为核心的西方文明理念，那么圣伯夫与布封的风格统一性要求，则暗含了理性与克制的古典主义追求，两者最终都在语言之上寄托了对"经典"的话语建构。

① T. S. Eliot, *Letter* [J]. Transatlantic Review, 1924, 1: 95-96.

② 〔英〕T. S. 艾略特. 什么是经典作品 [M] //王恩衷，编译. 艾略特诗学文集. 北京：国际文化出版公司，1989：190.

③ 〔英〕T. S. 艾略特. 什么是经典作品 [M] //王恩衷，编译. 艾略特诗学文集. 北京：国际文化出版公司，1989：202.

④ Sainte-Beuve, Charles Augustin. *What Is a Classic*? [M] //Elizabeth Lee, Trans and Introduction. *Essays by Sainte-Beuve*. London：Walter Scott, Ltd. 1893：4.

⑤ 〔法〕布封. 论风格 [M] //布封. 自然史. 陈筱卿，译. 南京：译林出版社，2018：208.

⑥ 〔法〕布封. 论风格 [M] //布封. 自然史. 陈筱卿，译. 南京：译林出版社，2018：212-213.

　　艾略特、圣伯夫等人以语言特质审视文学经典，隐含着明显的"外部"目的；相比他们由内而外、指东打西的话语策略，布鲁姆和韦勒克对纯洁的文学性坚认不渝。同样是强调对文学作品的语言研究，韦勒克极力避开意识形态式的道德权力隐射，认为"语言的研究只有在服务于文学的目的时，只有当它研究语言的审美效果时，简言之，只有当它成为文体学时，才算得上文学的研究"①。而布鲁姆是正统的审美本质主义论者，他认为文学作品的"入典"是一个文学内部的竞争淘汰过程，它的标准是美学的："美学尊严是经典作品的一个清晰标志，是无法借鉴的。"② 布鲁姆始终坚持认为，虽然文学可以用来为某一国家利益，或某一社会阶级、某种宗教服务，也可在族群和性别的政治对抗中起到作用，但是，"如果真有某种评判标准，而且在经过了目前的文学简约时期后还能继续存在，那么，我们仍然有必要申明：高雅文学乃是不折不扣的美学成就，而不是什么国家宣传品。"③ 由此，他激烈抨击时下的政治化批评，也哀叹自由的个体化审美之式微。布鲁姆为文学经典设定的标准为独创性的"陌生化"。伟大的文学作品必然具有让人感到熟悉的陌生感，或是陌生的熟悉感，犹如"身在异乡，心在家园的感觉"④。审美的独创性和陌生化，正是伟大作品在与前辈诗人和过去传统的竞争中，脱颖而出跻身经典的重要特征，而布鲁姆的审美独创不仅仅指形式主义意义上的语言结构和修辞技巧，还包括文学想象、个性才情、情感表达和人物塑造等多个方面。总之，"只有审美的力量才能透入经典，而这力量又主要是一种混合力：娴熟的形象语言、原创性、认知能力、知识以及丰富的预言性。"经典以文字之美完成作家和读者孤独的"自我心灵对话"，而不是让一个人"变好或变坏，也不会使公民变得更有用或更有害"⑤。布鲁姆的本质化立场，代表了审美主义对文学经典的普遍性理解。他们对文学审美品格的执念高扬，乃至对文学孤独精神特征的极度坚定，颇似一种神秘主义的冥想与感悟，反倒忽略了文学经典在社会实践维度

---

　　① 〔美〕雷内·韦勒克，沃伦.文学理论［M］.刘象愚，邢培明，陈圣生，等，译.南京：译林出版社，2005：198.

　　② 〔美〕哈罗德·布鲁姆.文学正典［M］.江宁康，译.南京：译林出版社，2005：26.

　　③ 〔美〕哈罗德·布鲁姆.影响的焦虑：再版前言［M］.徐文博，译.南京：江苏教育出版社，2006：8.

　　④ "Making us at home out of doors, foreign, abroad"，参见括号内著作（Harold Bloom. *The Western Canon: The Books and Schools of the Ages*: Preface and Prelude ［M］. New York: Berkley Publishing Press, 1994: 4）.此段文字中文版《西方正典》译为"我们不论在外地还是在异国都有回乡之感。"此处参考原文，译文稍有改动。

　　⑤ 〔美〕哈罗德·布鲁姆.文学正典［M］.江宁康，译.南京：译林出版社，2005：20-21.

上具有的道德和伦理价值，"用一种审美的迷信代替文化"①，需要加以应有的平衡。

布鲁姆的"焦虑"美学，倒是可以引出另一个在经典论争上极为活跃的议题：文学经典与文学史经典。我们可以从时间轴的效果论上，将文学经典划分为"文学经典"（canon of literature）和文学史经典（canon of literary history），前者为当代性的价值概念，而后者则是一个历史性的描述概念。换言之，文学史经典是对文学的历史发展具有结构性意义的作品，它未必有超越时间的张力，是固定在文学史特定环节上的静止存在。文学史经典的价值在于，它具有建构文学史整体叙述的结构功能，而不关切作品自身的言说空间——但文学史经典并非没有超越的可能，而是究其对文学史的总体叙述而言，首先展现的并非陌生化的创造价值。反之，文学经典则可以在当代的价值框架中，实现作品内在张力的超越，从而活跃地进入到当代的社会思想空间之中，而不是静止为一种"历史的描述"。"'文学史经典'与'文学经典'的差别，就在于，后者是经典化、历史化了的'经典'；前者是尚未经历这一历史化和经典化的'经典'，它只具有文学史意义，而不具有文学经典意义。"② 如果考虑到当代文学状况，在文学经验的层面上，这种区分还是有一定的合理性。确然，中国当代文学史上曾出现过许多轰动一时的"文学史经典"，在文学内在价值的蕴藉上，它们远未能承受"历史化"检验，就已经烟消云散，隐匿在了文学史的狭小叙述之中。不过，若我们把文学史的视域延伸到更远的时间轴上，而不仅是局限在当代中国的畛域里，那么，诸多"文学史经典"显然绝非是"尚未历史化"的经典。大部分写入中国古代文学史的经典之作，既具有重大的"文学史意义"，也同样是被历史化检验了的经典之作。时间是文学经典构成的一个重要因素，一定的时间距离才能保证"经典化"评价的可信度；能在一定历史距离中进入文学史叙述的作品，很大程度上也就具备了"经典化"的条件。显然，要在当代文学史的叙述中处理这种问题，会显得艰难一些。这一点，布鲁姆在他的《西方正典》中已然提出并作了较为审慎的平衡。他对20世纪以来的西方经典——也就是他所谓"混乱时代"的经典——采取了"预言"的方式加以叙述和呈现。由于"对这部分目录不如对前三部分那么有信心"，在无法断言谁将"经典"化的情况下，通过排除删减的方式淘汰劣

---

① 〔加〕诺思罗普·弗莱. 批评的解剖 [M]. 陈慧，袁宪军，吴伟仁，等，译. 天津：百花文艺出版社，2006：516.

② 孟繁华. 新世纪：文学经典的终结 [J]. 文艺争鸣，2005，5：8.

作，让"略去的那些作品注定将成为过时之作"①，就成为布鲁姆权宜的一种经典选择策略。

说到底，一方面，一切"文学经典"都必须经受"文学历史"（时间）叙述的检验和证实，都需要在文学史的结构中呈现自己的美学张力；另一方面，"文学史的经典"自当接受不同时代审美价值的测量，否则就不会成其为"文学"史的经典。我们觉得，与其在时间轴上去细斟所谓的文学经典与文学史经典的区别，还不如将这个问题转换成审视文学经典的立场差异。事实上，"文学的经典"更接近审美本质主义的评价立场，而文学史经典则更倾向于一种文学社会学或审美意识形态的评价。不管哪种立场，文学经典都是在一定时间结构中做出的建构与选择。诚如艾略特所言："经典作品只能是事后从历史的角度才被看作是经典作品的。"② 既然文学经典是"事后"的安排，那么任何新的历史叙述就都有它们存在的现实"合理性"。所以佛克马认为，从社会与历史的维度上来说，"所有文学经典的结构和作用都是平等的。"③ 从经典之于社会的结构性作用而言，"文学的经典"和"文学史经典"的区分并没有什么意义——文学史经典更突出了作品在特定语境下的结构意义；而文学经典则具有更为强大的融合性，在不同社会条件下都能发挥基本的文化作用。佛克马给文学经典下了一个朴实的定义："由一组知名的文本构成——一些在一个机构或者一群有影响力的个人支持下而选出的文本。这些文本的选择是建立在由特定的世界观、哲学观和社会政治实践而产生的未必言明的评价标准的基础上的。"④ 任何构成了经典的一组文本，都会在特定的思想观念空间中承担维护话语权力的作用。在价值诉求的本质上，它们并没有根本区别。有些经典的权力诉求外显而强烈，有些则道德色彩隐晦而悠远，终究殊途同归。然而，价值观和世界观的善恶高下、文学作品的美丑优劣，不应因"文学经典"的社会和历史功能的"平等"而被忽视。如此，佛克马才提出"所有的经典都是平

---

① 〔美〕哈罗德·布鲁姆. 文学正典 [M]. 江宁康，译. 南京：译林出版社，2005：437.

② 〔英〕T. S. 艾略特. 什么是经典作品 [M] //王恩衷，编译. 艾略特诗学文集. 北京：国际文化出版公司，1989：190.

③ 参见括号内著作（〔荷〕D·佛克马，E. 蚁布思. 文学研究与文化参与 [M]. 俞国强，译. 北京：北京大学出版社，1996：17）。这种看法，多少体现了佛克马对当代文化多元发展的期待，也颇有一些他所提倡的"世界文学景观"的民主想象，但也就在一定程度上模糊了对"文学经典"的本质评价，易于陷入虚无主义。

④ 〔荷〕D·佛克马，E. 蚁布思. 文学研究与文化参与 [M]. 俞国强，译. 北京：北京大学出版社，1996：18.

等的，但有一些比其他更平等"的悖论性论题。① 从文学与语境的历史及社会关系来看，所有基于自我利益的文本选择，都会构成一个自认"合理"的文学经典序列，这就会导致评价标准的"相对主义"。如此，"就会出现许多经典，每一部都带有自己的优点和怪癖。但是，总有一些文本的经典性比另一些更有说服力"。这更有说服力的经典，在佛克马看来，是那些能够为解决"跨文化界限甚至是普遍存在"② 的问题提供解决方案的文学作品。

佛克马把文学经典界定为"一组知名文本"，其实也就是人们习惯的为作家作品"排座次"，排得上号，就可以忝列"知名文本"的体系之中。这既让我们想起古典主义者的"大书"目录，也与亚历山大里亚学者们的"收入"（received）策略异曲同工。"经典的形成必然走向对优秀作品的精选。它会体现在一系列作家、课程的单目中，也体现在文学史和文学趣味的精选作品之中。"③ 在选书排位上，宗教圣书的"目录"具有极强的排他性，一般很少变更，比较固定；而构成西方文化传统的"经典书目"，也以审慎的方式有限地在文学史中遴选增添，基础文本甚少大刀阔斧地改变。佛克马把文学看成是一个"巨大想象世界的水库"，每个人都可以从中各取所需构成自己的"经典文本"。他给文学经典的书目选择引入了社会、历史和非常自主化的个人维度。美国理论家福勒与佛克马所见略同，但对文学经典的分类标准更细化。福勒从文本选择、价值立场、作品传播与接收、作品的媒介形式等方面，总结了文学经典的六种样态。第一种是"官方经典（official canon），即通过教育、倡导、杂志体制化的作品；第二种是个人经典（personal canon），亦即那些个人碰巧熟知并认可的作品。这两类作品并不存在简单的包含关系"④。有时个人看起来对官方经典无所适从，因为它是社会化的结果，是多种社会力量和文化结构的产物。但是，凭借卓越的学识和判断，个人也可以拓展某种既定的"官方经典"。事实上，福勒自己也非常清楚，单个读者对经典的选择，很大程度上是随行就市，有很大的盲目性，很难轻易撼动"官方经典"的稳固秩序。当然，个人化经典的实现，一要有多样化的文学产品，二要有大众教育提供的基本读写能力，这些显然都是现代化的产物。

福勒提到的第三种是潜在的经典（potential canon），"在最广泛的意义上，

---

① 〔荷〕D·佛克马，E.蚁布思.文学研究与文化参与 [M].俞国强，译.北京：北京大学出版社，1996：17-25.

② 〔荷〕D·佛克马，E.蚁布思.文学研究与文化参与 [M].俞国强，译.北京：北京大学出版社，1996：23-24.

③ Alastair Foeler. *Genre and the Literary Canon* [J]. New Literary History, 1979, 11 (1)：98.

④ Alastair Foeler. *Genre and the Literary Canon* [J]. New Literary History, 1979, 11 (1)：98.

文学经典包括所有已经写下来的作品文集，以及所有存活下来的口语文学"①。福勒较清醒地意识到媒介形态与文学经典之间具有的生成关系，特别提到了口语文学在经典体系中的作用，对口语表达方式给予了必要的关注，这是很有启发意义。但并不是所有具备潜能的经典，都可以在大范围内传播开来，为人们所持有，许多作品对常人来说都是不可得的。"因为这些作品复本稀少，可能被珍藏在大的图书馆。"② 还有些文学作品，它们曾经存在，但因为各种原因已经消失，我们只能在其他著作中间接地获得关于它们的历史印记。由此产生了第四种"可得的经典"（accessible canon）这一类别。有不少古代的经典作品，就是因为未能以"可得"的媒介方式留存下来，而逐渐淡出了经典的行列。"可得的经典"会因为许多条件限制而发生改变，但媒介肯定是至为重要的一个因素。许多现实因素会发生作用，它们甚至相互强化，深刻影响了经典的保存和流传。其中，"最多的是出版的限制"③。出版条件有限，或者出版以后未能传播，或者被淹没后重新被发现或发掘，都会有不同的结果。看来，"经典的"只是正在印刷机上——如今需关注网络点击——流动的作家作品。我们所作的经典书目排名，永远是一个"可见可得"作品的经典序列。但是，随着媒介手段的发展，作品被保留的可能性在不断提高，作品的代际流传数量也惊人地膨胀。所以，并非所有能留下来的作品都能成为"经典"（canon）书目中的一员，由此就存在对可得作品进行甄别的问题。这就是第五种即福勒所说的"选择性经典"（selective canon）。"选择性经典中具有的最大体制性力量是正式的课程体系。它的影响长期以来已为我们所认知。"④ 这些课程体系甚至可以提供一个与官方经典一样严格、然而却可能相反或相成的经典。课程式的选择经典与人们的学术研究活动有关，因此第六种"批评性经典"（critical canon）就应运而生。"对许多批评家来说，他们的文章所涉及的作品往往不是那些已有书目列表中的作品，而是将兴趣集中在一个更有限的范围内，往往是在杂志上不断讨论的，特别是那些具有影响力的杂志。"⑤ 显然，大量作家都会在批评家的经典中被排除，这是一场由专业读者进行的"经典"圈地运动，只有同时具备文学和学术增长价值的作品，才能被划进这一"经典"保护区，以实现双重的"盈利"。

福勒为文学经典划分了不同层级，其中还触及了文学作品与媒介传播的问

① Alastair Foeler. *Genre and the Literary Canon* [J]. New Literary History, 1979, 11 (1): 98.
② Alastair Foeler. *Genre and the Literary Canon* [J]. New Literary History, 1979, 11 (1): 98.
③ Alastair Foeler. *Genre and the Literary Canon* [J]. New Literary History, 1979, 11 (1): 99.
④ Alastair Foeler. *Genre and the Literary Canon* [J]. New Literary History, 1979, 11 (1): 99.
⑤ Alastair Foeler. *Genre and the Literary Canon* [J]. New Literary History, 1979, 11 (1): 99.

题，为我们多面相地理解和进入文学经典概念，提供了非常有价值的支持。不过，哈里斯（Wendell V. Harris）却批评福勒的六种分类存在重叠与混合，这些经典类型的区分原则与标准并不统一，很难作为对文学经典进行整体划分的依据。若依福勒的标准和原则，哈里斯认为还可以增加"圣经经典""教育经典""历史性经典""当下经典"等无数的类别，而不是以六种作为终了。哈里斯倒是特别赞同福勒的"选择性经典"（selective canon），认为它与文学发展关系最为紧密，也是文学经典中普遍可见的类别。可是，相对"圣经经典"选择的古老性、稳固性，"直到文艺复兴，文学中的选择性经典一般都还是不太重要的。欧洲各国本土文学的选择性经典要到 18 世纪才发展起来；英国和美国的文学经典则更是新近的事。具有部分权威性的、非宗教的、文学范畴上的选择性经典，只是那些未来满足特定教育需要的书目……数个世纪以来，对文学的认识无论从哪个角度讲都是附属性的"①。文学经典的甄选长期以来附属于其他社会目的需要而展开，反倒掩盖了文学自身的"选择性"。如此一来，文学经典就容易变成一个牵连许多社会和历史纠葛的领域，每种经典的选择背后，都会上演着复杂交错的利益争斗。一定的功能指向决定着选择时依循的标准。经典功能是多元变化的，所以，哈里斯反对那种将文学经典政治化、单一化的立场。仅仅将经典的选择归于权力的作用，是不明智的。除非某种权力能包容所有不同的社会利益与价值诉求，而这又肯定是不现实的。"我们可以说，人类的所有选择从根本上看或是政治的，或是经济的，或是道德的，或是审美的，或是形而上的，或是心理学的，但我们不可能用单一方式去阐释经典。"② 不能单凭一种力量就武断决定一个经典的功能，或是断言其价值与标准。也要避免将经典的某一价值无限放大，压抑或覆盖经典的其他价值维度，这样做的最终后果，就是将经典封闭为宿构，扼杀了其在历史中活跃的张力。因此，"文学作品的经典地位只能作为多种因素的结果来理解。将任何文化现象归因于单一的'权力'——资本主义、男权偏见、政治腐败、经济贪欲，或道德理想主义——就像忽视这些权力一样是幼稚可笑的"③。这就提醒我们，不能仅把文学经典看成是政治权力或利益之争。不要一提经典，就像是吹响了封建文化复辟的号角，或是扬起了欧洲白人男权政治的传声筒，这是对经典的庸俗化理解。哈里斯强调"选择性经典"的功能，在于它暗示着多元"选择性"的可能；多样的功能和目的，也使得多样的选择成为可能。进行经典选

---

① Wendell V. Harris. *Canonicity* [J]. PLMA, 1991, 106 (1)：113.

② Wendell V. Harris. *Canonicity* [J]. PLMA, 1991, 106 (1)：118.

③ Wendell V. Harris. *Canonicity* [J]. PLMA, 1991, 106 (1)：120.

择的意义，不在于推翻一个既有经典，而是意味着不同功能的经典一起参与到对人类生活的论辩之中，每种经典都能获得在整体秩序中的合适地位。

文学经典究竟何为？恐怕是一个无法穷尽的议题。我们以上所涉不过是文学经典"知识"的有限侧面，但至少可以看到以下几点：第一，文学经典的力量始终建立在文学所独有的语言系统之上。从文学经典与人类社会的原初关系上而言，语言功能就是其最为直接的价值诉求。即使是对外部话语念兹在兹的意识形态批评，也无法逃遁文学的语言本质（属性）。第二，文学经典的内涵极为驳杂，是一个在具体语境中变动不居的对象；从不同的视角可以得到不同的文学经典图景。审美本质主义也好，意识形态批评也罢，都只是解释文学经典的一种维度，由此可能产生不同的"经典"序列。第三，文学经典的功能是多样变化的，经典的选择性本身就暗含着多元的可能性；语境的变化影响着经典价值诉求的变化，也影响着经典标准的建立。文学既不是简单的政治权力"画饼"，也不是抽象的永恒力量。像多元主义所主张的那样，哈里斯也认为万世不变的"经典"，因为这样的经典从来就没有过。"曾经和现在有的，仅仅是符合特定目的的经典选择。如果要说有什么东西已被过去二十年的文学批评所论及，这种东西不过就是（选择经典）目的的多样性。"[1] 哈里斯否定某种一成不变经典系统的存在，也对经典抽象永恒品质表达了怀疑。经典的多样性选择固然可以解释文学的"变化"之道，但却未必能够说清楚"有些经典比其他经典更永恒"的原因。

经典问题（problem）的核心，在于对作品价值的考量与认知，关乎文本如何应对时间距离带来的价值差异。在各种不同的质问（question）中，原本内化的经典权威性会遭遇不同于过去的话语情境，也就会有对其价值的调试和诘问，并在更强大的时间机制作用下，或多或少改变经典秩序的内外结构。对经典的质疑并不意味着经典价值的历史性解除，更不是简单的理论取消。不管具体形态和演变逻辑如何，就文学经典与人类文化的精神关系而言，其价值有效性是毋庸置疑的。"世俗化进程的完成（或近于完成）和民主协商对君权的取代使得文学经典有可能成为一种遗物"，因为"在实行民主政治的国家中，再也不存在能够强行颁定一部经典的宗教或政治势力了"，但是"正像民主政治未能结束所有形式的等级制度一样，文化上的民主将不会导致价值标准上的一种无政府状态。与其他的一些价值标准相比，有些价值标准受到了并且将会

---

[1]　Wendell V. Harris. *Canonicity* [J]. PLMA, 1991, 106（1）：119.

受到更多强调"①。欧洲直到文艺复兴，经典仍奠基于教育权、帝权、神权等三种权力之上。即使在文艺复兴以后，"一散而尽的只是对经典合法化的外部证明，对经典的教育教学的需要还没有消失"②。文学经典因应时代的需求而世易时移，但绝不会趋附于政治的变化而卖声赔笑。毕竟"文化领域是意义的领域"③，文学经典不会因为背离了暂时的现实利益需求而降解自己的创造性魅力。后来的多元主义立场虽然不无道理，但其对文学经典伟大品格的理解，显然还停留在现象的欲望层面——即使这种欲望以颇为道德高标的民主自由作为底色，也无法掩饰其赤裸裸地将文学工具化的意图。也许，经典功能和目的的多样性，正是我们能够将"文学经典"讨论植入不同语境、在多维话语视野中设置多重议题展开论述的重要价值基础。本书将在后面的不同章节，为文学经典设置不同"理论议题"，通过更深入的"知识"讨论，力图呈现"文学经典"概念的丰富内涵，并对由此引发的诸多问题加以研究。这里所述，不过是对"文学经典"知识的导入性引言而已。

---

① 〔荷〕D·佛克马，E. 蚁布思. 文学研究与文化参与［M］. 俞国强，译. 北京：北京大学出版社，1996：48-64.

② 〔荷〕D·佛克马，E. 蚁布思. 文学研究与文化参与［M］. 俞国强，译. 北京：北京大学出版社，1996：48.

③ 〔美〕丹尼尔·贝尔. 资本主义文化矛盾［M］. 蒲隆，赵一凡，任晓晋，译. 北京：生活·读书·新知三联书店，1989：30.

第三章 时间检验：文学经典的恒与变

哈里斯寄望文学经典的选择，能敞开多元社会价值呈现的空间，但选择的过程，往往就是将特定的价值诉求，融汇于文学作品审美话语的凝聚过程。文学经典一旦形成封闭结构，就会具有强大的排他性力量。"多元价值"的诉求，恐怕只是共时性视野中，一种相对主义的中庸立场。寄望把文学作品打扮成多元价值表征的媒介与载体，试图借此拓展作品的权力宽度，也无法解释经典内在的超时空品格。如果经典的评价标准，由时间纵轴向空间横轴位移，那么由网络点击率迅速膨化的时髦文本，就将成为人类文学史上最光辉璀璨的部分。一种大众式的狂欢，消解着经典的既有命意，点击量和销售量包装的文学神话不断上演——这似乎是当下制造"经典"的不二法门。① 现代生活节奏的加快，审美趣味的剧烈波动，压缩了经典与时尚之间转换的时间距离。我们可以在迅疾的更迭中，清楚地看到经典与时尚的并列、交融、替换，以至相互命名——时尚的加快循环，可以赋予前此出现的趣味风格，以一种"经典"的品格。这在很大程度上消解了经典由时间距离和历史感所带来的神圣性与崇高感。当经典是一种可以在时间上被短暂重复的事实时，它就变成时尚律动的一种形态，更倾向情感的、暂时的、愉悦的，而不是永恒的、价值的、普遍的——这就是"经典"标签轻浮漫漶的原因。正因为如此，对新兴的文学时尚和流行作品，就更需要在时间的距离结构中，加以审慎的考察和检验。只有进入时间坐标轴，大批商业性的文学神话才能验出真假良莠。真正留在文学殿堂，为人们崇仰和阅读的，依然是那些经历了时间和岁月考验的伟大作品。事实上，一部杰出的经典作品，总能在不同的条件和语境中产生多元的意义张力。"一部经典作品是一本永不会耗尽它要向读者说的一切东西的书。"② 正如

---

① 赵毅衡. 两种经典更新与符号双轴位移 [J]. 文艺研究，2007，12：4-10.

② 参见括号内著作（〔意〕伊塔洛·卡尔维诺. 为什么读经典 [M]. 黄灿然，李桂蜜，等，译. 南京：译林出版社，2006：4）。卡尔维诺理解的"经典"，更强调文本的精神创造力和美感愉悦。其书名用的是 Classic 一词（意大利文 Perche leggere i clssici）。他期待的经典作用是"与读者建立一种个人的关系……出于职责或敬意读经典作品是没有用的，我们只应仅仅因为喜爱而读它们"（同前书，第5-6页）。这与布鲁姆的"孤独式体验"，所见略同。

鲁迅先生所言，"一部《红楼梦》，经学家看见《易》，道学家看见淫，才子看见缠绵，革命家看见排满，流言家看见宫闱秘事"①，此正是文学经典的独特魅力——这是文学经典在历史中蕴藉的多元意义空间，并非权力安排下的多元利益表征。

　　一个经典文本，必然要承受时间的历史检验，超越它产生的具体历史瞬间，在一个足够长的时间距离中实现历史确认，然后才能进入不同的"当下"，释放其丰富的意义张力——这就是经典的恒与变。"的确，文学作品起自历史现实与文化传统的交会。"② 每个文本都铭刻下了它诞生的时代背景，但经典作品不存在某种静止不变的固定属性，或是所谓最好的"作家本意"，普遍性也是一种能够转化为"当下"经验感受的力量。借助这种力量，读者可以在经典文本中实现跨越时空的对话（conversation）。文学经典总是在这样的普遍性与当下性、恒与变的调整、转化、融合之中实现自己的历史存在。就文学经验层面来看，有的文本能抵御时间风沙，任凭淘洗，不断穿透时空散发光芒，历久而弥新；而有的文本可能趋附一时之需，甚至轰动畅销引人注目，但往往昙花一现，很快埋葬在历史洪流中。这就提出了一个与文学经典意义生成密切关联的议题：时间。因为文学经典总是"后设"的，时间距离就成为了需要加以讨论和检测的维度。作为事实判断和价值取舍的结果，"文学经典"的确认是否有一个相对清晰的时间"限阈"？文本在多长的时间跨度中，才算是承受了炼成"经典"的基本考验？文学作品在时间的进程中被"检验"了什么，方才留下来成为"经典"？时间概念不是某个文本进入经典序列的"洗礼"印记，也不是封闭作品内涵的历史牢笼。相反，时间因素的引入，可以让我们在过去、现在、未来的纵轴上，能更好地理解文学经典的恒与变。经典文本为什么具有超越时空的意义张力？是什么属性或品质让它具有这种普遍性的永恒力量？文学经典的秩序是否静止不变？它又如何进行着内部的推陈出新？这些都是我们需要在此解决的问题。经典的传承与变化，是一个必然的过程。恒与变，是我们理解文学经典内在属性的重要维度之一。

---

① 鲁迅. 绛洞花主：小引 [M] //鲁迅全集：第八卷·集外集拾遗补编. 北京：人民文学出版社，2005：179.

② Paul Lauter, ed. *Reconstructing American Literature*：Preface [M]. NewYork：Feminist Press, 1983：XXII.

第一节　时间距离：文学经典形成的历史机制

"经典作品只是事后从历史的角度才被看作是经典作品的。"① 没有任何作品，能以事前夸耀和当朝冠冕，谋划出"不朽"来。一个作品，不管其在诞生的历史时刻，获得了多少荣誉与赞颂，拥有多高的地位与权威，倘未赢得"身后"的功与名，繁华过尽，也不过空余历史尘烟。"实际上只有后代的赞许才可以确定作品的真正价值。不管一个作家在生前怎样轰动一时，受过多少赞扬，我们不能因此就可以很准确地断定他的作品是优秀的。"② 这里不仅涉及文本自身内涵在历史中的释放，也涉及接受者创造性赋予的历史含蕴——经典的形成，需要时间距离来完成文本内外的价值确认。圣伯夫甚至坦言，"我们经常称颂的古代那种精美而得体的规则，也不过是后世人为构想的产物。"③ 即如荷马这样万世为尊的典范，也是如此。换句话说，"经典"都是历史化的产物。我们可以从两个层面理解这种"历史化"的内涵。第一，经典作品都是具有"历史的"（historical）作品，它需要一定的时间来赋予独特的"历史"信息，也就是作品的古老性（antiquity），此一内涵比较切合"经"（classic）的意义。通过注入"历史的"特性，文本在新的"历史"结构中显现出特殊的"光晕"。所谓"光晕"，是一种源于时间和空间的独特烟霭，它可以离得很近，却是一定距离之外的无与伦比的意境。本雅明用一种时空感知的范畴表述了伟大的古典作品所具有的"膜拜价值"。膜拜的特征之一，就是作品的神秘不可接近性，"人们可以在物质上靠近它，但并不能消除距离，远是它与生俱来的品质。"④ 当然，"历史的"古老特征并不必然具有"历史性的"价值和内涵。作品能否成为经典，还需要以"历史性"的视野加以体察。这就是"历史化"的第二个层面，即，经典应该是在历史视野中具有历史性（historic）价值的作品。历史性（historic）价值要求文学作品从其脱胎的具体

---

① 〔英〕T. S. 艾略特. 什么是经典作品 [M] //王恩衷，编译. 艾略特诗学文集. 北京：国际文化出版公司，1989：190.

② 〔法〕布瓦洛. 郎加纳斯论崇高 [M] //伍蠡甫，等，编. 西方文论选：上卷. 上海：上海译文出版社，1979：304.

③ Sainte-Beuve, Charles Augustin. *What Is a Classic?* [M] //Elizabeth Lee, Trans and Introduction. *Essays by Sainte-Beuve*. London：Walter Scott, Ltd. 1893：7.

④ 参见括号内著作（〔德〕瓦尔特·本雅明. 可技术复制时代的艺术作品 [M] //本雅明. 经验与贫乏. 王炳钧，杨劲，译. 天津：百花文艺出版社，2006：265）。此处译文参照英文版，稍有改动。对本雅明"光晕"概念更翔实的考释，可参考括号内著作（方维规. 本雅明"光晕"概念考释 [J]. 社会科学论坛，2008，9：28-36）。

时刻和作家意图中挣脱出来，在一个更开放的历史空间中，释放出超越（过去）历史的意义张力。历史性价值是一种生成性力量，它从作品诞生的时代开始启动，能够超越"文学"本身并随时代的发展而不断蕴藉。当然，"历史的"文本与"历史性"的价值是密切相关的。事实上，那些能够留存下来的古老的"历史的"作品，大部分是能够承受一定历史检验，具备了"历史性的"价值的作品。特别是在媒介手段并不发达的古代，文本的保存和传播尤为艰难，留下来的作品，大多是在历史"价值"的八卦阵中厮杀出来的幸存者——"西方经典是一份幸存者的名单"①。反之，如果没有一个"历史"文本作为基础，也就无所谓"历史性的"经典之作。例如，口语时期的文学，因为留存的历史文本太少，在文学史写作中往往被忽略。再如，古希腊时期的大量著作，因为"可得的"历史文本贫乏，遗憾未能建构成为后人征引的举世"经典"——悲剧和史诗这两种文类，之所以在古代西方如此发达，与这些类型的文学作品相对丰富的"历史"文本传承必有相关——虽然未必是唯一的原因，但"可得性"确实能决定一个文本的经典化结果。若是阿里斯托芬的作品远胜三大悲剧家，又或是亚里士多德与柏拉图的著作早已湮没无闻，谁能保证西方文学和批评理论的"历史"不会是另一副面孔呢？这就是凯利在他《失落的书》中所秉持的观念。凯利甚至说西方世界"失落的书"，完全可以建构另一副模样的文学史。"整部文学史也就是文学失落的历史。"② 不过，总体而言，有一定"历史的"（historical）作品数量，要远超过历史性（historic）经典的数量。这是因为，古老的历史文本，除了具备与文学经典相关的价值内涵外，还可能因为其他的特定原因受到保护。如收藏古物的爱好、怀旧尚古的趣味、抄稿的独特文献价值，或是经济交易价值等等。既然"历史"是根据"未来"所作出的规定，任何一个作家都不可能设定自己在写的就是一部"经典"作品，即使维吉尔这样居于经典"中心"的作家，也没有如此自我预设的能力和特权，因为历史化是一个无法预先控制的过程。文学文本的"历史化"，正是"时间检验"的一种重要结果。

为什么经典形成需要有时间检验作为保证机制？我们知道，经典不是按照既定模式生产的标准部件，不是设定程序自动生成的复制品。圣伯夫早就说过，"经典是不可能制造出来的，这一点必须得到清醒的认识。认为一个作家通过对纯粹、均衡、精确、优雅等因素的模仿（与风格和灵感无关）就能成

---

① 〔美〕哈罗德·布鲁姆. 文学正典［M］. 江宁康，译. 南京：译林出版社，2005：27.

② 〔美〕斯图亚特·凯利. 失落的书：前言［M］. 芦葳，汪梅子，译. 北京：生活·读书·新知三联书店，2008：3.

为经典的想法，就好像有其父必有其子的想法一样，是不可靠的。……而且，以当代的暂时的眼光，迅速而轻易认定经典是件危险的事，因为在别的情况下，经典恐怕无法在后代人的心中保持这种经典性的位置。"① 这里表达了两层意思：第一，经典是一个"历史化"进程的产物，它不是对模板的机械复制，亦步亦趋的肖似"经典"，并不会赋予作品以历史建构的豁免权。任何文本，必然经受历史的动态评价，方能"点史成经"。第二，即使他人的评价，如果来得太快，时间太近，也不易对作品进行有效的"历史化"阐释。太近的"暂时"眼光，仅代表着一时的价值立场，容易使判断陷入轻率、武断和狭隘之中，缺乏历史穿透力。更何况，一时流行的风气、时尚、趣味或是利益纠葛，更会随时左右人们对作品的理解。听凭短时间的单一价值决定一个文学作品的历史等级，显然是偏颇的——这种偏颇如果钻进权力的笼子，会使"文学经典"陷入政治的设计。若没有一个时间的价值校正框架，"经典"之形构吐纳，就无法体现出艾略特所言的"广度"与"深度"的。至少，它无法检验"别的"价值立场与文本之间的经典生成关系，必然缺乏"历史化"的比较参考维度。更何况，一时间让人趋之若鹜、赞不绝口的作品，容易形成（接受）心理压力，给阅读者和批评者，带来一种暗示，从而使判断意见走向盲目局促。应时而现的作品，尤其需要借助长时段的考验来检视其"经典"品格。文学史实也证明，许多各领风骚三五年的作品，最后都化作了历史故纸堆中的尘埃。可以说，利用一定的时间距离来检视文学经典之形成，是基于人类普遍的价值认知心理，也是文学批评经验的一种总结和体现。

从文学接受与文学批评的历史事实来看，有距离的观察和审视、多样经验的叠加、交融和辨析，确实为文学经典的判断提供了更为可信的支持。正因为近距离的暂时判断容易带来偏见和狭隘，即如布鲁姆这样渊博的理论家，在对当代西方作品（他所谓的"混乱时代"）进行"经典"归类时，也坦言"对这部分目录没有对前三部分那么有自信"②。没有一定时间距离的评价，缺少宏观上的——包括文学的和社会的——价值比较坐标，除非文学批评家或是读者具备卓越而非凡的智慧与识辨力，否则，就容易走向纯粹主观化、情绪化的判断。这将影响文学作品"宽度"的延伸——如果把阅读和阐释也看作是一种"创作"和生产的话，单一和偏颇的批评就更需要接受多种价值解释行动的参与。毕竟，具有超凡智慧和历史责任感的批评家，只是极少数。将文学经

---

① Sainte-Beuve, Charles Augustin. *What Is a Classic?* [M] //Elizabeth Lee, Trans and Introduction. *Essays by Sainte-Beuve*. London: Walter Scott, Ltd. 1893: 8-9.

② ［美］哈罗德·布鲁姆. 文学正典 [M]. 江宁康，译. 南京：译林出版社，2005：437.

典的建构和判定，寄希望于这种"天才式"人物的出现，绝非一种长久可靠的机制。更何况，天才也有自己的偏见和局限。主观的喜好、一时的偏执，都容易导致对文学作品的评价走向歧路——托尔斯泰对莎士比亚的攻击，不就是天才偏执的明证么！① 优秀的、与作品同时代的批评家，可以促进"文学经典"的形成，很多时候可以作为积极的力量参与其中。但是，文学经典是多元因素综合影响的结果，个人化的力量只有在一种框架性的"机制"中，才能发挥其应有的作用。所以，时间距离的引入，绝不是为批评家推卸历史"责任"而提供的遁词——诸如，"一切交给时间去评判吧"，而是为了提供一个具有比较性框架的历史机制，从而克服个人化、主观性评价的任性与偏见。批评家和读者都是这样一个"时间机制"生成的结构性因素。

　　诚如约翰逊所言，"有一些作品，它们的价值不是绝对的和肯定的，而是逐渐被人发现的和经过比较后才能认识的。这些作品不是遵循一些论证的和推理的原则，而是完全通过观察和体验来感动读者。对于这样一些作品，除了看它们是否能够经久和不断地受到读者重视外，不可能采用任何其他标准"②。这无疑点出了检验文学艺术与自然科学"真理性"的标准差异。自然科学遵循"绝对的"规范，以客观原则和通行的实验设计论证其真理性，无须借助主体的经验感悟或主观评断——相反，主观性的经验和立场，是需要加以克制的干扰。但对文学作品的"真理性"价值发现，却没有一套与生俱来、四海皆准的科学程序。对作品的经典性认定，对它们伟大价值的统一发现，需要在历史的漫长时空中，参考不同主体的经验积累进行比较认知，才能逐渐形成"真理性共识"。这是一个需要时间距离来提供"科学"保证的价值判断过程。"人类长期保存的东西都是经过经常的检查和比较而加以肯定的；正因为经常的比较证实了这些东西的价值，人类才坚持保存并继续珍视这些东西……一些未经肯定的和试验性质的作品，必须按照它们接近人类总的和集体的能力的程度来加以判断，而人类总的和集体的能力须经过无数代人的努力才能显示出来……因此，人们崇拜寿命长的著作并不是由于轻信古人较今人有更高的智慧，或是由于悲观地相信人类一代不如一代，而是接受了大家公认的和无可置疑的论点的结果，就是大家认识最长久的作品必然经过最长久的考虑，而考虑

---

　　① 〔俄〕列夫·托尔斯泰. 论莎士比亚及其戏剧 [M] //杨周翰，编选. 莎士比亚评论汇编：上. 北京：中国社会科学出版社，1979：501-521.
　　② 〔英〕约翰逊. 莎士比亚戏剧集：序言 [M] //杨周翰，编选. 莎士比亚评论汇编：上. 北京：中国社会科学出版社，1979：37.

得最周到的东西势必被读者了解得也最深刻。"① 约翰逊此言指出了一些可贵
的事实：首先，时间距离不是一个自然的"合法"标签，强调在一个长时间
段中理解作品的经典性，并不是为"古代"作品封圣。经典检验不是比"谁
活得更长"——虽然活得长也可以是一个重要的参考值，但活得长应该是意
义和价值的指标，而不是衰老垂危的症候。其次，时间的距离构成了价值认知
的机制：在时间的距离中，人们认识的叠加和积累，在更好地推动一种"公
认的""总的"共识之形成——对约翰逊和布瓦洛等古典主义理论家来说，这
种"共识"显示为对作品赞美、肯定态度的一致性——而这样的共识形成，
是作品进入稳固经典秩序的重要基础。"共识"的形成，不唯是因时间距离之
延伸，提供了足够多的经验和事实的量化增长；而且因在时间延传的机制中，
建立了潜在的比较筛选结构。换句话说，在时间累积中达成的"共识"，可以
对个人化的批评与阐释进行"历史化"的检视，从而避免陷入对个人权威或
偏见的盲从。即如最伟大的人，他的阐释和评价倘若偏离了历史的"共识"
结构，也要受到时间机制的考验和制约——"贬低莎士比亚的企图，即便它
是来自于像托尔斯泰这样一位经典作家也是成功不了的"②。时间检验机制以
近乎无情的比较，建立起对一个作家和文本的历史度量。经过长久时间考验的
作品，必经人类智慧的反复比较检验和思考，自然会比纯个人化的阐释和暂时
评价更可靠。换言之，文学经典的认识和评价过程，是一个由特殊文学经验构
成的"理性"认知结果。否则，个人化的理解和评价就可能陷入过度阐释，
缺乏必要的规约。个人性的主观意见，都必须在一个相对"理性"的、可比
较的思考结构中，才能更好地发挥正面作用。

　　"时间距离"为经典的形成提供了一种比较性的框架机制。然而，"比较"
总是一个相对的过程。从事物绝对变化的角度来说，任何两个时间点，都可以
形成一种比较的关系。三百年前的文学评价与当下的理解之间，固然可以构成
一种差异化的"比较"结构；可是，三五年的时间转移，也未必就不能显示
重大价值的分离。这样看来，时间距离也是一个相对的概念；"比较"时时都
在进行，但却并非所有比较对文学经典的形成都能发挥有效作用。三五年高低
换位，三两天冷热翻转，这样的文学评价，恐怕还不足以达成对作品的"经
典共识"。那么，可助于形成文学经典的"有效"比较，究竟需要一个多长的
时间段？换言之，是否能找到确证有效经典认识的基本时间限度呢？文学经典

---

① 〔英〕约翰逊. 莎士比亚戏剧集：序言 [M] //杨周翰，编选. 莎士比亚评论汇编：上. 北京：
中国社会科学出版社，1979：37.

② Wellek Rene. *The Attack on Literature and Other Essays* [M]. Brighton：Harvester Press, 1982：21.

作为一种重要的文化范型，其构成的传统又需要多长时间才能建立稳定的结构？我们很难对这些问题作出科学般精确的回答。但是，一个文学作品，如果出版之后，很快就被人们抛弃；或者，在时尚潮流中经历短暂的风行，即告终寝，这显然是够不上"经典"高度的。希尔斯说传统的形成"至少要持续三代人——无论长短……至少需要三代人的两次延传"①。之所以强调要"三代两次"的转换延传，是因为有些时尚也可能成为一代人的"信仰和惯例"，足以持续"整个一代"。这就容易导致传统和时尚边界的模糊，对那些可能发展为传统的时尚来说，更是需要超过"一代人"的时间框架去加以检视。所以，两次以上的延传是实现"传统与时尚"差异化区分的最低要求。文学经典是文化传统的重要部分，借鉴希尔斯对传统形成时间的论断，同时结合过去文学批评的经验实践，我们觉得，至少需要三代人左右的时间容度，才能验证作品经典地位形成的有效性。"对经典性的预言需要作家死后两代人左右才能够被证实。"② 至于这个时间的具体长短，实在是个难题，"很难作出令人满意的回答，而且也无须回答"③。当然，难则难矣，但尝试在历史经验的层面对其作出一点讨论还是必要的。

希尔斯曾在谈"传统"的形成时，提到过一个重要的学术议题，即"世代"的长短问题。世代概念本身很复杂，而且边界模糊，不同情况下的理解和要求也不一样。但如果我们综合埃斯卡皮人口社会学意义上的"世代"观念，并充分考虑文学接受与传承的特点，把"三代人"约定为百年左右的时间，应该是一个可以理解的结果。当然，这个答案并非绝对的。事实上，希尔斯甚至认为15—20年的一个"世代"，是一种短期的时尚。所以，尽可能在较长的、具有区隔性的"世代"之间，检验文本融入不同风尚的幅度，是达到有效比较的基础——作品跨越的"世代"越多，比较判断的结果就越具有历史的合理性。而"三代"，是满足有效比较的基本设定，也是文学"传统"能够确立并发挥作用的最小前提。当然，一个世纪的时间并不是凝固文学经典格局的唯一力量。文学经典的形成因素复杂多元，仅凭时间结构未必能揭橥其全部奥秘。但以时间维度作为参照机制，可以为影响经典形成的诸因素提供一个实现作用的支持结构，也可以为我们选择、阐释和评价经典提供更有效的认知框架。

约翰逊虽然严厉痛责那种迷恋"古老性（antiquity）"的怀旧立场，但对

---

① 〔美〕爱德华·希尔斯. 论传统 [M]. 傅铿，吕乐，译. 上海：上海人民出版社，1991：20.

② 〔美〕哈罗德·布鲁姆. 文学正典 [M]. 江宁康，译. 南京：译林出版社，2005：412.

③ 〔美〕爱德华·希尔斯. 论传统 [M]. 傅铿，吕乐，译. 上海：上海人民出版社，1991：20.

作品需要经受长时间的检验这一点，却是毫不怀疑的。他在谈到莎士比亚的时候就说过，"他早已活过了他的世纪——这是为了衡量文学价值通常所定的时间期限"①。所谓莎士比亚的"世纪"，当然不好说就是精确的一百年；但从思想风气的改变，风俗习惯的变迁以及审美观念的革新来看，这个"世纪"当指能体现莎士比亚生活、创作及其逐渐建立影响力的时间——以莎士比亚在当时受到的攻击、批判，确实需要有对后世两代人左右的"焦虑影响"，才能确立起其价值的历史高度。以几代人的时间比照参证，才可消解、淘汰那些恶意的偏见，赢得经典的"共识"。若无时间距离提供的检验机制，恐怕莎士比亚早已淹没在时人漫天的唾弃之中了。

　　世纪或百年当然不是精细的年代划分，更不是机械的"刻舟求剑"。我们不能将复杂的经典建构，简单化为某个特定时间点上的盖棺定论。相信任何人在对文学作品经典化问题进行思考时，都不会把百年或世纪这样一个时间度量，看成是精细的数学刻度。即如贺拉斯和蒲柏这样的古典主义者，在论及相关话题时，也力图避免这种僵化的错误。贺拉斯在《上奥古斯都书》一信中，提到过当时普遍流行的观念：时间能够赋予我们智慧和荣誉。那么，多长时间能够使一个诗人变得神圣呢？贺拉斯引用了一段文字，大意是古老而一流的人物，至少要经过百年的考验。② 在肯定这种时间长度的同时，他又非常警醒地提出反诘，"难道九十九年的作家就是现代的、低劣的吗？"③ 如果作家的地位和神圣化有赖于他的年纪和岁月，那么，对好作家的理解与评价，就像是"给人一口棺材"，死得越早越有价；要抬高一个作家的地位，赋予他智慧，犹如早早地给他一口棺材，以便盖棺定论。显然，贺拉斯害怕人们陷入时间的数字游戏而忽视了时间对"经典"价值评断的真正意义。后来，英国的蒲柏在对贺拉斯作品进行翻译和阐释时，更明确地解读了上引那段话的意思："一个历经一个世纪还能保持完美无瑕的对象，我坚信，可以确证它是一个经典，是优秀的范本。"④ 但蒲柏同样对不分好坏地盲从"古典"表示过不满。他指责当时批评界盛行的"恋旧"风气，埋怨这种"只看年纪"的不良倾向："现

----

　　① 〔英〕约翰逊. 莎士比亚戏剧集：序言［M］//杨周翰，编选. 莎士比亚评论汇编：上. 北京：中国社会科学出版社，1979：38.

　　② Joanne Livie, ed. *Quintus Horatius Flaccus*［M］. Londini：Typis et Impensis G. et C. Spilsbury, 1799：285.

　　③ Joanne Livie, ed. *Quintus Horatius Flaccus*［M］. Londini：Typis et Impensis G. et C. Spilsbury, 1799：285.

　　④ 蒲柏的英语翻译原文为："Who lasts a century can have no flaw, I hold that Wit a Classic, good in law。"该译文见括号内著作（Alexander Pope. *Imitations of Horace*［M］//*The Works of Alexander Pope, Esq*：Vol. Ⅳ（of 10 vols）. New London：Bradbury Evans, and Co., 1871：167）.

代作品被指责，不是因为不好，而是因为它们太新。"① 同为古典理论家的布瓦洛，显然也不是简单地迷恋"古装"趣味，单凭"古老"的时间印记来识断作家的崇高伟大。只有经历了时间淘洗、一直得到人们赞赏的作家，诸如荷马、柏拉图、维吉尔之类，才能列入崇高作家之列。我们"尊敬这类作家，并不是因为他们的作品流传得这样长久，而是因为它们在这样长久时期里博得人们的赞赏"②。这就又回到了约翰逊前面论及的观点。百年或世纪之时间度量，不是比谁活得更长更久，也不是作数字大小的比较游戏，更不是分辨100大于99那般机械简单的评判过程——它是人们在时间的检验中，逐渐达成对作品理性共识的过程——经典之作，往往是因博得了不同时代的激赏而赢得"生前身后名"。

　　毋宁说，世纪或百年预示着对一个时代趣味和价值的凝练过程。所以，它并不是从世纪的开端到结束那样一段数学的时间跨度，它更强调在延传中发生的内在变化。因为有继承薪传，所以才能让经典之作具备"历史的"（historical）特殊性。也正因有变化，才能赋予经典"历史化"（historic）的价值内涵。世纪或百年的时间限度，不是以时间的数学切割来解决文学经典的评价问题。这一个时间限度，是为经典的选择、阐释与评价提供比较参照机制，以促进经典评价行动的有效进行，最终达到对作品的"经典"共识。因此，世纪或百年之限，是一个有弹性的、能为经典评价提供有效辨识度的时间界限。它既有别于依据社会政治发展而进行的历史分期概念——重大的政治事件或政治进程，与文学评价有千丝万缕的关系，但未必是内外同一的因果关联；也有别于"一代有一代之文学"的文学史分期观念——文学史分期是对文学总体发展规律进行的宏观概括，而文学经典的形成是一个具体而综合的过程。当然，文学史分期常能见出文学发展的新陈代谢，这必会影响文学经典秩序的调整。所以，文学史分期也是理解文学经典形成的重要结构性框架。不过，我们此处强调的是文学作品确立其经典地位的基本时间限度，这是一个因具体文本的不同而表现出差异性的期限，有别于文学史式的总体性阶段安排——具体文本的经典化过程，一般在总体性文学史叙述中是被悬置的。对某些具体作家作品的评判和理解，往往会根据特定的文学事实和社会语境，设定这种"百年或世纪"的相对时间值，从而划出一个可以作为有效评价的坐

---

① Alexander Pope. *Imitations of Horace*［M］//*The Works of Alexander Pope*, *Esq*：Vol. Ⅳ（of 10 vols）. New London：Bradbury Evans, and Co., 1871：170.

② 〔法〕布瓦洛. 郎加纳斯论崇高［M］//伍蠡甫, 等, 编. 西方文论选：上卷. 上海：上海译文出版社, 1979：304-305.

标轴。

或者，我们可以将百年与世纪的时间距离概念，作一点文学社会学的转化，以更好理解时间机制对文学经典认知过程所具有的规约作用。被看作"传统"的事物，应该是"延传三代以上的、被人类赋予价值和意义的事物"①。经典作品无疑是需要经过"延传三代以上"的价值阐释和赋予过程，才能被确认的"传统事物"之一。埃斯卡皮在他的《文学社会学》中，用"世代"概念，具体地分析了文学存续延传的社会状况。大量的文学事实证明，一个作家或一部作品，至少需要"三代人"的动态作用，才能确认其是否获得"成功"——埃斯卡皮使用的是一个带有社会学色彩的概念。他运用许多具有说服力的社会学调查数据，从总体上验证了这种规律。② 他引美国心理学家莱曼的一项研究成果表明，"40 岁是最好的书质量最高的生产年龄"③。但埃斯卡皮并不认同莱曼的考察思路。40 岁以前的作品被记住得更多，不是因为写得更好，而是因为一种社会性现象：居民人口的寿命分布曲线正好也是在 40 岁以前缓慢上升的，加速上升到 70 岁左右，然后迅速下降到这批居民全部死亡。文学史上被记录下来的 40 岁以前的作品，正是因为与作品同龄的居民（认定作家和作品的读者）在年龄分布上巩固了这批作品的地位。④ 这倒不是说作家"出名要趁晚"，而是指出一个基于文学社会学意义上的作家与读者的结构关系。换句话说，趁早出名的作家，可能需要经历更长时间的争议和检验——要等到他 40 岁左右才能得到基本定型。"一位作家的形象，他以后在文学人口中出现的面目，几乎近似于他 40 岁左右给人留下的那个样子。"⑤ 因

---

① 〔美〕爱德华·希尔斯. 论传统 [M]. 傅铿，吕乐，译. 上海：上海人民出版社，1991：2.

② 埃斯卡皮在《文学社会学》中以大量的文学事实材料为基础，通过建立各种数学模式对复杂的文学过程进行了翔实的分析，虽然他一再强调影响文学社会分析的因素是多样复杂，多变难控的，但他自己和别人研究得出的诸多结论，大致还是可信的。一是因为埃斯卡皮的调查数据具有社会学意义上的典型性；二是他作出的分析，始终紧扣着文学创作、出版、传播、流通、消费的诸多环节，具有针对性。参见括号内著作（〔法〕罗贝尔·埃斯卡皮. 文学社会学 [M]. 于沛，选编. 杭州：浙江人民出版社，1987 年版）。

③ 〔法〕罗贝尔·埃斯卡皮. 文学社会学 [M]. 于沛，选编. 杭州：浙江人民出版社，1987：163.

④ 在考察作家"寿命"与居民社会寿命的分布关系时，埃斯卡皮卡也发现了不同体裁写作"声名"的年龄差异："小说家的曲线在 70 至 75 岁这个最高点之前基本正常，但在其后的下降却比正常的曲线快得多；诗人的曲线上升之快异乎寻常，最高位点 30、50 和 65 岁，其后和正常的曲线相同；剧作家的曲线形状正常，但要向青年时代移动 15 年左右；历史学家和哲学家的曲线形状正常，但要向老年时代推移 10 年左右。因此，从寿命的研究中可以得出的全部结论是，一个人被公认为剧作家比较早，被公认为哲学家和历史学家则比较晚，一个人可以在任何年龄成为诗人，而一个人的年纪越老，被公认为小说家的机会就越少。"参见括号内著作（〔法〕罗贝尔·埃斯卡皮. 文学社会学 [M]. 于沛，选编. 杭州：浙江人民出版社，1987：165）。

⑤ 〔法〕罗贝尔·埃斯卡皮. 文学社会学 [M]. 于沛，选编. 杭州：浙江人民出版社，1987：18.

为书的寿命与读者的年龄密切相关，而年龄组在 20—25 岁左右的读者群（也就是作家在 40 岁以前生产作品的时机），一旦认可某一作家的地位，就不会轻易改变。一个相对稳定的读者群的更新时间大概是 15 年。"一个作家被承认这一事实得以存在，只有在对作为他支柱的公众的影响继续存在之时，也就是十五年左右。"① 简言之，一个作家地位的稳定和巩固，有待于一个相对成熟年龄组读者的成长和培养。在出版 20 年之后，作品还能存世并延续被认可的话，就有可能变成"'经典著作'，被收入构成文学文化的传世之作的不朽书目之中，这些书籍在大学里被称为'文学'"②。由此大致可以推出，一个作家经受第一次考验的周期性时间大概是其 70 岁左右，即在居民寿命的社会分布曲线上与作品同步的那批人去世时，作品将面临巨大的、趣味改变的考验；而这种考验倘若能持续 15 年——即作家 80 岁之后——基本上可以标志一个作家或作品在当世的某种"成功"。由于被一代人（20—25 年）接受认可并持续 15 年之后，又面临着新一代读者的考验，作家如果能够迈过这种新的检视与挑战，那基本上可以成为"流芳百世"文学人口中的一员。所以，埃斯卡皮推出了他的另一个结论："所有的作家都会遇到在去世 10 年、20 年或 30 年后被人遗忘的问题。如果他能越过这个可怕的时间障碍，就会成为文学人口中的一员，并且几乎能流芳百世，至少对看到他诞生并且还记忆犹新的那些人来说是不会逝去的。"③

综合埃斯卡皮的研究，我们大致可以得知：第一，从作家方面来说，他出最好作品的时间大概在 40 岁左右；从文学的"成功"上来看，这是可以留给接受者稳定印象的最佳时期，总体上奠定作品的个性化特征——就"经典"化而言，意味着一个作家在探索创作风格的过程中，需要经历将近 10—20 年的沉淀——成就读者群（20—25 岁）持续认可其创作。第二，一个作家及其作品在其出版 20 年后左右接受第一次检验，这种检验需要一个持续 15 年左右的周期作为支持——亦即，一个世代大概是"30—35 年，为人的寿命的一半"④。第三，如果 80 岁之后作家还能被社会上的主流读者群所认可，并持续到其去世之后的约 10—30 年，那就基本可以确定其经典地位了。如此来看，埃斯卡皮认定作家作品"成功"的时间也大约将近一个世纪：作家在世时的两代人，即出版之后 20，并持续 15—20 年，并其身后一代人（10—30 年），约为三代人的时间距离检验，可以对作品做出较为可信的"经典"结论。这

① 〔法〕罗贝尔·埃斯卡皮. 文学社会学 [M]. 于沛，选编. 杭州：浙江人民出版社，1987：167.
② 〔法〕罗贝尔·埃斯卡皮. 文学社会学 [M]. 于沛，选编. 杭州：浙江人民出版社，1987：131.
③ 〔法〕罗贝尔·埃斯卡尔皮. 文学社会学 [M]. 符锦勇，译. 上海：上海译文出版社，1988：33.
④ 〔法〕罗贝尔·埃斯卡皮. 文学社会学 [M]. 于沛，选编. 杭州：浙江人民出版社，1987：20.

跟约翰逊、贺拉斯、蒲伯等人提出的时间检验假定，基本上是吻合的。

当然，埃斯卡皮也强调，改变时间影响力的历史因素有很多，比如战争、灾难或政治事件。所以，有时主流舆论和评价的更新周期，会大大缩短或是打破规律，文学社会学意义上的理解可能会受制于更多的偶然因素的出现。但这种实证性的社会学分析，还是比较有力地佐证了许多批评家和读者的判断，为我们理解"文学经典"形成的有效时间距离，提供了足够信服的经验事实。遗憾的是，埃斯卡皮的文学社会学分析，只是着力于文学外部的、社会学的事实和经验层面，更重视文学现象的事实结果之分析。他没有揭示在有效的时间距离中，一个文学作品是如何在各个历史化的"主体"之间，包括主体的阐释、理解和阅读实践之间，内在地完成"共识"认知的经典化过程。如果说经典化是文学主体（读者、批评家或阐释者等）基于文学客体（文学作品）而达成的一种历史性"共识"——肯定地赞同一个作品是经典——的话，那么，埃斯卡皮的社会学研究至少为我们提供了，作品客体在一个世纪的时间长度中流转传播的历史痕迹。而美国理论家迈·泰纳的研究，则更好地在主客体的历史关系中，修正了我们关于经典建构的某些认识。

泰纳反对把作品的时间寿命与其"伟大性"地位对应等同的做法。无原则地赞叹古老而长命的作品，实际上是在滥用伟大或是经典的概念，并没有确证一个作品"伟大"的经典本质。如前引约翰逊所言，时间长度的延伸，并不是保证文学作品"经典化"合法性的自然机制。并非所有"历史的"作品都具有"历史性的"价值与意义。由此，泰纳强调道，"时间的检验"不是一个外部的识别标准，而是内在意涵价值的考验。"时间的检验"不是对文学作品作文献式的考古，而是对作品价值承受能力的考察。文献式考古得到的是静态标签，是将文学作品标本化，显然有悖文学经典形成的动态事实。若一个作品穿过了千年风雨，就自然获得纳入经典秩序的权力，这显然不是经典形成的本质规律。所以，不能用这样一个武断的理由，强迫读者接受某个过去"古老"作品的"经典"性——至于"古老"作品能否带来本雅明所言那种神秘"光晕"，这是另一个层面的问题，得具体分析。总之，古老的时间性，不能由外部的标记属性而自然转化为内在的历史价值。"代代相传在逻辑上并不必然会引出规范性的和强制性的命题。有些东西从过去流传至今，但是，人们并没有必要因此而认为他们应该接受、赞叹、实施或吸收这些东西。"[①] 能够活过"它们"世纪的作品，并不必然就具备跨越时代的"普遍性"品格。换言之，"普遍性"不是一个凝固封闭的标签，也不是在时间中静态沉积的能量。

---

① 〔美〕爱德华·希尔斯. 论传统 [M]. 傅铿，吕乐，译. 上海：上海人民出版社，1991：15-16.

泰纳指出，所谓普遍的美和人性，事实上是不存在的，它总在不同时代的阐释中具有"当下性"的改变。更何况，"经典"作品中那种永恒普遍的内涵属性，如何在个人阅读和审美判断中发生作用，并且使文学作品继续在时间历史中保持活力，是个非常复杂的问题。"经典"作品的价值图式会因个体差别而形成极富张力的状态，甚至在不同时代的阐释中形成对立。如此一来，外部的"时间考验"并不必然生成作品的"普遍性"品质。在动态变化的"经典"阐释关系中来揭示"时间考验"的内在逻辑，正是泰纳讨论的主旨之一，也是他试图要阐明的时间检验发生机制。

　　泰纳强调个体审美过程具有独立性特征，这是一切经典"共识"形成的基础。若无个性化的阐释见解，就不可能达成有意义的差异化"共识"。无差异的"共识"，只是人云亦云的附骥，是缺乏价值的迎合之声。"审美判断的精髓是：对作出判断的人而言它是独立的。"① 没有个体化的阐释与判断，就不可能在时间的距离中逐渐达成价值认同——认同是差异化的个性观点相互协商形成的一致性。"除非有人敢于发表意见，不然时间不会起作用。"② 所以，时间能发挥效果，说到底依赖由阐释主体参与生成的历史机制。但个人的判断，总会有自己的局限和盲点，时常也容易受到多数人观点的影响，这就需要有一个"时间的检验"机制对纷杂的个人意见和判断进行甄选，以克服个人偏见或利益束缚。当然，人数的多寡不能成为判断"共识"的标准，否则，就会人云亦云，抑或轻信有影响力的批评家对作品的判断，从而简单地对作品"经典"与否作出站队式评价。忽略个体阐释独立性、依靠意见数量形成的"共识"，与其说是就文学作品内在品格而建立的普遍性认同，不如说是对作品评价意见（结果）达成的趋附。泰纳认为，就评价结果形成的"共识"，未必就是对作品"经典性"形成的共识。

　　那么，我们究竟在"时间"中检验了什么？如果仅仅是对作品"经典与否"的异口同声，而对认知"经典"的具体标准与原则不作分析，这样建构的"经典"也是很成问题的。因为，大家同意的可能并不是"同"一个作品，亦即，人们的价值分裂聚拢于某一作品时，形成的某种"经典幻象"："从历代批评家的论述中可能推断出，他们看的、读的、听的和感受的几乎是不同的作品，'不断地受到重视'一说在某种程度上，也许在相当大的程度上，只是

---

① 〔美〕迈·泰纳. 时间的检验 [M] // 〔英〕凯·贝尔塞，编. 重解伟大的传统. 黄伟，等，译. 北京：社会科学文献出版社，1999：167.

② 〔美〕迈·泰纳. 时间的检验 [M] // 〔英〕凯·贝尔塞，编. 重解伟大的传统. 黄伟，等，译. 北京：社会科学文献出版社，1999：183.

一种幻象。"① 人们并没有就经典作品的"经典"品质达成某种公认理解和判断。"如果历史上的批评家认为一些伟大的作品，也是我们认为伟大的作品，这事实本身并非十分重要或令人振奋。一个人喜爱的不仅是判断相同，而且是作出判断的理由相同。"② 也即是，对一个作品的"经典共识"，不仅要求价值结果的一致性，而且需要达致结果的手段之同一。"为了达到判断上的真正的一致，我们作出判断所依据的理由也需要一致。"③ 如果经典的形成是对文学作品的"审判"过程的话，泰纳要求的不仅是事实"正义"，他还希望就文学作品达成的"经典"认识，能符合"程序正义"。经典的事实结果有时可能以违背文学本身程序正义性的手段获得——如政治权力的肆意侵犯，所有人被迫接受早已圈定好的"经典"作品，而并不是在个体创造性阐释的协商中，逐渐就文本的共性达成"经典"的体认。反之，倘若有了关于作品判断的某种"程序正义"，判断的标准和原则能获得共识，则得到的"经典"决断大致是合法可靠的。时间距离就是为了使"程序正义"能够得到充分而完整的展开。在这一点上，泰纳实现的是伽达默尔似的"视界融合"。

"视界"不是进入文本意义的客观角度、唯一视点或封闭结构，而是在历史中不断形成和演变的产物，视界具有敞开运动的特点，因为"人类此在的历史运动在于这个事实，即它不具有任何绝对的立足点限制，因此绝不可能有一种真正封闭的视域。视域是我们活动于其中又随我们一起变化的东西。视域总是随着人的变化而不断变化的"④。视界具有动态的历史性，时间距离和历史语境变化形成的"视界"差异，是主体理解活动的重要本质，因此我们不可能超越主体的历史境遇而追求一种对文本的纯客观阐释。对文本的理解始终处在一种形成的动态过程之中，这种开放的形成关系，在理解主体之间构成一种"效果历史"，伽达默尔认为，历史性是指阐释者与阐释对象处在不同的特定处境，这个处境制约着他对文本的理解。一切流传物，即往日的一切精神创造物，如艺术、法律、宗教、哲学等都是异于其原始意义并依赖于解释的。"真正的历史对象不是客体，而是自身和他者的统一体，或是一种关系。在这

　　① 〔美〕迈·泰纳. 时间的检验〔M〕// 〔英〕凯·贝尔塞，编. 重解伟大的传统. 黄伟，等，译. 北京：社会科学文献出版社，1999：170.
　　② 〔美〕迈·泰纳. 时间的检验〔M〕// 〔英〕凯·贝尔塞，编. 重解伟大的传统. 黄伟，等，译. 北京：社会科学文献出版社，1999：170.
　　③ 〔美〕迈·泰纳. 时间的检验〔M〕// 〔英〕凯·贝尔塞，编. 重解伟大的传统. 黄伟，等，译. 北京：社会科学文献出版社，1999：172.
　　④ 〔德〕汉斯-格奥尔格·伽达默尔. 真理与方法〔M〕. 洪汉鼎，译. 北京：商务印书馆，2007：413-414.

种关系中同时存在着历史的实在和历史理解的实在"，① 伽达默尔把这样一种历史称为"效果历史"（effective history/history of effect）。文本的意义就是理解的效果历史之产物。基于此，伽达默尔认为每一次阐释活动，都是"个人视界与历史视界的融合"，解释者对过去的理解，包含着对自身历史语境的理解，在动态开放中，可以将自我的历史阐释扩大到包容过去的视界。也只有如此，才能在具有巨大差异的主体之间达成"理解"。

视界融合包含了两个层面的内涵，一是强调历史发展赋予主体的差异性，一是强调差异化所具有的历史联系，即可以达成"融合"。"视界融合"概念对理解文学经典的形成，提供了一个非常有启发的思考角度，而且与文学接受理论密切相关。此处所言泰纳的论点，强调跨越时间距离就经典标准形成"共识"，对经典的理解主体提出了历史性"融合"的要求，需在一个距离化了的差异结构中寻求对文本的共同理解。就这一点来说，泰纳实现了伽达默尔"视界融合"概念两个层面的内涵。在主体与客体之间、动态与静态之间，形成张力，就能在文学作品所形成的各种个体评价之中逐渐达成"融合"——判断经典的理由达到跨越历史的一致性，这是"时间的检验"向我们敞开的作品本身所具有的跨时空"普遍性"。亦即，不同时代不同个体之所以能就一个作品达成"视界融合"，是因为这一作品自身在历史中展现了某种促成融合的"前在视野"，即某种普遍性，从而潜在地规约人们个性化的评价与阐释。"效果历史"可以抑制某种过度的个体语境化解释，从而保证泰纳所言的"个性化"理解能在差异中实现共识的建构，并跨越时代与历史构成融合一体的关系。必要的时间长度，正是实现这种历史融合的机制保证，也能唤起历史视界的当下活力。

当然，视界融合不是观点重复，更不是标准的僵化，而是在尊重个体独特性判断和阐释的基础上，所形成的"共识"。"显然（作品）同时代人的观点对我们是不具备约束力的，即使我们能重新恢复那些标准并求出它们种种变异的最小公分母来，我们也不能随便抛弃我们个人的趣味或我们从历史取得的教训。"② 正如此，时间的检验就显得尤为重要。可以说，越能经受时间之检验，就越能在多元化的个体评价中，拓展文学作品的宽度与厚度。"视界融合"包容的个性化阐释越多，作品所具有的内涵就越有广度，也就越趋向成为跨时空的"经典"作品。所谓经典作品能够在不同主体之间达成的"认知共识"，或

① 〔德〕汉斯-格奥尔格·伽达默尔. 真理与方法 ［M］. 洪汉鼎，译. 北京：商务印书馆，2007：407.

② 〔美〕R. 韦勒克. 批评的诸种概念 ［M］. 丁泓，余徽，译. 成都：四川文艺出版社，1988：24.

是引起的情感共鸣，乃是在文化（文学）的延续性中，不断流转的历史意识和时代价值相互融合的结果。"一部经典作品的特别之处，也许仅仅是我们从一部在文化延续性中有自己的位置的、不管是古代还是现代的作品那里所感受到的某种共鸣。"① 经典就是在文化的延续中——这是一个永不停止的流动性视界融合过程——不断唤起过去、现在、未来之间的历史回响。由此观之，时间检验了客体（文学作品）回应主体（作家或读者）历史召唤的潜能和张力。

　　虽然泰纳反驳了一些理论家的简单化观点，但对作为外部标志的时间与经典内在本质之间的关系，似乎模棱两可。"时间的检验的实质，就在于发现哪一些作品具有可以被称为经典的优点，有益于我们的生活。但是我必须重申，对长期以来深受重视的作品，除了说它们确实伟大之外，一般而言不能达成共识。拆经典作品的台是幼稚的，无用的。但是就它们之所以伟大的公认的原因——经典作品所具有的特点：普遍性和深刻性——却允许存在相当程度的争论，几乎每部伟大的作品都是如此。"② 既承认经典作品内在的"普遍性"总是呈现因人而异的形态，又认为对伟大之作除了"说它们确实伟大外，一般无法达成共识"，泰纳除了默认对作品"经典事实"的结果判断外，并没有为我们找到一个跨时空的"普遍性"。出于对当代的各种激进主义批评立场的警惕，泰纳以一种较为柔和的方式，穿行在几种极端的观点之间，比较谨慎地处理经典在时间中接受检验的问题。他特别寄希望于一个充满生气、具有感受力和远见卓识，同时又富有文学趣味的批评家集群的存在。卓越批评家的优秀工作，有赖于经典提供的高尚趣味和完美体验；同时，经典的建构与稳定，又全赖于批评家群体的活跃实践，他们之间构成一种特别的相依关系。"假如没有一系列这种意义上得到公认的经典作品，一个有共同目标的批评界就无法存在。反之亦然。"③ 没有经典，就不会有一个以大致的爱好兴趣联系在一起、可以对教学作品的属性和特质形成大致共识的评语界。反之，倘若没有这个感觉趣味类同的批评界，对文学作品的"经典性"评价共识也就难以形成。而这样古典式的批评家群落，在大众媒介发达的文化分割时代，已经或正在瓦解。这恐怕是泰纳在对时间的检验问题进行讨论时，时刻面临着的一种困境。他对当代那些"过度阐释"的理论主张，是深怀忧虑的。使经典的伟大作品

---

　　① 〔意〕伊塔洛·卡尔维诺. 为什么读经典［M］. 黄灿然，李桂蜜，等，译. 南京：译林出版社，2006：7.

　　② 〔美〕迈·泰纳. 时间的检验［M］//〔英〕凯·贝尔塞，编. 重解伟大的传统. 黄伟，等，译. 北京：社会科学文献出版社，1999：183-184.

　　③ 〔美〕迈·泰纳. 时间的检验［M］//〔英〕凯·贝尔塞，编. 重解伟大的传统. 黄伟，等，译. 北京：社会科学文献出版社，1999：184.

蒙受完全不同的、分裂对立的阐释，已经偏离了作品的本来面貌。他斥责拆经典台的理论之流是"幼稚无用的"，应和着布鲁姆对"憎恨学派"的批评。对当代批评界解构经典的无政府主义做法深感不满，多少流露出泰纳内心执守正统的文化学者立场。

　　时间距离是文学经典形成的重要机制，正是在必要的时间长度中，作品承受了各种价值阐释的检验，累加了人类生活与智慧的精神蕴藉。没有必要的时间限阈，暂时的判断可能无法经受历史的冲击，从而流于偏见；而时间检验必须借助主体性的知识、智慧、生活、审美等价值阐释，通过主体间以及主体与客体（作品）之间的"视界融合"，才能真正起到百炼成"经"的作用。用弗兰克·席柏莱的话来说，对一部作品是否具有某种足以辨识其经典价值的特征属性（经典性）的判断，"可能需要时间——为了研究这作品并获致各种知识和经验等等；可能需要数代人的时间，使具体的一致意见超越我们称作时尚风气等的暂时影响而逐渐形成"①。为了无可争议地以独创性的特定属性、风格、体裁标志而留存于世，以不同凡响的伟大品格而著称，"一部作品需要长期以来一成不变地存在，需要有许多人时不时地细心察看它。这样，一部上星期才问世的作品不可能符合判断形成必需的条件；如果时尚和反时尚的作用要两三代人的时间才能互相抵消，那么（不如说）30 年来问世的作品也不符合条件"②。我们可以坚持说一部新的作品就代表了某种独特的趣味或风格，是一种潮流或观念的体现，但是一旦有人反对，我们一时也可能拿不出力排众议的真凭实据——因为围绕作品，还缺乏更多具有说服力的对比性认知和评价，这就需要时间机制来提供一种历史展开的阐释空间。"对一部已有 30 年历史的作品我们可以说得是稍微在理一点"，虽然像批评家们常说的那样，那作品完全可能成为某种文学风格的基本范例。事实上，作品要以自己独具一格的特征名世，并且构成历史性的传统，化为后世创作的典范，非有三代百年之功，不能德成。所以，我们能看到，"如果有的作品无可争辩地具有某种性质，那么在艺术中它们大多是较老的作品，或者是杰作（《俄狄浦斯》或《李尔王》中一直被认为感动人心的片段，等等），或者是较次的作品（赫里克的诗作或《农事诗》），它们已渐渐成为伟大的或较次的品质的'范式'。"③ 这段言论，

---

　　① 〔美〕迈·泰纳.时间的检验［M］//〔英〕凯·贝尔塞,编.重解伟大的传统.黄伟,等,译.北京：社会科学文献出版社,1999：176.
　　② 〔美〕迈·泰纳.时间的检验［M］//〔英〕凯·贝尔塞,编.重解伟大的传统.黄伟,等,译.北京：社会科学文献出版社,1999：76.
　　③ 〔美〕迈·泰纳.时间的检验［M］//〔英〕凯·贝尔塞,编.重解伟大的传统.黄伟,等,译.北京：社会科学文献出版社,1999：176-177.

不啻是约翰逊、圣伯夫、蒲伯等人主张在当代的回声。

最后，我们需要强调一点，研究经典形成的有效时间距离，并不是要为某些作品在文学史上重排座次打抱不平，抑或是为弱势群体提供历史主义的幻象。"时间其实乃是现在根植于其中的事件的根本基础。因此，时间距离并不是某种必须被克服的东西。"① 时间距离既为我们提供了进行价值比较的框架，又为主体的视界融合敞开了历史的空间。距离会带来差异感，乃至割裂和分离。但时间距离机制的基本作用，在于保证一个文本以"历史的当下"进入当下的历史，赋予我们在差异中达成经典共识的结构。文学史论家们极力要在一种"历史"的时间格局中，人为地划分文学等级和次序的做法（排座次），显然是想克服因时间距离而形成的过去与现在之间的差异，希望找到文学内在统一的"历史"表达方式，以便消除当下与历史之间的巨大视野差距——尤其是与文学传统产生了断裂性疏离的某种当下。但正像伽达默尔所言，时间并不必须加以克服，它在过去与现在的分裂中，召唤主体丰富的价值阐释，而不会在时间的消融中，消解个体在经典文本中注入的历史含蕴。那种将时间历史逻辑化的处理方式，是对时间本身的编辑加工，是重新组合的时间结构，其目的就是希望通过将时间秩序化以克服时间距离构成的价值差异。文学经典形成需要有时间的检验，但检验过程始终充满着历史与当下、永恒与变异的交锋。任何试图以某种历史价值的正确性遮蔽其他价值的做法，都是值得怀疑的。

第二节　超越与适应：文学经典的恒变逻辑

时间距离为文学经典的建构提供了进行有效评价的比较框架。这种比较可以在三个方面发生作用：在文学外部语境——社会生活、政治历史、思想风气、文化趣味等——的动态比较中见出作品的宽度与广度；在文学内部语境——理论观念、审美经验、文学风尚等——的兴替参照中，彰显文学作品的厚度与韧度；还可以在评价主体——读者、消费者或阐释者的价值和经验对比检视中，形成作品的历史深度与力度。作品的生产、延传，当然有其发生的具体时间标记，但伟大的经典之作往往能在超越中隐匿它身上的时间痕迹，进入一种"无时间性"维度中。构成文学经典有效评价的时间检验，固然需要有一个最低限度作为保证；但"经典"的共识渐次达成之后，作品就能越过有效的时间检验限阈，超脱其身上特定的时间印记，进入到更为自由的"无时

---

① 〔德〕汉斯-格奥尔格·伽达默尔. 真理与方法 [M]. 洪汉鼎，译. 北京：商务印书馆，2007：404.

间性"结构之中——莎士比亚戏剧也好,《红楼梦》也罢,它们吸引不同时代读者的根本,不在于其身上所留下的特定的"历史"时间烙印。在跨时空的阅读中,它们身上的特定时间标签已经隐去,其价值和魅力,也无须借助这种特殊的符号印记来加以彰显。相反,伟大的经典,总是在历史"异处"——就它们产生的时代和语境而言——给人带来犹似"家园"的共鸣,好像它们身上从来就没有留下过去时间的特殊刻痕。如果说文学作品的特殊时间标签总在预示着经典存在的"历史在场",那么,作品的无时间性则意味着经典具有的跨时空的永恒性,即作品的"在场历史"。永恒的超越属性与特殊的历史印记,使我们在一种动态生成的语境中,能够辨清文学经典所具有的那种普遍性与当下性之间的"视界融合"关系。恒与变是文学经典存在的重要属性之一。使经典始终鲜活存在的是它能穿过数个世纪的光阴依然有可以直接向我们言说的力量。因为从一个遥远的时间和陌生的文化走向我们,所以经典始终具有一种新奇的特质。同时因为它已经如此显著地建构了我们居于其中的文化,经典又具有我们熟悉的声音。经典(classic)"不是向过去言说,而是向当下言说,好像当下就是如此特别地向它敞开"①。

　　因为经典形成和评价涉及长时度内的比较,故一个文本的经典地位实非仅由其独立的个性特征决定,而且还维系着文本之间的历史结构关系的对比竞争。文学经典的恒与变应从两个层面上去理解:第一,作为经典的文本自身具有的内在超越性与普遍性,据此可能需要考察,在作品艺术价值层面,经典是否"写出了人类共通的'人性心理结构'和'共同美'的问题"②。确实,"有一种共同的人性是存在的,它使每一种艺术在时空上远离我们,使这些艺术最初的功能,完全不同于对我们来说易于接受并感到愉快的审美的沉思"③。亦即,经典作品可以给不同时代的人带来与其原初意图完全不同的感受。这就是对特定历史时刻的意义超越。与此同时,我们也不必纠缠于这种普遍"人性"是否能在每个时间的光谱上保持同样的蕴含,千年一面。真正伟大的经典之作,它丰富的内涵品格必然能够在每个时代进行"当下性"转化。所以,经典作品是不会在一个遥远的时代中被生活疏离的。第二,恒与变意味着由特定作品构成的文学经典历史结构和传统秩序的稳定与变化。艾略特所言的"传统与个人才能",布鲁姆所谓的"影响的焦虑"都是从经典秩序的结构变化,来探讨伟大作品的"个性"特征。文学经典秩序的恒与变,往往既体现

①　Lundin Roger. The "Classics" Are Not the "Canon" [M] // Cowan, Louise and Guinness, Os, ed. Invitation to the Classics. Grand Rapids. MI: Baker Book House Company, 1998: 33.

②　童庆炳. 文学经典建构诸因素及其关系 [J]. 北京大学学报(哲学社会科学版), 2005, 5: 72.

③　〔美〕R. 韦勒克. 批评的诸种概念 [M]. 丁泓, 余徽, 译. 成都: 四川文艺出版社, 1988: 27.

文学场域内部的竞争与变化，也会涉及不同时代之间的文化权力和文学审美之更迭，甚至文学观念的颠覆。所以，经典秩序的恒与变，所触动的文化脉搏，更能反映文学总体取向的变化。

　　谈到经典文本应具有什么样的永恒品格与普遍价值，文化保守主义者的论点大致倾向于一种本质主义的立场。约翰逊说，"除了给具有普遍性的事物以正确的表现之外，没有任何东西能够被许多人所喜爱，并且长期受到喜爱。"① 所有反映一时风尚和文化习惯的作品，只能在有限的特殊语境中获得暂且的风行；而那些猎奇斗艳追求耸人听闻效果的作品，也只是满足人们瞬息的愉悦刺激，无法长久，因为"我们的理智只能把真理的稳固性作为它自己的依靠"②。约翰逊赞莎士比亚是一位居于所有作家之上的、能超越特殊地区风俗、文化习惯限制的"自然诗人"，"莎士比亚忠于普遍的人性"③。莎士比亚描写的人物、行为和语言，具有广阔性，能代表普遍情感和一般原则。它们不是某种特殊风俗的产物，不只是在特殊的环境中才能被理解和体悟。约翰逊所言的"自然"与"普遍"，常常指的是同一回事。只有反映出自然人性，表达了真实内在情感，超越特殊风气和暂时立场的限制，才能写出人的"类型"特征，而不仅只刻画"某一个人"。唯有此种文学人物，才能具备成为永恒经典的属性，给予不同时代的人们愉悦和智慧。约翰逊常把"个人化"的特点看作是偶然的、短暂的、不稳定的，"个人"特性的人物很容易失去永恒的光彩。但若能写出人类普遍的内在真实感情，就可以捕捉到人类的"自然"本性，它不会随历史、风俗和环境的改变而轻易衰退。所以，"时间的洪流经常冲刷其他诗人们的容易瓦解的建筑物，但莎士比亚像花岗岩一样不受时间洪流的任何损伤。"④ 无疑，约翰逊的立场带有道德主义的倾向，他以文本表达的内容对象之恒变来判定其"经典"与否。尽管他又以古典的审美趣味填充了内容的道德主义原则，并且还带着崇高而优雅的人性温情，张扬经典的情感濡染力。然而总体上，约翰逊对经典的普遍本质、恒久至道之理解，是偏向伦理的。他所谓的普遍性事物，主要是道德和情感的古典信条。

　　这种伦理化倾向，在西方实不乏拥趸。艾略特、阿诺德和利维斯等人，都

---

　　① 〔英〕约翰逊. 莎士比亚戏剧集：序言〔M〕//杨周翰，编选. 莎士比亚评论汇编：上. 北京：中国社会科学出版社，1979：38.

　　② 〔英〕约翰逊. 莎士比亚戏剧集：序言〔M〕//杨周翰，编选. 莎士比亚评论汇编：上. 北京：中国社会科学出版社，1979：39.

　　③ 〔英〕约翰逊. 莎士比亚戏剧集：序言〔M〕//杨周翰，编选. 莎士比亚评论汇编：上. 北京：中国社会科学出版社，1979：42.

　　④ 〔英〕约翰逊. 莎士比亚戏剧集：序言〔M〕//杨周翰，编选. 莎士比亚评论汇编：上. 北京：中国社会科学出版社，1979：46.

不同程度地以此作为勘定经典永恒品格的标准。艾略特在论文学与宗教关系时，把文学经典作为培养宗教精神的重要手段，这也是他反复强调古典教育重要性的原因。其古典式教育之根本，就在于对古代"经典"的研修与学习。① 因此，在艾略特看来，经典作品内在蕴含的品格，必须具备导引精神信仰的深刻意涵。否则，又怎能担当起塑造人性的重任？而阿诺德则提出"文学代宗教"，要以文学经典的编纂来取代宗教文化典律的传统地位。② 文学的诗性价值，在阿诺德看来事关人世生存的根本要义。伟大的诗作和经典，能培养精神和心灵的信仰，赋予人类存在以终极的价值情怀。由此，人类现实的生活困惑和苦痛，可以借助经典"诗歌"的伟大智慧，得以解脱安慰，并抵达信仰的充盈世界。阿诺德断言，即使宗教有式微，其价值和地位，将为经典文学所取代，使人类保持一种平衡的心灵满足。所以，"我们应当把诗看得很有价值、很高尚，要比一般的习惯，看得更高尚。我们应当认识到诗是有更大效用、更大使命的，是远远超出人们对它的一般估计的。人类逐渐地发现我们必须求助于诗来为我们解释生活，安慰我们，支持我们。没有诗，我们的科学就要显得不完备；而今天大部分我们当作宗教或哲学看的东西，也将为诗所代替。"③ 利维斯更是突出道德精神在"伟大传统"中的独特价值，他认为，英国小说"传统"，是由那些对道德生活怀有严肃态度和敬畏之心的作家构成的。小说形式上的独创性，都与严肃的道德追求精妙地融合在一起。一个伟大的小说家，他对艺术形式的关注，必然要以走向道德的完善和丰富为目的。所以，"'伟大的传统'不仅是文学的传统，也是道德意义上的传统。"④ 利维斯对作家的批评分析，及对他们创作个性和艺术贡献的判断，都立足于其道德价值。他对奥斯汀、亨利·詹姆斯和乔治·艾略特的阐释，始终不忘把作家的形式创造与道德体认联系在一起。以至于利维斯品评奥斯汀，"假使缺了这一层强烈的道德关怀，她原是不可能成为小说大家的。"⑤ 利维斯还借亨利·詹姆斯对福楼拜《包法利夫人》的批评，道出了自己对那种纯形式主义追求的不满："一面是高度的技巧（审美的），暗含着对于这个问题的关注；另一面则

---

① 〔英〕T. S. 艾略特. 现代教育和古典文学［M］//李赋宁，译. 艾略特文学论文集. 南昌：百花洲文艺出版社，1994：226-236.

② Matthew Arnold. *The Function of Criticism at the Present Time*［M］// Gay Wilson Allen & aHarry Hayden Clark, ed. *Literary Criticism: Pope to Croce*. Michigan：Wayne State University Press, 1962：494-502.

③ 〔英〕马修·安诺德. 论诗［M］//安诺德文学评论选集. 殷葆瑹，译. 北京：人民文学出版社，1958：82-83.

④ 陆建德. 弗·雷·利维斯与《伟大的传统》［M］//陆建德. 思想背后的利益. 北京：中信出版社，2015：119

⑤ 〔英〕F. R. 利维斯. 伟大的传统［M］. 袁伟，译. 北京：生活·读书·新知三联书店，2002：12.

是这一问题，在任何成熟的评判下，显现出在道德和人性方面的贫瘠的实质，两者之间，殊不相协。"① 福楼拜创作中形式与道德的分裂，导致了其艺术革新潜在的人性危机——以形式之魅力掩盖道德的贫瘠，对文学的伤害更大。利维斯对文学"传统"的选择和叙述，都指向文学的"普遍人性"，其主要表现为共同的情感和永恒的道德真理。这不免有将文学伦理化或科学化的倾向。对此，我们觉得，同样是古典主义重镇的圣伯夫，对"经典"精神价值的界定就显得合理许多。

圣伯夫一方面肯定经典的道德价值，另一方面把普遍价值的实现与文学的创造性手段结合起来，指出了经典在形式与内容上的双重品质。"一个真正的经典（作家），应该是那种能够丰富人类精神和文化内涵、并推动人类进步的作家。他发现了无与伦比的确切的道德与真理，揭示了在所有人心中都具备的、能引起共鸣和理解的永恒情感；他在作品中表达的那些思考、观察和发现，不管以什么方式体现出来，都是广博而宏达、开放而智慧、健康而得体的；他以一种独特的、能为所有人接受的风格写作，这种风格并非依凭生疏的新词来猎奇，它可以在世界上不同的地方找到，显得既古老又新鲜，永远能够轻松跟上每个时代的步伐。"② 圣伯夫不仅将约翰逊所谓的"普遍性事物"具体化为道德、真理、情感，而且强调了经典作品表达这些普遍事物时，运用文学方法的独特性——作者那开放而智慧的思想以及个性的写作风格。与利维斯强调形式为内容服务稍有不同，圣伯夫强调作家个性和生命体验在创作中的意义，注重个人表达风格的"与时俱进"，反对僵化刻板死守道德教条，批评以抽象的普遍人性削弱生动的文学表达。真正的创造不是猎奇造作，而是在古老的标准上翻新，在继承中变化，从而形成自己独到的表达技巧，并能鲜活地适应不同时代读者的接受需要。也就是说，圣伯夫将独特的写作风格上升为经典作品的本质属性之一。尽管他是基于对古典主义艺术原则的虔诚膜拜而提出的"独创性"，但至少圣伯夫已经意识到，经典的普遍性，不只是内容的道德价值，也包括了表达"普遍事物"的艺术技巧。这就在道德的普遍性之外，为文学经典的恒久本质，拓展了更具审美意义的维度。

与约翰逊、圣伯夫一干古典主义者一样，持文化保守立场的布鲁姆，对文学经典永恒性的理解，则完全逆转道德主义的伦理化追求，走向了审美本质主义的道路。布鲁姆认为，文学作品的"入典"过程基本上是一个文学现象，

---

① 〔英〕F. R. 利维斯. 伟大的传统 [M]. 袁伟, 译. 北京: 生活·读书·新知三联书店, 2002: 21.

② Sainte-Beuve, Charles Augustin. *What Is a Classic*? [M] //Elizabeth Lee, Trans and Introduction. *Essays by Sainte-Beuve*. London: Walter Scott, Ltd. 1893: 3-4.

它的标准是美学的。"只有审美的力量才能透入经典，而这力量又主要是一种混合力：娴熟的形象语言、原创性、认知能力、知识以及丰富的预言性。"① 布鲁姆把经典的力量分解成了至为具体的审美条规，以图避开道德主义或政治立场的干扰。"美学尊严是经典作品的一个清晰标志，是无法借鉴的。美学权威和美学力量都是对能量的一种比喻或象征，这些能量本质上是孤独的而不是社会性的。"② 经典作品的价值在于诉诸个体的孤独体味，而不是社会意义上的实际功用。经典不是用来培养善用选举权的公民，也未必能改变世风日下的社会人心。在布鲁姆看来，审美始终是一个完全独立个体化的活动，它是孤独的过程，是个体自我及与陌生人交流的体验过程。正是在与经典作品的孤独性自我对话中，人作为主体实现自己的完全自由，并超越世俗的日常生活，进入更为终极的命运存在。"西方经典的全部意义在于使人善用自己的孤独，这一个孤独的最终形式是一个人和自己死亡的相遇。"③ 由此，他批评时下对文学进行政治化阐释的种种行状，是对文学本质的背叛，完全脱离了文学本体的自在要义。挟自由民主的姿态嘲讽过去经典的保守落后，乃是对经典作品"美学尊严"的侮辱，是轻佻者虚妄无知的欲望挑拨——以他们幼稚的政治手段，又怎能体会到"孤独"中的经典意义？布鲁姆虽也哀叹个体化审美体验的日渐式微，乃至唱起"经典的悲歌"，但却始终执念为文学经典的美学本质背书。虽然布鲁姆的精英式立场在文化无政府主义的时代值得敬重，其所提倡的美学价值的普遍性也值得细细思量，但是所谓审美"无功利"的主张，在任何时代的社会语境中，却并非"无功利的"。文学作品"固有的"美学价值，不过是披着普遍性外衣的特殊性，是以无功利性为合法化手段的功利性——超功利的"孤独"式心灵对话，有时正是一种功利的社会表态。

　　意大利当代著名作家、理论家艾柯则用"上帝经过"来解释伟大经典作品的永恒力量，并以此来审视那些古老的经典在多媒介开放时代的命运。对那些"已经写出"并流传下来的文本而言，它能接受严格"律法"考验并显出独特魅力，其本质就在于其中留下了"上帝的身影"——"这就是每一部伟大的书所告诉我们的，上帝从这里经过，他的经过，既是为了信者，也是为了疑者。我们不可重写的书是存在，因为其功能是教给我们必然性，只有在它们得到足够敬意的情况下，才会给我们以智慧。"④ 无疑，艾柯赋予了文学作者以创造确定"命运"的能力，视经典为向众生揭示（抑或预言）人生命运的

① 〔美〕哈罗德·布鲁姆. 文学正典［M］. 江宁康，译. 南京：译林出版社，2005：20.
② 〔美〕哈罗德·布鲁姆. 文学正典［M］. 江宁康，译. 南京：译林出版社，2005：26.
③ 〔美〕哈罗德·布鲁姆. 文学正典［M］. 江宁康，译. 南京：译林出版社，2005：21.
④ 〔意〕翁贝托·艾柯. 书的未来：下［J］. 康慨，译. 中华读书报，2004-3-17.

伟大力量。而这种力量甚至要经历宗教般"律法"的考验——从经典形成的历史来看，其权威确然是经过了世代"生命轮回"验证的。经典之书所具有的庄严性、神圣性、归约性，凛然如仪式般嵌入社会和个体的日常生活中，并经由特定的"程序"接受世俗律法的检验。经典作品正是以上帝般的创生智慧写出了人类洪荒以来就生息不停的"命运"。传播媒介的更迭，不可能抹杀"经典"烙印于文化之上的精神痕迹。即使在网络超文本环境中，无限的超级链接，也改变不了伟大作品给人们带来的"阅读经验的唯一性"——对命运的深切体验。以各种媒介方式进行的改写、改编、转化，无法动摇伟大作品所具有的独一无二。也就是说，我们必须接受前文本所具有的"前置（阉割）功能"——所有人都是在被经典文本规定的限度（传统）之内，展开超级链接的狂欢式改写。古老经典构成的文化传统，更是所有人价值判断的潜在结构，是无法躲避的"崇高"。所以，电脑的超文本游戏，仅仅中止于未完成、或有封闭开头但又未终止的作品。已完成的作品——在艾柯的话语中，主要指那些留存下来，富于伟大品格的作品——的改编、戏仿或重新组织，本质上是一种文本形式游戏，它无法改变已完成文本中那些坚硬的确定性、必然性。所以，艾柯用"上帝经过"解释那些伟大作品的自由创作，也只有在这个层面，阅读才会给我们带来真正智慧。否则，形式上的无限开放，也只是一种虚拟的"自由幻象"。当代人越是试图以形式的解构来消除经典之作的确定性，就越显示出这些作品中"上帝幽灵"的在场。艾柯本质上是一个有着宗教信念的传统理论家。在他坚持的那些"严格律法"背后，杂合了神启式的超灵力量，古典式的学究气质，以及对生命与世界的保留。他赋予"已写出并流传下来"的文本以一种超越物理形式的"命运"力量，认为对书籍消亡的种种忧虑，完全是多余的。电子传媒解决了文本"流传"的物质难题，但对已流传下来的那些书本、以及将要流传下去的更多文本而言，超文本游戏撕裂的只是它们物理存在的明确性，无法改变它们书写人类历史经验的独创性和唯一性——这是由伟大作者们确定了的文本"命运"，它注定是不可颠覆的。正因为如此，书籍的存在，就不会以纸张的逐渐弃用而在历史中消失。书本的流传，乃是出于它能超越物质形式，为人类提供超越历史的普遍经验。无疑，这是伟大的经典作品才能担当的文化责任。艾柯对书籍的自信，实在是由伟大作品依托起来的。

　　经典给人们带来的阅读经验的"唯一性"，不会轻易在新媒介环境里被消解。因此，与其说艾柯讨论的是书本的"生死律法"，不如说他相信的是经典作品的永恒力量。只有经典之作，才能经受住时间的"生死"考验，脱其物理行迹，遁入不同的历史经验之中；其永恒的普世性，本质上根源于对人类生存的命运之思，传达出对"生死"律法的深切追问。有一些书，不管我们以何种媒介手段实现它们在新技术时代的"抄本"转身，它内映的"上帝身影"是无法复制的。因为上帝通灵的"命运"力量，是任何外在技术都不可能重复抄写的东西。这也是艾柯强调有些书、有些记忆形式，不会因技术变革走向毁灭的原因。经典作品就是人类保存文化记忆的方式，正是已写就的那些流传下来的书构成了文化传统，并最终犹如上帝一般赋予了我们价值和信仰的基础，为我们确立了人生的意义和命运的发展逻辑。从这个意义上来看，艾柯的形象化说法，与克默德那个宗教性的"恩泽（graces）"之辞，是颇为接近的——他们都为文学经典的永恒性着染了神圣的光辉。"经典的意义寓于（对后世的）那些恩泽之中；的确，这些恩泽就是它的本质。"[①] "Graces"这个词有着浓厚的宗教色彩和普世意味，是克默德从阿迪森那里借来的概念。之所以用复数形式，是为揭示出经典作品在不同时代具有的多元价值生成关系。克默德说阿迪森用到"恩泽（graces）"一词时，其实肯定了"时间与传统的行动"[②]。因为只有时间的距离，才能形成"给"与"受"的双重主体关系。同样，只有在传统的秩序中，经典的"恩泽"才不至于被一种新的历史价值所覆盖或取代。也就是说，不同时代必然也会以自己的全新阐释，不断融入经典的"恩泽"中去，在传统与现代的交汇中，保持经典的活力。[③] 如上帝经过般的恩泽之惠，使得经典作品能够在时间流逝中，保持着历史与当下的张力，从而获得永恒延传的活力。

对经典持本质主义立场——不管是道德的还是审美的——的论者，多有文化古典主义倾向。他们相信伟大作品，特别是由古希腊罗马作品奠基的西方经典谱系，写出了人的普遍性，表达了人类最美好的本性。经典的永恒品格可以维护整个西方文化的统一性，在过去、现在、未来的历史嬗变中建构西方文明的"想象共同体"。但从 19 世纪以来，特别是浪漫主义对古典主义取得了艺术上的胜利以后，又假以国族文学的蓬勃发展，一种相对功用主义的经典立场渐次兴起，强调经典作品与时俱"变"的价值，对古典式的本质主义普遍论提出了挑战。

1797 年，弗里德里希·施莱格尔就指出：事实上已经没有什么永恒的经

① Frank Kermode. *The Classic*: *Literary Images of Permanence and Change*: Preface ［M］. Cambridge: Harvard University Press, 1983: 6.

② Frank Kermode. *The Classic*: *Literary Images of Permanence and Change*: Preface ［M］. Cambridge: Harvard University Press, 1983: 6.

③ Frank Kermode. *The Classic*: *Literary Images of Permanence and Change*: Preface ［M］. Cambridge: Harvard University Press, 1983: 6.

典价值了，"从今往后，没有一个文学艺术家再能够达到如此之高的地位以至于他能避免落伍和为他人超越的那一刻"①。也就是说，已经不存在足为万世垂范的永恒作家及作品. 一向秉承意识形态政治分析的伊格尔顿，则更是毫不客气地断言："在下述意义上，亦即，文学是一种具有确定不变之价值的作品，以某些共同的内在特性为其标志，文学是并不存在。"② 伊格尔顿否认存在确定不变的永恒的"文学"，当然也就不会认可永恒不变的经典属性。伊格尔顿在社会和政治的历史框架中，审查文学的发展，把现代民族文学经典的形成过程，视同于国家政治进程的一部分。文学经典的甄选和建构，自然就会因时代和国家的需求之变化，而调整自己的"政治品格"。柏拉图式的道德本质主义和布鲁姆式的审美本质主义，显然都无法解释伊格尔顿眼中的"文学"发展。

因政治命意或权利诉求的不同，对文学经典的本质取相对主义立场进行阐释，几乎成为美国文化多元主义学者的持论基础。美国多元主义的主要代表保罗·劳特就批评，过去在课程和教材中被收入，并在文学史和学术研究中反复讨论的书目，表面上看似以它们对普遍人性的智慧表达，赋予所有人同样的精神滋养，实际上，却隐含着强烈的权力与政治斗争，并非对人类生存永恒主题的言说。因此，他不遗余力地呼吁开放过去封闭的"经典"系统，修正学校文学教育的核心书目，以多元标准重构西方的文学历史。因为"文学优秀的标准不是绝对的，而是偶然的。它们所关涉的因素，依赖相对的价值评断"③。劳特更强调"经典"变化的活力，而不愿将其力量抽象为普遍的、剥离具体语境的永恒价值。他很赞同理论家史密斯提出的主张："价值是暂时偶然的。"④ 史密斯从颠覆康德的审美无功利概念开始，否定审美的超功利观念，并认为，在所有艺术作品中明显表达的，都不过是经济性的"使用价值"。"不断出现的试图界定审美价值的冲动与努力，总是把美学价值与所有的实用价值形式对立起来，或者就是否定任何其他名义的利益来源或价值形式——享乐的、实用的、纵情的、粉饰的、历史的、意识形态的，等等——实际上，这样去界定的审美价值是不存在的。因为，当所有特定的实用性功能、利益和价

---

① 〔荷〕D·佛克马，E. 蚁布思. 文学研究与文化参与 [M]. 俞国强，译. 北京：北京大学出版社，1996：43.

② 〔英〕特雷·伊格尔顿. 二十世纪西方文学理论 [M]. 伍晓明，译. 北京：北京大学出版社，2007：10.

③ Paul Lauter, ed. *Reconstructing American Literature*：Preface [M]. New York：Feminist Press, 1983：XX.

④ Smith, Barbara Hernstein. *Contingencies of Value* [J]. Criticla Inquiry, 1983, 10 (1)：14.

值来源被抽离之后，就什么也没有了。"① 因此，不是因为作品表达了抽象的、普遍的审美或道德价值，而是因为它取得了与社会实践的某种合宜的功用关系，才会得到肯定，并被收为"经典"——这明显是实用的功能主义倾向了。

本质主义是从抽象的道德、审美层面，赋予经典作品以不变的固有道德或审美力量，从而形成主体与经典之间的精神价值关系。功能主义者尽管也承认经典作品的非常意义，但却是在作品与生活的关系中，赋予其不断变化的内涵。经典必然是在不断的价值赋予和检验中，才能动态地构建成为经典，从而又反过来成为价值建构的基础。本质主义犯的是概念先行的错误，而功能主义则承认社会生活的历史性维度，使得经典价值与现实、理想之间，都能建立语境关联。"本质主义者认为，作品的经典地位表明它是通往永恒真理的一座桥梁，对经典作品缺乏兴趣是道德上的一个瑕疵，而功能主义则认为经典地位像历史情境和读者的个人情境一样是可变的。"② 但功能主义，特别是劳特式的政治功用主义，过高地估计了文学经典在表征斗争上所具有的政治实践意义，忽略了文学经典在精神层面上的超越性，从而降低了经典赋予人类精神自由和文化汇通的力量。

文学经典恒变的另一层面，则涉及各种文本之间关系的历史变化，亦即经典秩序的恒变问题。经典秩序的稳定与变化，说到底，就是经典传统的继承与发展关系。新的天才之作，总是在与传统经典秩序的对抗、竞争、认同、协作的过程中，显示出自己独特的价值。据此，一流新作带来冲击，引起既有秩序的调整，然后融入经典序列之中，重新恢复经典秩序的均衡。当代的多元主义理论因为极力抨击传统经典构成的文化合法性，力主开放经典系统，以群体分化利益为基础，重构各类新的经典谱系，以完全对立和颠覆的姿态处理新旧经典秩序的关系，而且在这个问题上常入极端之境，大大削弱了讨论的力度。相比之下，布鲁姆和艾略特的观点既中允恳切，又具理论发微之意义，颇多启发。

布鲁姆的"影响焦虑"说，以父子关系隐喻传统与天才间的历史较量，对文学经典秩序的"变"通之道，作了修辞性的文艺心理学分析。尽管在后来的修正"序言"中阐述了马洛对莎士比亚的"影响"，但这并没有改变莎氏在布鲁姆眼中"经典中心"的地位。面对莎士比亚这个极具"父权"色彩的伟大经典，启蒙运动以来的一代代文学巨人，如"撒旦"一般，进行着自己

---

① Smith, Barbara Hernstein. *Contingencies of Value* [J]. Criticla Inquiry, 1983, 10（1）：14.

② 〔美〕理查德·罗蒂. 筑就我们的国家 [M]. 黄宗英，译. 北京：生活·读书·新知三联书店，2006：100-101.

的抗争事业——布鲁姆把这类天才诗人称之为"强人"。他把强者诗人喻为撒旦而不是亚当。因为撒旦是在意识到整个世界向下堕落之时，奋起反抗的。"撒旦"这一修辞性形象，意味着强者诗人不是一个简单的叛逆者和幼稚的传统颠覆者——幼稚的颠覆是一种唯我中心主义的叛逆，这会使伟大的诗人，降格为唯我主义者，而不是一个创造性的英雄。一味强调自我的独立存在，完全否定既定传统，看不到一己身外的诗歌力量，这是现代诗人没能处理好的一种历史认知。布鲁姆认为如此创造和忤逆，未在经典的传统秩序与变革求新之间找到平衡，也就是说，新晋诗人未能处理好文学经典秩序内部的恒变关系，违拗了经典系统的恒变逻辑。强者诗人既不能在传统文化史中失去自己创造性的"炼狱"精神，也不能在自我反抗中陷入武断刚愎的夜郎自大。所有的诗人都处在一种对传统和前辈伟大诗人的误读与影响关系之中。布鲁姆借用修正主义式的"创造性纠正"，来解释强大诗人之间的影响关系。一个诗人对另一个新来者的影响——当经典体系的恒变对立涉及两位真正的强者诗人时——总是以后者对前辈诗人的误读而进行的，这种误读是创造性的校正，"一部成果斐然的'诗的影响'的历史——亦即文艺复兴以来的西方诗歌的主要传统——乃是一部焦虑和自我拯救的漫画的历史，是歪曲和误解的历史，是反常和随心所欲的修正的历史，而没有所有这一切，现代诗歌本身是根本不可能生存的。"① 布鲁姆这里说到了影响焦虑和自我拯救的共存，强调没有强者之间的相互影响，一部由各个强者诗人独立叠加、罗列拼贴而成的"诗歌自身"，是不存在的。真正的强者诗人，不是他父亲的阴影，也不是父亲与缪斯的产物。强大的诗人能够创造自己，同时也不会割裂与传统和父辈的关系，而是在强大的抗争中，通过为父亲命名的方式来实现自我的"创世纪"。"强者诗人并没有生出他们自身，他必须等待他的'儿子'，等他来为自己做出定义，就像他自己曾经为他的父辈诗人做出定义一样。"② 伟大诗人在整个诗学秩序中的地位，不是看他在过去历史结构中所处的固定位置，而是要看他对诗歌发展所具有的一种"未来性"的言说力量。这种力量会为过去的伟大诗人命名，使过去进入现在；同时也可以在未来的时空中获得确认，从而让未来的幻象在现在的时刻提前呈现。所以，影响焦虑，既是对父辈过去的一种焦虑性感知，也是对未来焦虑的一种提前释放。

　　焦虑是所有强者诗人之间相互影响的一种非连续性的关系，而不是连续体

---

　　① 参见括号内著作（〔美〕哈罗德·布鲁姆. 影响的焦虑 [M]. 徐文博，译. 南京：江苏教育出版社，2006：31）。此处"反常"（abnormal），应译为"不守常规"更适宜。

　　② 〔美〕哈罗德·布鲁姆. 影响的焦虑 [M]. 徐文博，译. 南京：江苏教育出版社，2006：37.

的继承和接受。只有这样，诗学传统的伟大创造性力量才能不断地向前推进。否则，就容易陷入约翰逊所言的"一代不如一代"、对古代盲从的信念之中。经典谱系既是儿子通过对父辈的重新命名加以追认的，也是父辈影响的一种当下显现。这种追认和显现的过程，正是一种新的经典谱系得到调整、趋向新的平衡的过程。一个诗人列入经典之后，就获得了某种"前"驱者的权威，在经典的家族中拥有了话语言说的优先地位。这种固有的权威与优先，一俟新的天才巨人冲击，就需要在新人"命名"的规范下，作出适应性的转化与调整。如此，我们可以看到，布鲁姆的"影响焦虑"在一个双向互动、相互妥协的较量中，逐渐达成了传统与个人才能之间的平衡。经典谱系的恒与变，就是这种平衡不断维持、又不断打破，然后形成新的平衡的过程。"与一个传统的先前接受者的认同和亲缘意识，同实际接受一种传统是两码事。"① 与前辈建立起合法的亲缘联系，可能只是对延绵不绝的辈代之链的"相连结"意识，但不代表成为传统的崇拜者，亦步亦趋地效颦传统前辈。传统的承接是以"变体链"的方式在新旧之间寻求历史延续。所以，才会出现有意的"误读"，在误读中平衡所有创造性天才的破坏与传统认同的矛盾关系。

让我们有些不可理解的是布鲁姆对艾略特立场的指责。作为现代创造性天才的代表，艾略特被布鲁姆视为诗歌传统的颠覆者，他身上的"英雄"叛逆气息太浓，缺乏对经典传统足够的历史尊重。亦即，艾略特在前辈诗人面前，具有充分的创造自信，缺乏必要的"焦虑"意识。换言之，在布鲁姆的眼里，艾略特可能属于那种为自己"命名"，跳脱传统焦虑之外，敢于革故鼎新的个人英雄主义者。布鲁姆的这种判断，显然有悖艾略特在此问题上的主张。至少在《传统与个人才能》一文中，艾略特试图平衡经典传统与个人创造之间的关系，与布鲁姆"影响的焦虑"之见并无二致。

艾略特把传统意识视为独特的二维历史意识。对任何创造性的作家来说，要想在既有经典秩序的传统之中寻找栖息之地，首先必须要做好融入传统之中的准备。"它（指传统）含有历史的意识，我们可以说这对任何人想在二十五岁以上还要继续作诗人的差不多是不可缺少的。历史的意识又含有一种领悟，不但要理解过去的过去性，而且还要理解过去的现存性，历史的意识不但使人写作时有他自己那一代的背景，而且还要感受到从荷马以来欧洲整个的文学及

---

① 参见括号内著作（〔美〕爱德华·希尔斯. 论传统 [M]. 傅铿，吕乐，译. 上海：上海人民出版社，1991：18）。希尔斯把在时间历史中被不同解释组起来的象征符号和形象系统，称之为"传统承接变体链"（chain of transmitted variants of a tradition）；"作为时间链，传统是围绕被接受和相传的主题的一系列变体。""这些变体间的联系在于它们的共同主题，在于其表现出什么和偏离什么的相近性，在于它们同出一源。"

其本国的整个的文学有一个同时的存在，组成一个同时的局面。这个历史的意识是对于永久的意识，还是对于暂时的意识，也是对于永久和暂时的合起来的意识，就是这个意识使作家成为传统性的。同时也就是这个意识使一个作家敏锐地意识到自己在时间中的地位，自己与当代的关系。"① 传统作为一种"过去"的存在，之所以由暂时的"历史"变成了永恒的权威，是因为它始终在一个"同时"的存在中，显现了自己在历史中与"当代"的关系。创造性天才应该将"过去的"传统纳入自己的"现在"——相对"过去"而言变化了的"未来"——之中，从而在特定的"过去"与暂时的"现在"融合中，浇铸过去传统的权威性与永恒性。从这个意义上说，经典文本，既是构成过去之存在的历史遗物，又是接纳新的文本、调整传统序列的文化框架。没有凭空的创造，也没有与世隔绝的传统。"现存的艺术经典本身就构成一个理想的秩序，这个秩序由于新的（真正新的）作品被介绍进来而发生变化。这个已成的秩序在新作品出现以前本是完整的，加入新花样以后要继续保持完整，整个秩序就必须改变一下，即使改变得很少。因此每件艺术作品对于整体的关系、比例和价值就重新调整了，这就是新与旧的适应。"②

永恒经典的理想秩序，必然以那些伟大的古典作家为基础，而其中最为突出的是荷马和维吉尔，以及他们的继承者但丁等人。艾略特对西方传统有着连续性的深情，"它不仅被视为是一种文学的而且还是道德和宗教的力量。"在这个意义上，韦勒克认为艾略特的立场是"新古典主义原理的一种更生"③。艾略特同时承认，伟大作家之间是相互影响的；新的作家加入传统的秩序之中，既要受伟大传统的制约，同时又会引起经典秩序的调整和修正。当然，这种调整与修正是以保持经典传统秩序的整体性和同一性为基础的。就此而言，韦勒克对艾略特古典主义者的断言并不算偏执，但克莫德却不这么看。克莫德指出，艾略特在传统与个人创造之间进行的平衡，实际上很难真正实现。因为一切新的创造与变化，都是在将传统的经典纳入一种新的秩序之中，也就是说，经典的"永恒"不过是为实现当下的秩序建构而刻意制造出来的。现存的经典构成一种理想秩序（历史），而面对变化，它们又会不断修正这种秩序。"正是通过这种方式，秩序才得以在不断产生的新变中保存下来。秩序总

①　〔英〕T. S. 艾略特. 传统与个人才能［M］//王恩衷，编译. 艾略特诗学文集. 北京：国际文化出版公司，1989：2.

②　〔英〕T. S. 艾略特. 传统与个人才能［M］//王恩衷，编译. 艾略特诗学文集. 北京：国际文化出版公司，1989：2.

③　〔美〕雷内·韦勒克. 近代文学批评史：第一卷［M］. 杨自伍，等，译. 上海：上海译文出版社，1997：1-2.

能调整自己适应新的发展。"① 如此，永恒的传统、整体的秩序和统一的关系，都是历史新变不断催生的适应性调整。经典秩序的传统恒定，乃是一种在变化中不断"容适"（accommodation）的潜能——克莫德视经典善"变"的力量，为其永恒化品格的历史呈现——在理论上，他比艾略特更像一个执念新变的"现代主义者。"

艾略特把维吉尔作为西方经典的核心，把古典作家构成的经典秩序作为理想的经典秩序，并且要求（现代）作家在创作时，将自己置于一种与荷马及整个欧洲文学永恒的"同时存在"之中。古典作家作品不但构成了西方文明传统的基础，同时也是作家、批评家和理论家们讨论经典问题的焦点。"古典性"不仅是古希腊罗马经典作家特有的属性品质，而且也是所有艺术必然遭遇的一种历史化的普遍表征。正如黑格尔所论证的，"古典型"艺术作为一种精神形态是"过去的"，但这种"过去"特性不只是特定历史风格的描述，古典型概念自身结合着规范性和历史性两方面。因为它具有规范性和历史性的双重内涵，所以，"古典"也就成为对艺术一般性质的表述。古（经）典（classic）概念自身内部已蕴含着恒与变的张力结构。从历时发展来看，相对当下而言的所有艺术，都是"过去"的、古典的。但真正的"古典"作品都通过历史化过程，在过去与现在、历史与当下间实现了共时存在。古典不但是特定过去的历史记录，而且是超越历史的永恒典范。也就是说，古典是所有艺术历史化的结果，它意味着艺术历史化的正当性。同时，也意味着古典可以超越具体的古代时期，而成为一种规范。

伽达默尔就认为黑格尔阐述的古典型概念是一个"真正的历史范畴"，"系统地论证了古典型概念历史化的正当性。"② 那些把古典型概念仅当作标示一种历史时期，一种历史发展阶段而忽略它超历史价值的观点，是不妥的，削弱了古典型概念的丰富内涵。伽达默尔把"古典型"看作是人类精神发展的一种具有普遍意义的历史范畴，"古典型之所以是一种真正的历史范畴，正是因为它远比某种时代概念或某种历史性的风格概念有更多的内容，不过它也并不想成为一种超历史的价值概念。它并不表示一种我们可以归给某些历史现象的特性，而是表示历史存在本身的一种独特方式，表示那种——通过愈来愈更新的证明——允许某种真的东西存在的历史性保存过程"③。换言之，古典型

---

① Frank Kermode. *History and Value* [M]. Oxford：Clarendon Press, 1988：116.

② 〔德〕汉斯-格奥尔格·伽达默尔. 真理与方法 [M]. 洪汉鼎，译. 北京：商务印书馆，2007：389.

③ 〔德〕汉斯-格奥尔格·伽达默尔. 真理与方法 [M]. 洪汉鼎，译. 北京：商务印书馆，2007：390.

的内涵意味着艺术作品在"愈来愈更新"的时代变化中，不断地趋向真理的"视界融合"的历史过程。那种以历史反思的名义或是目的论历史观构造当代历史的批判者，试图破坏古（经）典（classic）作品所代表的价值，是枉然而徒劳的。古典型作品自身包含的价值判断，能够通过这种反思的批判而获得新的历史合法性，"古典型之所以是某种对抗历史批判的东西，乃是因为它的历史性的统治、它的那种负有义务要去传承和保存价值的力量，都先于一切历史反思并且在这种反思中继续存在"①。古（经）典作品不但作为反思的"前理解"置于人们历史反思结构之中，而且在反思的历史化过程中继续延伸，成为鲜活的历史价值力量。这堪为艾略特、布鲁姆对文学传统（恒）与个人创造（变）关系的一种阐释学理解。

　　基于此，伽达默尔提出了经典作品的"无时间性"与"同时性"概念。"我们所谓古典型（klassische），乃是某种从交替变迁时代及其变迁趣味的差别中取回的东西……古典型乃是对某种持续存在东西的意识，对某种不能被丧失并独立于一切时间条件的意义的意识，正是在这种意义上我们称某物为'古典型的'——即一种无时间的当下存在，这种当下存在对于每一个当代都意味着同时性。"② 德语中"古典型"（klassische）概念正与英语的"经典"（classic）一词相对应。虽然"古典型"文学并非狭义上的"文学经典"，但两者涉及的主要风格和文本特质，却具有历史语义的同一性。伽达默尔所述的诸多论点，都触及"经典"恒变的基本议题，虽以"古典"名之，实可指向"经典"本意。伽达默尔所言的"古典"无时间性问题，正是对传统中权威经典之超时间品格的阐发。经典作品正是那些经受时代变迁和趣味变迁，依然保留下来的作品，也就是伽达默尔所谓"取回的东西"。它们并不是独立于时间历史之外的抽象存在，而是在一代代的延传中被清晰共识到的某种品质属性。经典既不是历史断裂的陈旧遗迹，也不是社会断代的考古文物，而是在每一个现场中不断再现的"幽灵"。无时间性与同时性不仅是对经典作品过去时间性的事实理解，更是对这种作品持续于当下、同时性呈现在当下的历史意识的判断。它不是一个事实的描述性结果，而是意味着主体对古典之物的当下认识，以及这种认识中所具有的历史（传统）意识。"传承物的一般本质就是，只有过去当中作为不过去的东西而保持下来的东西才使得历史认识成为可能，但是正如黑格尔所说的，古典型乃是'那种指称自身并因此也揭示自身的东

---

① 〔德〕汉斯-格奥尔格·伽达默尔. 真理与方法［M］. 洪汉鼎，译. 北京：商务印书馆，2007：390.

② 〔德〕汉斯-格奥尔格·伽达默尔. 真理与方法［M］. 洪汉鼎，译. 北京：商务印书馆，2007：391.

西'——不过这归根到底就是说，古典型之所以是被保存的东西，正是因为它意指自身并解释自身，也就是以这种方式所说的东西。即它不是关于某个过去东西的陈述，不是某种单纯的、本身仍需要解释证明的东西，而是那种对某个现代这样说的东西，好像它是特别说给它的东西。"① 这就为我们揭示了，古典之物"自我言说"和命名的方式，不是封闭自足的。古典传承物并非以它独有的历史印记来标明自己的存在，而是通过建构一种连续性结构，将"古典"的过去纳入"现代"框架中，以对未来的言说功能，来确立"古典"特定的历史存在。"古典"不仅是后来者对过去的保存，而且是在过去中蕴含着的未来发展。古典不去自说自话解释"过去"，它在对现代的叙述中获得自我的存在。所以，"古典"无须刻意强调一种与他者的时间距离感。"'古典型'的东西首先并不需要克服历史距离——因为它在其经常不断的中介中就实现了这种克服。因此，古典型的东西确实是'无时间性的'，不过这种无时间性乃是历史存在的一种方式。"② 这实际上是对人为割裂时间、编码时间做法的一种反拨，也是对过去传统与现时当下关系的历史化理解。因此，"每一时代都必须按照它自己的方式来理解流传下来的本文，因为这个本文是属于整个传统的一部分，而每个时代则是对这整个传统有一种实际的兴趣，并且试图在这个传统中理解自身。"③ 经典作品的历史流传，关键在于它不仅要向自身存在的"过去"言说，而且应具有对"某个现代"言说的能力。这样，我们就将自己置于过去、现在、未来构成的总体历史之中，克服了时间的距离。这与布鲁姆的诗学观点，真是异曲同工。布鲁姆在不同时代强者诗人之间建立起来的"焦虑"影响，是颇有阐释学意味的。

伽达默尔认为，一般艺术作品的"同时性"与"无时间性"问题也是如此。艺术作品通过对传统的不断复现或是变异改换，"同时性"地纳入文学艺术传统形成的连续性的同一结构之中，实现每个创造性作品与现实世界、与历史传统的"同源性"生成。④ 创造性的作品就像某些庆典之节日，其不断地复现，正是对原初"时间性"的不断"返场"。"重返的节日庆典活动既不是另外一种庆典活动，也不是对原来的庆典东西的单纯回顾……节日庆典活动是一

---

① 〔德〕汉斯-格奥尔格·伽达默尔. 真理与方法 [M]. 洪汉鼎，译. 北京：商务印书馆，2007：393-394.

② 〔德〕汉斯-格奥尔格·伽达默尔. 真理与方法 [M]. 洪汉鼎，译. 北京：商务印书馆，2007：393-394.

③ 〔德〕汉斯-格奥尔格·伽达默尔. 真理与方法 [M]. 洪汉鼎，译. 北京：商务印书馆，2007：403.

④ 〔德〕汉斯-格奥尔格·伽达默尔. 真理与方法 [M]. 洪汉鼎，译. 北京：商务印书馆，2007：172-173.

次次地演变着的，因为与它同时共存的总是一些一样的东西。不过，虽然有这种历史改变面，它仍然是经历这种演变的同一个节日庆典活动。"① 节庆不断重返，犹如文学艺术创造的不断显现；任何重返既不是对过往传统的简单重复，也不是完全脱离历史的新改变，它依然植入节庆的总体秩序之中。借助这个节庆的隐喻式修辞，我们可以看到一种恒变交融的历史变化过程。"经典的所谓'无时间性'并不意味着它超脱历史而永恒，而是说它超越特定时间空间的局限，在长期的历史理解中几乎随时存在于当前，即随时作为对当前有意义的事物而存在。当我们阅读一部经典著作时，我们不是去接触一个来自过去、属于过去的东西，而是把我们自己与经典所能给予的东西融合在一起。"② 不管伟大作品是因何种缘由而被纳入特定的经典秩序之中——即便是对一时的社会思想之意识形态解释——人们总是在经典之上寄寓了超越"一代之文学"的宏大期望。经典的选择和确立，也绝不是为满足一时的市场噱头或时尚需要而进行的浮浅炒作，每一种经典的安置都伴随着对超历史、超时空的价值寄托，意味着一种对经典属性与力量的本质化，预示着在经典之中演绎的普世化行动。即使这普世化是一种功利化手段，也必然具有强大的未来言说功能。也正因为这样，对文学经典的认知与理解，必然置于一个充分展开的历史时空之中进行。而对时间的超越，就必然赋予经典作品以某种超出特定时代的本质性的、普遍性的内容，因而使其具有永恒性的属性。

　　"经典之所以为经典，正是因为它的永恒性——经典中的内容具有'超时间性'与'超可见性'之特质。"③ 但文学经典的永恒性、普遍性与超越性，实际上同时伴随着另一进程，也即是经典的时代性与变化性。文学史的发展及其经典阐释经验告诉我们，经典之所以永恒，正是因为处在绵延不绝的时间之流中。"经典的'超时间性'与'超空间性'正是建立在时间性之中。"④ 经典成为永恒，有其普遍的品性特质作为支撑，但这样的普遍力量，必然是在不同时代的具体语境中遭遇全新阐释而得以呈现的。任何经典秩序总是在面对新的时代和社会、新的创作和天才的力量，来不断调整修正自己的原有结构。文学经典总是在两种经验的汇聚中维持自己的历史生命：一种是文学内部的经

　　① 〔德〕汉斯-格奥尔格·伽达默尔. 真理与方法 [M]. 洪汉鼎，译. 北京：商务印书馆，2007：174.

　　② 张隆溪. 经典在阐释学上的意义 [M] //黄俊杰，编. 中国经典诠释传统（一）：通论篇. 上海：华东师范大学出版社，2008：8.

　　③ 黄俊杰. 从儒家经典诠释史观点论解经者的"历史性"及其相关问题 [J]. 台大历史学报，1999，24：19.

　　④ 黄俊杰. 从儒家经典诠释史观点论解经者的"历史性"及其相关问题 [J]. 台大历史学报，1999，24：19.

验，它以人们过往的阅读和审美积累为基础，又整合新的时代感受而汇成对文学的独特理解；另一种是人们对社会生活经验的反应，它是对长时段的历史中"当代"现实的理解，将文学经典纳入一个变化了的生活结构中。这种调整的幅度，在布鲁姆和艾略特等人看来，是属于文学内部各种天才之间的互相影响；而对晚近的文化多元主义者来说，则是一种全新的颠覆性的权力秩序安排。前者是一种温和的、永恒力量的延伸；后者是对一种既有秩序力量的抨击，但却试图在历史的延伸中重建新的经典秩序的合法性。换言之，前者是将已有的经典之永恒力量向未来开放，延续其魅力；后者是为新的经典权力向历史索求来源的合法性。说到底，两者都不过是对文学经典恒变逻辑一体两面的不同理解而已。

第四章　价值同构：文学经典与文化传统

　　"文学经典"的确认，是一个在时间历史中被延迟"出场"的命名行动。这倒不是说当代人缺乏对作品进行判断的勇气与见识，[①] 而是因为，不管就经典秩序建构，以及经典书目选择的历史有效性来说，还是基于文本阐释能达成的"经典"共识而言，"历史性"都是文学经典必不可少的一个维度。当然，"历史性"不是比谁活得更长久的数学问题。我们一再强调过，时间距离并非文学作品的考古标记，也不是一个经典生成的自然标签。作品穿越一定的时间长度，固然可以获得某种特定的历史存在感（Being）；依靠在时间积累中逐渐增加的历史"光晕"，着染庄重肃穆的意味，于作品于读者倒也是常情。但"长命"不是赋予文本"经典"权威性的历史品格。本雅明所言手写抄稿的唯一性和历史光晕，弥漫着对古典文本"物"之规定性的崇拜。在传播手段相对贫乏的历史条件下，一个文本的物理保存和流传，很大程度上象征着它在社会中的地位与影响。特别是较早的古典文本，传抄的人力成本和材料成本都非常高，经由淘汰保存下来的稿本，基本上反映了人们对文本价值的历史选择。因此，越有历史"光晕"的作品，也就越有经典意味，具有文化的权威性，这倒也在一定程度上符合文学发展的事实。但是，并非所有沉淀为历史之"物"、被今人引为古器并散发"光晕"的作品，都能堪称经典之作。文本历史"光晕"的神圣意味，除了受人们对历史文献的"尚古"趣味推高之外，还与手工作坊式的文本生产技术有关。手工抄写的技术方式，自身带上了外在于文本的特殊"历史光晕"。文字、纸张、版式，都具有特别的历史"个性"，可以赋予文本以独具一格的历史韵味，增加"光晕"的神秘性。但这些技术性细节，并非文本成为经典的根本属性。印刷术推广应用以后，文本"物"性生产的极大丰富，消解了手工式技术所蕴含的历史魅力，而经典的谱系延

---

　　① 阿诺德早在论及"批评"的功能时，就已经意识到了批评对促进"经典"形成的作用，这也是"批评"所具有的当代价值之一。当然，批评的局限就在于，它容易受时世风气影响而变得偏狭，所以需要批评家拥有高人一筹的才华和见地。见括号内著作（Matthew Arnold. *The Function of Criticism at the Present Time* [M] //Lee Morrissey, ed. *Debating the Canon: A Reader from Addison to Nafisi*. New York: Palgrave-Macmillan, 2005: 25-28）。

伸，却没有因为种种技术"韵味"的消失而终止。因此，文学经典的历史性，不是对文本历史"物"性的简单判断。尽管"物"化形态是文学经典最终建构不可或缺的基础，但"物"的唯一性不能成为经典完成的历史规定。相反，真正经典的作品，能够打破技术"美学"的限制，显示出对技术结构的抵抗力量。"机械复制"不可能消解经典作品的"历史光晕"，经典之"物"的神秘性转化为"物"之形态的多样性之后，其内蕴意涵可以实现"历史性"的当下扩展。① 正如泰纳所言，如果对"经典"的追认仅仅是一场"经典"口号的加冕游戏，而不去深究在时间历史中基于文本而达成的理解共识，则"经典"可能只是一尊空心泥像。这也正是当下"经典"概念被无序滥用时，所呈现的景象。动辄以"经典"标榜某一作品，并以此作为自我趣味判断的根据，却往往忽略了"经典"应有的历史"共识"意蕴。很多时候对"经典"一词的使用，并非内涵的认知，而是一种姿态的表示。这背后，是被滥用了的个人自由主义和多元文化主义的道德优先性。因为对传统"文学经典"权威标准的抵抗，个体化的"经典"谱系，借由文学独立和文化解放的社会正义运动得到扩展。当人人都拥有一套属于自我的"文学经典"时，经典其实已经变成了一个空头口号，不再是对文本公共品格的界定和指涉。这也是佛克马在强调所有经典"都是平等的"，同时要特别指出"有一些经典比其他经典更平等"的原因。"经典"不仅是一个标签性的能指，而且是具有特定历史认知内涵的所指，是围绕"经典"形成的能指—所指统一的符号意义系统。时间不是"标志"，而是一种"机制"，一种可以为文学作品存在提供历史化结构的距离。"历史性"不仅仅意味着对"过去"文本存在的历史记录，同时还意味着这种"过去"（文本）是"历史地存在"，并且是能够向"现在"乃至"未来"敞开的"历史性"力量。对文学经典的建构来说，时间检验不是刻舟求剑。一个文本从历史"文物"被改造为历史"中间物"，就必须在过去与现在、历史与当下的视界融合中，不断经历文本价值历史化的过程。所以，"历史性"不仅是对文学作品过去"历史在场"的简单描述，而且显示了在时间结构中对经典文本初生意义的"历史性取回"②。而此一"取回"的进程，有赖于必要的后续命名和意义出场。

　　所以，我们一直力图将文学经典建构的理论思考，纳入历史化的语境中，在历史—时间结构里考察经典事实的有效性。毋宁说，经典的建构过程，是一

---

　　① 〔德〕瓦尔特·本雅明. 可技术复制时代的艺术作品［M］//本雅明. 经验与贫乏. 王炳钧，杨劲，译. 天津：百花文艺出版社，2006：259.

　　② 〔德〕汉斯-格奥尔格·伽达默尔. 真理与方法［M］. 洪汉鼎，译. 北京：商务印书馆，2007：391.

个始终敞开着的历史性阐释过程。经典作为阐释的结果，同时又需要在历史中接受新的阐释。文学经典的恒变逻辑，就是时间检验机制的具体化表现。在一种隐入历史的"现在"和进入未来的"现在"之间，有效的时间距离促进"文学经典"共识性理解的形成，并建构出绵延的文学传统谱系。作为特殊符号系统和象征形象，文学经典不但组构了一套独特的文学传统"变体链"，而且以文字符号特有的言说方式，完成了对文化传统的母体性建构——文字符号相对其他文化符号所具有的文化优先性，使文学经典建构成为了文化传统建构的重镇。所谓文字符号比其他文化符号更具"文化优先性"，着眼的不是某一特定历史时段的具体情景，而是就人类文化发展的总体趋向而言的。作为人类表达自我情感和文化观念的言说工具，至少在印刷术大行其道之前，文字并非一家独大。比如在口头传播时期，文字就只是一种辅助的手段（文字是语言的产物），柏拉图就对文字的"道德"品性进行过诋毁；中世纪宗教观念的传播，则更多依赖于巨石建筑——教堂的空间营造，虽然其间，掌握文字的僧侣阶层已经成为操控教会命运的重要力量。

　　即便如上所述，文字在一定时期并非绝对的文化力量。但至少有两点足以表明，文字符号（作品）比其他符号形式在构建人类文化时更具有优先地位：第一，文字符号是一种具有"存在"本质意义的文化符号，即卡西尔所谓的"人是符号的动物"之意义，绝非德里达所说的能指"游戏"那般。文字对社会生活和人类文明介入的深度，总体上来说，是其他符号形式无法比拟的。就人类文明的传播和发展而言，文字符号所产生的作用也远比其他符号要有效可靠。直到今天，我们用来解释人类（生存）本质的根本工具，还是文字符号（作品）。总体而论，人类文明是一种"文字（符号）"的历史。单就构成人类文化的普世经典之事实而言，文字（作品）也无疑占有绝对的优先地位。第二，文字符号不但具有强大的解释功能，而且具有强大的创造功能。就解释功能而言，文字可以对外身于我的各种知识形式进行总结、对各种艺术方式进行提炼、对各种现象进行肯綮表达。同时，文字还能对自身进行自我解释，这是一个无限延展的过程，赋予人类以无穷的认知能力。在这一点上，绘画、雕塑、建筑、音乐等文化形式，都无法与之相提并论。就创造功能而言，文字符号通过概念、形式和逻辑的演绎，创造出认知世界的各种知识范式，并形成人类文明发展的精神力量，推动人类对宇宙世界的深入理解。自现代文明以来，文字在文化生活中的绝对影响力，伴随着对概念、理论、逻辑等理性知识形式的突出而变得更为显要。文学经典作为一种重要的文字符号作品，在人类（无论东方还是西方）文化传统核心观念的形成时期，在知识专业分工尚不明确的时代，都远超越于"文学的"形态之上，包容了更多的历史、哲学、政治、伦理内涵，因而在文化传统的生成、发展和传播过程中，具有优先的地位。自 20 世纪 60 年代以来，受传播技术和后现代思潮的影响，文学领域出现了"图像化"转向，深刻改变了文字与图像的传统结构关系。但文字符号在知识生产和文化整合方面的基础作用，依然是不可撼动的。鉴于文学经典与"传统"文化紧密的历史生成关系，我们在这一章将深入阐释两者之间的同构进程。至于图像审美给文学经典观念带来的冲击，以及由此引发文学经典与文化传统的当代性断裂，这些问题本书暂时不作深广的讨论。

　　文学经典的建构，是文化传统建构的具体行动。文学经典书目的选择，文学意象（形象）的原型化，以及特定文学表达话语的提炼，勾勒出一种文化传统的基本图景。经典的原型式意象和规范文辞，潜在地规定了传统的"文化无意识"，代代相传，伴随经典文学的流传和接受，在群体中唤起历史绵延的共鸣。它以修辞性想象的方式，凝练出某些表征化的意象符号，作用于人的情感和心理，形成主体对自我文化传统的认知。这一点，在知识分化尚不明确的时代，体现得更为鲜明。而文化观念在现实行为与抽象精神间的连接转换，通常也依赖文学化的修辞表达来实现。毋宁说，"文学性"一直漫延在文化传统之中。为此，我们有必要对涉及文学经典与文化传统历史关联的两个问题，作出基本的思考和探讨：第一，"文学经典"作为权威化的语言符号（就经典的历史存在形态而言，语言符号主要呈现为书面文字作品），如何被建构为传统文化的意指符号？作为知识形态的特殊作品，文学经典与文化传统有着怎样的价值对接？这其中，"文学"内涵的历史变化，影响着经典书目的选择，也影响传统与经典建构的开合关系。第二，既然文学经典形成了自己的"传统变体传接链"，我们就有必要通过对不同时期的经典"变体"——文学经典书目的具体分析，来检讨它与文化传统之间的生成关系，用文学经验事实来回证文学经典与文化传统的历史价值关联。

第一节　文学经典与文化传统的价值同一性

　　文学经典和文化传统的建构，都需要有一定的时间距离来提供价值认知——即威廉斯所言，形成传统的"敬意与责任"①。这种历史性结构，在文学经典和文化传统之间，架通了价值共识形成的时间机制。正如文学经典是时间检验、淘洗，并经由历史化选择的结果，传统也是一个需要在时间中加以组

---

① 〔英〕雷蒙·威廉斯. 关键词：文化与社会的词汇［M］. 刘建基，译. 北京：生活·读书·新知三联书店，2005：492.

织、拼接和价值建构的对象。对传统历史性维度的理解，不仅仅是一个操作性问题，更是一个哲学化命题。如若仅从时间的物理意义上判断，"传统意味着……仅只是世代相传的东西，即任何从过去延传至今或相传至今的东西"①。但时间太短，很难对纷杂繁多的"过去"之物进行"传统"归类，更无法对其作出历史性的因陈判断。所以，威廉斯认为，传统的形成，至少需要"两个世代"②。希尔斯则提出，至少"要延传三代以上"③。但并非所有"三代"相陈的事物都能组成"传统"的变体链。传统不是事物在时间上的简单累积，"代代相传在逻辑上并不必然会引出规范性和强制性的命题。有些东西从过去留传至今，但是，人们并没有必要因此而认为他们应该接受、赞叹、实施或吸收这些东西"④。对传统的敬畏与信念，意味着人们对或隐或现的范型和规定性的认同。传统不仅是同一主题的规范性积累和呈现，而且是人们对历史、物的规范性重组与建构，主体与客体的历史性融合达成了传统的生生不息。伽达默尔从阐释学的意义上把传统理解为认识论的对象，"传统经常是自由和历史本身的一个要素。……传统也并不因为以前存在的东西的惰性就自然而然地实现自身，而是需要肯定、掌握和培养"⑤。它"不是历史上被给予的东西"，一种已经生成和已被规定了的"在"者，而是一切历史变迁中积极活动的因素。如此，"传统"的"在"就不只是"历史的"，它还成了当代的修辞性生产。霍布斯鲍姆干脆申言，"那些表面看来或者声称是古老的'传统'，其起源的时间往往是相当晚近的，而且有时是被发明出来的"⑥。如威廉斯所言，在英语世界，"传统"这个词的内涵逐渐地从代代相传位移为"责任、敬意"等内容时，要区分究竟何为"敬意与责任"的传统，就是一个非常复杂难解的问题，这比从时间的纵轴上对事物的传承加以区分要抽象难解得多。也难怪希尔斯会带着阐释学本体论的意味，来论及传统的历史同一性问题。希尔斯"变体链"的概念，揭示了传统的一个核心内涵，道出了传统的恒变实质，亦即异形同构——同一主题下的历史变奏。这让我们联想到布鲁姆的"影响焦虑

---

①　〔美〕爱德华·希尔斯. 论传统 [M]. 傅铿，吕乐，译. 上海：上海人民出版社，1991：15.

②　〔英〕雷蒙·威廉斯. 关键词：文化与社会的词汇 [M]. 刘建基，译. 北京：生活·读书·新知三联书店，2005：492-493.

③　参见括号内著作（〔美〕爱德华·希尔斯. 论传统 [M]. 傅铿，吕乐，译. 上海：上海人民出版社，1991：2）。10-25 年的时尚，都只是一种短暂的风气。甚至"三代"在希尔斯眼中都不过是传统形成的必要条件。

④　〔美〕爱德华·希尔斯. 论传统 [M]. 傅铿，吕乐，译. 上海：上海人民出版社，1991：15-16.

⑤　〔德〕汉斯-格奥尔格·伽达默尔. 真理与方法 [M]. 洪汉鼎，译. 北京：商务印书馆，2007：382-383.

⑥　〔英〕E. 霍布斯鲍姆，T. 兰格. 传统的发明 [M]. 顾杭，等，译. 南京，译林出版社，2004：1.

说"，也可以在艾略特的"传统与个人才能"辩证法中找到回应。既然文学经典是某种文学传统主题下的"一系列历史变体"，那么，任何新的经典作品之加入，都最终要受制于传统"主题"并链接于其中，不管它初登文学舞台时有多么叛逆和激进。否则，激进的先锋就只能被抛却于传统的历史之外。由是观之，时间距离和历史结构对于判断文学作品能否成为经典，就显得尤为重要。因为"变体"总是需要在新的链条加入之后，在过去、现在、未来的对比勘验中，重新命名，才能确立其与"传统承接变体链"的历史关系。

　　文化传统的内容形态复杂多样，涵盖从微观日常生活到宏观国家制度的各个层面。"无论其实质内容和制度背景是什么，传统就是历经延传而持久存在或一再出现的东西。它包括了人们口头和用文字延传的信仰，包括世俗的和宗教的信仰，包括人们用推理的方法、用井井有条的和理论控制的知识程序获得的信仰，以及人们不假思索就接受下来的信仰；它包括人们视为神示的信仰，以及对这些信仰的解释；它包括由经验形成的信仰和通过逻辑演绎形成的信仰。"① 文化传统的绵延相续，大体依赖两种路径：其一是经验的，取自生活的感知判断，多凭接近性原则去繁就简截短留长。其价值选择直贴现实，隐于鲜活具体的日常过程中。希尔斯认为，在较为原始的生产力之下，传统的因袭主要依赖经验，传统的变化取决于经验对现实生存的价值功能。另一路径是知识性的，它源出经验但超越其上，借知识生产的社会程序，辩论汇通，以实现价值的建构。希尔斯指出，前一种大体是"传统"的传统，一般需要到民俗中寻找，"传统只与那些尚未成为书面形式的表意作品的延传相关联"②。而后一种则是启蒙理性的立场，它一反"非理性"观点，强调知识化生产对传统的根本意义。前一种的"经典"是博闻强记的权威人物，后一种的经典即为常见的书面化"经典"③。实际上，文字化的经典文本对直觉经验的传统延续，

---

① 〔美〕爱德华·希尔斯. 论传统 [M]. 傅铿，吕乐，译. 上海：上海人民出版社，1991：21-22.

② 〔美〕爱德华·希尔斯. 论传统 [M]. 傅铿，吕乐，译. 上海：上海人民出版社，1991：23.

③ 参见括号内著作（〔美〕爱德华·希尔斯. 论传统 [M]. 傅铿，吕乐，译. 上海：上海人民出版社，1991：23-24）。在启蒙主义看来，传统的"传统"延传下来的信仰，都缺少理性内容，若有也只包含最低限度的理性内容，传统的呈现方式和继承模式亦是如此。所以，启蒙者对"传统"是持一种理性批判态度的。卡西尔的符号学讨论，当然是继承启蒙理性主义脉络而来的现代思维方式，是反民俗化立场的。我们的讨论，也始终建立在这种理性的思考之上，不依赖民俗化的文化访查，这一点必须要加以明确。因为传统本身是一个涵义多变的概念，无法一一穷尽之。我们讨论的文学经典与传统课题，也必然建立在依赖书面文字（文本）而形成的文化概念之上，是理性思维逻辑讨论的结果，并非民俗性的社会学田野调查。当然，启蒙的理性观念，远远没有取得想象的那种成果，特别是在信仰领域。所以，还有诸多无法经科学和逻辑检验的传统范型，在人们的实际生活中发挥着作用，人们依然对这种过去的智慧、信仰和成就，深深地赞赏并向往之。

也发挥了至为关键的作用，这从中世纪僧侣阶层的读写训练就能看出来。而经院哲学的复杂逻辑演练，不能不说是宗教直觉感悟式信仰传统依存的重要前提。

我们觉得，文化传统的承继延续，绝不是自18世纪理性主义时代起，才从书面表达中汲汲啜饮营养的。传统核心思想的文本化，一方面反衬出口语的局限，另一面又弥补了口语化风俗传统的信息缺失。这也是"荷马史诗"等口传叙事经过文字化整理之后才登上了文明圣殿的原因。传统总是跨越时间的历史建构，传统的上承下启，又非一成不变的经验重复，它会淘汰增删以维护符号系统核心价值的稳定性。于其间，对传统"规定性"符号的历史编码就是不可避免的。经验性信仰要克服时代和空间的障碍，超越"接近性"局限，也需要借求书面化的知识表达，以化解因历史位移而导致的经验断裂。可以毫不夸张地说，自有文明以来——文明本就暗喻了以"文"明人的潜台词——人类可以叙说承接的传统，就已经带有知识化的特征了。"叙说"作为主体性的对话，要跨越漫长的时间距离，不可能全凭"接近"而经验地进行。即如今天还在进行的人类学田野调查，倘若不是借助知识化的整理，也很难在经验的意义上推广、并将多样的文化传统保存下去。就我们进入并理解传统的实际操作而言，说书面化、知识化是延续传统的优先方式，应不为过。而知识的基本组织和表达方式就是语言，特别是书面化的语言工具——文字。语言建立的读—写，听—说模式，可以实现历史主体跨时空的精神对话——使各种文化规定成为可"传"之"统"，从而让传统成为一种历史的规范力量。这一切，通常在文字化的书面经典中，能得到最为淋漓的体现。文字克服"口语"传达的即时性和现在性，保证"传统"之物在时间的漫长流转中，得到绵延不绝的承继。语言的本体存在，之所以会最终落到文字书写的文本在场，不仅在于文字改变了口语叙说的时空一维性和不可逆性，还在于文字媒介自身也蕴含着对内容的创造，甚而达到语言与本体的统一。所谓文学的历史，不过是用文字记载的书籍之系年编码，是可见的文字记载的文献。原本，文学的本质不是文字，文学与语言才具有本质的关系；但语言的口头传承依赖时间和空间的同步化，在口述中表达的情感和思想，是一维的、不可重返的。而文字记载，为文学表达情感和思想提供了可"返回"的传载工具。逐渐地，文字与文学之间的关系甚至替代了语言与文学的本体关系，文字成为语言的基本符号形式。甚至可以说，文字的表达规则和基本样态，决定了一种语言的文化存在方式。如此，我们才能更好地理解古典时期"文字"教育的"经国"意义。当我们讨论知识化问题时，所据以展开逻辑的前提，多与文字书写的文明成果密不可分。语言—文字—文学—文化在事实层面，构成了一体融合的历史存在。正如阿诺德所言，"文化以美好与光明为完美之品格，在这一点上，文化与诗歌的气质相同，遵守同一律令"①，诗是"一切知识的精神和精华"②。此处阿诺德提到的"诗"，指代一般意义上的文学。以阿诺德的道德主义和宗教情怀，对文学寄予如此厚望，绝非批评家的职业偏袒，乃是"诗"为人类的生存理想，供应了知识啜饮和精神滋养。文学以"诗"艺超越现实的局限和压抑，为人的自由栖居铺设永恒的通道。在这个意义上，理解"文学代宗教"，也就自然多了。

"语言在本质上就是人类的，而人类在本质上就是语言的生物。"③ 人从根本上依赖词语的建构来确立主体的自我意识，建构社会的关系模式。"确立社会秩序的一个重要来源是一套既定的词语模式。"④ 在宗教中，这种词语模式可能是一部圣典（canon）或一套礼拜仪式；在政治中，它则可能由一部宪法或意识形态指示（语录）构成；而对文化和思想而言，这套既定的词语模式通常反映在具有精神连续性的系列经典（classic）之中。这些词语模式可经几百年而保持不变，即使它的所指内涵在历史的演变中已面目全非，但词语所具有的结构性作用却不会轻易消失。人们也试图通过相应的解释活动，为这些模式化的词语注入新的历史视界和内容，以维持词语的"变体链"关系。由此，再回头讨论文学经典与文化传统的价值同构，就会有意义得多。

文化传统作为"我们对世界的直观和对我们本身的直观"之历史经验的积累与总结，"在语言之中被保存和发生变化"⑤。而文学是语言的艺术，是运用语言符号对生活与世界进行的修辞性编码。若只在一般的技术层面演绎语言—文学—文化（传统）之间的价值同一性，会使问题流于表面形式的类附——文字古物癖、文献迷就经常陷入这样的教条比附，似乎传统只是时间流转——这是我们前面所警醒过的偏见。语言之于文学及至于生存而言，绝不是一种简单的工具性技巧。如果说传统可以让人历史性敞开的话，语言则可以使传统敞开，终而敞开人之本体性存在。文学经由语言直抵文化之根，进而趋入

---

① 〔英〕马修·阿诺德. 文化与无政府状态 [M]. 韩敏中，译. 北京：生活·读书·新知三联书店，2002：16.

② 〔英〕马修·安诺德. 论诗 [M] //安诺德文学评论选集. 殷葆璨，译. 北京：人民文学出版社，1958：82.

③ Hans-Georg Gadamer. *Philosophical Hermeneutics* [M]. David Linge, Trans. and ed. Berkeley：University of California Press, 1976：62.

④ 〔加〕诺思罗普·弗莱. 批评的解剖 [M]. 陈慧，袁宪军，吴伟仁，译. 天津：百花文艺出版社，2006：516.

⑤ 〔德〕汉斯-格奥尔格·伽达默尔. 真理与方法 [M]. 洪汉鼎，译. 北京：商务印书馆，2007：606.

对人类本质的叩问。语言敞开了人在历史—时间结构中的本体性自认，塑造了"诉说—倾听"的"主体间性"①。它使人从无所依傍的飘零状态中拔出来，既可以在过去—现在—未来的视野中寻求自我规定，也能够实现"主体"的"他者化"，进入内在的"主体间性"和自我对话，人的本体存在得以显现。文化传统作为一种"叙说"的历史对话，正像文学经典超越时空构建的心灵沟通图景一样，实现了人类在本质意义上的栖居。文学经典借助于诗意语言的规范（文字）表达，敞开了人类在历史空间中诉说—倾听的主体间性，从而在传统和现在之间、世界与本体之间建立联系。文学提供了进入传统、抵达本体的途径，而文学经典则是生存范式的权威表达，是可以作为"规定性"进入历史时空之中的——这正是传统所具有的价值特征。所以，以语言构建文化规范的文学经典，直接打通了传统与生存之间的价值关系。"我们只能生活于处在一种语言状态的传统之中。每一代人乃至每一个人都必然会进入语言，而进入语言就是进入传统。一个文本、一个句子就是一种召唤，甚至一个词也是一种召唤。"② 文学经典的建构不仅是建立文学内部变体链连续性的过程，而且是对文化传统本体性存在的召唤与储存，是将人类的主体间性唤回并实现历史性返回和敞开的最为有效的方式之一。文学经典所蕴含的各种信息，形象、词语、概念、情感表达、语言美感，都是对一种文化整体性传统的书写和召唤。能忝列文学的"经典"秩序之中，作品必当经受"传统"价值范式的归化。从这个角度来看，把文学经典与文化传统的建构理解为价值同一的历史过程，并不僭越。这种词语的本体召唤，在海德格尔"诗意地栖居"命题中，得到了更好的诠释。一个诗意的表达，就是一场关于生存的对话；一个词语的张扬，就是主体生命的在场。海德格尔把"栖居"的能力变成了修辞性表达世界、本体性进入生存的省思能力。栖居唤起的不只是现场的存在感和自我主体性，还有思接千载视通万里的"视界融合"，以及包容差异的"主体间性"。

---

　　① "主体间性"概念是现代哲学的一个重要概念，它在 20 世纪思想领域中有着广泛的应用，具体内涵也会因学科不同而稍有差异。主体间性质疑的是笛卡尔式的"主体性"存在，是对"主体"的一种"他性"界定，强调主体间关系对"主体"存在所具有的本体性意义。海德格尔早已指出人类存在的这种"间性"关系："由于这种有共同性的在世之故，世界向来已经总是我和他人共同分有的视界。此在的世界是共同的世界。'在之中'就是与他人的共同存在。他人的世界之内的自在的存在就是共同此在。"（〔德〕马丁·海德格尔. 存在与时间 [M]. 陈嘉映，译. 北京：生活·读书·新知三联书店，1987：146）此处我们引入这个概念，主要是为了阐明，经典通过时间的距离结构在不同主体之间唤起的存在之思，不是孤独的排他体验，而是一种理解者经由文本而与他者接通的"间性"对话，他们共享同一的"此在"。如此，就可以将经典存在的历史性与当下性、传统与现代之间的疏离和差异融合起来，正可以说明经典所具有的超越价值。

　　② 余平. 论传统的本体论维度 [J]. 哲学研究，1993，1：25.

这其中，诗性、传统、生命，熔铸一体，此正是作为"符号动物"的人类所具有的本质属性。非独西方，皓首穷"经"的中国知识分子，其生命意义也是从对经典的"本体"探幽中得到张扬的。有论者就提出了"本体的言说本体"概念——经典是对本体的言说，而经典的这种言说同时建构了言说经典的"主体"①。通过经典，本体才能向人敞开。经典不但建构本体，而且同时建构本体的阐释主体，并进而展开主体的本体性存在意义——经典将本体存在的主客两面同时融进了文本世界。

文学经典的建构，正是对既有历史文本的历史化（historic）阐释。历史文本浩若烟海，历史化则是保证核心文化价值依依相传的机制。围绕文学文本所建立的符码系统，早已超出了文学语言的技术范畴。从符号学的层面来看，文学"修辞"不仅是语言的使用规则和编码技巧，更是人与世界生存性关系的符号方式。语言的出场，总是蕴藏着比"文学性"更高的文化意指。且不说逻各斯中心主义赋予文本的那种生存性思维本质，即如德里达的解构，文学的"能指游戏"，也在在超越了简单的文字积木嬉戏——嬉戏又何尝不是对当代人生存的一种本体把握？文学经典，究其早期的文字混溶状态——各种知识信息熔为一炉——而言，是对人类理性精神和情感世界的总体承载与涵养；究其学科性质分化以后来看，则是一种更具诗性意义的文化符号建构。这就牵涉到文学观念的嬗变。文学内涵从大文学向小文学的演变过程，隐含了经典文本与文化传统之间价值关系的历史轨迹。文学经典作为一种书面化的文本符号，自然承担着文化信息生产和传播的使命。在大文学的范畴内，文学文本所具有的文化作用几乎是无所不包的。正因如此，在古典时期，文字教育——主要是对"文"本的读和写，也就是识字教育和表达能力培养，才显得如此优先。"古典教育预先设定这样一种信念：那些伟大古老的作品不仅以最高贵的形式包容人类最高贵的精神食粮，而且这种高贵的精神与生俱来地就与这些作品使用语言的语法和词源紧密联系在一起。"② 从意义的维度上看，早期经典皆为"文学"经典，同时又自成文化典籍。因为文字（文学）不但是社会身份的现实识别标签，而且具有道德和伦理的文化区分功能，直接与精神存在融为一体，而经典文本则在其中起着文化规定的作用。一定意义上，文学经典即文化的规定性。即使是希尔斯托于神秘体验的宗教传统，也依赖圣典（canon）文

---

① 谢大宁认为，中国哲学内在的知识价值与实践价值矛盾，导致了对经典理解的短视和功利化。而要弥补两者之间的分裂，只有在本体论意义上重新打开"经典"。参见括号内著作（谢大宁. 经典的存有论基础：续［J］. 中正大学中文学术年刊，2007，9：207）。

② Graff, Gerald. *Professing Literature：An Institutional History*［M］. Chicago & London：The University of Chicago Press，1987：29.

字营造的"纯粹符号世界"——我们宁愿把这种纯粹符号建构，解读为对经验世界片段化的修辞性黏结——人们建立了一个可以理解的"共同体"。古老的宗教共同体"从未设想过一个和语言高度分离，而所有语言都只是和它保持等距离关系（所以是可以互换的）符号的世界"①。所以对宗教世界的共同体来说，建立一种为世界共有的神圣的语言传统是至关重要的——现在来看，经典语言才是宗教"想象世界的方式"，这又何尝不是一种诗意栖居的神圣手段？

　　即使在文学独立为专业的审美学范畴以后，由文学经典引发的文化生产并没有因此减弱。相反，在对民族文化的塑造上，其意义甚至得到了加强，时常扮演文化建构急先锋的角色。如安德森所言，对民族精神传统的形成来说，没有什么比文学文本更能在文化的意义上，塑造出一个"想象的共同体"②。文学符号的表达若不是牵连文化的根基，就不会有"五四"时期对古典汉语秩序如此激烈的颠覆破坏。不理解这一点，也就很难想象，从 14 世纪就开始的西方文艺复兴，为何要把诸多新文化奠立的历史使命，建基于脱开拉丁文的地域方言的发展之上。因为"拉丁文不仅是教学用的语言，它还是仅有的一个被教授的语言"③。拉丁语是西方文化传统的统一表达方式，它维护着西方文化的整体性存在。各个民族文化若要建构独立的主体性，就必须疏离拉丁文的制约，铸造新的语言文字系统。在安德森"想象"的视角里，几乎所有现代民族国家，都与一种更为现代的新式语言及文字表达联系在一起。每一次语言的改变，也包括文字书写方式的改变，都蕴含着文化的价值调整和更新。而能够充分展现语言鲜亮特质和文化锋芒的，无疑是经典作家的经典作品——尤其是民族语言规范的形成，更是直接取源经典作家的话语样本。而民族文化精神的历史展开，也都首先寄寓在经典作品的诗意世界中。无疑，文学经典的建构确立了语言的规范，同时又内在地重塑着文化的新价值。"荷马、维吉尔、莎士比亚和但丁的作品既是文学体裁传统的根基所在，也是人们对生活的诠释的根基所在。来自这些作品的人物形象、主题和措词形成了附属的传统"④。

---

①　〔美〕本尼迪克特·安德森. 想象的共同体［M］. 吴叡人，译. 上海：上海人民出版社，2003：16.

②　参见括号内著作（〔美〕本尼迪克特·安德森. 想象的共同体［M］. 吴叡人，译. 上海：上海人民出版社，2003）。当然，这么说，并不是完全忽略或否定其他文字作品在这一过程中的文化塑造价值。萨义德在《东方学》中就雄辩地论证了学术研究，包括文学、政治、历史、社会、人类学等诸多领域，是如何借助科学化的名义，生产"想象的东方"之过程。

③　〔美〕本尼迪克特·安德森. 想象的共同体［M］. 吴叡人，译. 上海：上海人民出版社，2003：19.

④　〔美〕爱德华·希尔斯. 论传统［M］. 傅铿，吕乐，译. 上海：上海人民出版社，1991：22.

　　如此看来，文学经典的选择、建构、阐释和保护行动，就绝非只关文学的"风情"游戏，它与人类自我生存的根本精神欲求交融在一起。它以特殊的方式，参与解决人类生存的诸多问题，建构人类生存的总体性文化图景。"对经典的需要可能是一种基本的人类本能。它可能与人的自我保护有关：那种控制混乱的意愿，还有划定个人边界的需要……我们绝大部分人，都需要共享我们的经典"①。换言之，人类的崇经行为，本就是一种文化的"规范性"自求，与内在的精神直觉和集体性的本能欲望有关，人们希望在一种共有的表达中，建立相互认同和心理安全。文学经典不仅是文学的经典，它必要冲破"文学"的技术畛域，跃而成为文化表达的"伟大的书"。伟大的书不是一般的"好书"。阿德勒明确提出，判断何为"伟大的书"，主要看它与构成人类基本精神价值和世俗生活的核心"大观念"，是否具有密切的思想关联。② 这些核心"大观念"所凝聚的思想与心灵力量，经一代代的传递，累积为传统文化知识的主体。"伟大的书至少与102个大观念之间的25个相关联。许多伟大的书，甚至与超过75个或更多的大观念密切相关，还有少数经典，与102个大观念都有联系。形成鲜明对比的是好书，它们一般仅与10个以下、有的甚至只与4~5个大观念有关联。"③ 这实际上是阿德勒与赫钦斯在《伟大的书》初版前言中就表达的"选书"原则之一。他们当时提出三个入选标准：一是与当代社会息息相关，而不仅仅只具有历史的语境意义；二是要值得"一再读"；三就是此处提到的原则，也是最重要的原则。阿德勒并不是像一般人所理解的那样，把伟大的书看作是普遍的、永恒真理的贮藏室或是武器库；相反，他指出

----

　　① Kennedy, George. *Classics and Canons & Teaching Classical Literature in the 20th Century* [J]. South Atlantic Quarterly, 1990, 89 (1)：217-225.

　　② "大观念"（The Great Ideas），是针对《西方世界伟大的书》所收著作梳理提炼出来的102个重要观念，以核心问题设立命题，连贯上下几千年的各类经典，覆盖了思辨和实践的全部范围，建构了西方文化传统的统一性。在1952年的版本，*The Great Ideas* 作为独立的部分列在《西方世界伟大的书》的第二、三卷。以论题集（Syntopicon）的方式为整个丛书提供思想索引。

　　③ 参见括号内著作（Mortimer J. Adler. *A Second Look in the Rearview Mirror: Further Autobiographical Reflections of a Philosopher at Large* [M]. NewYork：Macmillan, 1992：142)。在1990年《伟大的书》第二版修订后，阿德勒专门写文回应了当时关于该丛书选文标准的批评，再次重申他一贯的主张：不以作家之"名声"和"道德"地位取录作品，而是看著作是否满足以上三个要求。细细分析，我们发现，作品能否参与西方文化的核心"大观念"之历史对话，乃是体现其思想广度和内涵深度的重要维度，也是保证作品能在当下产生"议题"价值的根源所在。作品的耐读品格，其能否历久弥新，给不同时代读者带来永不枯竭的受益，也全赖与此。实际上，这一标准是阿德勒选文的核心原则。正因主张经典作品的"核心观念对话论"，而不是"时代诉求反映论"，所以，他认为"二十世纪以来的许多女性作家、黑人作家和拉美作家的作品，都是属于这一类好书，所以没有被收入到《伟大的书》第二版之中"。参见括号内著作（Mortimer J. Adler. *Selecting works for the 1990 edition of Great Books of the Western World* [M] // West Canon Mail List. 1997：9)。

伟大之书并不尽然都是"真理"的体现，其中可能存在着谬误，甚至谬误并不比它们所承载的真理少。伟大的书之价值，在于它能够将我们始终放置在攸关存在意义的历史性"对话"之中，使人类在与前人传统的开放沟通之中，实现对传统和自我悖论性规定的修正与更新——西方"大观念"构成西方文化传统的核心精神要素，经典作品总能以自己的独特含蕴，增益其中，保持传统的活力性。对话不是一个向我们传递唯一观点和思想的过程，而是为我们提供关于各种命题多方位汇通思考的途径，这就包括对既有思想的批判。经典的伟大性不在于它提供唯一的"真理"答案，而在于它启发人类保持对"真理"探求的历史活力——经典正是在开放中延续西方文化传统的核心命意。

阿德勒的论断不过是对 20 世纪 50 年代赫钦斯主张的重新回响。赫钦斯说"西方传统就体现在这种从历史之初一直延续到当下的伟大对话之中"①。"伟大对话"的基本精神是对文化核心议题的历史性质疑，从而汇成人类阐释性的思辨循环——历史化进程。"伟大的书"不仅提供了历史对话的思想剧场，而且围绕文化上演着丰富的精神表演。"在一定程度上，这些伟大的书基本能代表文明的观念，西方文明的观念可以得到体现。"② 盖言之，"伟大的书"不仅要延续传统——与过去的"观念"对话，而且在为后来者建构一脉相承的新传统——向未来打开对话。"这些书中蕴藏的思想精华会不时在整个历史的长河中为西方提供新的动力和创造力。在许多时候，伟大的书保留、储存并传播了我们体认的那种传统。"③ "大书"横贯古今，关乎生存之思，自然不会限于"文学的"领域。阿德勒和赫钦斯所编伟大书目，虽不尽是文学经典，但其提供的清单，以文学经典为核心也是事实。因他们的选择，即使是对非文学著作的斟酌，也都在"文学性"方面暗下了些笔力——阿德勒在编写原则中就提出一条，"它要值得一再地读"（it must reward rereading）。在维护西方语言的纯净性方面，这些"大书"都堪称表达的典范。更何况其中，占据绝对

---

① 参见括号内著作（Robert M. Hutchins. *The Great Conversation* [M]. Chicago：Encyclopedia Britannica, Inc. 1952：48）。同时可参考该书第 72 页。赫钦斯是《伟大的书》1950 年代版本的另一主编。《伟大汇通》一文是赫钦斯为《西方世界伟大的书》第一版所写的导言。列入《伟大的书》第一卷（*The Great Books of Western World*：Volume 1）。阿德勒在 1990 年的文章中，更具体地谈到了这种"文明对话观"："将（伟大）作家们聚合到知识共同体来的是他们致力的伟大对话。那些在时间上后出的作品，他们的作者必然聆听过先辈们谈论相关的思想、主题等等，而他们不但听，而且以各种不同的思考论断，对先辈们思考的命题作出自己的回应。"参见括号内著作（Mortimer J. Adler. *The Great Conversation Revisited* [M] //*The Great Conversation*：*A Peoples Guide to Great Books of the Western World*. Chicago：Encyclopædia Britannica, Inc, 1990：28）。

② Robert M. Hutchins. *The Great Conversation* [M]. Chicago：Encyclopedia Britannica, Inc. 1952：49.

③ Robert M. Hutchins. *The Great Conversation* [M]. Chicago：Encyclopedia Britannica, Inc. 1952：49.

篇幅的渊深博识之作，都属西方古典文学（classic）的精心佳构，确实无疑。① 可以说，文学经典的甄选和教化，就是文化传统的建构过程。这个过程受到的"文学"（经典）影响，比受到的其他艺术形式或是文化方式影响，要更明显。文学经典的确认和选择，正是对文化价值、基本意义的确认过程。从文学—语言（文字）—文化的初级关联来说，文学经典的选择承载了巨大的社会功能与责任。因为教育范围和受众的限定，这种经典会以特殊的文化和社会机制作为保证——古代的修辞学教育、中世纪的经院训练以及中国的科举制度，都在维护"经典"的文脉流传，以实现社会性的流通和传达。如中国古代的科举考试，借助国家人才选拔系统，将经典观念潜移默化地灌注给儒生，再借助他们在社会各个领域，特别是在政治和文化宣教领域的引领性作用，实现经典价值和功能的社会性流通。西方的贵族精英教育系统、学院化科层系统，通过对文学学术资源的配置导向，特别是其价值导向，强化了自古以来被视为西方文明核心的经典地位。

文学经典毕竟是一种具有自己独特性的符号编码，它参与人类文化价值建构的具体形式，与其他类型的经典稍有不同。追根溯源，文学当是人类生命经验和生活场景的自然流露，所谓"情动于中，而形于言"。但文学之"言"，远非一般的口头诵唱。更何况，口语文学的传承，面临着大量文化信息的流散，我们已经无法在一个真实有效的原则下来观察口语文学的规范性传承。口语作品因地缘生活接近而发生的流动性和变异性，容易破坏其内在的"规范性"。自从文字产生，文学的符号化生产就以相对系统而规范的文本方式，替代了零散随意的口头文学创作，从而大大增强了文学作品在整个文化传统建构中的规范性力量。因为文学是依赖独特语言文字来表达的艺术形式，所以它的形象构成、情感表达都具有文化排他性；同时，文学又借助独特的认知，实现在自我与他者文化之间的区隔，成为保存文化特有的情感、精神，实现心灵交换的一种符号方式。从源头上来说，文学经典之中沉潜的核心文化形象，就是弗莱所言的"原型"——这是在原始神话中就植根于民族文化之中的修辞性想象。就人们的情感理解、价值沟通、世界认知、行动选择来说，文学经典积累的符号想象，就是诗学化建构的文化镜像。文学符号的意义信息，大致包含两个方面：一方面，是与特定的文学性相关的信息，这决定了一个作品与文学传统的关系。它的语言、形象、叙述方式、情节结构等，如何在文学的历史发

---

① 这里我们需要说明一点，阿德勒的"文学性"，倒不是追求文字的阅读快感和愉悦体验，他注重作品表达意蕴"反复的可研究性"（studiability again and again），即介入大观念的深度与广度。所以在阿德勒的书目中，编入了一些科学的著作，其知识的兴味则需另一番"文字的训练"才能体会得到。

展中得以呈现或重现，是事关文学作品能否经受住时间考验，流传下去的重要一环。另一方面，当然是文学作品身上所携带的文化信息，它所蕴含的时代现实、思想倾向、价值立场，或者历史图景，保证文学作品在复杂的社会、现实、政治和历史多向变化中，维持自己的文化地位和影响力。从社会历史意义上来看，文学经典正是文化传统价值的诗意化运作。更何况，文学信息与文化信息本来就是合二为一的综合体，并不能截然断开。通过特殊文学符号手段所实现的文化信息积累、流传和散播，对文化传统的建构、完善、更新以及发展，都具有至关重要的意义。文学符号借助想象的手段，能够实现文化传统在意义领域的诗性建构。因此，一个文学作品在何种程度接近并融入某种文化"传统"之中，也就是它接近并纳入"经典"序列的重要方式。反之，文化传统也常以封赏文学经典的方式来延续其信仰要义。我们毋宁把文学经典在时间机制中的恒变逻辑，理解为文学经典所携带的文化信息，在历史语境的变化中，所发生的文化信息衍变与融汇关系。所谓"恒"，主要是文学经典携带的文化信息所具有的历史适应能力。文学经典内含文化信息的广延性越宽，其在不同历史境遇中的适应能力和自我更新能力就越强，那么其经受时间考验的韧度就越高；相反，如果文学作品所携带的文化信息不够，这些信息的自我置换能力和更新能力不足，那么其在历史化过程中受到的阻力就越大，经受时间检验的能力就越有限，在更大的历史化语境中融入经典秩序的机会和韧度就越不够。怎样检验文化信息的宽度、厚度和力度？这并非文学的既定标准或规则所能测度，因为经典总是面临着不断变化的未知语境的考验。能将对文学经典的评价，与文化信息的恒变加以有效弥合的，必然是文化传统。

作为人类社会文明之产物，文化传统最重要的形式和载体，就是一代代自然淘汰流传下来的可见的文本、符号和物件。文学经典作为一种文本和符号媒介，在时间的试错和考验中，一旦能够汇入到文化传统的符号信息系统之中，基本上就完成了自己的经典化过程。每个文学经典都是在时间的流动中，不断地将自己携带的文化信息，加以相应的提炼、精简或替换，不断吸收新的因子，以适应新的视界。保留自己的核心文化信息，同时又能在新的语境之中，更新替换某些价值内涵，正是文学经典在时间的机制中，经受考验，并最终进入历史秩序的过程。有的作品，在其产生的时代，具有强烈的文化感应作用，携带了重要的历史文化信息，甚至集聚了大量"现场"的内涵，但往往承受不住新文化力量的冲击，造成文化信息对接上的断裂，结果是，要么失去其经典的地位或影响，要么作为一种历史的遗物在博物馆中加以展览。这么看来，文学经典与文化传统在时间机制中，完全可以实现价值上的联通和互证。我们觉得，不管是在事实层面，还是在理论意义上，特别是 18 世纪以前，文学经典与文化传统之间的价值同构关系，是我们理解文学经典形成、建构，以及文学经典书目建构的一种重要维度。即使图像凸显、文字下沉的时代，（文字）文学符号在传统承接链中，依然是不可逆转的中心力量。传统需要的远近对话、古今汇通，只有文字符号才能敞开必需的时空距离。视觉触动的逸兴遄飞，受限个体的经验现场，很难达到视通万里的境界。文学经典作为范式性的诗性表达，它内聚性的修辞转换，时空张力，可以规范性的力量在时空距离中形成的黏合作用，实是文化传统之蓄水库。

通过对文学—语言（文字）符号—传统之间价值关系的意义转化，我们就文学经典与文化传统之间的历史同一性，作了本体论和符号学的简单分析。文学的最高价值维度，及它所能达到的广度、宽度和厚度，当与作品在人类思想、情感、心灵、趣味等精神活动中产生的力量相关。一个作品凝聚的文化内涵若能成为规范人们生活的标准，则其价值将会上升为一种权威的信仰，并逐渐在历史的结构中，不断调适和修正，作为被敬重和崇拜的传统之物，纳入文化的核心系统之中——这个过程，就是文学经典和文化传统同一建构的过程。那么，文学经典究竟在哪些价值层面上塑造了文化传统的精神品格？文学经典又如何实现了对文化价值的组构？这个问题实际上涉及文学经典教育与文化传统延续的价值关联。在不同的历史阶段，文学经典发挥的文化价值可能不尽相同，但就经典作品权威的规范性功能而言，它与文化传统是互为表里的。所以，以文学经典为核心的古典教育和博雅教育，在捍卫西方文化传统的核心价值方面，成为不二之选，这是一直到今天还在奉行的共识。关于西方传统在博雅教育中的地位和作用，特别是课程内容的具体安排，主流英语教育界产生过激烈的争论，这也是经典论争的文化源起。但不同持论者，虽有态度的对立，却无本质的差异，各自都在用一套"经典"文本强化各自的"西方传统"。作为文字典范的文学经典，提供的不仅是基本的文字技能训练，而且事关文化传统延续与发展的重大思想支持。即使在重视文字训练的古典时期，文字读写的技巧培养，也不仅是一场"炫富"的圈子游戏，它与整个社会的文明训练、精神锻造和品格形成里通款曲。反过来，文字读写训练若不是以基本的文化要义为前提，即使曲尽了文字的所有机关，也难以获得与人沟通的基本能力。①

美国前人文教育委员会主任赫希（E. D. Hirsch），曾有感美国基础教育中传统文化的衰败，提出"核心知识"（core knowledge）和"文化学养"

---

① 文字训练中的文化传统如果缺席，或者抽空，其他力量就会趁势而上占领山头。最突出的就是意识形态宣教，它用政治驯服取代文化涵养，将人与人之间沟通的精神结构转换为意识形态幻象，这是我们后面章节将会展开的讨论。

（cultural literacy）两个概念。他直言，把读写能力的培养看成是一种技术实训，以为通过一定的语言实践和词句练习，就能达到教育目标，这是一种狭隘的偏见。读写教育不仅关系到基本的技巧训练，更需要对文本背后文化意义的探寻。读懂每个文本的文化奥义，才是读写训练最为核心的技巧。纯粹的文字技巧操练，很容易造成"识字的文盲"。"不教小孩子最为传统的文学文化素材，这是一种悲剧性的浪费和错误，它会剥夺孩子们获得那些日后对他们的生活有用的信息。这种基础教育失误所带来的必然后果是，文化记忆逐渐瓦解，这导致我们的交流能力逐渐下降。这种教育失误也是导致读写能力缺乏的主要原因，无读写能力恰是缺乏交流能力之一种。"① 这也是文学经典所以能成为读写训练核心知识的根本原因。经典可以使读者与作者、读者与读者之间通过文字蕴含的丰富文化奥义达成精神认同，从而更好地就文本表征的意义与世界进行沟通。这就是我们念兹在兹的语言—文字—文化（传统）与人类生存的本体性价值关系，它们只有在本体的意义维度上，才能构成人类文明生活的根本性力量；与语言文字相关的技术训练，也只有在文化的层面，才能获得诗性的存在论价值。所以，圣伯夫始终强调维吉尔是"整个拉丁的诗人……他不仅带来新的诗歌形式，而且带来了新的文明样式——热情、格调、敏感……文明的发展进步只是使他能更好地被理解，特别是他对热情、虔诚和同情的表达"②。维吉尔对西方而言"始终在确证着一种卓越、人性而虔诚的文明之价值"③。文学作品一俟进入文化传统的体系，其价值就会在人们的言行举止、为人处世、思维方式等多方面潜在地体现出来。可以说，文学经典是文化共同体可识别的集体原型符号的想象性产物，文学作品一旦经典化，就意味着它与文化传统的精神交融。因此，文学经典的建构，为人们的社会生活和思想沟通，提供了一种基本而普遍的文化结构。倘若没有这些核心经典构成的文化框架，社会将陷入无政府主义的文化状态。"对待莎士比亚的观念和态度因时而变是可以理解的，但若是没有了莎士比亚，那整个沟通交流就是无法想象的。"④

文学经典对文化建构的重要价值，在 20 世纪 50 年代的古典教育课程讨论

---

① E. D. Hirsch. *Rise of the Fragmented Curriculum* ［M］//Morrissey, Lee, ed. *Debating the Canon：A Reader from Addison to Nafisi*. New York：Palgrave, 2005：143.

② Frank Kermode. *The Classic：Literary Images of Permanence and Change* ［M］. Cambridge：Harvard University Press, 1983：17.

③ Frank Kermode. *The Classic：Literary Images of Permanence and Change* ［M］. Cambridge：Harvard University Press, 1983：17.

④ Robert M. Hutchins. *The Great Conversation* ［M］. Chicago：Encyclopedia Britannica, Inc. 1952：68.

中得到了重申。赫钦斯是 20 世纪 50 年代力推经典博雅教育的代表性人物。他对当时美国基础教育中急功近利的实用主义抱切齿之痛，高扬经典"大书"超越世俗生活、开启民智的文化价值。他力图扭转日渐败落的人文教育，以期整合美国人分裂的文化趣味和思想意识，驳斥把经典束之高阁的经院化倾向，还原经典作品与个人日常阅读的关系。"大书"不是为少数特权阶层所写，也不是少数有闲阶级的享受，"它们本就是为普通人所写的"①。通常我们读不懂，学生不愿学，"是因为许久以来，都没有通过读大书来进行学习了；伟大的书不仅教会人们如何读懂它们，而且教会人们读懂任何其他的书"②。好书固然难读、难学，但那种为人提供现成知识和功利信息的读物，更是对宽广心灵的麻痹与封闭。读经典大书不是为成就专家教授的学术职业，更不是为获得悠然生活的实用技巧。经典大书的阅读，是一场人人得以享受的智慧对话，是汇入伟大心灵交流合唱的"诗性愉悦"。"因为享受诗歌引发阅读并获得知识，比那种因为获得了知识而自以为享受了诗歌的情况，要更为美妙。"③ 在知识分割和文化分化的时代，人们更需要寻求一种基于信仰构筑的共同体。经典"大书就是有助于建立这样一个自由思想的精神共同体"④。经典大书还是解决文化危机的思想秘钥，赫钦斯对那种认为"大书"已不适应当代发展和生活需要的"社会决定论"观念，极为不满。⑤ 社会决定论把文化和知识看作是由社会条件决定的产物，认为那些"伟大的书"不过是特定时代中解决社会困惑和生活问题的智慧而已，它们不能僭越时代指点今人，当代已不再需要这样一套"大书"的智慧。显然，这种决定论，带有庸俗社会学的意味，是偏执而狭隘的。人类除了需要处理不同时代和社会条件下的具体问题，还需要面对许多超越时空的普遍命题，"大书"提供了反思这些问题的核心"大观念"。经典作品在古今融通的视界里，为我们建立了内外聚焦的文化坐标，通过一系列的"大书"，"西方人能理解自己和他人；世界上其他的人们也能借以理解我们（西方）"⑥。赫钦斯甚至建议，只有经典大书带来的理性和智慧，才能推进政治上的民主和自由发展。从更为深层的意义上来说，人类在政治上所追求和探索的民主自由体制，不过是经典建构的精神共同体在现实政治上的反映，"法律和正义之世界共和国，不过是知识共和国和世界共同体的政治化表

①　Robert M. Hutchins. *The Great Conversation* ［M］. Chicago：Encyclopedia Britannica, Inc. 1952：66.

②　Robert M. Hutchins. *The Great Conversation* ［M］. Chicago：Encyclopedia Britannica, Inc. 1952：66.

③　Robert M. Hutchins. *The Great Conversation* ［M］. Chicago：Encyclopedia Britannica, Inc. 1952：67.

④　Robert M. Hutchins. *The Great Conversation* ［M］. Chicago：Encyclopedia Britannica, Inc. 1952：71.

⑤　Robert M. Hutchins. *The Great Conversation* ［M］. Chicago：Encyclopedia Britannica, Inc. 1952：51.

⑥　Robert M. Hutchins. *The Great Conversation* ［M］. Chicago：Encyclopedia Britannica, Inc. 1952：73.

述而已"①。虽然赫钦斯的观点烙下了文化保守主义的痕迹，甚至也不无"肉食者谋"的现实考量，但在 20 世纪 50 年代风起云涌的文化分权运动里，多少显得有些"乌托邦"意味，难免与时不合；但他对经典大书精神力量的执念坚守，即使放到今天，依然具有现实意义。面对远未恢复生机的文化"荒原"，人类仍旧急需从历史上那些伟大灵魂的智慧中啜饮滋养。文化上的民主和多元，虽然颠覆了维护经典存在的政治逻辑，但"一散而尽的只是对经典合法化的外部证明，对经典的教育教学的需要还没有消失"②。由经典（classic）系列文本构成的文化传统，不但开启了西方智慧的源头，而且成为其文化精神生生不息的养料，它是西方人面对现代性进步带来的各种问题时，反求诸己，达成历史自觉的文化根基。因此，经典留给我们的，不只是古老枯黄的卷帖，还有它富含质疑的生成力量。"经典最为伟大的力量之一还在于它能向我们及我们所珍视的价值发出质疑，同时也能在我们产生疑问时与我们对话回答。19 世纪德国哲学家黑格尔把经典看作'一种质问，一种对敏感问题的阐释，一种对精神与心灵的召唤'。就像《圣经》之书一样，经典凸显了那些我们需要回应的主题。它不断质疑我们对上帝、对我们的价值以及对我们自身感受的理解。"③

　　探讨文学经典的普遍性文化价值，无法回避的政治权力与现实利益给经典形成带来的控制与约束。文化保守主义的执念种种，在经典争论中被颠覆；经典蕴含的文化大观念，被视作是意识形态野心的温情面纱。这成为"憎恨学派"猛烈攻击传统经典秩序的核心战场。理论家阿尔铁里则试图通过对文学经典价值功能的还原，来修补激进的批判历史主义立场（critical historicism）留下的理论偏颇，以重建经典的普遍文化意义。不可否认，"经典在对传统和思想进行选择性的保存和记忆上，起到了显而易见的社会作用"④。而一段时间以来，在经典批判中所遭用的理论术语，已经严重扭曲了经典权威化的历史。与经典权威性关联的各种讨论，被充满政治权力诉求的理念包围，而普遍的文化价值与思想智慧，常常被刻意遮蔽。怀疑，或言颠覆，成为了所有批判性学派的共有立场，是多元主义、女权主义和解构主义等都具有的价值倾向。

　　① Robert M. Hutchins. *The Great Conversation*［M］. Chicago：Encyclopedia Britannica, Inc. 1952：73.

　　② 〔荷〕D·佛克马，E. 蚁布思. 文学研究与文化参与［M］. 俞国强，译. 北京：北京大学出版社，1996：48.

　　③ Lundin, Roger. *The "Classics" Are Not the "Canon"*［M］//Cowan, Louise and Guinness, Os, eds. *Invitation to the Classics*. Michigan：Baker Book House Company, 1998：25-33.

　　④ Altieri, Charles. *An Idea and Ideal of a Literary Canon*［J］. Critical Inquiry, 1983, 10（1）：37.

"把文化史仅仅看作是一部利益追求和意识形态生产的通俗剧，这是错误的。"① 我们必须超越单一的社会权力结构去理解经典作品所蕴含的"力量"（power），恢复关于价值和人性思考的维度。在经典批判者——阿尔铁里统称为"怀疑阐释论者"——看来，历史的或现实的社会语境，是文学发展及经典建构的根本动因。文学的价值因应时代变化而变化，不存在什么永恒普遍的文化价值。文学经典不是超越时代的客观性力量，而是一种历史话语中的可变函数。这种论调，将经典建构替换为社会利益博弈，最后要么走向独裁霸权，要么陷入毫无是非的相对主义。没有经典所提供的基本精神价值，社会将会陷入群体利益的混战之中。阿尔铁里至为忧虑社会缺乏对统一文化价值的认同，反对完全意识形态化的立场，他试图将差异化的个体（群体）利益与经典普遍的文化价值历史性地沟通起来。"实现我们个人利益最好的方法就是建立一种超个人的价值原则，这种价值原则可以将当下的愿望与从过去一直保存下来的创造性话语形式连接在一起。"② 经典之所以是我们可依赖的超个人价值形式，全托于它们特有的文化守护功能。经典具有两种基本作用，"一种是文化守护（curatorial）功能：经典保存了丰富而复杂的文化参照框架，这种框架是我们解释经验的文化语法；经典介入文化价值，不仅仅是因为有许多经典之作被保存下来了，也因为保存经典的基本原则所起的作用。因此，经典的另一功能就是起到（价值）标准化的作用"③。这两种功能是相互关联的：保存下来的经典之作必然会成为价值的标准和规范，而能承载文化价值功能的作品，也必然会被选择作为经典保存下来。因此，经典绝不是对某种教条概念的简单阐述，"它是一种丰富的资源，既能为我们提供多样的参照性语言类型，也能为我们提供运用这种语言典范从而建构自我的范本"④。这里实际上涉及了经典的双重性，它既能为一种文化提供抽象的、潜在的思维框架和语法模式，又能为人们提供具体的、可堪作为标准的范本和实例——经典作品本就是文化理念的典范呈现。因此，经典是一种在抽象和具体两个层面上都能发生实际作用的作品。所以，经典既需要体现某种文化价值和思想观念，也要能通过具体的范

① Altieri, Charles. *An Idea and Ideal of a Literary Canon* [J]. Critical Inquiry, 1983, 10 (1)：37.

② Altieri, Charles. *An Idea and Ideal of a Literary Canon* [J]. Critical Inquiry, 1983, 10 (1)：40.

③ 参见括号内著作（Altieri, Charles. *An Idea and Ideal of a Literary Canon* [J]. Critical Inquiry, 1983, 10 (1)：47)。这里涉及两个问题。第一，什么被保存，什么不被保存，其实是一种文化的价值选择和判断，体现了一种文化的价值观念；第二，那些被保存下来作为经典的作品，是被当作文化价值的理想典范留存下来的。经典被选用，遵循着"垂范"的原则。换言之，即使体现同样价值的作品，在选择时，必然要考虑它的典型性和标准化是否具有示人以范的指导作用。

④ Altieri, Charles. *An Idea and Ideal of a Literary Canon* [J]. Critical Inquiry, 1983, 10 (1)：47.

本引起人们的效仿。但经典范本有时会带上天才个体的创造印记，以独特的魅力发挥重要的文化影响力量。在这一点上，阿尔铁里是谨慎的。与布鲁姆强调天才式"焦虑"稍有不同，他希望把经典散发的个体创造力量，纳入更大的文化价值框架中去理解。"我们思考经典的文化作用时，不但要把那些直接体现了智慧与技艺的典型特征的作品纳入视野，为描述这些智慧与技艺成果的语言提供参照结构的作品，也应该被纳入视野中。"① 亦即，创造性的天才经典，是在提供语言参照结构的传统视野中得到开拓的。经典的文化作用之发挥，端赖传统与创新的双重合力来平衡——经典既可保证文化传统的守正，也可吸纳创造性的革新力量。经典的个性化创造和独特属性，需要在文化的参照结构中加以必要的校正和修整。否则，个性天才过度的"变异"如若突破文化传统的框架，我行我素，无法与文化的基本结构产生共振，它将会在强大的历史挤压下，被驱逐出经典的殿堂。正因如此，即使最激进先锋的文学叛逆者，最后都要回归于文学传统的结构之中，以求得自己"革命"的合法性——从先锋到经典，这几乎是所有叛逆者必然接受的历史命运。

经典文本的文化组织和标准化作用，可能产生三个文化后果。其中，最为基础，也最为核心的影响，就是"经典承担了将理想（观念）事物体制化的作用：经典作品通过确立范本为它们自身的发展提供了语境。这些范本涉及了一系列基本问题：经典体现了什么样的基本观念，人们怎样使用这些经典范本作为自我创造的动力和语境"②。所谓将理想事物体制化，即突出了经典所具有的文化创造作用。经典不但以范本维护某种文化语法，延传某种精神传统，而且提供自我更新的历史语境。经典的形成是"自我语境化"，经典为自己立法。经典一旦确立，它不仅代表某种具体的价值观念，而且成为一种文化继续发展的基础性结构——将理想事物体制化。从这一点来说，经典的文化管护功能，不只是因陈循旧传承古时智慧，它还孕育着在内部打开文化新的历史空间。换句话，如果没有一种经典文化建立的思维语法，我们人类就无法进行最基本的智慧活动。包括那些激进的解构行动，都是在经典提供的文化框架中进行的。经典就是一种文化的核心和基础，没有经典就没有文化的存在与发展。经典内在地包孕着自我稳定和历史更新的张力——它既言说文学自我的历史传统，又在历史的结构中确立文化发展的"理想"结构。

经典始终维持着一种统一的价值观念，但统一不等于唯一。文化语法结构是一致的，但经典会在不同时代发展出更为丰富的形态。除非需要对那些处在

---

① Altieri, Charles. *An Idea and Ideal of a Literary Canon*［J］. Critical Inquiry, 1983, 10（1）：47-48.

② Altieri, Charles. *An Idea and Ideal of a Literary Canon*［J］. Critical Inquiry, 1983, 10（1）：48.

特定阐释共同体之外的受众传输文化观念，否则，关于经典的文化价值，不必特别赘言——它潜在的，无意识地影响着人们的思想和行为。对于共享同一种阅读习惯和文化价值的群体来说，经典是极为重要的。"我们的理由就是，经典标示了我们自己的共同体；关于普遍的价值，经典无须说得太多；经典可以使我们远离其他人，也能实现自我批评和自我引导。"① 文学经典沉潜为文化潜意识中的基本语法结构和精神观念——尽管我们可能对这些支配着我们的大观念毫无所知——它以文化传统的方式，已内化为我们思维和心灵的规定性，一种对核心"逻各斯"的坚定信仰。反之，经典既然守护着文化传统的核心价值，提供了社会交流的文化语法，奠定了心灵发展的文化结构，那么，在这种对文化传统的同一建构中，经典自我的价值显现也就"都是由时间和传统生产出来的"②。经过时间沉淀、进而凝结成传统，并在历史中升华的恩泽（graces），正是经典之于人类文化意义的"本质（essence）"所在。③

第二节　同声相应：经典书目与文化的时代命意

文学经典与文化传统的历史建构，在本体的意指层面和运作的时间机制上，展开了同一性价值结构，从而建立了相互印证的融合关系。一方面，文学的"经典"形构，必当贯通文化的核心命意，并透过具有语法典范性的诗性话语，介入群体的精神生活之中。反之，文化传统的收编与体认，赋予文学作品以价值规定性，既完成文学"经典化"的历史确证，又为打开新的意蕴空间铺陈托底。文化的核心价值因应时代变化和社会需要，在历史发展中呈现出变幻多样的具象，连缀成有统有分、有开有合的传统"变体链"。相应地，文学经典的意义含蕴也会逐随思想风气和历史语境的迁移，烙下时代的印记，聚合有体有用、有恒有变的历史张力。文学经典秩序的维护与调整，不仅是文学内部"焦虑"的释放和文学规范的界定，更是文化信念和价值诉求的代际传递与转化更迭。从文化赓续传播的具体过程来看，"经典"的归集常会表达为文学书目的新陈代谢。核心书目的编选与订正，经典作家和文本的勘定与归认，不仅是文学经典建构的历史结果，而且是经典建构的具体手段。乃至我们可以看到，一个作家或文本在"经典"榜单中据守时间的长短与位置高低，

---

① Altieri, Charles. *An Idea and Ideal of a Literary Canon* [J]. Critical Inquiry, 1983, 10 (1): 48.

② Frank Kermode. *The Classic: Literary Images of Permanence and Change* [M]. Cambridge: Harvard University Press, 1983: 6.

③ Frank Kermode. *The Classic: Literary Images of Permanence and Change* [M]. Cambridge: Harvard University Press, 1983: 6.

直接决定了它的"经典化"程度，也反映出它文化涵养的厚度——这也为时间检验机制提供了更为具体的考量依据。鉴于经典书单在文化传播和价值教化过程中的独特优势，选择书目甚至成为了经典形构的一种机制化力量。圈定相应数目的经典名单，主要作用表现在三个方面：第一，筛选传播信息，通过精简、反复和强调，扩大传播效果，延伸其在不同代际之间的持久影响力，从而跨越时空的限制，以维持经典权威的绵延不绝。时间和空间的阻隔，传播媒介自身存在的局限，使恒久地保存所有文本几无可能。挑拣筛选，重复刻录，传抄誊写，是保证持续延传的必要路径。对经典建构而言，出版、研究、教育等社会活动，可以形成一个体制化的删汰程序，使伟大者光耀，让平庸者失落。除非发生不可避免、不可逆转的灾难，否则，经典书目是保证经典"可得"的现实途径。第二，书目所选经典兼具典范性和标准性，为教育的运作提供了更为便利有效的纲领性参考。经典是"可学的"，经典的示范性和可模仿特征，使教与学的过程都有本可依。借由文学教育，又进一步强化稳固文学经典的秩序和权威，两者构成一个因果相陈的循环。经典选本的标准化其实提出了两个层面的要求：内涵价值上具有权威和规仪性，堪为时人行世法度；形式上具有可解可学的规则性，乃达成教化推及于世的最佳范本。第三，文化信息是散落无边、无以穷尽的，但文化理念和文化规定性的提炼和表达却需要纲举目张。利用"可得的经典"文本进行历史化阐释，建立知识范式加以叙说，空旷无垠的文化片段才能铺采为富丽的文化画卷。文化传统的代际相传，究其根本，是一种经典范本的延播扩散。

但经典书目的盘究决断，恐非个人趣味和价值偏好的简单投射，它反映了社会和文化的体制性期许与运作。经典书目的维护与调整，时常掌护着社会与时代的文化倚望。"如果在经典流传下来的知识和所需知识及非经典性文本中可得知识之间，存在着巨大的差异，那么对经典的调整必然就会发生。不能满足社会和个人需要的经典一方，与迎合了这些需要的非经典性文本一方之间的鸿沟，从长远来看，将不可避免地导致对经典的变革和调整，以达到把那些讨论相关主题的文本包容到新的经典中去的目的。"① 经典目录因时而异，有增有减，动态化的衍变，不仅触摸到文化基本规定的历史脉动，更是对文化时代命意的应和。审视文学经典书目，特别是文学选集、文章集刊等作品名录，可以更好地探究经典性（canonicity）议题。而选文的标准立场、作家的排列出入、作品的多寡考量，乃至文选书目的出版、传播策略，都息息相关于一个社

---

① 〔荷〕D·佛克马，E. 蚁布思. 文学研究与文化参与［M］. 俞国强，译. 北京：北京大学出版社，1996：49.

会的文化精神和伦理实践。经典书目的演变有时可堪为文化革故鼎新的风向标。

对经典书目的历史观察，可以把捉到它内在至为细微的恒变轨迹。那些始终居于经典神龛之中的恒世之作，受人顶礼，奠定文化语法结构，沉淀为普遍信念，内化成文化不可消解的内核。而那些一时喧嚣，激情涌入经典书目的风骚之作，时人趋之，却未必能经历"至少三代人"的拷问，易成流行的惊鸿一瞥。然则，经典的建构就是这样一个充满选择与删汰的竞争过程。书目的呈现不仅是经典化构建的结果，而且是维持和延续经典建构历史行动的具体机制。"经典"入选者在出版、流通、研究、学习、教育等社会活动中得到体制性保护，一则可以克服传播媒介的时空局限性，虽然"所有的文学作品都需要一个载体，不管是蜡版、石块、泥板、纸草、纸张，甚至——就如秘鲁绳节语言奇普那样——绳子。但由于被物质承载，文学反过来也就承载了物质的脆弱"①，传播媒介自身属性对文学传承具有物理束缚。二则能形成文化核心传统的历史关联。体制性力量的介入，时代文化命意的渗透，直至显见的权力干预，都使"经典"书单着染上因时而异的价值色彩。对不同时代经典书目的建构及其流变轨迹的清理，至少可以更好地解开两个问题：第一，可以让我们了解，不同文化语境和时代空间里，特有的文化命意和价值诉求，如何在经典书目的安排中得到阐释和倡扬，于中我们还能探及教育活动的话语性力量。第二，可以让我们得以明见"伟大的书"之文化意义和历史魅力，从而进一步理解那些经受时间检验、最终登极经典殿堂的文本，究竟铸就了何种价值以抵御时间的风沙侵袭。

当然，文学经典与文化时风的关系，非常复杂。不管是列入学术研究中的经典文本，还是编入课程教学中的书单，乃至上奉为"经国伟业"的不朽文章，其具体建构过程都异常繁复，非一言可以蔽之。文学经典书目的编订主体，既有国家政治机构，如中国儒家典籍的框定，就有强大的官方机构推动；也有影响力极大的个人，如权威的文学史研究者作出的论断和排名。排定经典秩序的初衷与效果，时常也并不完全一致。每个具体经典名单的背后，都牵连着复杂的社会与个体取舍，难以曲尽个中余味。我们的研究，目的不是给"图书排行榜"寻找历史基因，也不是为西方经典绘制历史榜单的"清明上河图"。因此，我们无法也不必对所有经典书目进行文献的考古展示。我们考察的重点和核心，是那些具有话语暗示意义的变化，以及变化背后的文化缘由。

---

① 〔英〕斯图尔特·凯利. 失落的书［M］. 卢葳，汪梅子，译. 北京：生活·读书·新知三联书店，2008：3.

我们试图通过对西方几个"长时段"① 经典书目形成与变化进行的描述，来检讨文学书目与文化建构之间的价值关系，以历史缀连的文化视野来审察文学经典建构的时代文化命意。既如此，那么所谓"经典书目"，也就不必非得是皇榜朱点的官方排名，也无须做成行诸于世的品鉴书单。经典作品的影响力在于，它始终如幽灵一般，逡巡在人们的精神世界里，在社会生活中处处留下自己的历史痕迹。有据可依的权威排行，世所公认的经典论断，民间相传的惯例认知，庙堂之上、江湖之中，或端直有序，或开放自由，凡隐含着话语意义的"经典"符号，倘若凝华成文化"典范"的历史姿态，都可纳入我们的观察视野之中。这不是对各类图书进行市场调查的量化区分，而是对核心价值变动之下的思想检讨。在政治、文化、教育、研究或批评等社会话语之中，隐含着的"经典书目"都可以也应该加以诠释。我们更想厘清的是，经典书目是如何在一种特定的时代价值关系中，实现自我的完成。当然，文化价值与文学经典的同向建构，依然是我们考察的重点。这样，既可以有"长时段"的总体性把握，也可以在具体的节点上深入剖析，使问题得到多层次的阐释。

探查文学经典书目的历史轨迹，无疑离不开对"文学课程"的关注。在文学经典书目的编撰和流布中，文学课程是一种关键的文化话语力量。最迟在6 世纪，"文学"已经成为了学校教育中常备的课目。② 而就其社会功能来说，在现代科学训练、技术传授和职业培训课程席卷西方世界之前，③ 文学教育是

---

① "长时段"是法国历史学家布罗代尔提出的重要方法论模式。他主张用"长时段"来取代瞬间的、暂时的"历史事件"，反对年鉴派的研究方法，认为堆积过去事实，是经验主义的，历史叙述容易变成戏剧化的政治大事记。布罗代尔提出了在"长时段"中理解历史"结构"的做法。"一个结构自然是一种集合、一座建筑物，但更重要的是，它是在一段长时期里由时间任意支配并连续传递的现实……但所有的结构都同时既是历史的基础又是历史的障碍。"（〔法〕费尔南·布罗代尔. 论历史[M]. 刘北成，周立红，译. 北京：北京大学出版社，2008：34）我们此处正是意欲借用"长时段"的思想方法，绕过杂芜纷呈的"书目"堆积，从总体上理解文学经典建构的历史"结构"，从而摆脱繁重文献考古的障碍。

② 参见括号内著作（Ernst Robert Curtius. *European Literature and the Latin Middle Ages* [M]. New Jersey：Princeton Universrity Press，1991：36）。这里说的是作为专门性知识课目的"文学"之出现。其实早在古希腊的"自由人"教育训练中，就包括了后来为人们熟知的"七艺"中的语法、修辞等科目，这也可看作是文学课程发展的一种形式。能够凸显"文学"修养重要性的一个事实是，在"七艺"中排除了在当时看来属于"手工"技巧的绘画、雕塑等门类。而语法、修辞课目位列"七艺"首端，这种排列顺序一直隐含在教育观念之中，直至中世纪结束。

③ 基洛瑞认为，在英语世界，特别是在美国教育最剧烈、最深刻的逆转发生在"二战"以后，不过事情的显著变化自 19 世纪后半叶已经开始。文学课程的安排在战后受到极大冲击，大学课程的设置首先矛盾凸显了出来，日益迅猛发展、得到大力推动的技术分科强势而上，而传统的"西方文明"课程受到消减和冷落。更重要的是，在中小学的基础教育中，培养人文修养和读写能力的文学课程，被更注重生活实用的科技和社会类课程围猎，越发失去自己的导向性地位。

国家或民族，乃至整个西方文明的护卫机制。及至今日，"文学"的体制性力量也不可灭失。否则，就不会有"经典"之争的轰轰烈烈，也不会有对博雅教育的厉声疾呼了。文学经典名录的构图时常取决于人们想从"经典"的典范表达中学习什么、能获取何种回报，这种合时合意的诉求，其来有自。在古希腊罗马，对学校、教堂、戏剧舞台、角斗剧场的文学控制权，乃是"经国之大事，不朽之伟业"，掌握文学技巧遂成为社会阶层区隔的象征手段。文法、修辞、演讲术，乃至辩证法、诡辩技巧，都是经典著作（classic）的智慧结晶，它们直接关系到人的精神高度与心灵修为。取法语言正宗，树立语法和词源的权威典范，对古希腊罗马来说事关重大。尽管古罗马在很大程度上是以奉敬希腊文化为辖制，但却从未抛却"帝国"的野心。荷马与维吉尔——一个诗人、一位先知，在不同视野的选择与阐释中，构成相映成趣又各领风骚的经典格局。围绕他们，建构了一套被克提乌斯命为"现代发明"的"古典主义"传统，一直坚如磐石，作为西方文明稳固的根基。文学的创作与经典的安排，向来都不是艺匠的专业行当。作为西方文明的源头和武库，古希腊罗马所代表的"古典"文化，经由荷马、维吉尔，连缀成一套神话、史诗的叙述体系，构成了对整个文明精神的总体表达。

　　以文化的教育、学习和继承为目的的经典化进程，从古希腊时就开始了。希腊人认为，可以将自己的历史、生活和本质，表达在"一首诗"中。在宗教圣书和先知箴言产生之前，荷马就是他们的传统与信仰。荷马以优雅而典范的语言，高贵而严肃的精神，构成了希腊人对天地自我的规范性认知。诗即信仰，优雅的语言形式孕育着高尚的道德内涵，这正好吻合了古典教育预先设定的信念："那些伟大古老的作品不仅以最高贵的形式包容人类最高贵的精神食粮，而且这种高贵的精神，与生俱来地就与这些作品使用语言的语法和词源紧密联系在一起。"① 语词文法形式之庄正，内蕴着精神道德之正义性。昆体良对文学经典与文化精神的同构关系，心有戚戚，因此，对两者的纯正性，要求得也颇为严厉。他认为，要维护古典语法的纯正性，尽得希腊精神之真传，非但要筛除古代那些不确定的存疑之作，而且要批驳当代人假托古人的伪作。正本清源，甄别诗人及其诗作的纯洁性，这不仅是古典学术研究的科学追求，实是因荷马之于希腊文化信仰的神圣性，可堪与后世的"圣经"并重而立。这当然是不可懈怠亵渎的大事。在荷马作为一种"文学"之"艺"进入学校教科书之前，他影响的社会领域，其实远远超过了文学史叙述的范畴。"文学"

---

　　① Graff, Gerald. *Professing Literature*：*An Institutional History*［M］. Chicago & London：The University of Chicago Press，1987：29.

的荷马，不只是躺在"学究"知识王国的文物，它实在是将诗歌的高贵和独立精神，进化为西方文明大厦的"巨石"。"这是一个在欧洲被认可的非常突出的事实。"①《荷马史诗》约在公元前3世纪左右，已是希腊地区广泛知晓的"畅销书"②。而亚历山大里亚学者对于促成《荷马史诗》文本的规范化与精研化，起到了重要的作用。虽然把文学的教育功能都归诸荷马及其影响，未免简单，但荷马作为镶嵌在西方经典名录中闪耀的标记，则是源远流长、弗可撼动的。埃德温·桑慈在《西方古典学术史》中，提供了一份来自亚历山大里亚时期，亚历山大里亚图书馆馆长、拜占庭的阿里斯托芬③开列的"不同诗体中最为杰出的古代诗人名录"，荷马毫无疑义地被置于首位。这份名录未曾留下原稿，但后来透过罗马著名教育家、雄辩家昆体良的记载可以推测其主要内容。根据昆体良的记述推测，阿里斯托芬开列的"前四位史诗诗人是荷马、赫西俄德、安提马库斯④和潘尼亚西斯⑤。这些段落几乎就是自伦肯以降讨论亚历山大里亚之正典（canon）的全部依据了"⑥。诗不仅是语言的标本，更是精神的象征，是对西方文明的捍卫。选择一流的古典作家作品，树立学校教育的经典范本，实乃他们的文字风格中，流淌着鲜活的欧洲文化血脉。阿里斯托芬的名录，精拣诗人，严苛之极，没有收入时代较近的作家作品。这倒不是因当时作家背离了希腊的文化传统；相反，对荷马的模仿与趋附之作，当时比比皆是，以致鱼龙混杂。当代作家要想在文化精神和文学品格上，追上古代经典作家的风范与威仪，殊非易事。与其让当代作家凤尾附骥，还不如保持古代经典的纯良血统——因为这是关系西方文化正统衣钵的大事，不可轻易造次。所以，仅留以荷马为首的四位史诗诗人入榜，足见阿里斯托芬对"经典"之事的谦恭谨慎。

相比阿里斯托芬的经典榜单，另一份来自10世纪的钞本名录，收入作家则更宽泛一些："有关亚历山大里亚时期的正典（canon），最为重要的文献是

---

①　Ernst Robert Curtius. *European Literature and the Latin Middle Ages* ［M］. New Jersey：Princeton Universrity Press，1991：36.

②　程志敏. 荷马史诗的文本形成过程 ［J］. 国外文学，2008，1：43.

③　拜占庭的阿里斯托芬（约前257年—约180年），他曾编订过多位古代诗人的作品，并且创立了一套明晰简化的"标点"法，以考辨订正古人作品。荷马、品达以及欧里庇得斯的作品他都进行过编修。"与阿里斯塔库斯共同执掌古代世界学术执牛耳"，被看作是荷马史诗研究方面的权威专家。

④　科洛丰的安提马库斯（Antimachus of Colophon），主要活跃于公元前5世纪左右，据考是第一个制作《荷马史诗》文本的人，他还给文本加上了导论和词汇表。

⑤　潘尼亚西斯（Panyasis），希腊史诗诗人，主要生活在约公元前5世纪。

⑥　〔英〕约翰·埃德温·桑兹. 西方古典学术史：第一卷·上册 ［M］. 张治，译. 上海：上海人民出版社，2010：140.

蒙特法贡（Montfaucon）出版的一份来自 10 世纪阿陀斯山的钞本名录，以及由克拉默（Cramer）整理的稍晚些的布德雷恩（Bodleian）藏本。后经由乌瑟纳尔（Usener）修订，将后期添补的人名删去了。名录的最后是波利比乌斯，他的卒年在拜占庭的阿里斯托芬之后 50 年以上（约到前 1 世纪左右了）。"① 在桑慈全文誊录下来的这份名单中，绝大部分是诗人，包括史诗诗人、短长格体诗人、悲剧诗人、喜剧诗人、诉歌体诗人、抒情诗人，共计 40人；另收有演说家 10 人，历史家 10 人。② 可见，由《荷马史诗》奠定的希腊智慧，显然不是通灵的洪荒预言，反倒显出颇多世俗迁移的历史图景。荷马"诗学"的高贵精神，很快与希腊人的民主道德和个性心灵浇筑为一体，大大拓展了"诗"的现实性和政治功能。因政治生活和心性培养的需要，"诗"的精神价值扩大到与言辞相关的诸多技艺，比如演讲、辩论、修辞、诗艺等等。编入经典名录的作家，虽还遵循着古典文化的精神语法，但已不是绝对的墨守成规，大大突破了阿里斯托芬的经典收录的范围。亚历山大里亚时代的《钦定选集》（Platine Anthonogy）就编入了 9 位抒情诗人的作品，作为诗艺学习的范例。我们可以看到，随着时代的发展，"经典"收入的名录，也在应时有序地作出微妙的调整——虽然荷马依然是诗史和文化的源头。荷马在诸种希腊传统经典名录中，都是当仁不让的绝对巨擘。虽然我们今天所见的《荷马史诗》母本，主要源于中世纪学者转录于公元前 3 世纪亚历山大里亚学者编纂的版本，但《荷马史诗》早就在希腊教育中占据着核心的地位，这是公认的事实。其时甚至有老师因缺少《荷马史诗》的抄本而遭人诟病。而希腊哲学家克塞诺芬尼③对荷马在当时产生的强大影响力似乎大为光火，因为"从一开始以来，所有人都跟着荷马学"④。在研究者看来，克塞诺芬尼这句话的意思"毫无疑问指荷马史诗乃是教科书，正如'从一开始'所示，其为教科书的历史之悠久，任人想象"⑤。时至今日，荷马作为人文智慧的源泉，依然是西方文化的坚实核心。上至柏拉图，下至小学徒，无不受惠于荷马诗性的文化恩泽。

　　希腊为荷马在经典名录中安置了神圣的地位，其虔诚做法深得罗马人推崇

---

　　① 〔英〕约翰·埃德温·桑慈. 西方古典学术史：第一卷·上册［M］. 张治，译. 上海：上海人民出版社，2010：141.

　　② 〔英〕约翰·埃德温·桑慈. 西方古典学术史：第一卷·上册［M］. 张治，译. 上海：上海人民出版社，2010：141.

　　③ 克塞诺芬尼（Xenophanes），约公元前 570—前 475 年，古希腊哲学家。

　　④ 程志敏. 荷马史诗的文本形成过程［J］. 国外文学，2008，1：44.

　　⑤ Joachim Latacz. Homer：His Art and His World［M］. Michigan ：University of Michigan Press，1996：68.

模仿。罗马最早的史诗诗人安德罗尼克斯①翻译荷马的《奥德赛》作为罗马学校教本。与他同时代的纳维纽斯（Naevius）和恩纽斯（Ennius），则仿作了类似《伊利亚特》的罗马民族史诗。当然，在罗马人的经典殿堂里，直到维吉尔的出现，才终于完成了承荷马而来、又独创罗马民族精神的历史任务。最初，维吉尔是作为荷马的当代重现，在荷马精神的荫庇下进入到学校课本中的。但很快，他就被整合到神圣宗教与世俗帝国的信仰之中，超越于荷马之上，获得了罗马人更高的尊崇。他那些充满着文学抒情意味的诗篇，与罗马谨严有序的帝国法度和宗教神圣肃穆的信仰秩序，严丝合缝，并蒂相连。在希腊荷马文明香火的烟雾缭绕之中，维吉尔的经典（canon）和罗马帝国的大炮（cannnon），将拉丁语言和文化向世界铺染，维吉尔也被推上拉丁文学经典的最高神位。维吉尔特殊的伟大性还在于，他一身擎举了神与俗两个世界。希腊罗马都尊奉"经典"的法度力量，希腊人的法度偏于精神秩序和心灵克制；而罗马人则在世俗和宗教两个领域都力图建立真正的"法"秩序。维吉尔充当了神俗两个"帝国"的先知。而大量的经典之作既是点亮神学迷惘的教谕，又是处理人情纠纷的律条。由此，我们可以看到，在横跨罗马帝国与中世纪的漫长历史时期，经典名录的选择，往往兼具神俗交融的特点，不断地在宗教与世俗的双重视界里，进行着文化的平衡。

对古罗马和中世纪经典名录（canon）的勘察，确实不易。我们首先能感受到的，是经典（canon）收入作品的交互杂糅性。由于宗教信仰和世俗生活构成了当时社会的两极，它们既对立又渗透的复杂关系，使得经典（canon）选编显现出交融互渗的特点。Canon 本是对宗教经典的指称，但介于宗教神权对世俗生活的干预功能，编选经典时必然考量其在世俗领域中的作用。神中有俗，俗中注神，在罗马帝国对统一权力的追求中，宗教与世俗两界逐渐取得了调谐。世俗文学经典与宗教律法圣典，也渐次在经典名录中，形成了对应平衡的结构。在罗马和中世纪，至少有三种权力世界，即学校、政府和教会。"一个经典（canon）的形成，都是为了维护一种传统。有学校的文学传统，有国家的律法传统，也有教会的宗教传统。"② 在罗马帝国和中世纪，这三种基本权力是相互关联、相互渗透的。特别是教廷与帝国政府，通过他们各自的经典（canon）名录，基本规范约束了人们的生活——世俗的和神启的两个世界。作为政治权力象征的俗世经典（canon）——法律书目，以一系列的经典律法

---

① 利维乌斯·安德罗尼克斯（Livius Andronicus，约前284—前208），古罗马史诗诗人。

② Ernst Robert Curtius. *European Literature and the Latin Middle Ages* [M]. New Jersey：Princeton Universrity Press，1991：256.

作家为权威，建立了一套管理俗世社会的法律体系。所以，罗马的法律编纂非
常发达。同时，在帝国威严与神学上帝的权力流通之中，俗世律法的精神与上
帝的意旨逐渐交融。罗马世俗法律经典充满了宗教的因素，它们将早期犹太人
的神圣文本，亦即《旧约》中的某些（律法书）篇章，收入律法著作名录之
中，成为重要的处决世俗和社会事务的律法标准。与此同时，基督的神学教义
中也烙下了浓重的"入世"色彩——不但《旧约》中的各种律法书被收入到
《新约》圣经，而且许多世俗法典被赋予了神圣的光辉，成为社会事物的最高
仲裁权力，禁止对其进行任何评论。① 早期教会相对封闭自己的"经典"系
统，乃至连犹太《旧约》的入选，都颇费了一番功夫。② 但此后的几个世纪，
特别是 12 世纪，神学和法律都得到了繁荣发展。③ 某种意义上来说，罗马法
律学家们参与了基督教律典与教义的建构工作。因为要处理教会财产及其世俗
事物，还需解决教徒俗众的生活矛盾，教会的法律条规日益增多，许多世俗性
法律也逐渐被纳入教会法规中来。"经典"（canon）目录中，作品来源和性质
也有了一些变化。这也是但丁何以要批评教会的"世俗化"——因为它抛弃

---

　　① 如东罗马帝国查士丁尼（Justinian）时期的《查士丁尼罗马法典》（Corpus Juris Civilis），就是
当时俗世民法律典的集大成者，又称《民法大全》。由查士丁尼（Justinian）大帝敕令组织编订，收录
了大量法律作家的经典作品，在 529 年颁布施行。后又经多年补充完善，在 534 年再度颁行。此法典是
罗马法律的集大成，最终颁布之后，成为罗马社会一切事物的最高仲裁权力，因此禁止对法典进行任
何评论，或在其体系之外另修新典（canon）。
　　② "教会——在它们自身内部关于排名也并不是没有争议——收入了一些犹太宗教书籍作为经
典，亦即《旧约》。犹太《旧约》经典包括三部分：《律法书》（Law or torah）、《先知书》（Prophet or
Nebi'm 较为古老的历史书，也被视为较早的先知书）和《圣书》（Writings or Kethubim 循七十四本圣经，
叫作《圣徒传》。或《圣书》）。……但是，在犹太教和早期基督教经典中，有许多书是被排除在礼拜
应读书之外的，因而被称之为'隐匿之书'（the hidden）。在特伦特会议上，《旧约》被确定为教会基
本教义信条。"参见括号内著作（Ernst Robert Curtius. European Literature and the Latin Middle Ages [M].
New Jersey：Princeton Universrity Press，1991：256）。要注意的是，犹太《旧约》与后来的基督《旧
约》有不同分类法。基督教《旧约》圣典分为五大部分：《律法书》或《摩西五经》（Pentateuch），
《历史书》（History），《智慧书》（Wisdom），《大先知书》（the Major Prophets）和小先知书（the Minor
Prophets）。
　　③ 亚贝拉（P. Abelard）将神父对神学的不同意见集为一体，成为神学之典；继而意大利的葛拉
蒂安（Gratian）力图将各种矛盾的法律条陈统合在一起，编成一册，这就是著名的《葛氏律》。《葛氏
律》此后成为学校和法庭的主要课本，从此教会法与神学分开教授。后来，有人集合此后颁布的各种
宗教法规，加上《葛氏律》，编成了《教会法大全》（Corpus iuris canonici），这是 1917 年教会法典颁布
前的重要法典，也是其基础。在葛拉蒂安之后，"decretal"一词就成为宗教法律选集的通用名称。再后
来，Canon 在教会法律上仅仅指大量法律法规中（教会法经过积累，已经体系庞大）那些恒定不变
的部分。再晚一点，Canon 成为按照教会法律忠诚教会的教职人员被"封圣"的认定要求、仪式及过
程（canonization 或 sanctification）。也就说，Canon 既指规定人们宗教生活的法律法规教义，也指遵照这
些法律精神和教义生活的典范人物。参见括号内著作（Ernst Robert Curtius. European Literature and the
Latin Middle Ages [M]. New Jersey：Princeton Universrity Press，1991：257-260）。

了最为纯粹的圣书，而采纳信奉其他俗世律法书来评判人们的行为。① 到 16
世纪的特伦特会议之后②，"有三本普通的非宗教书籍被加列其中，是因为它
们在天父的作品中被引用过。路德（Luther）说这些非宗教作品'不完全对等
于圣经作品，然而它们却是有用而且很好读的作品。' 甚至，在早期的教诲
中，经典的观念不得不被无限扩大，因为教会也是一个重要的法律机构。相比
较世俗机构的法律（law）而言，教会机构的所有法律文书都被称作圣典
（canones）"③。注意，路德在此提出了"很好读"这个非宗教性的原则。其
实，对宗教经典和帝国律法的文字进行雕琢与砥砺，是一个攸关上帝神意能否
真实传达的重大事宜。学校的文学教育，在维护宗教神意和世俗法典的唯一性
与精确性方面，实属功莫大焉。在宗教经典名录容纳非宗教书籍、经典
（canon）编选向俗世典律开放的同时，教会生活也带来了新的文学风格（类
型）变化。出于宗教仪式的需要，在 4 世纪产生了赞美诗的写作。宗教经典
与非宗教经典之间，更进一步相互渗透。宗教经典中有世俗的非宗教的著作，
而非宗教的文学经典又收入了许多来自宗教的新文学类型。所以此后，圣经诗
以及圣徒生活题材都开始出现在拉丁史诗之中。文风类型交杂，"基督教经典
与非宗教经典的杂糅并置"④，已然成为罗马时代和中世纪的文学特点之一。

　　中世纪盛行的两种教育观念，不管是宗教的还是世俗的，都把对古代知识
的诵读与研究，视为教育的根本要义。所以，课堂书目中的希腊罗马作家，以
及古典知识范本，构成了此时经典的重要来源。不过，宗教训诫和世俗教育，
对这些经典的利用取舍，其宗旨目的是稍有不同的。"基督教导师们需要它们

　　① Ernst Robert Curtius. *European Literature and the Latin Middle Ages* [M]. New Jersey: Princeton Universrity Press，1991：257-260.

　　② 特伦特会议（Council of Trent）是指罗马天主教廷在 1545-1563 年间于意大利的特伦特陆续召
开的一系列大公会议的统称。这些会议主要为应对马丁路德宗教改革给罗马教廷带来的冲击，尤其围
绕《圣经》及教义的阐释，发生了极大的争论。罗马教廷重申了自己的神圣权力，强调罗马教会一切
传统学说教理，同《圣经》一样具有同等的合法性。同时，针对新教的各种指责，会议也决定在天主
教内部进行适当的"自我改革"。

　　③ Ernst Robert Curtius. *European Literature and the Latin Middle Ages* [M]. New Jersey: Princeton Universrity Press，1991：256.

　　④ Ernst Robert Curtius. *European Literature and the Latin Middle Ages* [M]. New Jersey: Princeton Universrity Press，1991：260.

（希腊知识学问）是为了更好地理解圣经圣书"①，而世俗的人文教育代表耶罗②希望将古代知识化用为俗解宗教圣典的手段，他广泛涉猎文学、哲学作品，对"《圣经》文本进行了一种寓言性的解读"③。两者都借用希腊经典知识来阐发宗教《圣经》，但一个是"六经注我"——一切古典知识都化用来生发《圣经》的含蕴；另一个是"我注六经"——以解经来充分释放古代经典的知识寓意。居中而论，两者都已然具有神俗同流的意味了。所以，奥古斯丁认为，从文学艺术的角度理解，许多异教徒的作品甚至比某些宗教经典更富有智慧。只要我们能"净化这些知识，排除所有错误。如此，这些知识有资格服务于上帝之用"④。

　　实际上，中世纪学校课程大纲中出现的作家名录，宗教作家与非宗教的世俗作家相互交融的现象，非常明显。"大约890年，巴尔布拉斯⑤拒绝非基督教诗人而引荐基督教诗人普鲁登修斯、阿维特乌斯、尤维克乌斯，以及塞杜留斯。⑥ 与此相应，一个世纪以后，施派尔（Speyer）教会学校的学生正在读荷马、卡培拉、贺拉斯、培希乌斯、尤维纳尔、斯塔提乌斯、泰伦提乌斯、卢

---

① Ernst Robert Curtius. *European Literature and the Latin Middle Ages* [M]. New Jersey：Princeton Universrity Press，1991：39.

② 耶罗（Saint Jerome，约347—420），罗马晚期的教会圣师、神学家和历史学家，博学多识，精通希伯来文，以研究和注释《圣经》经文而著称。他最大的贡献是完成了《圣经》的拉丁通俗本的翻译，此译本直到今天仍受到罗马天主教的重用。

③ Ernst Robert Curtius. *European Literature and the Latin Middle Ages* [M]. New Jersey：Princeton Universrity Press，1991：40.

④ Ernst Robert Curtius. *European Literature and the Latin Middle Ages* [M]. New Jersey：Princeton Universrity Press，1991：40.

⑤ 巴尔布拉斯（Notker Balbulus，约840—912年），出生于瑞士望族的基督教僧侣，他是中世纪较有影响力的文学家、音乐家、诗人，所著《查理曼》较有文名。另，其还创立了一种特殊的弥散曲式，曾流传到欧洲各地，在中世纪宗教音乐史上也占有一席之地。

⑥ 普鲁登修斯（Aurelius Prudentius Clemens），古罗马帝国诗人，约生活在公元348年到405年。曾学修辞，任律师职。在392年左右开始基督教主题诗歌的写作；阿维特乌斯（Alfius Avitus），古罗马早期拉丁宗教诗人，主要生活在公元前1世纪晚期到1世纪早期，屋大维和尼禄统治时期；尤维克乌斯（Gaius Vettius Aquilinus Juvencus）古罗马（4世纪左右）基督教诗人；塞杜留斯（Caelius Sedulius，？—450年），罗马晚期基督教赞美诗作者。

坎，而基督教作家仅有波希乌斯。"① 教会与世俗学校相互引入彼此"经典"，使得教育意义上的"书目"日趋融合，不再对立隔绝各守畛域。同时也意味着"经典"的价值运用，已超越于特定的目的之外，对整个社会生活起到规范的引导作用。大量古代经典作家，在宗教介入西方人日常生活之后，已经实现了知识的跨界渗透。它们不仅培育俗世社会的人格修养，而且用以鼎立阐释圣典的基本教义。在知识的意义上，进入课程大纲的经典名录，通过调整编入作品的结构，在不断地平衡神俗两界的关系；借助一套相对统一的经典名录，以达到在宗教信仰和世俗道德两个层面上锤炼人性的目的。这无疑显示了国家统治阶层力图调和宗教文化与世俗权力的积极行动。大约在 11 世纪，一个教会学校的教师魏礼希（Winrich）在自己的诗中特别提到了一个作家名录，其中，包括 9 个非宗教作家和 9 个对应的基督教作家。② 此中可以看出，"在圣加尔（St. Gall）得到推崇的作家和在施派尔教会学校被漠视的作家，都被收入了经典之中"③。这个 18 人的名录在 11 世纪末德国作家胡珊康拉德（Conrad of Hirsau）所列的 21 人的经典名录中也能看到，只是他增加了狄奥杜拉斯④的田园诗，用奥维德替代了泰伦提乌斯在非宗教作家中的位置。刨去 4 个入门级的基础作家，康拉德表中剩余的 17 个作家包括 6 个基督教诗人和 8 个非宗教诗人，1 个基督教和 2 个非宗教散文家。这其中，在基督教作家和非宗教作家之间建立平衡的意图是十分明显的。这是一种深思熟虑之后的研究设计：从基督教经典和非宗教作家经典中选择出最好的部分，构成了中世纪学校

---

① 参见括号内著作（Ernst Robert Curtius. *European Literature and the Latin Middle Ages* ［M］. New Jersey：Princeton Universrity Press，1991：260）。卡培拉（Martianus Capella），主要生活在 5 世纪，是当时重要的拉丁文散文家，也是"七艺"教育体系的早期倡导者；培希乌斯（Aulus Persius，约 34—62 年），古罗马讽刺诗人，有讽刺诗 1 卷 6 首传世；尤维纳尔（Decimus Lunius Juvenal），主要生活在 1 世纪末 2 世纪初，罗马讽刺诗人，著有《诗选》；斯塔提乌斯（Caecilius Statius，约前 220—前 166 年），与泰伦提乌斯同时代的罗马喜剧诗人，作品已散佚；泰伦提乌斯（Publius Terentius Afer，约前 190 年—前 159 年），古罗马著名的喜剧作家；卢坎（Marcus Annaeus Lucanus，约 39—65 年），古罗马拉丁时期重要诗人之一，现存有长诗《伐沙利亚》（*Pharsalia*），描写庞培与恺撒间的战争；波希乌斯（Boethius，约 480 年—524 年）罗马晚期百科全书式的人物，哲学家、神学家、文学家、音乐家，著有《哲学的慰藉》（*The Consolation of Philosophy*），该书是中世纪的畅销读物，也是古典时期留下的伟大之作，作者被誉为"经院哲学第一人"。

② Ernst Robert Curtius. *European Literature and the Latin Middle Ages* ［M］. New Jersey：Princeton Universrity Press，1991：260.

③ Ernst Robert Curtius. *European Literature and the Latin Middle Ages* ［M］. New Jersey：Princeton Universrity Press，1991：260.

④ 狄奥杜拉斯（Theodulus），约 8 世纪加洛林时代的田园诗人，著有《牧歌》（*Eclogue*）。

经典。这经典目录持续保留，成为 13 世纪那个扩大了的经典目录的基本框架。[①] 康拉德的"经典"目录，建立基督教作家与非宗教作家之间的平衡，无疑是神学世界与世俗世界两相调谐、相互妥协的反映。一则是人们的文化世界对分为神俗两重天地，需要涵盖更广的不同经典，以提供基本结构；另一方面，学校机构的经典变化，也隐约可以让人感受到神俗之间的权力角逐。宗教与世俗典籍的相互对应，反映出国家政治统一的内在诉求。

康拉德目录中最值得关注的，是增加狄奥杜拉斯的田园诗这一变化——它喻示了维吉尔诗歌被神圣化的一种重要方式。正如克提乌斯指出，早在 4 世纪由法学家彭波尼斯（Pomponius）编辑的维吉尔风格的诗歌集册子中，就出现了用维吉尔式田园牧歌来处理基督教主题与题材的尝试。彭波尼斯把维吉尔的向导提提鲁斯（Tityrus）和梅里伯（Meliboeus）[②] 引入作为对话的搭档。而狄奥杜拉斯则在此基础上，作出了大胆的改编，他用两个寓言性的人物塞留提斯（Pseustis，代表谎言者）和阿里提亚（Alithia，代表真理者）代替前面诗中的两者。真理代表着基督神启的权威，而谎言则代表非宗教思想（paganism）。诗学对话（竞争）的裁判角色被赋予费罗内斯（Phronesis，表示"智慧"）——这是一个由卡培拉引入的拟人化表达，在后来的 12 世纪仍然能够看到。"谎言"（pseustis）源自雅典，讲述的是一个神话故事；而"真理"（Alithia）则源自希伯来的大卫（David），是对出自《旧约》的那些范例的回应。这里，已经将世俗（希腊）和宗教（希伯来）通过寓言化的人物安排，进行了必要的对话性关联。自然，这两者遭遇，最终获胜的是阿里提亚。据克提乌斯推测，这种诗歌可能是学校教师出于教育目的而编写的。它既非常适合教授神话，同时也有利于对神话祛魅。如此，就把宗教的神圣与世俗的祛魅，同时寄寓在诗化的修辞中，巧妙地将神俗意蕴融入了同一个（维吉尔式）"经典"之中。狄奥杜拉斯的改编，实现了对维吉尔田园诗的宗教融化。于中，可以同时解读出宗教的神圣蕴藉和世俗的生活智慧。在中世纪的经典中，非宗教作者和基督教作者同时并举，似已成经典选目的常例。"哪里有对基督教进行补充和矫正的需要，哪里就有我们的匿名诗人提供的轻松的小说

---

① Ernst Robert Curtius. *European Literature and the Latin Middle Ages* [M]. New Jersey: Princeton Universrity Press, 1991: 261.

② 提提鲁斯（Tityrus）和梅里伯（Meliboeus）是维吉尔在《牧歌》中虚构的两个牧羊人，《牧歌》中经常出现两人的对话。

（fiction）。"① 即使世俗学校的作者不会在关键时刻真正出现，我们也有必要创造这样一个人物，以保持与宗教作家的平衡，这成为了中世纪经典的一个基本要素，并且在中世纪消亡之后保留了下来，成为此后经典目录的一个基本构成要素。换句话说，狄奥杜拉斯对维吉尔田园诗的"改编"，是宗教经典处理自己价值缺陷，修补其文化道统的一种手段。"中世纪将那些世俗或异教作家收入教育大纲，是因为他们将这些作家归为对《圣经》的寓言性（非直接的）阐释者，就像他们自己对《圣经》所做的寓言阐释一样，这些世俗或异教作家被看作是圣人或哲学家。"② 维吉尔就是这样被神圣化的典型例子。反过来，维吉尔又以他非宗教的田园抒情，将宗教精神带入了文学情感的甜蜜中。

　　中世纪权威教学大纲中那些经典作家和他们所代表的语法规范，随着地方方言的兴起，以及青年一代对传统经典的反叛而变得"摇摇欲坠"。中世纪"文学经典"与宗教经典分庭并立、笙磬同音的辉煌，在"大学时代"（Age of University，约 12 世纪中期）到来之后，伴随法学、医学、神学、自然科学以及亚里士多德哲学的加入，而逐渐失势。大学教育的分科发展，致使文学从与宗教作家并举的重要位置上回落下来，成为并无实际用处、专事古典学术研究的学科。"文学不再能带来任何好处，它不再像神学、法律学、医学那样，归属于有用的学科之一种。"③ 学校教育和思想训练的重心与目标也发生改变。于是，列入经典目录的作家作品，及其范围性质越来越广，宗教（神学）与文学（世俗）对举平衡的方法已不适用。原本，古希腊罗马经典作家作品，是作为对基督经典进行阐释的知识中介，被整合进宗教繁复的神学意义和经典系统之中的。现在，与宗教和神学相关的领域，已出现诸多新式学科，可以替代原由古典作家和诗人占据的知识位置。文学在经典序列中的重要性开始降低，而诸多非文学著作忝列经典名录之中，成为教育依循的重要纲领。在但丁开列的经典名录中，他选出了 5 个最伟大的古代诗人：荷马、维吉尔、奥维德、贺拉斯、卢克来修——"他们是精英中的精英，就像教会博士（一种极高的教会荣誉）源于教父群体一样"④。除此之外，但丁在其经典殿堂中还收

　　① 出于世俗人文教育目的需要，虚拟和塑造一位与宗教经典相对应的世俗作家，也是中世纪学校课程教学的平衡策略。Fiction 这里也有 liar 谎言、虚构的意思，正好与前面提到的 Pseustis 相符。代表了非宗教的世俗创作。

　　② Ernst Robert Curtius. *European Literature and the Latin Middle Ages* ［M］. New Jersey：Princeton Universrity Press，1991：52.

　　③ Ernst Robert Curtius. *European Literature and the Latin Middle Ages* ［M］. New Jersey：Princeton Universrity Press，1991：262.

　　④ Ernst Robert Curtius. *European Literature and the Latin Middle Ages* ［M］. New Jersey：Princeton Universrity Press，1991：262.

入了以下名单：亚里士多德、苏格拉底、柏拉图、德谟克利特、安阿克萨格拉、泰勒斯、恩培多克勒斯、赫拉克利特、芝诺、第奥斯克里德斯、加林、阿维洛依（Averroes）。① 这里，哲学家、自然科学家、几何学家、物理学家等，都被加入了由神圣诗人荷马维吉尔领衔的经典阵容。后来，在《神曲·炼狱》篇中，但丁借斯塔修斯（Statius）② 与维吉尔会面时的交谈，又在自己的经典作家名录中收入了尤维纳尔（Juvenal）、泰伦提乌斯（Terence）、凯西留斯·斯塔提乌斯、普劳图斯、瓦罗（Varro）、培希乌斯（Persius）、欧里庇得斯、安提丰（Antiphon）、塞门尼德（Simonides）、阿伽同（Agathon）。③ 在但丁这里，我们发现，与罗马作家放在一起的，还有阿拉伯人与希腊人。当然，这并不代表但丁比他的同代人读得更多。如此安排，不过是对拉丁传统精神进行的延续，并无"世界主义"的眼光。但丁的文学经典名录，有浓郁的拉丁文化气息。虽然他力图对古希腊罗马作家加以更加全面的分类陈列，但我们确乎能看到罗马拉丁文化的深刻烙印。不独但丁，在迎来文艺复兴曙光之时，古希腊罗马文学，开始与更加鲜明的"民族"语言和文化生成浸润在一起。下面，我们不妨看看乔叟开列的一个有趣的作家名录。

乔叟在自己的作品《特罗伊斯》（*Troilus and Criseyde*）中，建造了一个特别的经典殿堂。在这个殿堂里，最著名的作者都屹立于他所属的特殊支柱之上，以此对经典进行分类并表征作家不同的基础和来源。这些诗人的区别牵涉到两三个分层原则，但在乔叟的具体操作中，没有一个分类原则被贯彻到底——如此看来，乔叟的经典名录，就不像他自己所标榜的那样客观分明。约

---

① 安阿克萨格拉（Anaxagoras，约前510—前428年），古希腊哲学家、科学家、原子唯物论的先驱，否认天体是"神圣的"；泰勒斯（Thalesof Miletus，约前624年—前547年），古希腊哲学家，科学家，"希腊七贤"之一，希腊早期哲学派米利都学派的创始人，对天文学、数学、哲学等方面的发展都有积极影响，但流传下来的作品甚少；恩培多克勒斯（Empedocles，约前490年—430年），古希腊哲学家，相传著有长诗《论自然》和《净化》，今已散佚；第奥斯克里德斯（ Dioscorides，约20—?），著有《药理》一书，是第一部系统的拉丁文药物典籍；加林（Aelius Galenus，约公元129—200年）希腊解剖学家、作家，对中世纪医学发展有一定影响；阿维洛依（Averroes，约1126—1198年），中世纪百科全书式的学者，在物理学、医学、哲学、逻辑学、音乐、神学等诸多领域都有建树。

② 斯塔修斯（全名 Pulius Papi nius Statius，约45年—96年），罗马拉丁文化时期的诗人，其诗多用拉丁文创作，史诗《特拜》（*Thebaid*）和《阿基琉斯》（未完成），都以特洛伊战争为背景，两诗在中世纪的学校中广泛诵读。

③ 瓦罗（Varro，约前116年—前27年），古罗马学者、散文家；安提丰（Antiphon，约前480年—前411年）古希腊演说家、修辞学家，当时以授人修辞之法而著称，其演说辞为现存最早的文献之一；塞门尼德（Simonides，约前556年—前468年），古希腊抒情诗人，尤以写挽歌和阿波罗舞歌见长，今存有其部分作品残篇；阿伽同（Agathon），古希腊悲剧诗人，在《会饮篇》中记录有他与苏格拉底的对话。

瑟夫斯①作为犹太人的代表，被单独地置于一处。涉及特洛伊战争题材的诸多作品，构成了著名的选集，其中收录了包括斯塔提乌斯（因为他的作品《阿基琉斯》）、荷马、戴尔斯（Dares）、迪克蒂斯（Dictys）、洛留斯（Lollius）、加多（Guido delle Colonne）、吉奥弗雷（Geoffrey of Monmouth）等人的作品。② 这些作家被安置在铁柱或铅铁柱上，因为他们都关注特洛伊题材。维吉尔单独立于镀锡的铁柱之上，奥维德立在铜柱上，克劳迪安（Claudian）③ 被放在硫化柱之上——因为他谈到了冥府、地狱和阎罗。看起来，历史主题或题材，是乔叟选择经典的一个分层分类原则。然而，这个原则无法完全应用于维吉尔、奥维德和克劳迪安。若按照金属的价值高低来分类——在金属和行星天体以及心理图示之间建立一种等同关系——却又缺失了金和银两类代表作家。经典作家仅像喻为铁和铅之类，又不免让人觉得怪异。所以，克提乌斯说"这个诗人（乔叟）做了一个有点混乱的工作"④。说到底，乔叟不是在进行文类上的经典整理，他的目录，终究取决于他对自己民族文化的偏好。他的混乱与犹疑，也反映出新民族经典名录的建构与既有希腊罗马经典之间的矛盾。令人欣喜的是，乔叟很快结束了自己对希腊罗马作家们的分类，跳到了阳光灿烂的意大利天空下，为英国文艺复兴的推陈出新踏出了第一步。

圣伯夫肯定文艺复兴结束了中世纪关于经典名录的各种混乱，并大声呼吁，需要承认不同地方语言中的大量"经典"存在的事实。⑤ 可布罗代尔却从文化结构的基础变化上来看待问题，进而提出，"直到十三、十四世纪民族文

---

① 约瑟夫斯（Josephus 约 37—100 年），犹太历史学家和军人。

② 戴尔斯（Dares the Phrygian），生活在荷马之前，按荷马的说法，他是希腊的牧师，曾随同自己的朋友、希腊英雄伊多墨纽斯（Idomeneus）出征特洛伊，并详细写下了战争过程中的《大事记》；迪克蒂斯（Dictys of Crete），也是希腊特洛伊战争故事和史料的重要搜集者，并用拉丁文著有以此为题材的《编年记录》。他与戴尔斯两人有关特洛伊战争的材料，正是荷马创作的重要依据，现根据两人的著述，整理出版有《特洛伊战争：一种编年》（*The Trojan War*：*The Chronicles of Dictys of Crete and Dares the Phrygian* [M]. Indian University Press, 1966）；洛留斯（Lollius Bassus），希腊隽语警句的写作者，其作曾被收入《希腊文集》中；加多（Guido delle Colonne），13 世纪早期意大利作家，用拉丁文写作，著有特洛伊题材的散文诗作品《特洛伊毁灭记》。但丁认为他是意大利语方言作家，称他是仅存下来的 5 个意大利语作家之一；吉奥弗雷（Geoffrey of Monmouth，约 1110—1155 年），英国牧师，历史学家，对英国历史编纂学的发展有重要影响。据称他搜集整理了亚瑟王的故事，并对其广泛传播起到重要推动作用。其用拉丁文所著《不列颠王的历史》为后世证明多不可信。

③ 克劳迪安（Claudian，? —408 年），被誉为最后一位拉丁古典诗人，著有以希腊英雄传说为题材的神话史诗，其诗作多为六音步诗（荷马体式）和挽歌对句体。

④ Ernst Robert Curtius. *European Literature and the Latin Middle Ages* [M]. New Jersey：Princeton Universrity Press，1991：263.

⑤ Sainte-Beuve, Charles Augustin. *What Is a Classic?* [M] // Elizabeth Lee, Trans and Introduction. *Essays by Sainte-Beuve*. London：Walter Scott, Ltd. 1893：2-3.

学诞生之前，知识精英的文明，摄取的是不变的题目、不变的比喻、不变的陈词滥调"①。布罗代尔比较理性地指出了某种客观事实。古典作家构成的经典名录，在民族文学兴起之前，确实是控制西方文明的不二法门。即便在当时作家受到越来越多称赞的文艺复兴时期，文学经典名录，特别是学校教育中使用的经典大纲，依然是古典作家的天下。地方民族文学和当代作品，少有入选经典名录者。"直到 19 世纪，地方文学都未能进入大学课程。"② 不过，"古典文学"这一指称，在后来民族文学的发展中，却越来越成为现代人想象传统、从而建构"现代"的载体，逐渐地被远推作为历史背景。然而，它们的历史影响力，却在地域民族文学的发展中，留下了深深的烙印。新兴的各种地域文学，只有接续古典传统才能完成各自"现代"的文学建构，从而获得历史的合法性——传统经典书目成为了"现代经典"建构的母体。最早形成一个现代文学经典名录的意大利，仍然纠结于"古典和新拉丁诗歌的复杂关系"③。如果地方诗歌想得到繁荣发展，它必须要通过经典作家将自己合法化，这些经典作家能够作为意大利文学实践的标准，就像维吉尔作为拉丁诗歌的经典标准一样。这种状况，因为意大利没有一种共同语言，而变得更加混乱。各地方言众多，加大了选择经典作家的难度和复杂程度，重建一个新的经典名录，是何其艰巨的任务——这个问题也始终困扰着但丁。　"这成了直到曼佐尼（Manzoni）④ 甚至更晚意大利学术史的一个持久延续的问题。没有其他任何一个现代国家能与意大利的这种状况进行比较。对现代文学的独特特征的研究不得不处理这个问题。皮特罗·本波（Pietro Benbo）⑤ 的贡献是提出一种意大利语言理论，它被接受作为地方诗歌的语言规范。3 个 14 世纪伟大的托斯卡纳人（Tuscans）——但丁只在非常严格的限制下才可能被选入——被树立作为语言的典范。"⑥ 但文艺复兴时期意大利人在艺术上的古典主义偏好，使他们

---

① 〔法〕费尔南·布罗代尔. 论历史 [M]. 刘北成，周立红，译. 北京：北京大学出版社，2008：34.

② Wendell V. Harris. *Canonicity* [J]. PLMA, 1991, 106 (1)：114.

③ Ernst Robert Curtius. *European Literature and the Latin Middle Ages* [M]. New Jersey：Princeton Universrity Press, 1991：264.

④ 曼佐尼（Alessandro Manzoni, 1785—1873 年），意大利诗人、小说家，对意大利语的统一及其现代化发展起到过重要作用。其小说《未婚夫妇》在当时甚有影响，作品充满爱国主义情感，被视为意大利复兴运动的象征之一。

⑤ 皮特罗·本波（Pietro Benbo, 1470—1547 年），他是文艺复兴时期意大利主教、学者、诗人、文学理论家，著有最早的意大利语法书，将意大利语，特别是托斯卡纳语发展为文学写作的重要表达手段，奠定了现代意大利文学语言的标准。

⑥ Ernst Robert Curtius. *European Literature and the Latin Middle Ages* [M]. New Jersey：Princeton Universrity Press, 1991：264.

陷入了对亚里士多德诗歌理论无休止的争论之中，反倒漠视了当时意大利民族文学理论，对自身诗歌发展作出的贡献。这种状况在法国的学校中也时有发生，古典主义倾向在法国文学实践中，显得更为突出。圣伯夫说这是一种"古典主义的诗学嗜好"，颇令时人着迷。① 因此，现代法语民族经典的树立，并未从根本上动摇古代经典在文学上的权威影响。尤其是对古典文艺理论的偏好，让现代经典的建构，蒙上了影影绰绰的古典气质。意大利人建立的民族文学经典图谱，也并未在文学的现代个性上创立属于自己的"文学传统"，"但丁、彼得拉克、薄伽丘、亚里士多德、塔索是 5 个最伟大的作家，但他们之间并无共同之处。这 5 个人中每个都与古代有着不同的关系"②。这个伟大的经典名录，依然是在古典的血脉中，延续着传统西方世界的文化精神。列入经典名录的民族文学作者，有赖于他们与拉丁文化传统的血缘亲近关系。而意大利精神，尚难在"经典"的目录中清晰地展现。

　　直到 16 世纪，各种地方方言文学开始起而正名，与民族国家的生成齐头并进，逐步建构了真正意义上的民族文学新经典体系。但在这个过程中，向古典文学和经典作家乞求合法性，以为自己的民族文学张目，又几乎成为各国通行的做法。意大利如此，其他欧洲国家亦是如此。克提乌斯在自己的著作中，就研究了数种民族文学的形成过程，并举证他们的经典名录，以说明民族文学如何实现对传统经典体系的整合化用，来建立自己新经典谱系的历史正统性。例如，他谈到西班牙人的"民族经典"，"甚至连罗马帝国时期的伊比利亚作家们都被认为是属于西班牙的民族文学（组成部分）"③。如此，在现代西班牙文学经典名录中，两个塞内加（Seneca）、卢坎（Lucan）、马修尔（Martial）、昆体良、庞博纽斯·梅拉（Pomponius Mela）、尤维克乌斯（Juvencus）、普鲁登修斯（Prudentius）、梅洛堡德斯（Merobaudes）、奥罗修斯

---

　　① Sainte-Beuve, Charles Augustin. *What Is a Classic?* ［M］//Elizabeth Lee, Trans and Introduction. *Essays by Sainte-Beuve*. London：Walter Scott, Ltd. 1893：3.

　　② Ernst Robert Curtius. *European Literature and the Latin Middle Ages* ［M］. New Jersey：Princeton Universrity Press, 1991：264.

　　③ Ernst Robert Curtius. *European Literature and the Latin Middle Ages* ［M］. New Jersey：Princeton Universrity Press, 1991：.267.

（Orosius）、伊希道尔（Isidore），① 以及其他相类的作家，都出现在广泛传播的现代课本中。西班牙 15 世纪重要的诗人桑迪亚那侯爵（Marques de Santillana）②，在自己的一部哀歌作品中，提供了一个经典作家名录，包括以下名字：李维（Livy）、维吉尔、马克罗比乌斯（Macrobius）、弗拉库斯（Valerius Flaccus）、萨尔乌斯（Sallust）、塞内加（Seneca）、西塞罗（Tully）、卡萨连乌斯（Cassalianus）、阿兰（Alan）、波希乌斯（Boethius）、彼得拉克（Petrarch）、弗尔根提乌斯（Fulgentius）、但丁、温萨的吉奥弗雷（Geoffrey of Vinsauf）、泰伦提乌斯（Terence）、尤维纳尔（Juvenal）、斯塔提乌斯（Statius）、昆体良。③ 桑迪亚那侯爵这个名录意味着什么？"它代表了意大利精神在西班牙掀起的第一波浪潮，与此同时，桑迪亚那侯爵也保留了中世纪的古典作家观念：（这些古典作家）所有人都是好的，所有人都是属于超越时代和超越历史的"。④ 明显地，当葛拉西安（Baltasar Gracian）⑤ 在他的书中开篇部分说自己是在效仿以下作家的技巧时，他的立场与桑迪亚那侯爵是一致的，

① 马修尔（Marcus Valerius Martial，约 38—102 年），出生于西班牙伊比利亚半岛，古罗马拉丁文诗人，以其讽刺诗见长；庞博纽斯·梅拉（Pomponius Mela，？—45 年），是古罗马早期地理学家，其所著《世界概述》，虽在科学方法上存在缺陷，但拉丁文风格简洁流畅，是古典拉丁文写就的最早的地理学文献；梅洛堡德斯（Flavius Merobaudes），约公元 5 世纪的拉丁诗人、修辞学家，生于西班牙贝提卡的土著。曾在时人的编年史中作为诗人和演说家被提及；奥罗修斯（约 385—420 年），生于西班牙的高卢，晚期罗马牧师、诗人、历史学家、神学家，著有《反异教七书》；伊希道尔（约 560—636 年），塞维利亚大主教，被誉为古代世界最后一位大学者，著有《词源》，影响甚大，收录整理了大量古代书籍资料并择要摘录，对保存古籍文献大有功绩。

② 桑迪亚那侯爵（1398—1458 年），西班牙 15 世纪重要的诗人、评论家，熟谙法、意、加利西亚等多种语言，大量翻译了维吉尔、但丁和彼得拉克的作品，并将十四行诗引入西班牙文学，创作了第一首西班牙语十四行诗，在当时文坛影响巨大。

③ 李维（原名 T. Titus Livius，英文 Livy，前 59—公元 17 年），生于意大利，古罗马历史学家、作家，著有《罗马通史》，是最早记录罗马历史和传说的作者之一；马克罗比乌斯，主要生活于 5 世纪早期，古罗马作家、语言学家，新柏拉图主义哲学家，曾以其风格独特的讽刺性作品名噪一时；弗拉库斯（？—前 90 年），古罗马白银时代的拉丁文诗人，著有一部以阿尔戈航行为主题的史诗《阿尔戈远航》；萨尔乌斯（约前 86—前 34 年），古罗马著名历史学家、拉丁文体学家，著有《喀提林战争》《朱古达战争》；图利（Tully），即罗马著名哲学家、修辞学家、演说家西塞罗，原名为 Marcus Tullius Cicero，英语中时称为 Tully；卡萨连乌斯，资料不详；阿兰（约 1128—1202 年），法国神学家和诗人，以其广博的知识而著称；弗尔根提乌斯（约 480—550 年），古罗马晚期的拉丁文作家。他的神话作品在整个中世纪深受重视，直到今天仍有影响；温萨的吉奥弗雷，生卒年不确，主要生活在 13 世纪初，是中世纪语法运动的代表者，著有《诗学》，他认为诗艺不过是语法艺术的附属。

④ Ernst Robert Curtius. *European Literature and the Latin Middle Ages* [M]. New Jersey: Princeton Universrity Press, 1991: 267.

⑤ 巴尔塔莎·葛拉西安（1601—1658 年）17 世纪西班牙著名的哲学家、思想家和教士，著有《英雄》《诗之才艺》等作品，1647 年出版的《智慧书》，被誉为世界三大智慧奇书之一，以笔锋犀利、讽刺政治见长，其思想对欧洲道德伦理学及德国 17—18 世纪宫廷文学的发展有重要影响。

这些作家包括：荷马、伊索、塞内加、琉善、阿普列乌斯、普鲁塔克、赫利奥多乌斯、亚里士多德、巴克莱、波凯里尼。① 葛拉西安写作之时，正是西班牙从全盛往下降温的时期。然而，他认为，从荷马到他自己时代的世界文学，都具有永恒的普遍性。西班牙有其特定的时间意识，正如他们有自己特定的民族意识一样。西哥特人国王万巴（Wamba）等人，② 都像那些有西班牙血统的罗马皇帝，如图拉真（Trajan）、哈德良（Hadrian）、狄奥多西（Theodosius）一样被颂扬。③ 所有曾经在西班牙土地上出现过的（人）都被看作是西班牙伟大性的一部分——甚至晚近南方伊斯兰文化都被当作是其一部分。如此，普遍主义的观念和民族立场得到调和。对葛拉西安来说，拉丁语和西班牙语是"两种普遍的通用语言，是这个世界的钥匙。与此同时，希腊语、意大利语、法文、英语和德语被放在一起，都被当作是地方性的'个别语言'"④。如此，完成西班牙民族文学与古老西方传统的对接。同时，实现对西班牙民族文学普遍性品格的塑造——以西班牙民族文学自居于西方正统结构之中，从而将其他民族文学地方化。一收一放，新兴民族文学经典就确立起了自己的伟大性。同西班牙一样，其他国家也是如此想象性地建构地方文学与古典传统，以及其他地域文学之间的关系。因此，只有仰承传统经典的精神，才能为新兴的民族文学提供历史确证。

---

① 葛拉西安分别说明了以上作家身上值得效仿学习的不同技巧：荷马（讽喻 allegory）、伊索（虚构 fiction）、塞内加（训谕 instruction）、琉善（Lucian）（判断力 judgement）、阿普列乌斯（描写 description）、普鲁塔克（Plutarch）（道德说教 moralizing）、赫利奥多乌斯（Heliodorus）（剧情设计 complications）、亚里士多德（提高戏剧悬念的突转 interruption which increase suspense）、波凯里尼（Boccalini）（文学批评 literary criticism）、巴克莱（Barclay）（诡辩术 mordant polemic）。阿普列乌斯（约 125 年—180 年），生于北非，罗马修辞学家、拉丁文作家，著有《金驴记》，是一部重要的神怪小说，对后世创作影响较大；赫利奥多乌斯，约公元 3 世纪的希腊语作家，著有希腊文浪漫传奇小说《埃塞俄比亚人》；波凯里尼（1556—1613 年）意大利讽刺作家；巴克莱（1582—1621 年）出生于法国洛林的苏格兰风俗作家，新拉丁文诗人。

② 万巴是西哥特时期的西班牙国王，约 673—680 年在位。西哥特王国在 5—8 世纪占领了古罗马帝国的高卢西南部和西班牙的大部分地区。从历史上看，西哥特是西班牙的侵略者，但彼时西班牙尚属罗马帝国的版图，以西哥特在西班牙长达几个世纪的统治，就视为己出一般，将西哥特国王与其他西班牙血统的罗马统治者一并加以颂扬，正体现了葛拉西安等现代学者将古代（帝国）文明与西班牙民族传统加以历史嫁接的努力。

③ 图拉真（53—117 年），古罗马皇帝，98—117 年在位，生于西班牙南部城镇伊大利卡，"五贤帝"中的第二位；哈德良（76—138 年），外号"勇帝"，也生于西班牙的伊大利卡，"五贤帝"之一，117—138 年在位；狄奥多西一世（346—395 年），是罗马帝国分裂前的最后一任皇帝，定基督教为国教，378—395 年在位，出生于西班牙的塞维利亚。

④ Ernst Robert Curtius. *European Literature and the Latin Middle Ages* [M]. New Jersey：Princeton Universrity Press，1991：267.

　　对拉丁文风的抛弃和禁止，看来要到 19 世纪初德国的新人文主义那里才算第一次完成。腓特烈大帝（Frederick）① 还偏爱在学校中推行阅读昆体良。然而，究竟从何时起，"维吉尔、培希乌斯（Persius）、卢坎（Lucan）、斯塔提乌斯（Statius）、马修尔（Martial）、尤维纳尔（Juvenal）以及昆体良不再在德国、法国和英国的学校中被读了呢？"② 在欧洲许多国家，1830 年，作为现代文学对照出现的古代经典作家还颇有地位。但在一个世纪以后，这些古代经典就只是一个空洞的摆设了，仅仅是作为对过去历史的一种回应。实质上，现代文学经典已经取代这些古典作家的地位。但法国颇为例外，"在现代文学和文学史中，古代经典还被严谨保存下来，好像它们是一种超越的形而上存在一样，这种只在法国才有"③。因为法国文学史叙述对其民族文学与传统经典的超越性嫁接，一个关于历史图景的巨大曲解就产生了：似乎其他民族文学的发展，都取源于法国文学之道。这种误识因为法国比较文学学派的推动而被抬升到了官方教条的地步。"约 1400 名作家，来自 35 种语言和 37 个民族，被分配在法国古典主义这一风格名下。事实上，这些国家中的好些直到 1800 年都还尚不存在，有些到 1919 年才成立。"④ 如此简单化、自我中心主义的法国文学史叙述，显然是偏见的。而这种法国文学传统（分期模式），一直强加于欧洲文学的总体叙述之上。随着 1734 年伏尔泰对英格兰文学、1813 年斯塔尔夫人对德国文学以及勒南等人对亚洲文学的"发现"，"法国文学的体系便土崩瓦解了"⑤。世界文学的视野，开始冲击法国文学史论的原有叙述框架。1850 年，圣伯夫提出了要"重建品味的圣殿"。他接纳了蚁垤（Valmiki）和毗耶娑（Vyasa），却没有孔子；莎士比亚也被承认，但是歌德没被接受；直到 1858 年，圣伯夫才将歌德纳入其文学圣殿中。⑥ "世界文学"的观念虽未必真正落实为具体行动，但却对法国的文学经典名录构成了破坏。圣伯夫意识到了这种困境，但却没有解决困境。从圣伯夫时代到梵·第根时代，法国文学与古典主

---

　　① 腓特烈大帝（Frederick，1712—1786 年），腓特烈二世，1740 年即位。

　　② Ernst Robert Curtius. *European Literature and the Latin Middle Ages* [M]. New Jersey：Princeton Universrity Press，1991：264.

　　③ Ernst Robert Curtius. *European Literature and the Latin Middle Ages* [M]. New Jersey：Princeton Universrity Press，1991：270

　　④ Ernst Robert Curtius. *European Literature and the Latin Middle Ages* [M]. New Jersey：Princeton Universrity Press，1991：270

　　⑤ Ernst Robert Curtius. *European Literature and the Latin Middle Ages* [M]. New Jersey：Princeton Universrity Press，1991：272

　　⑥ Ernst Robert Curtius. *European Literature and the Latin Middle Ages* [M]. New Jersey：Princeton Universrity Press，1991：272.

义的互相融合，已经证明了其所秉承的，是一种顽固持续的自我中心立场——就它对其他民族文学的轻蔑和忽略而言，这种立场甚至是反欧洲主义的。

圣伯夫有世界主义眼光，可谓"识时务者"。没有哪个时期，像 19 世纪 50 年代那样，给西方文明的"整体性"带来如此大的破坏与分裂。如果说，以前的经典名录建构，一直在维护着作为本体"存在"（Being）的西方传统，那么，此时渐成气候的民族文化，则开始以开放的姿态重构自己的"经典"语法。布罗代尔认为，19 世纪中期之前的西方"文明"，是一个整体的单数概念，是普遍而同一的。但是，在经历各种历史嬗变之后，西方文明在时间和空间上开始分裂，"文明"和"文化"裂变为多元的复数形式。"无论如何，在各种兴衰替遭之后，接近 1850 年时，文明以及文化从单数变为复数。特殊对一般的这一胜利与 19 世纪的潮流非常吻合。复数的文明和文化，意味着放弃了用一种理想，或者更正确地说，用这种理想所界定的文明；意味着在某种程度上忽略了最初所包含的那种普遍的、社会的和思想的品质。这已经是倾向于同等地看待欧洲和非洲的人类经验。"① 多元的民族文学经验，开始登上经典的历史舞台。原本属于古代经典的文明圣殿，渐次在民族文学经典大厦的掩映下，显得落寞寂寥。"于是，文明在空间和时间上，在专家们可笑地割裂开的时间上分裂了。文明在时间和空间两个方向上分散开了。"② 一直主导西方人精神发展的"大书"，在 19 世纪的学科专业化浪潮中，被大量人文教师们变成了自己的"专业领域"。通过学科的门槛设定，逐渐排除了普通人的进入，将经典（classic）研究变成了以古典文献为核心的"准科学"化活动。

民族国家的塑造完成之后，对西方各国来说，认祖归宗、寻根究源，他们更需要建构一个想象性现代民族共同体。自 19 世纪兴起的文学史写作，都在重构民族文学传统和经典体系上用力。作为西方文明基石的古代经典，常常作为搭建新兴民族经典圣殿的基础，赋予新的经典名录以历史合法性。全新建构的民族文学经典体系，在民族国家的文化生活中，逐渐取代传统经典，获得了决定性的优势地位。而曾经作为西方文明发轫动力的希腊经典和拉丁文著作，却渐次被普通读者疏离。鉴于此，在 20 世纪初期，先有哈佛大学校长查尔斯·艾略特为推行他的"五英尺"（Five Feet）人文教育理想，荟萃世界经典

---

① 〔法〕费尔南·布罗代尔. 论历史 [M]. 刘北成，周立红，译. 北京：北京大学出版社，2008：201.

② 〔法〕费尔南·布罗代尔. 论历史 [M]. 刘北成，周立红，译. 北京：北京大学出版社，2008：202.

文学作品,编写了 51 卷本的《哈佛经典》。① 后有阿德勒、赫钦斯所主编的《西方世界伟大的书》,力图在全景的文化意义上,重整被现代民族想象不断割裂了的西方文化整体性。但这种博雅教育的价值追求,很快在"二战"时期受到了来自"新文学史"写作方法的冲击,尤为少数族裔、女性作家群体所抵制。由是,在轰轰烈烈的多元论争中,各种经典榜单不断登场,代表不同权力主张鼓与呼。其中,既有女性文学经典的张榜示众,也有黑人文学和少数族群作品的重新发掘。而布鲁姆那份恪守审美原则的经典名录,更是在学术界影响深远。② 一时经典榜单横飞,引发各家诉讼纷纭,最终引发更大的文化混战。文学经典书目背后隐含的诸多权力话语、意识形态幻象以及制度性寓言,也将我们带入一个更具政治氛围的学术空间中。

---

① 参见括号内著作(Eliot, Charles W. ed. *Harvard Classics* (51vols)［G］. New York:P. F. Collier & Son,1909—1911)。此丛书号称荟萃世界经典,实际上对东方文学基本上忽略不计,只象征性地收入了《天方夜谭》。

② 〔美〕哈罗德·布鲁姆. 文学正典［M］. 江宁康,译. 南京:译林出版社,2005:418-461.

第五章　国家寓言：文学经典与政治话语

伟大的文学经典，经过时间的沉潜，以其古老的"诗意"性存在，完成了与文化传统的价值同构，提炼为一种文明的文化语法和精神结构。对西方来说，古希腊罗马经典（classic）万世不祧，直至现代民族国家，始终是西方文明坚如磐石的"结构"①，赋予所有人以普遍的"恩泽"（graces）②。古老而伟大的经典，被视作是沐浴着普遍人性的神圣光辉，其中蕴含的卓越智慧，回应着人们对"存在"（Being）的追问，汇聚成经久不衰的"伟大对话"③。经典可涤荡心灵，修养人格，内化为传统中权威的规定性信仰。与此同时，我们也清晰地看到，文学经典的建构，绝非写给伟大作品的历史"悼词"，更不是对作品的考古尘封。相反，文学经典的建构是一个向过去与未来开放的"形塑"（becoming）过程。经典作品的伟大价值首先需要在"当下"得以现时转化，才能绽放其历史化的"诗性"力量。继而，将"当下"的价值含蕴不断注入经典，扩大其意义的表达空间，以延续经典"存在"的历史活力。换言之，文学经典的普遍价值，正是凭借它在变化时代的语境中不断被重构的历史活力，而一代代延续下来的。更何况，任何一部神圣的"古老"经典，无非是对它生成的那个"过去的当下"的诗性记录。经典书目的形成，经典秩序的结构性改造，都深深地嵌入了时代性的价值印记上。在"当代"的现时语境中，围绕传统经典，既有的价值可能被重新编码，潜在的文化信息被发掘，全新的思想视界得以融合。而更多表达新时代情感与意义的风雅之作，也将以它们独特的话语蕴藉迈入经典殿堂，接受时间的检验。当我们进入一个个具体的"当下"时刻，文学经典背后那些被遮蔽和隐含的权力光谱，也就逐渐透过历史的棱镜一段段呈现了出来。"经典，一如所有的文化产物，绝非无涉于任何

---

① 这么说，并不是否认希腊罗马经典在后来的民族国家想象中消失或隐匿了，而是强调西方文明作为一个整体系统的存在，长期以来端赖伟大经典的精神维系。民族国家形成之后，"文明"的多元化分裂，使得传统经典在"国家"的向度上，重新获得一种新的阐释。

② Frank Kermode. *The Classic*：*Literary Images of Permanence and Change*［M］. Cambridge：Harvard University Press，1983：6

③ Robert M. Hutchins. *The Great Conversation*［M］. Chicago：Encyclopedia Britannica, Inc. 1952：72.

意识形态，而纯为先人所思所想的集萃精选，更确切地说，经典的形成是对那些最能传达与捍卫统治秩序的特定语言产品的体制化。"① 每部经典在时间检验的过程中，都不可避免地面临着时代的权力编码。伟大的作品，不以封闭的方式逃离政治刻写，而是以自己普遍性的价值维度，在时间中淘洗掉那些牵强附会在其上的过度阐释。我们需要警惕那种剥落文学内核的权力化手段，把文学经典变成纯粹的政治武器或是权力的皇帝新衣；但我们无法绕开政治权力设下的"语境"，而去高谈悬于云端的"意义"，那样容易陷入历史虚无主义。

　　政治权力对文学经典建构的影响，有正有负。如果仅把文学改造为政治的工具、权力的武器、宣传的话筒、战斗的号角，这就完全封闭了文学表达特有的个性空间和诗性自由。这样的经典建构，伴随政治主题转移与时代更迭，会迅速焚化为历史的烟尘，很难经受时间机制的有效检验。广义上来说，让经典穿越历史的途径有二：第一，就是假求于文献或是历史编纂——这是一个需要体制保护的技术性方法，如此保存的经典，多成为专业研究者热衷和关注的对象。第二，就是容适（accommodation），这种方法指的是，"任何一种能使得古老文本导源出未明确表达出来的内涵的方法。容适的主要方法是象征寓意，如果我们将此词的意义扩展至极的话，它应该可以包含预言（prophecy）的意义。这是一个古老的方法"②。从古希腊罗马经典建构开始，象征寓意方法就得到大量应用。它不仅能为时代性的政治话语注入经典提供的"诗性"技巧，而且是人们通过经典想象性建构自我身份、家国意识的手段。意识形态试图营造的思想幻象③，与文学诗意化的语言/寓言相结合，借助多元阐释行为——不只是简单的宣传——的广延，更深刻地影响着人们的"自我想象"，以达到情感、思想、诗性和权力的平衡。政治也有审美的图腾，权力也有诗意的形象，帝国也有修辞的柱廊。同样，文学经典厚重意蕴的历史积累，从一开始，就有赖于不断开掘、释放并导源出那些在过去时代中尚未明确表达出来的寓意。寓意不过是（权力性）主体阐释的想象性建构。阐释行为与政治、文化、社会、时代有着复杂的历史关系，当然无法在此还原所有经典"寓意"形成的政治机制，我们研究的重心也不在于对国家权力建制文学经典的"政治解密"。我们更希望通过对经典本身的历史观察，来透视和挖掘它们背后隐含的政治与权力维度，来了解文学经典是如何实现对民族国家的寓言想象和文化建

　　① Arnold Krupat. *Native American Literature and Canon* ［J］. Critical Inquiry，1983，10（1）：146.

　　② Frank Kermode. *The Classic：Literary Images of Permanence and Change*［M］. Cambridge：Harvard University Press，1983：40.

　　③ 〔法〕路易·皮埃尔·阿尔都塞. 意识形态与意识形态国家机器［M］//陈越，等，编译. 哲学与政治：阿尔都塞读本. 长春：吉林人民出版社，2003：352-366.

构。这一章想要探讨两个问题：第一，在西方世界中，始终孕育并历史性存在着的"帝国"野心，怎样从古罗马开始，就与文学经典的建构相连，并一直撒播到当下的帝国主义实践之中。西方"帝国"的权力欲望如何在文学的语言/寓言中实现了自己的历史在场？这我们需要通过历史性观察，来对"西方"政治与文学经典的寓言关系进行阐释。第二，由对"大书"教育观念讨论，我们想引出对传统文学经典的权力分析，以图从国家、社会、文化与权力意识形态等层面，思考文学经典与政治话语之间复杂的影响关系。这两者之间表里相依、休戚与共的寓言联系，在晚近多元主义的表征政治中得到了深刻剖析。透过对当下文学经典诸多问题困境的观察，我们将可以从现实的层面，更贴近地考量政治权力与文学经典之建构关系。

第一节　帝国的寓言：政治欲望的文学建构

对发轫于希腊、在罗马王朝的铁骑与圣歌中得到撒播的西方文明来说，"帝国"，不独是政治与军事的图腾，它更像是一个精神的幽灵，游弋在西方历史的血脉中，为西方文化的权力赓续注入不竭的动力。所有"帝国"的语言/寓言化叙事，在文学想象的经典建构中，可能都与那个古典的拉丁国度有着文化血脉上的契阔相依。古罗马在巧妙利用希腊文化为自己的"帝国"梦想打底时，将维吉尔那些田园诗和牧歌揳入了壮阔的历史版图中，为帝国大厦的拔地而起，编织了绚丽而丰盈的寓言神话。在各种关于经典的学术话语中，维吉尔与罗马帝国之间的想象性共生，不仅具有原初神话般的命定结构，而且成为后世西方"帝国"确证的合法性依据。英国、法国、意大利、西班牙，乃至晚近的美国，他们在西方历史中沉潜的"帝国"野心，在对罗马拉丁血统的归认中不断被唤起。文学经典的时光谱系，以寓言的方式记录并搭建了"帝国"的精神基石，一直辗转至今。在西方人"傲慢"绘制的人类精神图谱中，东方的长久缺席，又何尝不是那已远去的"帝国"欲望，在文学想象世界里的"殖民"隐现呢？我们想在此透过维吉尔与罗马帝国的生成关系，来剖析政治权力与文学经典之间的历史结盟关系。以此为起点，也试图对现代以来的各种"帝国"政治之文学想象，做一些探讨。这是由点及面展开的、对西方经典与"帝国"政治关系的历史思考。

罗马帝国"大炮"（canon）所在之处，总有维吉尔集结的经典（canon）为权力圣体张目。维吉尔不仅是罗马帝国的寓言表达，更是对其神圣命运的先知性"预言"。进而，其还被冠为整个欧洲（西方）族裔的文明祭司。帝国权力合法性的建基，在辽阔的历史时空中，始终无法斩断与维吉尔经典道统的脐带关联。所以，圣伯夫说维吉尔第一次登场，就是被作为"整个拉丁的诗人"①，而不独属于"罗马"的地方文明。圣伯夫将欧洲文化，特别是他骄傲的法国文化，归之于维吉尔而不是荷马，他认为这是人类命运决定的必然选择。伊萨卡（Ithaca）这个希腊海岛，以及希腊荷马文化，容量太小，不足以盛下帝国的宏伟野心。每个对西方文明正统念兹在兹的民族国家，其文化谱系，总伴随着一种自源头而下的拉丁气息。罗马拉丁之于西方帝国，是无可替代的文脉之源。"罗马始终是帝国中心。'维吉尔是帝国大厦的诗人。'他从未中断，一直延续着存在。"② 对维吉尔的"经典"叙述，不仅将他演绎成了古罗马时代的帝国代言人，而且伴随整个西方帝国政治的盛衰发展，成为其权力不朽的诗学象征。维吉尔作为寓言化的修辞表达，一直在确证着帝国话语里那卓越、人性而虔诚的文明价值。维吉尔的诗学品性，因着一种人性的纯净与卓越，始终在为所有"帝国"的政治行动，书写着历史正义的合法证言。不独如此，维吉尔的经典性，还寄寓在他的伟大作品对"神圣罗马"的预言性叙述之中——这是一场帝国意志渗透的符号编码"游戏"。依靠强大的神学话语阐释，帝国确然将维吉尔那些"潜在的"寓意，以神圣的方式，发掘出来了——与其说是发掘，毋宁说是改造。通过对维吉尔的田园抒情诗进行修辞性寓言改造，作为异教诗人的他，以预言家的先知形象，被整合进了"神圣罗马"的文化体系中。

我们知道，在基督教《圣经》和早期圣典中，从未提及或引申过维吉尔的作品。基督宗教晚近于维吉尔的诗学世界才产生，作为前宗教世代的历史叙述者，维吉尔与荷马一样，更多寄希望以诗学文明的人格操练，来处理人类灵魂的迷惘诸端。然而，维吉尔《牧歌》第四首中的一段诗文，却被罗马人视为预言了神圣世界的降临，对基督教宗教的创生具有重要的隐喻意义。《牧歌》第四首中那个为世界带来和平的小孩，被喻示为基督的诞生，这无非是在"神圣帝国"的话语中，对修辞形象的"阐释性融合"。对维吉尔的神圣化来说，这修辞上的类同——小孩与基督之降生，确实提供了意义汇通的契机。"帝国"既然是在寓言化的修辞中得以表征，自然就无须在维吉尔与上帝创生之间，找到历史关联的直接证据。从这个角度来看，维吉尔在作品中巧合写道"神的时代来临，神将从天而降"，就为欧洲人将维吉尔纳入基督教世界开辟了道路。"无论如何，《牧歌》为维吉尔影响基督教世界开辟了道路。他的位

---

① Frank Kermode. *The Classic*：*Literary Images of Permanence and Change* ［M］. Cambridge：Harvard University Press，1983：17.

② Frank Kermode. *The Classic*：*Literary Images of Permanence and Change* ［M］. Cambridge：Harvard University Press，1983：17.

置是独一无二的，'他在旧世界与这个新世界之间建立了联系'。"① 与其说是《牧歌》的文学形象为维吉尔开辟了通向神圣世界的道路，倒不如说"小孩降生"的诗学形象契合了基督教的神话寓意。说到底，这种牵强附会的引申，乃是罗马帝国为自我的历史"创生"而铺写的伟大神话。将维吉尔作品在神学意义上经典化，不过是为架通世俗与宗教两界之间的神圣关系———一切皆秉于神意，此正是神圣罗马得以成立的合法性依据。正因为这种联系，维吉尔象征的罗马帝国，也即是"神圣罗马帝国"。所有人既是它的臣民，又是它的子民。维吉尔作为"异教"诗人，在"帝国"权力的建构中，与基督教话语实现了同构。无论如何，维吉尔肯定不会想到，自己诗中的所言会变成历史"谶语"。维吉尔本人不是先知，但他的作品却被后世，特别是在罗马时代和中世纪的欧洲，纳入到了宗教的神圣话语中，横跨宗教与世俗两界，从而完成了对罗马帝国的权力叙说。事实上，在早期的基督教界，"有一种反对异教学问尤其是异教诗歌的偏见"②，当时的诸多教会名流甚至学界翘楚，不时发出"雅典之于耶路撒冷有何关系，或者说，学园与教会之间有何关系？"③ 之类的质问。后来，西方教会修道院很快成为搜罗、誊写、传抄拉丁经典的集散地，是拉丁学术研究的重镇，一时扭转了这种贬斥异教诗人和经典的偏见。④ 在所有诗人中，于中世纪最受欢迎的莫过于维吉尔。"维吉尔在基督教徒群体中广受欢迎，部分原因来自他的《牧歌》第四首，此诗被拉克坦提乌斯、优西比乌斯、圣奥古斯丁和普鲁顿休斯视为基督降临的预言"⑤。后来，但丁又承续而上，把维吉尔作为自己的人生向导，说他是"通晓万物之人"，是引人进入天堂的先知。这就将维吉尔与基督教世界的关系，作了更为具体明确的阐述，从而把这种关系提升到了一个明晰的历史高点。维吉尔不仅是但丁在文学上的先师，也是他所理解的那个博大的"神学世界"的一部分。正因为如此，圣

----

① Frank Kermode. *The Classic：Literary Images of Permanence and Change*［M］. Cambridge：Harvard University Press，1983：25.

② 〔英〕约翰·埃德温·桑兹. 西方古典学术史：第一卷·上册［M］. 张治，译. 上海：上海人民出版社，2010：577.

③ 〔英〕约翰·埃德温·桑兹. 西方古典学术史：第一卷·上册［M］. 张治，译. 上海：上海人民出版社，2010：577.

④ 不过，特别需要注意的是，这些甚至在教父们的怒斥和谴责中遗存下来的经典，绝不是因为它们本身的文字、修辞和艺术价值而扬威立万的，"在我们目前所关注的时代里，经典研究无论事实上如何流传，其本身却被视为并无意义，只是成为协助理解《圣经》的工具而已。"参见括号内著作（〔英〕约翰·埃德温·桑兹. 西方古典学术史：第一卷·上册［M］. 张治，译. 上海：上海人民出版社，2010：580）。

⑤ 〔英〕约翰·埃德温·桑兹. 西方古典学术史：第一卷·上册［M］. 张治，译. 上海：上海人民出版社，2010：592.

伯夫不禁断言,"当我们阅读维吉尔时,甚至连基督的降临都是可以预见的事情"①。维吉尔先知般的话语,比他作为罗马诗人所要说的东西更多。

在对维吉尔恭敬虔诚的措辞中,"圣伯夫是借用了古老的(宗教)传说为自己所用,并且使耶稣降临(宗教形成)也成为了整个拉丁文明发展的一个阶段"②。这般巧妙的神俗贯通,让罗马帝国的历史大业,升腾为普照西方的文明之光。维吉尔与基督教的寓言性结合,为帝国的人格书写又涂抹了神圣的理性光辉。维吉尔不仅有世俗的尊崇感,而且被赋予了宗教的威仪。当然,圣伯夫对维吉尔的青眼相待,乃是为其法兰西"帝国"梦想,披上正统的拉丁文明外衣——建构一个维吉尔的旧帝国,是为创造一个法兰西民族的新帝国。帝国政治的梦想与抱负,可以在文学经典的传统香火中,得到生动的隐现。与圣伯夫含蓄的古典表达不同,艾略特早期对维吉尔的"帝国主义"立场则是堂而皇之的。他不同意阿诺德对英国本土文学与文化渊源的历史考查,始终认为英国是一个"拉丁国家"。难怪克默德会说"特定意义上,艾略特是个帝国主义者"③。艾略特自己也并不隐晦这种颇有政治倾向的文化理解。他在 20 世纪 20 年代与麦道克斯(Ford Madox)的通信中,谈到自己对文学传统的想法,"我完全是为着帝国,特别是奥匈帝国,我不满于整个世界上各种民族性的大繁荣"④。艾略特固然是以语言和文明的成熟,作为判断"经典"形成的条件,但要说是为着"各种民族性的大繁荣",就有点自家粉饰了。艾略特的帝国梦想,绝非世界大同的"美美与共",乃是有他显见的西方—拉丁民族基因。库切就批评艾略特的"传统"是"显摆心切的美国暴发户"为了建立自己的新

① 〔英〕约翰·埃德温·桑兹. 西方古典学术史:第一卷·上册 [M]. 张治,译. 上海:上海人民出版社,2010:592.

② Frank Kermode. *The Classic*: *Literary Images of Permanence and Change* [M]. Cambridge:Harvard University Press, 1983:17.

③ 参见括号内著作(Frank Kermode. *The Classic*: *Literary Images of Permanence and Change* [M]. Cambridge:Harvard University Press, 1983:17)。这里我们需要说明一点,艾略特后期的思想观念有很大变化。在 20 世纪 60 年代,艾略特自己也改变了这种贬低民族性和地方性的语言文学观念,更关注国别政治与文学发展的关系问题。艾略特的传统观与他建构的西方文学谱系,带有极为强烈的欧洲中心主义色彩。将古罗马以降的文学、艺术、思想和宗教,作为欧洲文化乃至世界文明理所当然的中心,带有典型的文化霸权色彩。此观念在战后受到来自非西方世界的抵抗,这可能是艾略特观念发生转变的原因之一。

④ 参见括号内著作(T. S. Eliot. *Letter* [J]. Transatlantic Review, 1924, 1:95-96)。在艾略特主政《标准》(*Criterion*)的那些年,他一直倡导克服英国文化的地方习气,力图将英国精神与地方语言纳入那个由维吉尔奠基的欧洲文化传统中去,亦即纳入罗马拉丁文化帝国的版图中去。这就是他孜孜以求的"帝国梦想"。

身份，而"装备的一套历史理论"①。说到底，这还是西方"帝国"欲望的历史"接龙"，各种新式帝国话语，都期望在古老的经典寓言中获得自己的合法性。不过，艾略特倒未必是"显摆心切的美国暴发户"身份，他想要建构大英帝国文化上的拉丁道统。这就能理解艾略特如此推崇维吉尔的根本原因了——虽然其中也有关于西方文化正统的公义之思，但已无法掩饰其为大英帝国搬运"经典"基石的私心。艾略特反对极其狭隘的民族主义风格，主张以语言作为基础，进行文化的配置，形成以语言（文学）为核心的文化本位意识。语言才是政治区分和文化形成的根本。一种语言只能创造一种文学传统，进而建构统一的文明形态——经典的完成乃是文明成熟的标志。而对西方世界来说，表达其文明的"语言"取自古罗马，而不是来自古希腊。这自然与罗马帝国的"世界性"征服相连，因为有帝国的统一意志，才能带来罗马（拉丁）语言—文明居于"中心"的合法地位。而作为帝国经典的维吉尔，以其伟大的文学叙说，将本属于"地方"的罗马拉丁语言，提升为西方文明的"杰出俗语"，实现了普遍主义（universalism）与民族主义（nationalism）的调谐。对整个欧洲乃至西方世界来说，文明的根基都深植于拉丁语言的优秀传统中。

罗马帝国在文化上虽受惠于希腊，但在帝国的创制中，却总要试图摆脱这种"影响的焦虑"。维吉尔在帝国的话语体系里，也就超越荷马，成为了罗马在文化上的伟大象征。艾略特认为罗马人和罗马文明具有一种超越自我的普遍主义意识，能认清自己的历史位置，这是希腊文化所没有的。因为维吉尔懂得尊重并利用"一个与我们同族、并且文明足以影响并渗入我们自己文明的民族的历史。罗马人具有这种意识，而希腊人——尽管我们对他们成就的评价要高得多——却不具有。事实上，也许正是由于这一点，我们可能会更加尊重它。维吉尔毫无疑问在发展这种意识方面做了很大的贡献。维吉尔和他的同时代以及稍前于他的诗人们一样，从一开始就不断地吸收和利用希腊诗的发现、传统和创造：比起只利用自己民族的早期文学，以这种方式利用一种外国文学标志着文明发展到了一个新的阶段"②。简言之，希腊拘于自己的民族性而缺乏熔铸吸收其他民族文化的胸襟，而罗马文化具有开阔的包容性，罗马"民族性"的形成，内置了对其他地方文明的创造性吸收，它可以克服狭隘的地方主义价值倾向。正是在这种历史意识的驱动下，艾略特选择罗马帝国和维吉

①　〔南非〕约·马·库切. 何谓古典 [J]. 世界文学，2004，2：71-73.
②　〔英〕T. S. 艾略特. 什么是经典作品 [M] //王恩衷，编译. 艾略特诗学文集. 北京：国际文化出版公司，1989：196.

尔，作为他建构西方文化传统的基础。① 所以，在艾略特那里，民族和地域意义上的"相对经典"（relative classics——这里的 classics 是复数的，多元的——与"绝对经典"（absolute classic）是决然不同的。艾略特眼中的"绝对经典"就是维吉尔，"我们的经典作家，也就是整个欧洲的经典作家，他就是维吉尔"②。仅仅只有维吉尔，才可当得起这种"绝对"无二的经典地位，连他的先辈荷马，都被排除在外。艾略特强调"经典作品只可能出现在文明成熟的时候。语言及文学成熟的时候，它一定是成熟心智的产物。赋予经典作品以普遍性的正是那个文明、那种语言的重要性，以及那个诗人自身的广博的心智"③。所以，经典的形成与建构，意味着对一种文明成熟程度的辨识与判定。维吉尔才是拉丁语言和拉丁文明成熟的产物，他的经典作品凝聚着语言与文明的最高精华。艾略特确实一直在试图建立某种统一而连续的文化总体，而绝不仅是筛检出一堆个性特异的杰作而已。"经典"的选择暗含着对一种文化的整体性包容。如果这样理解文学，诚如艾略特自己所做的那样，你就会像理解宗教一样理解文学，从而寻找并探究一个属于西方文学的宗主式的"正统"（metropolitan orthodoxie）。这个"宗主式"的历史文化源头，在艾略特看来就是拉丁罗马——以"帝国"意志的巨大威慑而言，罗马远远超过希腊。维吉尔进入罗马历史，被纳入拉丁文学传统，在政治和文化两个层面，都恰如其分地满足了人们对"经典"的需要。维吉尔的艺术手法是成熟的、无以超越的。他代表着西方文化传统的"绝对经典"，占据着"宗主式"的中心位置。在后世作家中，能在诗的复杂性与简洁性上追摹其一二者，也就只有但丁和拉辛。所以，但丁与拉辛是拉丁文化在现代的继承者，可堪为西方文明的护卫。对意大利文学和法国文学来说，他们就是当之无愧的"绝对经典"。因为他们的经典作品，延续了古罗马帝国拉丁文化的血脉。

显然，作为西方文化标准的维吉尔，其"绝对"权威不仅仅只是一种纯粹的文学价值判断。说维吉尔是经典，"并不等于装模作样地说他是最伟大的

---

① 在艾略特的这种历史观念中，为"帝国主义"的征服与扩张，注入了一种相对开放的世界主义眼光。且不说"帝国"殖民背后复杂的政治控制，单就全球化发展的时代趋势而言，艾略特的立场中是颇有一些前瞻性的。虽然艾略特对当时英国文学狭隘的民族主义倾向多有批评，但在其整体性的文化传统意识里，又确实有着以"拉丁"英国继位西方文明、以西方文明统御人类的普世文学理想。艾略特之所以能大言不惭自己的"帝国主义"野心，还因其背后有古典式的文化情怀作底色，及其开阔的胸襟和渊博的识见，让他尚能在政治"帝国"的寓言叙说之外，获得一种世界主义的文化视野。

② 〔英〕T. S. 艾略特. 什么是经典作品［M］//王恩衷，编译. 艾略特诗学文集. 北京：国际文化出版公司，1989：204.

③ 〔英〕T. S. 艾略特. 什么是经典作品［M］//王恩衷，编译. 艾略特诗学文集. 北京：国际文化出版公司，1989：190.

诗人，或者在各方面我们受他的恩惠是最多的——我说的是一种独特的恩惠。他的特殊广涵性，是罗马帝国和拉丁语言在我们历史上所处的独特地位造成的：这种地位，是一种顺应天命的结果"①。维吉尔的诗学创造，与"帝国"的历史命格一样，皆由神而降，出自命运的天启式安排。正是在这个意义上，"维吉尔的《伊尼特》②获得了经典作品所特有的中心性；他处于欧洲文明的中心，这一个位置是任何其他诗人所不能分享或者盗用的。罗马帝国和拉丁语言并不仅仅是一个单一的帝国和单一的语言。而是一种具有独特天命（意义）的帝国语言，这一帝国语言与我们息息相关；但凡能够意识并表达这个帝国和这种语言的诗人，都是具有独特命数的诗人。如果维吉尔因而成为了一种罗马意识的象征，而且成了罗马语言的最高声音，那么他对我们一定具有某种不能完全用文学欣赏和文学批评来表达的重要意义"③。维吉尔文学的溢出价值，远远超出了他诗学修辞所孕育的情感意义。维吉尔笔下的埃涅阿斯，一生始终受命运支配，在众神的引导和考验下进行着自己的冒险。埃涅阿斯是神授命运的体现，是聆听天命安排的自我追索，因而获得一种神圣的尊崇。这就使得这个寓言式的人物，成为了罗马历史命运的诗学表征；而罗马的命运则又是欧洲历史命运的象征。由此，埃涅阿斯就被寓化为整个欧洲历史命运的情感象征，成为神圣天命的体现。实际上，除了较个别的现实回应之外，④在罗马"帝国"的神圣权力与维吉尔的田园抒情之间，并不存在直接的政治联姻。但借求寓言化的方式，维吉尔的诸多篇什被阐释为先知性的预言。维吉尔以个性的诗话，将罗马帝国的国家意志上升为天赋神权的必然。这就将文学经典，纳入了帝国政治叙说的话语体系，变成了权力欲望的优雅修辞。政治与经典之间，也就寓言性地建立起某种想象的历史同一。

　　维吉尔作为天赋命格的象征，比任何一种"地方气"的文学，都显示出更大的文化整体性和包容性。维吉尔作为经典的"绝对"标准，乃是他能让西方人克服各自"地域"文化的狭隘与自私，避免一叶障目而落入各自单一的缺陷中。"总之，如果不坚持运用我们依赖维吉尔而不是其他任何一个诗人

---

　　①　〔英〕T. S. 艾略特. 什么是经典作品〔M〕//王恩衷，编译. 艾略特诗学文集. 北京：国际文化出版公司，1989：202.

　　②　《伊尼特》即史诗《埃涅阿斯纪》，*Aeneis*，英译为 *Aeneid*，中文又译《伊尼特》。

　　③　参见括号内著作（〔英〕T. S. 艾略特. 什么是经典作品〔M〕//王恩衷，编译. 艾略特诗学文集. 北京：国际文化出版公司，1989：203）。译文稍有改动。

　　④　维吉尔最重要的代表性史诗《埃涅阿斯纪》，与罗马帝国奥古斯都的政治邀约有关，据悉是奉命呈作。所以，他的书写中，刻意地将希腊英雄更换了门庭，内容变成了罗马人的英勇战斗和功业创造。

建立起来的经典标准，我们就会变得地方气。"① 艾略特这里说的"地方气"，不单是"地域"意识，或是思想、文化信条上的狭隘性，而是对西方文化整体性历史结构认知的缺陷。这不仅是一种空间意义上"地方性"，更是"时间"维度上的自我封闭。各种地域文化只在自身的"历史传统"中理解文明发展，只识某个"地方"的起兴承和，却无法得见地域之外其他民族的悠久传统。这就容易将博大的西方文明，割裂为一些小的地方性的意志。只有跳出地方畛域，在罗马拉丁的历史结构中，才能找到西方文明整体性的时光谱系。

罗马的影响，不但表现在空间的征服上，更表现在时间的历史因果逻辑上。例如维吉尔与但丁的关系，就不是简单的地缘空间姻联关系，而具有历史性的整体承转关系。艾略特认为，但丁与维吉尔之间超越空间差异，形成了这种对整体文明的历史接续关系。因此，"但丁是现代语言中最具普遍性的诗人……但丁的普遍性并不是他个人的事"②，而是事关维吉尔的西方正统文化在现代欧洲复活赓续的整体发展。艾略特批评当时欧洲的地方气，是一种"价值的歪曲，指对一些价值的排除和对另一些价值的夸张"。造成此类妄自尊大的根本，不在于各民族文化缺乏对欧洲地域知识的了解，而是他们固执于"把根据特定领域的情况确定的准则，施用到人类全部经验上去的缘故；从而把偶然的和根本的，暂时的和永恒的混同起来。我们需要提醒自己的是，正如欧洲是一个整体，欧洲文学也是一个整体，如果同一种血液不能在一个整体中循环，它的肢体便无法苗壮成长。欧洲文学的血液是拉丁和希腊文学——它们不是两个，而是同一个循环系统，因为只有通过罗马文学我们才能找到我们的希腊血统"③。在理解古希腊罗马文化遗产时，欧洲的各地域民族，都以自己价值的夸张，不断残破并肢解了欧洲文明的整体性。为要以罗马取代希腊，当起西方文明的"宗主式"源头，就必须倒转罗马与希腊在时间上的因果关系。艾略特将先后相承的两个历史阶段，理解成文明内部的循环系统，从而使罗马由承继者，变成了循环历史中的真正创造者——因为希腊文学的血统，需要通过罗马文学的循环式"输血"，才能找到其生力。没有一种现代语言可以获得拉丁语言所具有的那种普遍性，作为罗马帝国的象征的维吉尔，因为在整个欧洲文化的历史结构中置入了自己的独特位置，才决定了其与后来诗人的关系。

---

① 〔英〕T. S. 艾略特. 什么是经典作品 [M] //王恩衷，编译. 艾略特诗学文集. 北京：国际文化出版公司，1989：203.

② 〔英〕T. S. 艾略特. 但丁 [M] //王恩衷，编译. 艾略特诗学文集. 北京：国际文化出版公司，1989：73.

③ 〔英〕T. S. 艾略特. 什么是经典作品 [M] //王恩衷，编译. 艾略特诗学文集. 北京：国际文化出版公司，1989：204.

维吉尔是罗马天赋命运的吟唱者，是独具天数的安排，在"命定"的时刻，幸而成为诗人中的"上帝之子"，被推举为经典的最高典范。

维吉尔被演绎成基督教的预言家、祭司，皆是基于对他的这种"天命"历史地位的理解。在帝国文化的历史结构中，维吉尔"指引欧洲走向了他自己永远无法知道的基督教文化"①。维吉尔不仅是罗马（拉丁）世俗文化传统的奠基者，也是西方宗教世界的先知。这种"非历史性"的寓言解读，确实进一步将维吉尔的经典地位神秘化。唯有推及维吉尔那通灵的天才感悟或命定的天意安排，才能理解维吉尔与其无以得知的"神圣"基督之间的契合关系。就这一点来说，荷马远远无法企及维吉尔所能达到的"命运"高度。维吉尔与基督教，与欧洲文化历史之间的关系，都是预言性的。一个人能够在作品中说出超越他自己所知的东西，必定是受"神启"（inspired）的结果。艾略特把维吉尔的"宗教"描述为"以自然为灵魂的基督教"，还赞扬了《农事诗》（Georgic）的田园特色，并把它们的特质与基督教后来的修道院习气联系在一起。维吉尔在他的经典作品中，预言了"帝国远未终结"的发展轨迹。这不仅是对后来神圣罗马历史的预见，也是对此后所有帝国历史的"提前"设定。艾略特坚信，天数命定的罗马帝国及其拉丁文化传统，有如维吉尔暗示的那样，将获得远不终结的永恒性。针对艾略特在维吉尔经典中看到的"帝国远未终结"之说，克默德指其背后"有着强烈的拉丁文化，更确切地说，是天主教的偏见"②。维吉尔融贯神俗两种文化，以其绝对权威呈示出一种文化意义上的宗主性。罗马帝国所建构的权力、文化和宗教，"都容括在'无所不包的命运'之中；维吉尔的命运就是基督教的命运，神圣罗马帝国与基督教会共享了一个中心"③。维吉尔所代表的帝国经典，是"成熟而文明的"，在权力、文化和宗教三个层面上，彰显了（拉丁）罗马在西方文明历史中的宗主

---

① 参见括号内著作（〔英〕T. S. 艾略特. 什么是经典作品 [M] //王恩衷，编译. 艾略特诗学文集. 北京：国际文化出版公司，1989：205）。与一般的神学考据不同，艾略特更注重考察文学结构与历史结构之间的休戚共生。维吉尔的神话式地位皆因他跳脱了罗马的"地方气"，在一个更大的、由罗马建立的伟大历史格局中所决定的。这种超越"地方性"民族门户之见的整体观（Union），在艾略特抬高但丁而苛求莎士比亚的论断中也可见端倪。艾略特认为，但丁接受过当时最富有"文学性的世界语的特质"（《艾略特诗学文集》，第73页）的拉丁哲学学术训练，其意大利文学创作自然能够更直接地秉承维吉尔所象征的世界，对不同民族和国度都具有普遍意义。与其相比，莎士比亚等人就有点"地方气"了。

② Frank Kermode. The Classic：Literary Images of Permanence and Change [M]. Cambridge：Harvard University Press，1983：25.

③ Frank Kermode. The Classic：Literary Images of Permanence and Change [M]. Cambridge：Harvard University Press，1983：25.

地位。按艾略特的思路，大凡未能分享维吉尔（拉丁罗马）这一宗主的文化成果，并与其保持同一者，就属于偏离了正统，这种文化就必然是"地方性的"。艾略特如此抬高维吉尔的"宗主"影响，并以他为经典核心，预言性地建构罗马帝国在西方文明结构中的双重（权力和宗教）宗主身份，据此以判定后来兴起的诸民族文学的"地方性"，实在有些过犹不及，以致最后偏向一隅，促狭无以自顾。毕竟，语言和文化总在随时代和地域的变化而不断发展。西方文学与古罗马帝国、拉丁文化和维吉尔的历史关系，绝不是简单的刻板模仿或东施效颦，它必然包含着自我创新——经典秩序本就在历史发展中孕育着恒变张力。

作为"帝国的经典"（imperial classic），维吉尔不但着染了罗马（都城）的政治权力，而且在"神圣罗马帝国"的世界中占据着预言"祭司"的位置。尽管罗马帝国的"宗教"命脉，与东方希伯来有着千丝万缕的亲缘，但维吉尔的"预言"世界，显然是与东方无关的。维吉尔"本人就是一个西方人"，他是"西方之父"①。就维吉尔对文明的建基之功而言，他仍是西方人尽皆知的"绝对经典"。他的宗教属性与诗学情怀，自然都是深根于西方世界的伟大品质。说到底，维吉尔被神化，不过为西方式"帝国神话"增加了诗学的光晕。

与艾略特稍有不同，德国理论家海克尔坚持维吉尔对西方"帝国"的意义，不在于他对神之降临的预言。因为对罗马帝国宗教创立的预言，"早在维吉尔之前就已经由古代的无宗教信仰者完成了。古代的英雄主义，演变成了基督教的圣洁，罗马帝国自然变成了基督教会"②。但在谈到维吉尔"经典"形成的历史命运时，他的主张又与艾略特颇为接近。"经典是在某个特定时刻遽然相遇才形成的。"③ 海克尔之所以强调"特定"（given）时刻，实际上是把这样的"机遇"（chance）视作天赐"恩泽"，非人力之为。在海克尔和艾略特看来，这样的天赐恩泽，或说天启，正好在维吉尔的时代，奥古斯都的和平时期出现了，这正符合艾略特论维吉尔的经典性时所持的一种"运命观"。这种命运的历史"给予"，是西方文明发展的必然选择。即使作为西方文学的典

---

① 参见括号内著作（Theodor Haecker, Virgil. *Father of the West* ［M］. A. W. Wheen, Trans. New York：Sheed & Ward, 1934：4）。席多·海克尔（Theodor Haecker）是德国 19 世纪末 20 世纪初的文学批评家、翻译家。

② Theodor Haecker, Virgil. *Father of the West* ［M］. A. W. Wheen, Trans. New York：Sheed & Ward, 1934：14.

③ Theodor Haecker, Virgil. *Father of the West* ［M］. A. W. Wheen, Trans. New York：Sheed & Ward, 1934：55.

范，维吉尔也超于其他"异端"（heretics）之上，具有和光同尘的不朽地位。在海克尔的传统谱系中，留有一份奇怪的"异端名录，包括现实主义、理想主义、象征主义、现实主义、超现实主义等艺术在内"①。如此多在基督教诞生之后受惠的艺术家②，被海克尔打入另册，赶出了西方文化的"正统"；而尚未沐浴上帝光辉的维吉尔，非但没有被排斥为"异端"，反倒成为宗教"帝国"的权威典范。维吉尔不但代表着天启式的神圣恩泽，而且是西方帝国命运的历史象征。"只有维吉尔才是唯一的正统经典。"③ 足见，"异端"不是根据时间逻辑判定的宗教属性，乃是有鉴于作家与"帝国"的血脉关联而进行的价值甄别。如此，本在宗教创生之前出现的"异端"维吉尔，反倒逆转成为了评断帝国"异端"的经典标准。海克尔和艾略特的研究思路，实际上为罗马无可置疑的"帝国权力"之获得，提供了一种非常有用的范型：即认为罗马的力量与地位，皆源自天命之恩泽行动。由此，罗马国家权力同时展现为"神圣罗马帝国和基督教的一种典范，而这种恩泽行动的象征就是维吉尔"④。因此，罗马帝国从世俗的历史存在，变成了一种天启神赐的恩泽光辉。所以，不管后来历史如何变幻——衰落也好，革新也罢，甚至野蛮的出现，各种"异端"的登台——这一切已经都无法影响"神圣罗马帝国"的地位，它已成为了神启的永恒存在，成为构成西方文明的"日不落帝国"。也正是基于这样的观念，艾略特推导出了普遍主义和帝国主义的经典（universialist and imperialist classic），也即作为所有文明智慧的罗马拉丁经典。即使后世欧洲国家在种族、文化和语言上明显出离了罗马帝国而发展，这种维吉尔式的拉丁经典文化始终相随植入其中。"罗马帝国（从世俗变成神圣）是经典的模型：一种永恒、超越的本质；脱离了地方性，超越了暂时的变化。"⑤ 神圣帝国获得超越的永恒本质，具有不受世俗时空限制的绝对权威——这就成为维吉尔"绝对经典"地位的保证。

---

　　① Theodor Haecker, Virgil. *Father of the West* ［M］. A. W. Wheen, Trans. New York：Sheed & Ward，1934：56.

　　② 说西方的文学发展受惠于宗教，这应是一个没有太多疑问的结论。萨义德就说："西方现实主义文学是以基督的化身出现的。"参见括号内著作（Said, Edward W. *Culture and Imperialism* ［M］. New York：Alfred A. Knopf, 1993：52）。

　　③ Frank Kermode. *The Classic：Literary Images of Permanence and Change* ［M］. Cambridge：Harvard University Press, 1983：27.

　　④ Frank Kermode. *The Classic：Literary Images of Permanence and Change* ［M］. Cambridge：Harvard University Press, 1983：28.

　　⑤ Frank Kermode. *The Classic：Literary Images of Permanence and Change* ［M］. Cambridge：Harvard University Press, 1983：28.

但是，我们都知道，在神圣帝国——神秘化了的、天启的恩泽之国，与世俗罗马帝国的历史事实之间，存在着许多分歧和差异。在时空关系上，两者常见出某种分裂，并非融洽如一的想象性同生。在"神圣信仰"所达到的某些地方，世俗的帝国"大炮"可能尚未驻足其上。这就需要有一种寓言化的修辞方式，来弥合两个"帝国"之间的裂痕，以实现"帝国"权力在时空上的同步统一。看看维吉尔是如何在罗马帝国的基督宗教视域中被接受并被神化，就能理解"经典"建构对促进这种权力统一融合的寓言化作用。在君士坦丁之前，基督教徒敬罗马帝国，赋予其神圣性，但却对皇帝不太待见。后来，君士坦丁自己宣布放弃来自宗教的神权，实际也就为后来政教争权埋下了伏笔。继之，来自东方的帝国崇拜被引入，由此为帝国的宣传家和传道者提供了依据。他们营造舆论宣称皇帝虽未被教皇赋以神圣之位，但却自成圣道，皇帝本身就上帝的使者，是一个可以独立于教会之外的神意的继承者。君士坦丁大帝以希腊文翻译并详细论述了维吉尔《牧歌》，强调它对基督教创建所具有的预言书性质。正因为如此，维吉尔对于非宗教（异教）人群而言，是神圣不可侵犯的，逐渐变成了基督教罗马帝国的预言家。维吉尔能以诗歌语言/寓言完成对圣灵降临的叙事，自然也就成为了以基督教立国的神圣罗马帝国的先知。也正是在这个时候，基督教徒发明了移作宣教传道之用的历史编纂法。这一新的历史编纂处理法，因对历史史料的重新认定，以及叙说方式的改变，而产生了深远的影响。"这种更新的方式，可以使宗教改革之后新兴的民族国家，主张自己作为（罗马）帝国嫡嗣的政治和宗教自主权。不但帝国理论，而且它产生的诸多后果，早已在基督教事业繁荣之前的许多年就已经有了预示。"① 有罗马以降，所有民族都可以在帝国的权力中，为自己找到合法性正统。同时，新的历史叙述方式，又为各国寻求自己独特的政治和宗教权力留下了空间。这是由君士坦丁的帝国统御之道启发而形成的、建构世俗帝国权威的新方法。君士坦丁大帝对帝国历史最大的推动性贡献在于都城东迁，由此将欧洲与东方的基督教分割开来，并通过《君士坦丁法典》② 赋予了西罗马教廷以权威，将罗马帝国、西方世界委托给了教皇，世俗帝国与神圣帝国各据东、西，君士坦丁大帝想要以此摆脱教会的束缚。《君士坦丁法典》中认为世俗皇帝不应该拥有在宗教界的权力，但教会却通过神圣"信仰"介入世俗权力的

---

① Frank Kermode. *The Classic*：*Literary Images of Permanence and Change* ［M］. Cambridge：Harvard University Press，1983：29.

② 《君士坦丁法典》（*Donation of Constantine*），是一份大约在 8 世纪伪造，据称是君士坦丁大帝给予教宗意大利北部及西部地区期限性统治权的文件。这份文件在整个中古世纪都被用来对俗世证明教廷的所有权，其于 15 世纪时被洛伦佐、瓦拉证明为伪造。

安排。第一个受教皇加冕的查理曼大帝对教皇无处不在的权威就颇有微词，认为应该教会的归教会，政府的归政府。然而，教皇已经成为整个罗马的帝王，横跨东西罗马，没有地域上的空间限制。罗马帝国的所有皇帝，都从属于伟大的教皇。对基督教和教皇来说，他"神圣"帝国跨越一切地理边界，可延伸至信仰抵达的任何地方。可以说，"神圣罗马帝国"，在空间关系上，已经不只是"西方的""罗马的"帝国了。或言之，宗教的普适性广延，带来超过世俗帝国的空间扩张，这样就稀释了以"罗马"为宗主中心的拉丁正统——"神圣罗马"的诸多新疆域，实际上已经远离了世俗政治罗马的权力辖制。世俗帝国要保证它的统治同步于"神圣罗马"，必须在文化上坚持拉丁血脉的正统延续。这就需要将两个"帝国"在空间上的差异，转化成时间结构上永不断裂的永恒赓续。所以，查理曼大帝坚持强调，他治下的罗马帝国，只是对古代罗马的革新，因而具有鲜明的西方拉丁文化特质。帝国的所有主政者，始终都"是一个拉丁世界的皇帝。伴随帝国转移而形成的学术转化，也不过是对西方与基督教相关的拉丁学术的新生"[1]。世俗权力的转移和学术研究的转化，不过是改变时空关系之后，对古罗马—拉丁文明进行的历史革新。在这种情况下，属于拉丁西方的"帝国经典"——尤以维吉尔为代表——就因为文化革故鼎新而获得了崇高评价。新的"神圣帝国"继承并革新古罗马文明，"帝国经典"成为人们对罗马文化正统进行认同的重要媒介。

　　"帝国"概念就其根本来说，从一开始就是"宗教的、教皇的发明"[2]。但世俗的文学经典，却通过寓言化的表达，建构了帝国权力的神话，完成了对神圣世界的诗学叙事。"神学与诗，如果有相同的主题，就可以说差不多是一回事。我甚至说，神学不过是上帝的诗。"[3] 世俗中的"罗马帝国"，皇帝出身固然有地域的转换，时而在法国，时而在德国，时而在意大利。但教会教皇却利用加冕等一系列仪式，实现了神圣帝国权力在不同空间中的转换。从一定程度上来看，作为世俗"帝国"权力的象征，皇帝是"轮流转"的，因此帝国本身是在嬗递流转的。帝国权力在空间地域上的转换，就带来知识和经典体系的变化，以适应不同地域中心的"帝国"之需。罗马的学术研究，伴随帝国在时空上的"迁徙"，产生了两点变化。一方面，从原来对经典的宗教性解

---

　　① Frank Kermode. *The Classic*：*Literary Images of Permanence and Change* ［M］. Cambridge：Harvard University Press，1983：30.

　　② Frank Kermode. *The Classic*：*Literary Images of Permanence and Change* ［M］. Cambridge：Harvard University Press，1983：30.

　　③ 〔意〕薄伽丘. 诗与神学 ［M］//章安祺，编订. 缪灵珠美学译文集：第一卷，北京：中国人民大学出版社，1998：328.

释，转向对作品权力寓意的阐释；另一方面，古典学术重心随着世俗帝国在不同时空的改变——皇帝身份的变化以及政权中心的改变——而发生转移。对古代罗马学者们来说，要做的就是在学术资源中寻求符合帝国权威的话语力量。"经典"的确立，有赖于作家作品与帝国权力之间的同构关系；而帝国权威的鼎立，也取决于"经典"之作所产生的政治寓意。通过确认过去的经典，特别是树立经典诗人维吉尔的神圣地位，寻找到合法的、足以与基督教意义系统相适应的隐喻内涵，从而将基督教产生之前的罗马诗学世界与基督教神学世界结合起来，融贯一体。如此，完成了自古代到当下对罗马帝国权威的双重确认：世俗的和宗教的。"罗马作为大都会是重要的，这由教皇重新建构并为帝国统治者所承续，罗马城是永恒的，所以他的帝国也是永恒的，但是会经受时间的洗礼。它的民众是上帝之民，他们的威严不可诋毁。在这样的观念下，异教之思与基督教信仰已经融为一体。这样的融合再也不会为接下来的那些关于罗马历史地位的对立性的宗教理论所湮灭。"① 很显然，罗马学者们所要实现的，是绕过教皇和其他的宗教代言人，将帝国的权力与上帝的旨意直接相接。通过订正权威"典律"，"证明皇帝的权威直接源自上帝，而无须经由祭司中介"②。维吉尔恰在这个位置上，显示出它非同凡响的伟大品格。对"罗马帝国"这样一个尊贵荣誉的认可，学者们总是试图寻求各种解释，以使"帝国"之理念发展与历史事实达到某种协调。我们通常把但丁看作是中世纪帝国理念的完美表述，但是，但丁关于这些问题的思考，是离不开"维吉尔的存在和在场的。"所以艾略特一直说但丁是"维吉尔性的但丁"（Virgilian Dante）③。但丁主张帝国之权源于上帝，实际上就是主张君权神授。君王无权放弃或轻易处理自己的权力，权力属于全体罗马人民，皇帝不过是上帝布施恩泽于人间的代言人。对但丁来说，维吉尔的《牧歌》第四首不仅是帝国权力的某种预言，还是对帝权皇权的直接体现，是一种如实反映，并无"夸张想象"的成分。但丁不像其他宗教理论家，以想象化方式处理维吉尔与帝国之间的复杂关系，他直接把维吉尔当作正义和权力的体现。但丁以神学奥义的方式、站在更为世俗的意义上，来探讨人类的正义、公平和幸福问题。因此，他必然要面对那个既拥有永恒性，同时又置于世俗时间变化之中的罗马帝国。当然，不管历史怎

---

① Frank Kermode. *The Classic*：*Literary Images of Permanence and Change* [M]. Cambridge：Harvard University Press，1983：31.

② Frank Kermode. *The Classic*：*Literary Images of Permanence and Change* [M]. Cambridge：Harvard University Press，1983：32.

③ Frank Kermode. *The Classic*：*Literary Images of Permanence and Change* [M]. Cambridge：Harvard University Press，1983：33.

样演进，但丁希望能在罗马帝国身上找到人类足以依赖的"最好的品质"
（best disposition）。这最好的品质就出现在罗马历史上"基督降生的时刻"，这
是帝国内在不变的本质——维吉尔经典就在这"天定"（given）的伟大时刻形
成，注定了他是帝国永恒话语的不朽象征。所以，"不管是克服对教皇的敌
意，还是对国王的渴望，我们若不回到维吉尔，就无法谈及那个神圣的形而上
的帝国"①。但丁自己的政治实践之失败，虽然导致他对理想的帝国实现颇多
悲观，但无疑，他念念不忘地执着于对这样一个"帝国"的期待。通过但丁
等人的倡扬，一直到十三、十四世纪，维吉尔不但是古老罗马帝国权力的诗学
象征，而且成为西方新兴帝国合法表达的寓言/语言符号。由此，有着许多分
歧与差异的各种"帝国"形态，不管是政治的还是宗教的，古老的还是新生
的，都在维吉尔式的经典体系中，维护了其承续历史的正统性。

　　"帝国"观念在后世的革新与发展，还引起我们注意另一个问题：各"地
方性"的民族语言操持者，怎样通过对维吉尔这一"帝国"语言/寓言典范的
神圣赓续，来确证"帝国"权力在历史转换中的合法递让。从艾略特对但丁
与维吉尔历史亲缘的强调中，可以得到一些启示。艾略特坦言，但丁不管是在
语言上还是在地缘上，都比乔叟和维庸更接近拉丁文化的核心。甚至认为
"但丁的意大利语在某种程度意义上就是我们的语言"。但丁"是地方语言的
大师，是用任何语言写作的诗歌普遍的文风典范"②。但丁通过维护（地方）
民族诗歌语言的正统，强调地方语言与拉丁传统之间的恒变关系，从而捍卫了
罗马帝国的永恒地位。"但丁为那些强调纯粹的地方语言的诗人扫清了道路，
但他自己认为，地方语言不可能脱离拉丁传统，相反，是紧密地与这一传统连

---

　　① Frank Kermode. *The Classic*：*Literary Images of Permanence and Change*［M］. Cambridge：Harvard University Press，1983：36.

　　② T. S. Eliot. *What Dante Means to Me*［M］// T. S. Eliot. *To Criticize the Critic and other Writings*. Lincoln and London：University of Nebraska Press，1965：134-135.

结在一起。"① 维吉尔是用拉丁文——它最初不过是"罗马都会"的地方语言——创作的杰出典范。他成为西方的"绝对经典",是因为其对拉丁语的运用,将这一最初具有(罗马)地方性特色的语言工具,提升到了其他地方方言无以比拟的文化高度上。所以,对于相信"我们所有欧洲人的经典是维吉尔"的但丁和艾略特来说,虽然他们自己都创造性地使用地方(民族)语言进行写作,却始终认为,各种民族文学"伟大性"的获得,皆因它们"置于一个更大的(文化)框架(pattern)中,这一框架发端于罗马。同样,对一个帝国主义者来说,民族国家的伟大性也正在于它置身罗马帝国历史的框架关系之中。所以说,帝国和经典是不可分离的"②。各民族文学新兴经典的建构和创制,始终不可脱离"罗马帝国"的文化框架。因此,一个民族"经典"的权威及它的永恒品质,都必须与"绝对经典"维吉尔建立起历史延传关系,才能获得不竭的活力。③ 这一切,实是隐含的"新民族帝国"欲望,在"地方性"经典中的诗学释放;也是古老帝国的政治冲动,在新时代里的嬗递更生。新经典体系的建构,就为帝国意志的绵延长存,提供了永不枯竭的寓言/语言叙事。

对维吉尔的经典化建构和寓言化阐释,在在与罗马帝国的政治(神学)基业一脉相承。经典范型的建立和维护,自然会受到来自时代的挑战。事实

---

① 参见括号内著作(Frank Kermode. *The Classic*: *Literary Images of Permanence and Change* [M]. Cambridge: Harvard University Press,1983:38)。但丁还面对着一个更大的文化上的困境:维吉尔是采用拉丁语言创作的,尽管拉丁民族可以是永恒的,但拉丁语言却是不断随时随地变化的。但丁需要面对并处理的问题是,"一个其臣民使用许多地方语言的统一的拉丁帝国的问题。更为重要的是,一个方言诗人要宣称效忠一个绝对的拉丁经典的问题"。参见括号内著作(Frank Kermode. *The Classic*: *Literary Images of Permanence and Change* [M]. Cambridge: Harvard University Press,1983:36)这也是后世许多民族文学发展需要处理的问题,即如何在地方语言文学与拉丁传统之间实现一种合理嫁接,使得本是地方性的民族文学获得正统地位。但丁要在各种方言与由维吉尔的拉丁创作奠定的罗马帝国的统一性之间,进行必要的转换。这正是但丁在《论俗语》中处理的问题。核心乃是地方与中心、多元与统一之间的关系问题。但丁显然还是一个民族主义者,所以他的结论有利于维护以自己为代表的意大利语言的合法性,是在意大利语与维吉尔的拉丁文化传统之间,建立起来一脉相传的正统关系,最终确证意大利民族作为罗马帝国嫡出正统的合法性。

② Frank Kermode. *The Classic*: *Literary Images of Permanence and Change* [M]. Cambridge: Harvard University Press,1983:38.

③ 关于经典的普遍性与个别性,艾略特后来在他的《什么是经典》中提到,"经典应该在其形式许可的范围内,尽可能地表现那些使用某种语言的人们的全部感情;这些感情代表了本民族的性格……当一部文学作品除了在相对本国语言时具有广涵性外,相对于许多别国文学具有同样的重要性时,我们不妨说它也具有普遍性。"参见括号内著作((〔英〕T. S. 艾略特. 什么是经典作品 [M] // 王恩衷. 编译. 艾略特诗学文集. 北京:国际文化出版公司,1989:201-202;译文略有改动)所以,一个伟大的经典要达至广涵性与普遍性,终究要经由"杰出的土语方言"才能实现。这样,经典就既是民族的,又是世界的。

上，古代以何种面目呈现在现代面前，过去的经典作品怎样在变化的历史中释放自己的意义，反映的恰恰是新的（政治）权力的文化想象。对维吉尔但丁们的认祖归宗，对他们神圣使命的勘定体认，不过是"帝国"欲望在不同时代的诗学敞开。我们不妨作一点比较的研究，进一步观察"经典"建构背后，所依附的政治文化维度。圣伯夫比艾略特更早提出了罗马"帝国主义"的文化传统。在圣伯夫对维吉尔的研究表述中，他区分了"classic"的两层涵义，"它首先可能是文明的一种标志和象征，也可能看作是天才的产品，它们都具有理智健全、文明健康和普遍性的特征"①。根据第一个经典标准，圣伯夫能够对某些作家做出明确的区分。例如他将蒲柏的时代归诸为"次级经典"（secondary classic）的范畴，因为这个时代尽管也有文明的发展，但它缺乏"永恒的时代性"。也就是说，这种文明是特定的，只属于特定语境，而不具备普遍性，无法超越自身而包容其他时空的历史价值。相反，维吉尔则在"双重意义上都是经典的：既是一个天才诗人，也是整个拉丁文化的诗人"②。也即具有艾略特所言的"普遍性内涵"。在圣伯夫对维吉尔的赞美之中，可以感受到对拉丁文明力量的肯定。这种力量，当然只有维吉尔之普遍性经典才拥有。它可以将历史纳入巨大的拉丁文明体系之中，作为一个整体来加以保护。现代人要拥有这种进入历史的伟大力量，就"必须把维吉尔作为经典的范型（type of classic），作为一个罗马（帝国）整体的代言人，而我们只是这个大整体的地方性的组成部分"③。维吉尔的伟大性和广延性，是因其作品不仅表达了拉丁民族和罗马时代的社会主题，而且有能力将古老的命题与人们所生活的历史时代联系起来，这保证了《埃涅阿斯纪》得以延续下来。拉丁文化的整体性，就在维吉尔的精神影响中得到绵延赓续。

　　反之，英国的阿诺德却对圣伯夫的观点不以为然。与艾略特、圣伯夫的拉丁"帝国"血统论不同，阿诺德是一个坚定的"希腊民主派"。他认为圣伯夫

---

　　① Frank Kermode. *The Classic*：*Literary Images of Permanence and Change* [M]. Cambridge：Harvard University Press，1983：17.

　　② Frank Kermode. *The Classic*：*Literary Images of Permanence and Change* [M]. Cambridge：Harvard University Press，1983：17.

　　③ Frank Kermode. *The Classic*：*Literary Images of Permanence and Change* [M]. Cambridge：Harvard University Press，1983：18.

观念中可能暗含着某种对维吉尔的迷信, 也包含着对拉丁种族的过高评价。① 阿诺德希望在没有更多完善阐述的情况下, 自己能 "提供一些关于希腊精神和希腊作品的思想, 以及希腊在人类精神发展史上特别意义的看法"②。阿诺德从现代人知识解放的角度, 来谈各种文学功能与意义。显然, 他对古典文学的价值判断, 是从文学与时代, 亦即文学与当下的生成关系来展开的。阿诺德质疑, 维吉尔未必能完美代表古典时期的文明: "他完全合适吗? 他能像希腊伟大时期的那些伟大诗人完整代表他们时代的所有重要价值一样, 真正代表他生活的那个时代, 那个强大的罗马世界吗?"③ 这其中的原因, 阿诺德归咎于维吉尔——特别是他的《埃涅阿斯纪》, 选择的主题是远离罗马时代的 "古老题材"。"古老性" 是圣伯夫经典论述的基础, 阿诺德却认为这是与时代脱钩的病症。阿诺德坚决 "不承认维吉尔是经典和整个拉丁文化的象征"④。所以, 他强调维吉尔的 "不完整性", 赞颂其《埃涅阿斯纪》"无以言传的忧郁", 而不欣赏它的 "风俗仪礼和虔诚肃穆"⑤。阿诺德希望经典作品能够为当代人的生活, 提供关于风俗、文化、仪礼的参考与引导, 而不是变成与现状无关的邈远古代的写照。维吉尔, 以及他代表的罗马精神和罗马文化, 显然承担不起这样的功能。维吉尔没有反映他生活的时代, 其《埃涅阿斯纪》在文化风俗仪礼的表达方面, 远远不及希腊经典作品。因此, 阿诺德主张, "我们需要的是一个希腊而非罗马的过去, 经典的范型应该是希腊的"⑥。与简单否定

---

① 关于 "经典" 问题, 圣伯夫与阿诺德有过通信。1857 年, 圣伯夫在给阿诺德的信中, 主要阐释的是他在《维吉尔研究》中所申明的观点。而阿诺德在收到圣伯夫的信三年之后 (1860), 在自己牛津大学的就职演讲中, 作了题为《文学中的现代因素》的报告 (Mathew Arnold. *On the Modern Element in Literature* [M] //R. H. Super, ed. *On the Classical Tradition*. Michigan: The University of Michigan Press, 1986: 18-37), 算是公开地回应了圣伯夫的意见。

② Mathew Arnold. *On the Modern Element in Literature* [M] //R. H. Super, ed. *On the Classical Tradition*. Michigan: The University of Michigan Press, 1986: 34.

③ Mathew Arnold. *On the Modern Element in Literature* [M] //R. H. Super, ed. *On the Classical Tradition*. Michigan: The University of Michigan Press, 1986: 34.

④ Mathew Arnold. *On the Modern Element in Literature* [M] //R. H. Super, ed. *On the Classical Tradition*. Michigan: The University of Michigan Press, 1986: 18.

⑤ Mathew Arnold. *On the Modern Element in Literature* [M] //R. H. Super, ed. *On the Classical Tradition*. Michigan: The University of Michigan Press, 1986: 18.

⑥ Frank Kermode. *The Classic: Literary Images of Permanence and Change* [M]. Cambridge: Harvard University Press, 1983: 19.

维吉尔的论调相比，阿诺德并不否认维吉尔在文学上的个性创造，① 但认为维吉尔代表拉丁文明是"不合适，不完整的"。这是一个更为严谨的评价。从某种意义来说，这种观点"动摇了建基在维吉尔经典普遍性基础之上的帝国主义正统，维吉尔作为永恒更新的拉丁文明经典的普遍性正是罗马帝国的基础"②。相反，阿诺德把对经典普遍性（universality）的赞美抛给了公元前 5 世纪的雅典，把雅典描写成是"理性的、愉悦的、批判的和现代的"。像许多思考这个问题的人一样，阿诺德要求"一个经典应该能够让我们既想起它产生的时代，又能想到我们自己的时代"③。阿诺德并不否认，在非宗教时期的罗马（pagan Rome）与基督教（文化）之间可能存在着某种联系。但他不像某些理论家申言的那样，把维吉尔作为预言性象征嵌入到基督教文化之中，从而为罗马文化开启神命纪元。相反，阿诺德认为基督教并非黏合剂而是稀释剂，它并不完全与罗马文化融合一体。所以，对西方文明的发展来说，更重要的不是罗马文化，不是维吉尔，而是希腊文化、希腊精神。"希腊最优秀的艺术和诗歌是诗教合一的，关于美、关于人性全面达到完美的思想，结合着宗教的虔诚，成为其充满活力的运作的动因。"④ 由此，阿诺德把圣伯夫的"帝国"立场，从罗马扭转到了希腊，转向了一个更民主的城邦源头。在阿诺德看来，公元前 5 世纪的希腊雅典文明才是欧洲文化的根基。圣伯夫强调的是法国语言文化与维吉尔的罗马文化之间的历史连续性，而阿诺德强调的则是英国文化与雅典精神之间的共生关系。希腊精神和希腊文化是阿诺德用以普遍化、广域化英国文化地方狭隘性（provincialism）的工具。在阿诺德的经典观念中，"经典属

---

① 我们需要特别提及的是，阿诺德张扬希腊精神的立场，与他试图通过光大"文化"精神以克服宗教狭隘性的主张是密切相连的。阿诺德认为，源自希伯来文化的宗教知识，很难在现代意义上达到对人的完美发展。更何况，英国宗教早已陷入了某种禁锢的地步。而"文化以完全不带偏见的态度研究人性和人类经验"，塑造了不偏废一隅的人性状态，它不是过度发展人类某一能力而压抑其他能力的解放，"在这一点上，文化超越了人们通常所认识的宗教"。参见括号内著作（〔英〕马修·阿诺德. 文化与无政府状态 [M]. 韩敏中，译. 北京：生活·读书·新知三联书店，2002：11）宗教精神作为罗马帝国最为核心的文化力量之一，确实建构了它与希腊精神之间的差异性。从这一点上来看，阿诺德扬希腊抑罗马，是其完美人性"文化"观念的体现，又与其"文学代宗教"的文化思路价值归一。参见括号内著作（〔英〕马修·阿诺德. 文化与无政府状态 [M]. 韩敏中，译. 北京：生活·读书·新知三联书店，2002：205-234）。

② Frank Kermode. *The Classic*：*Literary Images of Permanence and Change* [M]. Cambridge：Harvard University Press，1983：19.

③ Frank Kermode. *The Classic*：*Literary Images of Permanence and Change* [M]. Cambridge：Harvard University Press，1983：19.

④ 〔英〕马修·阿诺德. 文化与无政府状态 [M]. 韩敏中，译. 北京：生活·读书·新知三联书店，2002：17.

于特定的时间与历史秩序。就像拉丁帝国主义（经典）一样。然而，对圣伯夫来说，这种秩序是延续而下的，几乎是遗传性的，因为拉丁语和法语已经被体制化了——这是让英语人可羡慕的地方——而对阿诺德来说，这种秩序则是公元前5世纪雅典文化的维多利亚形态（亦即文化的当代形态）。这两个批评家相同的地方是对经典的现代性和地方性观念的认同"①。"地方性"暗指着某一特定的都会中心——圣伯夫的是罗马，而阿诺德的是雅典。相同的"地方性"合法化冲动，预置了不同的政治期待和身份想象。古老经典在言说帝国历史欲望的同时，还孕育着自我"现代性"的政治修辞。不断积累的寓言化阐释，强化了经典建构与西方文明之间的历史同构诉求，也敞开了经典内在的现代性意蕴——这是维吉尔与荷马能为现代"帝国"提供寓言式意蕴的原因。

　　"帝国"这一政治符号，起初作为基督宗教的大同向往内化在罗马的复杂欲望中。从根本上来说，维吉尔与帝国之间的历史血缘，都不过是寓言化改装后的"血色浪漫"。有人认为，"帝国"在政治思想史上，是一个已经过时的概念。"维吉尔作为神圣帝国的诗人，其存在也不过是一种诗学财富而已——持这种观点的人，必然将维吉尔的经典以及帝国观念，归诸一种偶然的选择；与他们对立的观点，则将这一切归诸天道安排。"② 但不管是偶然还是天定，"帝国"都必然有对维吉尔的政治化修饰和改造。就经典形成中的寓言化手段而言，使过去的作品容适（accommodation）到当下的时代需要中去，倒未必都是政治性的文艺扭曲。西方文学经典的形成史、文学接受史，总是隐含并潜藏着一种解释上的"帝国联系"。"在这个意义上，可以说，那些曾经看来与西方世界新帝国发展需要毫无瓜葛的纯洁文本，也就不再那么纯洁；过去那些老经典要求的容适，在若干年之后，也就会成这些现代经典的要求，这些作品诞生伊始，它就从每个读者那里开始了这种容适性的调整。如果说存在一种新世界艺术的话——虽然它自身是隐晦不显的——它肯定暗示着古老帝国与新帝国之间的真实关系。"③ 也就是说，任何一个经典文本，都不仅是作家天才和个性品格的展现。从一开始，这些作品就与不断变化的历史诉求进行妥协、融合，不断作容人适性的调整，也就面临着被不同读者吐故纳新地进行时代阐释的命运。对西方新的"帝国"建构来说，其"经典"必然伴随着帝国版图和

　　① Frank Kermode. *The Classic*：*Literary Images of Permanence and Change* [M]. Cambridge：Harvard University Press, 1983：19.

　　② Frank Kermode. *The Classic*：*Literary Images of Permanence and Change* [M]. Cambridge：Harvard University Press, 1983：41.

　　③ Frank Kermode. *The Classic*：*Literary Images of Permanence and Change* [M]. Cambridge：Harvard University Press, 1983：113.

知识中心向新世界的转移而不断更新，不再简单机械地照搬过去"罗马帝国"的经典谱系。但与此同时，这新的帝国经典"必然置于过去的经典阴影之下，因为它就是建基于对过去所有经典革新的基础之上的；即使新经典与过去断裂的力量可能比它的承续力量更强大"①，它也无法脱离既有帝国经典的话语体系——维吉尔，或荷马，依然是新经典诞生的"焦虑性"预言。

第二节　权力的宰制：文学经典的政治蕴藉

倘若说，所有伟大经典都是政治权谋的利益设计，阶级斗争的简单注脚，这恐怕很难让坚守文化超卓力量的保守主义者信服。但若说文学经典和光同尘、不党不争，毫无利益的挟私夹带，则纯然是乌托邦的幻想。"没有一本书是能够真正做到脱离政治倾向的。有人认为艺术应该脱离政治，这种意见本身就是一种政治态度。"② 没有一种"态度"是空心的，在政治帝国的战车上，文学总是伴随着滚滚车轮，提供它自有的能量。经典文本就是"欧洲帝国扩张的复调伴奏"③。在帝国主义的世俗经验与他们的文化对应物之间，自 18 世纪以来，开始了"分裂"的统一。新的帝国主义已懂得将文化打扮成"独立自主"的领域，以文明的方式掩盖着现实（政治）的世俗经验，从而开始了向外殖民的征程。"至少从 18 世纪末以来，西方经验的本质不仅是取得了远方的统治权和加强了霸权，而且是把文化与经验的领域截然分开。种族与民族、英国式的与东方式的，亚洲或西方的生产方式，在我看来，所有这些都证明这样一种思想意识，其文化的对应物在全世界帝国领地的实际积累前就存在了。"④ 按萨义德的判断，文化上的"帝国主义"实际上远早于世俗政治的征服。西方-欧洲的文学与学术，始终都为帝国主义的扩张作前驱。经典以富有诗意的情感修辞和文化寓意，巧妙地将西方"帝国"野心普适化，为它们的征服扩张编织魅力的神话。20 世纪出现的各路反传统思想潮流和学术实践，总体上也是掩盖在激进立场下的殖民入侵。西方世界之所以对这种新的知识形

---

① Frank Kermode. *The Classic*：*Literary Images of Permanence and Change* ［M］. Cambridge：Harvard University Press，1983：113.

② 〔英〕乔治·奥威尔. 奥威尔文集 ［M］. 董乐山，译. 北京：中国广播电视出版社，1997：94.

③ 参见括号内著作（Said，Edward W. *Culture and Imperialism* ［M］. New York：Alfred A. Knopf，1993：71）。萨义德在"东方主义"的批判中，已经深刻地洞察我们今天非常熟悉的"文化殖民"问题。他还强调，在各类人文学科的研究中，"比较文学、英语研究、文学研究、人类学这些领域的历史可以看作是附属于帝国主义的；他们甚至有助于维持了西方对非西方的统治。"（*Culture and Imperialism*，1993：59）所以，在西方式的"帝国"经典寓言背后，也隐藏着东西方权力的不平衡关系。

④ Said，Edward W. *Culture and Imperialism* ［M］. New York：Alfred A. Knopf，1993：68.

态反映消极，原因就在于，它们从根底上维护着西方文化在经验上的统一性与整体性。一个是保守的古典权威，一个是后现代的激进原则，殊途同归，为新帝国叙述着染不同色彩。因此，重要的不是阐释经典的方式、理论之更换，而是"读什么"的转变。在这个意义上，文学经典的洪钟之声，汇入了帝国高亢的历史交响乐中，与帝国政治鼓瑟齐鸣、相得益彰。而"帝国"野心，不过是萦绕在西方国家意识层面的权力梦想。自古罗马以来，关于"帝国"的雄心抱负，凝结在寓言/语言性的各种创造中，给文学经典的选择和形塑，烙下了"帝国"权力演变的历史轨迹。"帝国所到之处，大炮与经典同在。"① 大炮（军队）作为国家机器的武力工具，是一种直接而外显的权力存在，它将对既有统治秩序的保护诉诸暴力的震慑，形成心理畏惧，防止异质力量的破坏；而经典则是一套隐晦而微妙的间接的权力寓言符号，它通过神话式的历史编码以使现实权力获得合法性，甚至远溯文化的源头，构成人们自觉而普遍的认同心理，从而放松对抗，稀释心理压力。再加之文学经典所具有的情感濡染力，时常可以化解权力沉重的紧张氛围，形成普世性的超政治效果。文学经典因其诗性的动人力量，更容易克服政治和文化的差异，引起人们的共鸣，因而比一般的文化经典，更隐含地遮蔽了政治权力的欲望设计，成为政治规制的重要方式之一。文学经典的寓言效果，有时能达到洞幽烛微的奥义深度，其潜藏的权力水印则需要更精微的摩挲才可得见。

作为权力的运行机制之一，文学经典不仅是权力的守护者，它甚至是权力的创造者。经典的建构过程，可将血腥硝烟的政治权斗，寓言/语言化为充满主观幻象的情感心理认同，借力政治机器的推动，创造出一个比现实统治关系更为深刻的权力秩序。哪怕是那些曾得到历史公认、誉为普世典范的西方正统经典，也被发现留有白人正统（WASP）以及种族歧视（DWEM）的权力印痕。② 文学经典不仅为"帝国"征服鼓帆鸣号，而且为统治秩序的权力宰制建基铺路。"文学经典是现存权利结构的承载因素，（他们）相信通过对经典强加一些彻底的改变，能够有助于颠覆这种权利结构。"③ 文学经典的形构和维护，正是统治者获得"文化霸权"的途径和手段。一俟文学经典秩序得以确

① Robert Scholes. *Aiming a Canon at the curriculum* [J]. Salmagundi, 1986, 72 (Fall)：102.
② WASP（瓦斯普）是 White Anglo-Saxon Protestant 的简称，即白人盎格鲁-撒克逊基督新教中枢文化，乃是代表了以白人种族基督传统为核心的西方文化思想观念，被视为美国主流文化的代表。DWEM，即"Dead White European Man"，已死的欧洲白人男性，一种带有种族性别偏见的观念。乃指过去的欧洲文学史叙述，主要着眼于对欧洲白人男性作家作品的关注，遮蔽了大量在历史上存在着的少数族裔和女性群体。
③ Frank Kermode. *History and Value* [M]. Oxford：Clarendon Press, 1988：114.

认，它又成为文化霸权的媒介与表达方式。而其中渗透的权力意识形态，从精神深处，塑造和改变着共同体所有成员的思想与情感方式。文学经典这种潜在的权力制衡，长久以来，特别是自 19 世纪以来，已成为民族国家形构，也包括"帝国"建构的重要基础。"经典，一如所有的文化产物，绝非无涉于任何意识形态，而纯为先人所思所想的集萃精选。更确切地说，经典的形成是对那些最能传达与捍卫统治秩序的特定语言产品的体制化。"① 在这个意义上，"经典的建构意味着那些文学形式和作品被一种文化的主流圈子接受而合法化，并且其中引人注目的作品，被此共同体保存为历史传统的一部分"②。基于此才能理解，为什么在艾略特的"绝对经典"维吉尔背后闪烁着克默德所言的"帝国主义"野心。经典秩序的安排，一方面，当然是作品在时间中正向淘汰选择的结果，否则，时间的检验机制就没有意义；但另一方面，若文学作品未能在历史的语境中展现出自己容适的宽广力量，光有命（时间）长，也无异于埋土沉珂。政治权力与经典之间的宰制和寓言关系，不仅体现在对当下文学作品的遴选与授勋活动中。如何溯源一个文化的"历史传统"，也是场激烈而壮观的权力"合法化"运动。认哪个祖，归何样宗，乃是掌控社会"主流"话语者，在自我权力合法化之后所进行的逆向"话语再造"。回想一下，Classic 和 canon 两个"经典"指谓本身，诚如我们前文已分析了那样，内在地就置入了社会阶层和身份区隔的意涵。不管是古典式（classic）的庄重，还是圣典式（canon）的肃穆，文学经典从来就是在权力的锁链中自由起舞的美学精灵。

　　所以，文学经典绝不是简单的技术训练，也不只是娱乐情感平复人心的工具——娱乐在特定的意义上，不也是一种权力安排和社会分界方式么？自古以来，经典的蕴藉就不是纯粹的审美空灵。柏拉图、亚里士多德寄望于经典的学习和研讨加以解决的，也正是政治人心的问题——只不过他们的"政治"，更多通过心灵上的道德平衡来实现。文学经典只有具备文学性的技术品格，才能在时间的检验中获得成功。但是，任何时间的检验都是在特定政治机制中完成的诗学越界。文学经典能以自己伟大的诗意力量，构成一个与政治权力对流沟通的场域。文学经典乃是诗学意蕴与政治诉求不断进行历史性"视界融合"的产物。从这一点来说，文学经典都是新历史主义所言的"社会能量流通协

　　① Arnold Krupat. *Native American Literature and Canon* [J]. Critical Inquiry, 1983, 10 (1)：146.
　　② 〔加〕斯蒂文·托托西. 文学研究的合法化 [M]. 马瑞琦，译. 北京：北京大学出版社，1997：43.

商的结果"①。文学经典在不同政治语境中的生存能力和历史有效性，有赖于它作为文化资本与政治场域之间的"交换率"——乃是为维护或改变彼此权力关系而进行场域斗争的结果。② 政治权力与文学诗意、时代诉求与价值倾向的对抗与妥协，表现在文学经典的建构上，从当下的暂时来看，倾向于文学的意识形态容适；从长远的历史来看，则是一种文化总体倾向的历史和解。否则，文学经典既不可得，意识形态也易孤立。政治意识形态——不仅仅是暂时的，也包括象征文化传统的长期的"意识形态"；不仅仅是个别民族或国家的，还包括更广域意义上的"东方与西方"的意识形态——的宰制，狡黠地贯穿于自己无处不在的权力意志中，以一种潜隐的寓言方式匿名在经典的普遍品格之中。文学经典内在的超越内涵，又巧妙地与意识形态或者权力话语达成了一种妥协，从而构成了政治权力体制化力量的一部分。在保证诗性品格的历史独立的同时，寓言性地实现权力能量的"社会协商"转移——这是权力宰制在文学经典建构过程中所释放的政治蕴藉。

　　谈到文学经典的权力底色，很容易让人想到当代少数族群的争权行动。他们的激进做法有些已溢出了文学话语的空间，形成了更大意义上的文化混战。而对代表西方传统的"伟大作品"，保守文人则以为超世淡然，好似这些"宏伟巨著"已成坚固自足的道德或审美堡垒。然而，事非如此。传统"经典文学作品并非缺乏意识形态方面的活动和效果……大部分情况下，这些效果是含蓄的、虚拟的、融会在人物形象之中或心理活动之中，心理活动又常常把远离主题的言语，或关于社会问题的论述作为过分膨胀的、给人某种威胁的负面去处理"③。因此，传统的文学经典和文学观念，通过隐含在文学效果中的内涵，借助文化的普遍意象，以克服暂时的意识形态规定。进而，构成对一种文化的普遍认知，试图传达事关民族国家统一的"意识形态神话"。

　　对于这个问题，西方的文化保守主义者总是刻意闪躲，或以鼠目寸光之名

---

　　① 参见括号内著作（Greenblatt Stephen. *Shakespearean Negotiations*：*The Circulation of Social Energy in Renaissance England* ［M］. Berkeley：University of Califoria Press，1988：4-10）。新历史主义也挑战和质疑关于经典作品的既定看法，运用全新的"解释性历史"视角，得出与主流观点不同的结论。他们时刻提醒着读者对"经典"保持警惕，而不是陶醉其中。因此，他们的解读时常让普通读者感到不适应。他们认为，对一个作品，也包括对文学整体秩序的规制往往是社会能量协商运行，社会权力、社会意识形态斗争的结果。不过，新历史主义声言，他们并不是要去"颠覆"经典，他们所作的，只是"通过颠覆维护经典"。实际上，新历史主义理论家好些都长于研究英国文艺复兴时期的文学，确乎对"传统"深有戚戚焉。

　　② ［法］P. 布尔迪厄. 国家精英［M］. 杨亚平，译. 北京：商务印书馆，2005：457.

　　③ ［法］雷吉纳·罗班. 文学概念的外延和动摇［M］//［法］马克·昂热诺，等，主编. 问题与观点. 史忠义，田庆生，译. 天津：百花文艺出版社，2000：48.

批驳那些向经典要权力的"憎恨学派"。他们以为，代表文明璀璨鼎盛的经典
"大书"，构成了西方世界文明的"核心大观念"，这些伟大文本，一直被看作
是，并且仍将是人们最好的所思所说的精粹。理解了这些作品的内容，就能使
一人获得或是更加接近那些永恒的智慧。品鉴这些文本的形式，就可以使人体
验到非凡的艺术魅力，啜饮到无穷的生命智慧。接触并认同这些文本，非但帮
助而且确然能使一个人变得完美，或是更具人性。这种经典观念致力于寻找经
典中恒常的"伟大性"（greatness）。"伟大性"成为评断一个作品价值能量的
标准，它们似乎自然地获得了超越时空的内涵张力。然则，"伟大性"概念，
如若以现代的文化眼光，和现代的艺术审美观之，则是颇有权力意味的。在强
调个性自由、追逐先锋叛逆的现代文明看来，英雄（hero）和伟大性的幻象，
意味着对某些逝去东西的渴望，"一种对清晰的客观标准的渴望，和一种对等
级制度的怀恋，不管是身份地位等级还是道德品质的等级"①。这种秩序性的
向往，实际上是对稳定的社会制度和组织结构的依赖，是对文化规定性的指
认，很大程度上是让个人屈服于高高在上的权威之下——这权威，与普通人之
间构成了绝对的等级差序，在极端的程度上，就形成了政治性的"独裁"意
识。所以，最好将"伟大性"看作是"一个意识形态范畴、一种溢出的影响、
一个认知的因素"②，绝不是客观公平的概念。"很明显，文学中对伟大性的焦
虑，与民族、政治和文化上对伟大的焦虑是紧密相连的，与更大的对政府的
（伟大）焦虑相连。"③ 将更多的重负寄寓在人文学科，特别是文学经典的永恒
品格上，不过是使"伟大性"概念得到巧妙的归化和本体化而已。"我们没有
理由完全抛弃这样一个概念。即使可以这样做，对它保持一种警醒、更多关注
概念背后的立场倾向，也还是必要的。毕竟，你不能不作辨别选择，就随意接
受人家向你兜售的东西。"④ "伟大的书"中隐藏的"伟大性"观念，其实别
有一番"政治的"特殊兴味。而保守主义经典观中潜在的"政治"倾向，实
际在他们对大学人文教育的系列论述中，以及事关课程安排的设计中，得到了
更为突出的体现，这也成为美国经典论争的一个重要议题。

　　以美国人文教育委员会秘书本内特（Bennet）、批评家赫希（Hirsch）、阿

---

① Marjorie Garber. *Greatness* ［M］//Morrissey, Lee, ed. *Debating the Canon: A Reader from Addison to Nafisi*. New York: Palgrave Macmillan, 2005: 263.

② Marjorie Garber. *Greatness* ［M］//Morrissey, Lee, ed. Debating the Canon: A Reader from Addison to Nafisi. New York: Palgrave Macmillan, 2005: 269.

③ Marjorie Garber. *Greatness* ［M］//Morrissey, Lee, ed. Debating the Canon: A Reader from Addison to Nafisi. New York: Palgrave Macmillan, 2005: 269.

④ Marjorie Garber. *Greatness* ［M］//Morrissey, Lee, ed. Debating the Canon: A Reader from Addison to Nafisi. New York: Palgrave Macmillan, 2005: 270.

兰·布鲁姆（Allan Bloom）等人为代表的传统 "大书" 的守望者，就深责当代
美国人文教育的危机，认为这是一种文化的历史倒退。他们寄望于用传统经典
的普遍光环来打开 "走向封闭的美国心灵"①。经典形成的意识形态权力问题，
被他们刻意用一套关于普遍价值的说辞所掩盖了。可仔细辨认，我们同样可以
发现，在教育问题上，保守主义者事实上总希望有一个权威的发号施令者存在，
即使是 "假想中" 的也好。"假想的发号施令者"（hypothetical dictator）是艾略
特在自己早年文章中提出的一个概念，不过艾略特后来又抛弃了它。保守主义
者重新拾起，是颇有政治意味的。② 他们巴望着接受高等教育的人能减少三分之
二，仅留少数精英继续保护着伟大的遗产，这样西方文化传统才能香火光大。
如此 "精英" 论调，暴露了保守论者居高临下、唯我独尊的权威意识。他们不
愿意多元主义的争权行动，分化自己在文化秩序上的主导权。这种以自我为中
心的主宰意识，实乃政治集权的搬演。

其实，比较一下艾略特与本内特等人对当代西方人文教育的态度，就能清
晰地看到，号称发扬经典宏伟品格、培育普世人格的文化保守主义者，反倒不
如承认经典政治意味，但执守个人精神涵养的艾略特来得平正公允。艾略特在
论及人文教育时，并不讳言其中的权力与政治倾向。艾略特把教育问题当作
"宗教问题"，提出 "以文学代宗教" 的设想，但他始终未抛弃教育的 "政治
性" 结构。③ 正因如此，艾略特才特别提倡，人文教育需要培养人们对古典遗
产的文化直觉，而不是简单的文化立场。也只有这样，才能使教育置于政治体
制之中，而又跳将其外，实现真正的人文目标。④ 艾略特清醒地意识到，教育
问题必须置于特定的社会体系中加以讨论，因为它无法建成空中楼阁。但这些
在本内特、赫希等人的教育观念中却被压制了。他们以继承伟大经典的文化遗

---

　　① 参见括号内著作（Bloom, Allan. *The Closing of the American Mind* [M]. New York: Simon & Schuster, 1988: 10）。阿兰·布鲁姆认为过度的自由开放，一味强求平等独立，会带来绝对的自私自利，最终封闭了由传统文化建构的博大心灵。

　　② 艾略特虽也感叹现代教育的人文危机，但谈及经典遗产的保护问题，其观点与当代一般保守主义者还是有极大差异。艾略特在他的文章开篇就提出了 "只有在某一特殊的社会制度中，一种教育制度才具有意义"。参见括号内著作（〔英〕T. S. 艾略特. 现代教育和古典文学 [M] // 〔英〕T. S. 艾略特. 艾略特诗学文集. 李赋宁，译. 南昌：百花洲文艺出版社，1994：226）。但同时，他又反对文学批评和创作的 "地方习气"，认为一种文学走向狭隘的 "地方化"，是其自身衰退的原因。一种语言和文学如果陷入唯我独尊的发展逻辑中去，而不能在西方文化的广阔传统中成长，它就会丧失充沛的血脉之源，逐渐走向枯竭、衰亡。所以说，艾略特与本内特等人，对经典内涵及经典标准的理解，是存在很大差别的。

　　③ 〔英〕T. S. 艾略特. 宗教与文学 [M] // 〔英〕T. S. 艾略特. 艾略特诗学文集. 李赋宁，译. 南昌：百花洲文艺出版社，1994：237-253.

　　④ 〔英〕T. S. 艾略特. 宗教与文学 [M] // 〔英〕T. S. 艾略特. 艾略特诗学文集. 李赋宁，译. 南昌：百花洲文艺出版社，1994：237-253.

志为己任，在对古典的怀想中，表达自己对现实的极度批判与不满——传统经典被他们视为拯救衰败的良药。如此明目地将西方"大书"的价值实效化，用作他们表达现实"异议"的工具，却无人对这种做法的政治兴味表示"异议"，不得不让人感慨权力"无意识"改造的胜利。艾略特崇敬古老的西方文明传统，但只把它们作为欧洲人共享的伟大财富来继承——他认为文学经典不是批判当代的文化武器，而是进入和理解当代的门径。所以斯科尔斯认为，艾略特"关于我们遗产的观念是真正古典的。所有学生都应该学习拉丁文和希腊语言以及文学，部分是因为这样的学习能赋予其他主题对象以力量，比方英语、现代语言和历史；还有部分原因是这些语言和文学是有难度的"①。追求难度，而不是讲究实效，是艾略特对古典教育内容的重要期待。只不过，这种炫耀古典之晦涩难懂、以求振兴古老文化的想法，确实有点抱残守缺，让教育从业者难以实施。艾略特也试图用一种中庸之道来解决，希望在种族或国家的语言文学与整体的西方传统之间达成一种平衡。但他不同于本内特，把一切经典都现实化为对国家复兴有益的宏大价值。艾略特强调对一些非现实的、与功利无关的"玄奥"古籍经典之教育，让人对并无兴趣的那些古典科目生发热情与关注。让人感兴趣不同于让人掌握（take）某个事物，它们之间的差别，正是教育需要努力追求的本质。也就是说，教育的目的不是让人接受并成为某种思想观念的传声筒，而是要引导人逐渐关注并对那些可能不切实际的、抽象古奥的东西感兴趣，由此进入自觉自主的研读状态。这是殊为不易的一个过程，正因如此，教育才需要努力达到这样的目标。反之，本内特等人的做法，则是以人文传统的名义在实施着另外一种潜在的思想驯化。他们教育的目标是按西方传统文明的范式，达成文化思想和精神趣味上的统一。古典知识和传统经典只是他们实现文化统一的工具与武器。而艾略特主张的教育目标，在于发挥古典学术本身的精神价值，以期引发人们对传统文化和伟大经典的纯粹兴趣，实现受教育者在精神上的自觉与完善。从这一点上来看，艾略特的做法更接近一种人文主义的理想，而本内特等人的做法，则暗藏着政治的功利。

所以，表面上并不忌讳"帝国主义"野心的艾略特，在处理经典遗产时，却比本内特们多了几分人文的朴实与温和。据此，美国理论家斯科尔斯对艾略特多有认同，而对本内特等人的文化宏愿，则微词频仍。斯科尔斯毫不客气地指责以西方传统经典为基础的人文教育，"是联邦政府对课程权力的篡夺"②。而所谓人文教育的衰败论，更像是保守主义者用话语建构起来的一套精英文化

①　Robert Scholes. *Aiming a Canon at the curriculum* [J]. Salmagundi，1986，72（Fall）：108.
②　Robert Scholes. *Aiming a Canon at the curriculum* [J]. Salmagundi，1986，72（Fall）：102.

遁词，是对假想的过去"黄金年代"的怀念，在对现实的文化苛责中构筑了一道神话的符码。"他们就把它（文化的衰退）看作是当下的事实而不是一种神话的（建构），这对我将要对他们展开的讨论显得尤为关键。我把衰退的神话看作是保守主义思想理念核心的基本要件，就像进步的神话是自由主义思想的根本要素一样。"① 这意味着，必须对保守主义"文化衰退的神话"背后普遍的权力意识，进行深入的检讨。本内特把文化遗产的剥落归咎于有识见的"教育领导阶层的缺席"②，他希望国家的统治者具有传承文化的内圣自觉，走出权力的一时迷雾，掌控并推行这个国家的文化传统。于此，方可挽救文化的历史垂败，守护国家的精神高地。斯科尔斯反之，他坚称，教育是时代的产物，一套古老的经典难以尽述时人的精神需求。而依赖强权来推动传统经典在新时代的普遍归化，试图收回清明的历史文化遗产，多半是一种幻想。事实证明，文化遗产的权力戏码并不比当下的政治争斗简单，其中充斥着力量的角逐对抗。历史上，也曾有不少统治者借用各种方式倡导文化复兴，但往往是言过粉饰。像希特勒那样说要恢复"堕落之人"的文化精神，其实是在寻找历史的替罪羊，鼓吹种族歧视和强力军国主义。③ 所以，本内特们诉诸文化遗产"合法继承者"的权威意志，以此来匡复传统的做法，并不是什么洗却政治的公义之举。何况，谁能作为合法继承者，本就是一个政治化的选择。本内特自认的合法继承人，就多是强权体制的统治者或是他们在文化领域的代言人——精英阶层。文化保守主义把阶级观念影响下的文化斗争，看作是非常危险而有害的，因为它们"背叛了国家的价值，这样的教师将年轻人带入了歧途，不再相信上帝和国家"④。保守主义者如此试图去政治化的执念，看似超脱于短视的政治纠葛之外，以求传统的振兴。实际上当他们要求文化教育领导者"清除那些对文化遗产缺乏气量和忠诚的人"⑤ 时，不就弥漫着政治杀伐之气么？甚而当他们指责，当代的领导者和教育者"背叛"了自己的文化使命和历史职责时，"背叛"不也是国家暴力下的政治判决词么？

保守派责难时人"背叛"经典文化的看法，实则绑架了个体，使其陷入与"国家"之间不平衡的权力宰制关系。让人对正统文化遗产兢兢看守，切切保护，以对经典传统的态度来区隔现代人的政治道义——爱国与否，这实际上是以国家正义压制社会公平，个体被剥夺了文化多元选择的自由。强大的国

---

① Robert Scholes. *Aiming a Canon at the curriculum* [J]. Salmagundi，1986，72（Fall）：103.

② William John Bennet. *To Reclaim a Legacy* [R]. The Chronicle of Higher Education，1984，28：16.

③ Robert Scholes. *Aiming a Canon at the curriculum* [J]. Salmagundi，1986，72（Fall）：105.

④ Robert Scholes. *Aiming a Canon at the curriculum* [J]. Salmagundi，1986，72（Fall）：105.

⑤ Robert Scholes. *Aiming a Canon at the curriculum* [J]. *Salmagundi* ，1986（72，Fall）：104.

家需要强势的权威、独断的政府，以及规制的国家理性，这些都是教平民屈从于权威。在此意义上，保守主义者复兴大书传统的意图中，隐隐地暗藏着独裁化国家权力的倾向。教育部门的主管，不过是这种国家意志的局部体现，"对我们文化遗产的关心与保护，与一种专制的等级权力结构密切相关，不管这种权力来自个人领导者还是别的"①。文化保守主义者素以精英做派广受多元主义者的诟病，其自居文化遗产正统继承者的优越感，潜伏着一个内在的"假想的独裁者"（hypothetical dictator）。一谈当代人文教育，保守主义者所用的怀旧和唱衰的辞令，往往把问题和解决办法捆绑在一起带出来了。而且他们的因果逻辑时常循环倒置——我们"倒退"是因为丧失了文化遗产；而我们文化遗产的失落，又正源于当代人的历史"衰退"。解决这一逻辑困局的重心在重构"遗产"。然而，当代既已"衰退"，就无以重整遗产；倘遗产不整，衰退又会无休无止。为此，问题的解决之道同问题本身一样，陷入了循环倒置的死局。这就把问题推向了具有神秘色彩的精英赋权论：文化精英天然地成为历史遗产的"合法守护者"，因为他们拥有非比寻常的才识和专长；他们高人一格的历史责任感，保证有一颗成熟的心灵能萃取经典的精华，赓续正统文脉，维持文化在当代的高位运行。这样，人文衰退与经典遗产之间的逻辑循环倒置，就可以在精英们的天赋式拯救中得到化解。诸如这般，本内特、阿兰·布鲁姆等人的论调，看似游离于政治性争斗之外，却又实在是制造了文化精英群体的历史"独统"，当起了文化大观园的护院与判官，哪里跳脱了权力意识的细微宰制？

其实，回头再看看，厉声疾呼"召回遗产"的本内特，在学校教育方面所作的去政治化努力，多是暗藏着自己"超功利的功利"。本内特自然是反对在课堂上和课程设置中，夹带意识形态私货与立场偏见的，"没什么比政治偏见更让他气愤的了"②。他在自己的报告中也痛陈："有时，人文学科看起来是意识形态的附庸，附着于某些特定的偏见，或是根据它们与特定社会立场的关系而对事物做出肯定与否定的评价"③。这种现状让本内特痛心疾首，他希望课堂是一个价值自由、激奋人心的地方。所以，本内特选择伟大的经典之作，

---

① 参见括号内著作（Robert Scholes. *Aiming a Canon at the curriculum* [J]. Salmagundi, 1986, 72 (Fall): 106）斯科尔斯认为当时大学教育机构和文学机构的主事者，诸如本内特们（本内特当时是美国人文基金会主任、美国教育委员会秘书长），津津乐道于传统经典的普世人文情怀，甚至不能只用保守主义者（conservative）来概括，而应该称他们为这个时代的"反动分子"（reactionary）。斯科尔斯显然也是不避操持一套政治话语来讨论"文学经典"问题的。

② Robert Scholes. *Aiming a Canon at the curriculum* [J]. Salmagundi, 1986, 72 (Fall): 110.

③ William John Bennet. *To Reclaim a Legacy* [R]. The Chronicle of Higher Education, 1984, 28: 21.

充任课程的核心知识。因为恒世经典超越于政治偏见之上，符合他价值自由的要求。例如但丁、维吉尔等人的作品，就被认为是与意识形态无关的，完全体现了全民共享的一种人文世界观。但在很多鼓吹经典开放的多元主义者看来，保守主义者温和而人性的面目下有其阶级性的社会权力取向，这全民共享的"文化民主"是大打折扣的。且不论我们前文举证的维吉尔与帝国政治之间的紧密关联，单就本内特对西方经典意识形态属性的坚决否定而言，这种观念本身"比任何其他场合都要更为显示出其与意识形态的关联性"①。本内特把经典文本看作是普世绝对的，它们不受外界政治影响，不夹带偏见，这本身就是一种"偏见"，是"本质主义"的意识形态倾向。掩盖西方传统"大书"的意识形态性质，反过来就潜在地张扬了另一种意识形态——只是这意识形态以精英文化的高贵遮蔽了它的俗利性。

为人所习以为常的普世经典，不管是其历史建构还是内在含蕴，貌似淡化利益揪斗，实则酝酿复杂纠葛。"所谓文学经典和不容置疑的民族文学的伟大传统，必须被看成是由某些人出于某种原因在某一时间所作出的一种建构。根本就没有本身即有价值的文学作品或传统。"② 建构是一个在历史的进程中随时代欲求而展开的形塑过程，它不同于保守论者那种坚实的历史沉淀论，标举经典为时间切割留下的永世之冠。"建构"之思呈现了文学"自在"的"效果"历史。文学经典作为一种跨过时间考验、渐次消融于"历史"地平线之下的"前理解"，绝不是超越具体语境关系的"客观"恒在。"真正的历史对象根本就不是对象，而是自己和他者的统一体，或一种关系，在这种关系中同时存在着历史的实在和历史理解的实在。"③ 巍峨鼎立的伟大经典不仅是已经存在的历史客体，也是超出实在之外的主观阐释，而这种客体化的实在和主观化的阐释，又无往而不在"历史"的编码与改写之中。经典既是在历史进程中建构并被历史所规定的"意识"，也是对这种意识本身的历史建构与规定。从存在（being）的本质主义走向形塑（becoming）的历史主义，预示着对经

①　Robert Scholes. *Aiming a Canon at the curriculum* ［J］. Salmagundi，1986，72（Fall）：110.

②　〔英〕特雷·伊格尔顿. 二十世纪西方文学理论［M］. 伍晓明，译. 北京：北京大学出版社，2007：11.

③　〔德〕汉斯—格奥尔格·伽达默尔. 真理与方法［M］. 洪汉鼎，译. 北京：商务印书馆，2007：385.

典理解的价值立场转化。① 这种立场转化的最大意义在于，它冷静地揭示了坚实"本质"背后燃烧着的历史欲望。文学在历史的语境中酝酿、发展、嬗变，面对喧嚣的社会生活、复杂多样的文化挑战，试图回归古希腊罗马经典文化的做法，是典型的回避现实、回避生活，特别是回避新兴文化诉求带来的挑战，实际上就是在掩盖社会现实不平等的阶级关系，以隐蔽方式转移了文化霸权的压制。由此看来，美国保守主义者在人文教育中强制导向传统经典的举动，是在以一种强权消灭多元诉求的分化，从而抹平社会的矛盾与对抗。"那种想复归所谓文学经典的意图，是借着与世界上绝大多数人的无关的高级文化的自我增长，在制造世界艺术和文化的政治囚徒。这种意图不过是一种白人至上主义的归位而已。你不可能在谈论古希腊文化的时候，却不把它与其产生并加以反映的整个古代世界联系起来。"② 而这种联系，就是在恢复白人男性的高贵性与合法性。如果艺术能够反映社会生活的话，那么，在少数派的民主运动推动下，文学经典也应该以相应的方式反证社会的剥削与不公。实际上，以西方古代经典为标准的保守文化观念，严重割裂了生活与艺术之间的历史关系。"那些不断自我夸耀的文学经典，和那些被视为西方艺术与哲学伟大性及深度体现的、以我为上的征服者的智慧，都不过是这样一些材料：它们的内容被假定是对人性的揭示和发展，但实际上不过是为帝国主义合法性的确认——甚至都不是令人信服的。"③

　　我们还可以看到，在对人文教育，特别是大学文学教育的设计中，意识形态的权力意志，总会绕过那些尖锐的政治争议，以缓和平易的姿态换取对"大书"课程广泛的民主支持。人文教育对经典的需要，是建立在非政治化的初衷之上的——诉诸人文素养和文化精神的培养。但有两点，致使建立在经典基础上的人文教育目标，可能踩空：一则是教育政策和措施的制定，不可能是

---

　　① 国内学界有人把经典分隔为"文学史经典"和"文学（本）经典"，意图解决经典的时代性与普世性问题。一般认为，"文学史经典"是当代性的概念，是动态的经典，是以时代的要求强加于文学作品的理解，最终为当代的权力关系服务；而"文本经典"则是历史性和描述性的概念，是经过历史普遍化的价值观念。这种观念不过是对文化保守主义主张的改头换面，实质上掩盖了文学经典蕴含着的更广义的政治兴味，是对经典建构权力体制的简单化处理，淡化了政治的历史性影响。

　　② Amirl Baraka. *Cultural Revolution and The Literary Canon* [M]. Callaloo, 1991, 14 (1)：155.

　　③ 参见括号内著作（Amirl Baraka. *Cultural Revolution and The Literary Canon* [M]. Callaloo, 1991, 14 (1)：153）。巴拉克认为，社会是不断发展的，反映生活的文学艺术也应该不断发展，以适应新的要求和不同种族的经验，不能只是停留于对古代经典的迷恋中。"经典"反映的生活世界已经离我们远去，已经不适应我们的时代需要。从这个意义上说，巴拉克是一个典型的当下主义者，他所谓的经典，也永远只能是当世有效的经典。经典是永远变动不居的，不存在什么永恒的文学性与经典性。所以新批评者宣称找到了文学"本体"的说辞，也是一种虚妄的幻想。艺术不仅是学究研究的对象，更是一种创造性力量，参与了人类社会的历史发展。

非政治的。教育机构、特别是学校，是政治机体无法分割的一个部件，它的批判性力量，无以在既有的体制框架中，完成对权力的全部稀释，更遑论颠覆。二则是本内特等人启用的那套核心大书课程纲目，在力图复兴过去伟大文化遗产的同时，也在完成权力的交战、更替、清洗。"所谓西方精神、心灵，每一种经典背后都有与之对立的'伪经'，每一种信仰背后都有与之对立的异端。这就是那么多书和人被烧毁和掩埋的方式。"① 被判为"伪经"者和"异端"者，都将遭遇被排除的命运。普世情怀的西方人文精神，就是如此以消灭多元经验的方式建构起来的。其实，所谓西方精神、人文素养（Literacy）概念的诸般意味，在国家课程的安排中早已形成了与政治运作统一的现实要求。比如，本内特设计的人文教育课程中，构成西方文明传统也即他所谓"伟大心灵"的作品书目，绝大部分是欧洲古代的作品，收入了大约27个作家（5个希腊、1个罗马、2个意大利、3个法国、3个德国、2个俄罗斯、9个英国男作家，以及2个英国女作家）的作品。此外，还适当选取了一些美国的历史与文学作品。其中收入了4位小说家的作品，却没收诗人和戏剧家的作品，也未收美籍女性作家作品。风格类型上，讽刺性作品也告阙如。在作家来源、文体选择、作品收入等方面，这个课程设计恰恰反映了正统的文化叙述。② 这一点受到了斯科尔斯的极大批评。加之狄更斯、伍尔夫、乔伊斯、弗洛伊德、黑格尔等人亦没能入选，让斯科尔斯尤为光火，对本内特们的人文教育理念与实践成效颇多不屑。那种抽离具体语境、怀着虔诚态度对一系列伟大经典进行的学习与研究，是表面化的、没有生气的。看似"躲进小楼，自成一统"，研习经典大书的深奥大义，实际上却陷入一种无知无用的"伪智慧"陷阱——变成一种"智慧的自大"，从而无视人们在具体语境中获得的、更有现实处决价值的经验智慧。"将这些被选择的文本从历史和人们所处现实处境中断裂开来，仅将（继承）它们看作是一种虔诚的孝行。这种充满热情的说辞表明，我们的生命将耗在对这些文本的虔诚学习中，因为它仅允许人们崇拜，而不允许任何的批评。"③ 这样看来，坚信西方传统经典书目，非但无益于增长智慧，

①　Robert Scholes. *Aiming a Canon at the curriculum* ［J］. Salmagundi, 1986, 72 (Fall): 115.
②　William John Bennet. *To Reclaim a Legacy* ［R］. The Chronicle of Higher Education, 1984（28）: 16-21.
③　Robert Scholes. *Aiming a Canon at the curriculum* ［J］. Salmagundi, 1986, 72 (Fall): 114.

还可能压制与多元化需求相应的真正创见。① 所以，正确处理既有经典文化和西方道统的方法，不是像保守主义者那样诋毁当下政治带来的"历史性衰退"，而是要正视经典生成与历史语境的鲜活关系，不隐晦经典传统和权力秩序内在的嵌合，同时也要适度保持对权力意志过度干预的诗学警惕。

　　围绕人文教育中的文学经典课程论争，非独只是一个思想和文化的议题设置。即使我们把问题的聚焦投射到更为集中的文学自身上来，也可以看到，文学创作和学术研究的具体行动，每每对作品的经典性选择建构，也很难维持新批评构想的"自足"的纯技术审美。即如"文学"这一概念的开合张弛，它与社会整体机制之间的话语共生过程，俨然渗透了政治的权谋机杼。任何经典书目的选择都暗含着一种特定的操纵，"核心书目的概念本身就具有缺陷，不管它包含或排除的是什么类型的作品。因为这样一个书目根本上就破坏了我们要求学生对其所读材料应具有的批判立场"②。也就是说，文学课程的核心书目实际上形成了对学生创造性主见的压抑。它自成一种权威力量，迫人顺服，也就封闭了对其进行批判的路径，从而导致思想上的"独裁"，同时制造了作品之间的不平等。它在各种作品中进行等级性的区隔，一套是建立在核心书目基础上的权威的作品，一套是被认为不值一提因而被排除的作品。无论开列书目的人是否出于良好的意愿，学生都不可能平等地对待这样两套书系。学校课程总是会选择一些而排除另外一些作品，将一种政治化的操作落实为现实层面的知识构成系统。课程大纲和授课书目的确认，借助教育机构的体制性维护，形成对作品"伟大性"评价的价值结构，最终在社会的层面上规制经典的秩序构成。

　　语境的因应变化、历史时代的兴替、社会力量的结构性消长，会从根本上由外而内地引发文学的自我演化。托多罗夫曾经提出："史诗在一个时代成为可能，小说则出现于另一个时代，小说的个体主人公又与史诗的集体主人公形成对照，这一切绝非偶然，因为这些选择的每一种都取决于选择时所处的意识

---

　　① 斯科尔斯引用了苏格拉底的话，以说明这种表面化的"智慧"学习实则是空心化的，犹如现今的"知道先生"，这也是大量的经典"注释本"广为成功的原因。普通读者通过注释本来代替真正的经典原作，看似获得了知识，实际上都是皮毛表相。这不正是中国当代国学热中出现的现象吗？各种戏说、讲坛、白话本大受欢迎，向人兜售的不正是这种廉价的伪智慧么？可见，所谓普世经典的学习教育，并不必然带给受者精神和人文的提升。反之，有时会形成一种不自由的经典压抑，封闭"智慧"的创造大门。

　　② Robert Scholes. *Aiming a Canon at the Curriculum* [J]. Salmagundi, 1986, 72 (Fall)：114.

形态环境。"① 文学自洽运动的结构和逻辑固然有据,个中因由与机缘,虽未必都发轫于政治的动议,但在一个历史性的社会演进格式中,文学发展及文学经典的位移,都逃避不了政治意志(价值)框定的语境结构。文学是某一时期,因某些原因,为某些人群所形成的一种价值建构。它是一种由特定群体、在特定环境中、根据特定标准、按特定的目的来评价的东西。由此,"任何认为研究文学就是一种稳定的、界定清晰的实体——就像昆虫学研究昆虫一样——的想法,都是可以当作妄想来加以摈弃的"②。"文学"的内涵变化和边界游移,无不反映出它与政治语境之间的共振关系。尤其是独立意义上的"现代文学"观念之形成,更与政治话语对学术的体制性影响分不开。

现代文学经典和范式的建构,有赖于它与西方古典传统的适当"分离"。这种分离恰好与现代社会的"文学"建制需求,同声相应。一方面,是文学语言、风格样式和审美格调在现代的多元发展,促进了与一元化经典传统的分化。对不同民族国家来说,达到差异化的唯一方式,就是与源自古希腊罗马的总体文学格局相分离、以地域方言形式作基础,发展独特的民族风格与"地方习气"——艾略特不喜欢这个词——的文学创作。恰巧,欧洲民族国家的政治性建构,就伴随着这样一个民族文学发展的历史过程。毋宁说,现代文学的经典建构,就是现代民族国家的塑造。现代"文学"也就成为铸就民族国家形象的基本构件,灌注了政治与文化的生产性力量。另一方面,现代"文学"作为一种特别的、独立的创造性活动,需要从神学、古典文献学、修辞学、辩论术等构成的古典学术体系中分离出来,才能获得它作为"现代"指称的独

---

① 参见括号内著作(〔法〕茨维坦·托多罗夫,巴赫金. 对话理论及其他 [M]. 蒋子华、张萍,译. 天津:百花文艺出版社,2001:29)。伊恩·P·瓦特在《小说的兴起》中论述小说兴起及其现实主义特征时,提到了书商在整个文学市场发展中独特的经济作用和社会功能。无疑,书商作为新兴中产阶级的代表,借助对出版业的控制干预,影响着社会文化的发展取向。同时,作家们也适应变化了的受众趣味,在形式和内容上,反映新的个人经验和现实需要,从而超越古典与中世纪的风尚,促进了中产阶级趣味的形成。"归根结底,书商对恩主的取代,以及随之而来的笛福和理查逊对过去文学的独立,都仅仅反映的是他们时代生活的一个更大的、甚至是更重要的特征——总的来说,就是中产阶级的强大和自信。凭借与印刷业、出版业和新闻的千丝万缕的联系这一优势,笛福和理查逊与读者大众新的兴趣和能力发生了更直接的联系,而且更为重要的是,他们本身完全可以作为读者大众的新的重心代表。作为中产阶级的伦敦商人,在考虑他们的形式和内容的标准时,不能不弄准他们的写作是否会吸引广大读者。也许是读者大众变化了的构成和书商对小说的兴起的新的支配作用的最重要的成果,这不仅因为笛福和理查逊响应了他们的读者的新的需要,而且还因为他们能从内部更为自由地表现了那些需要,而先前却不大具备这种可能性。"参见括号内著作(〔美〕伊恩·P·瓦特. 小说的兴起 [M]. 高原、董红钧,译. 北京:生活·读书·新知三联书店,1992:57-58)。

② 〔英〕特雷·伊格尔顿. 二十世纪西方文学理论 [M]. 伍晓明,译. 北京:北京大学出版社,2007:11.

立意义。文学从大写的唯一"文化"（culture）中分离出来，离不开 19 世纪以来社会历史语境变化所带来的思想观念更新与文学生产体制变革。对个人化、创造性、想象性作品的认可，特别是著作权的法律确认，使带有独特个性色彩的想象性作品能够超越诸多社会限制，成为作家的独特"产品"，而不再是古典学术研究中，被客观化了的"阐释对象"。恰遇此时，在欧洲主要国家，文学研究在大学教育中被建制为独立的职业化领域。正是以上两个方面的历史性变化，引发了各国（族）文学经典建构的内在要求和学术激情。19 世纪与 20 世纪交替之时，现代大学作为一种社会的体制性机构，在英语文学经典的形成中起到了核心的作用，"经典性"就是被学校机构所关注、并在它的核心位置给予重视的作品。如果离开了处理作品的特定社会语境与权力体制，那些"真正"的伟大之作及其它们的伟大品格，也就没有了浮出"历史地表"的意义根基。"论述不是作者个人透过语言表达自我的行动。只有在意识形态对立冲突的关系中，文字的意义方能产生，论述方能完成。"① 文学经典作为一种诗学知识化的凝结，在特定的语境中影响着"真理"的言说空间。"无论在东方还是在西方，所谓'经典'，其权威性建筑在对'真理'的独占上，它依靠'真理'的权力保护着它的历史记载、哲理思考、文学表现的绝对合理性。"② 这种对"真理"的独占，必然依托于特殊的、以绝对权威为核心的社会组织结构。亦即，经典对"真理的独占"，需要有独占权力的体制性机构力量加以维护。决定经典能否不断赓续下去的重要支撑，源自与经典的"真理"权威有着同一价值取向的权力体制。无数历史事实也确证了这一点。

对任一经典的"知识考古"，都可以清理出尘封在历史之下的权力印辙。"权力制造知识；权力和知识是直接相互连带的；不相应地建构一种知识领域就不可能有权力关系，不同时预设和建构权力关系就不会有任何知识。"③ 文学经典是最为重要的知识形态之一，它与权力的相生相成，是历史语境化建构的必然结果，没有客观纯粹的所谓审美意义上的经典。将文本完全抽离语境、简化为恒定客体的"内部"研究，显然是没有打开文学与社会之间价值往返的通道。视"大书"经典为灵光自照的超验"存在"（Being），易陷入一种神秘的本质主义经典观。就像其他的唯心主义观念一样，本质主义对经典普遍性

① Macdonell，Diane. *Theories of Discourse*：*An Introduction*．［M］．London：Basil Blackwell．，1987：47.

② 葛兆光．中国思想史：导论［M］．上海：复旦大学出版社，2001：116.

③ 〔法〕米歇尔·福柯．规训与惩罚［M］．刘北成，杨远婴，译．北京：生活·读书·新知三联书店，2003：29.

本质的内在信念，只能被当作是一种"信仰的行为来接受"①。它要求人们进行一种萨义德式的所谓"宗教批评"，而不是世俗的批评。② 它对经典伟大品格和永恒本质的呼唤，之于人们的世俗生活并没有什么帮助。换言之，这种观念并不关心经典在现实中的价值与意义。如此推论而及，厉声斥责当代人精神衰退的言辞，也就在对世俗现实的隔离中，抽空了经典真正的精神内蕴。附着在经典氤氲中的神圣性，也就成为一种古典的文化装饰品，不过是满足人们对"神圣感"的虚妄幻想。一旦经验的事实被引入，"关于经典的超验性理论观念就将失去其巨大的力量"③。但有一点，也需要我们警惕，文学经典的政治蕴藉，绝不是浅泛的权力"背书"。萨义德早就警醒过，文学与政治的关系，绝不像幼稚的泛政治化学者以为的那样，可以在文本与政治之间作简单的权力对应。文学与（帝国）政治之间的关系，需要非常复杂而小心的学术运转，才能厘清。"在文学、人文领域中，大多数人不能很明确地意识到阅读文学文本和国家或国际政治之间的限制和可能的同步现象。这些是很不同的东西。大多数人从文学或知识的议论一跃而到政治的说法，事实上是不可以这么做的。"④ 如此，回头再看操持普遍人性论话语体系的传统经典支持者，虽未直接表达自己的政治主张，却恰在对当下生活吁求的取消中，隐藏了那一套更为庞大、复杂、被理解为西方文化精神的权力系统——它们包含着欧洲的、男性的、白人的、盎格鲁-撒克逊的血统，有着"男性逻辑中心主义"⑤，却消灭了许多土族的、有色人种的、地方性的文化血脉，也抹去了文字中女性的历史身影。伴随西方政治殖民进程给东方带来的权力压迫，乃至全球化时代依然上演着的文化战争，就更显出那套西方的"伟大经典"并不是温润和善，普世为

---

① Arnold Krupat. *The Concept of the Canon* [M] // Lee Morrissey, ed. *Debating the Canon: A Reader From Addison to Nafisi*. New York: Palgrave Macmillan, 2005: 158.

② 所谓"宗教批评"，乃是将某种文学的属性或体验加以纯粹化、视文学为自足的、植根于语言神圣奥义之中的存在。批评者以抽象的理论阐释作品，抽离文学与现时的关系。萨义德认为这是一种教士心态的批评意识。而"世俗批评"则在文学批评中引入世俗的生活维度，将文学置于社会的语境中，突出其现世性。参见括号内著作（〔美〕爱德华. W. 萨义德. 世界·文本·批评家 [M]. 李自修，译，北京：生活·读书·新知三联书店，2009 年）。该书以"世俗批评"为绪论开篇，以"宗教批评"作结论收尾，萨义德将两者对举，以突显它们之间的区别。

③ Arnold Krupat. *The Concept of the Canon* [M] // Lee Morrissey, ed. *Debating the Canon: A Reader From Addison to Nafisi*. New York: Palgrave Macmillan, 2005: 158.

④ 〔美〕爱. W. 萨义德. 知识分子论 [M]. 单德兴，译. 北京：生活·读书·新知三联书店，2002: 139.

⑤ 这是克鲁帕特仿德里达修辞创造的一个概念，参见括号内著作（Arnold Krupat. *The Concept of the Canon* [M] // Lee Morrissey, ed. *Debating the Canon: A Reader From Addison to Nafisi*. New York: Palgrave Macmillan, 2005: 159）。

上的文化甜品。

权力（政治）看来是一把双刃剑：一方面，它可以为文学经典注入时代性的价值理念，实现人们对权力的诗意性正义索取，甚而可以促使经典不断伸展其意义的隐含层面，扩大经典的意蕴空间，赋予经典以开放的张力。在此过程中，政治权力和时代价值的历史性变动，可以内化为经典的检验机制。能够经受考验者，既不会在权力的嬉戏和开放中丧失经典诗意与美学自足，也不会敝帚自珍，固步自封地蜷缩起来，脱离时代和政治权力的话语之外，死守沉珂。另一方面，权力强烈的现实性功利取向，强大的体制性和制度性安排，以及它无处不在的意识形态挤压，都有可能从内外两方面改变文学生存的空间关系——就文学内部的生态而言，权力可以改变文学表达的基本系统，包括他的意象、语词、风格、体彩样式等；就文学外部的生态来说，权力可以改变文学生产和接受的社会环境，锁死文学流通的方向与路径。政治化的控制有时是极具破坏性的，有时会引发文学经典建构和文学秩序的混乱与错位，甚而背离或者消灭文学经典独立、自足的价值，使其完全沦为政治权斗的注脚与附庸。幸运的是，人类文明发展也在不断纠错，而文学经典自有的强大批判力量，也可以支撑它们穿透暂时的权力禁锢，而赢得更加长久的时间战争。我们觉得，只有在文学经典内在品格的"自治"之上，开放性的权力意蕴才能更好地、也更有效地融进或介入到文学经典之中，从而推动经典在历史的结构中不断形塑（becoming）。同样地，真正的经典之作，绝不会是某一集团、阶层的简单政治产物，它的意义空间，蕴含的无穷奥义，可以向所有的读者开放，并接受他们阐释。国家机器或统治阶层可以对经典进行权力化的改造，控制人们对经典作品的阐释空间，以维护文化秩序的统一；同样，不同社会主体（群体），也都可以在自己的权利和权力意义上，对文学经典进行一场"此在的"、同时又具有历史性"对话"价值的赋义。如此，文学经典就可成为个体权力表达的媒介与阵地。这种更为具体分化的社会权力表达，正是我们在经典论争中看到的纷繁景象，也是多元主义文化论者向经典"存在"（Being）发起的权力战争。

第六章　权力资本：文学经典的多元化阐释

　　无论是作为构筑一体文化的悠久传统，还是作为凝聚伟大智慧的思想源泉，由系列"大书"绘制的西方经典长卷，每每铺开，自来都会受到敬畏与称赏。其中的击节，不管是出于内心的虔诚，还是迫于文化的顺从，对经典绝对权威和深长奥义的体认都是毋庸置疑的。正统文化观持论者认为，荷马、维吉尔领衔的那套"伟大"书目，汇聚四海，笼挫万物，世所公认。它们闪耀着人性的启示光环，经久不灭，转圜相生，给予芸芸众生以精神洗礼和思想启迪。这些经典富有意义含蕴，保留了对最美好人性的记录，堪称人类理想生活的优雅表达，常被树为绝世独立的精神典范。更重要的是，恒世经典的力量可以穿透欲望的尘网，克服时代生活的局限，赋予千差万别之人，以标准的范式习得。通过对经典文本进行思想教育、技术训练和阅读培养，可以达成一种心灵的滋养与沟通，实现对人格的历练和灵魂的圣化。所以，在传统的保守主义者那里，经典大书被视作信仰一般的符码，得到宗教式的膜拜，不仅是人文教育的基石，更是心灵受洗的"圣水"——在与世俗局促生活的区隔意义上，经典（classic）所聚合的神秘力量，与圣典（Canon）所散发的神圣魅力，归于一旨，都将人导向出世超越的"圣化"（canonization）境界。与此相应，在西方历史中长期存在的一元化"大观念"①，势必把古老的经典文本真理化为不朽的"存在"（Being），并提炼作为西方整体文化的基本框架。所有时代的主体局限，和因时而生的权力短视，都能在与经典框架的对比中得到批判，并

---

　　① 之所以把20世纪之前的漫长历史阶段，都笼统归入"长期"，并不是因在传统的经典认识中缺乏历史发展的阶段性维度，而是因它的核心观点，一以贯之地依循着宏大统一的价值纵线，突出经典具有的超拔出世之力。此处"长期"的概念，主要意味着在处理经典问题时，维持和延续着某种本质性的认同趋向，并未发生根本上的转折或断裂，形成了理念上的同一性，"长期"并不具有确切的时间标示功能。我们把西方世界对待"传统经典"的基本态度，断为两截。自古希腊罗马始，直到19世纪末，可纳为"长期"的传统视界，这种一元化的思想精神，直到20世纪初才有所改变。更激进的行动，乃发生在"二战"之后的晚近50年。多元分化、独立个性、解构一统、重建秩序，都是这个"长期"之后发生的时代变革，从历史的逻辑来看，它确实脱离了"长期"的密闭链条和发展惯性。所以，我们惯例性地使用"长期"一词，试图表明这种经典认知的历史连续性思维，并强调战后直至晚近发生的观念转折所具有的断裂性特点。

依经典提供的本质（Being）范型加以有效克制矫正。

但是，正如我们前文分析所看到的那样，灼耀如维吉尔、荷马，他们的光辉也从来不是普照人间、广施恩泽的。在帝国的伟大奏章中，他们是游走在乐曲高潮中那个响亮的音符。《荷马史诗》只有被看作是"男性自我强化的知名堡垒时，才得到了不同讨论的一致认同。"① 而随时代不断调整的经典书目，总是在与权力的共舞中，进退有据，伸放有度地转化自身诗性力量，寓言性地抵抗并完成政治的话语建构。在那套看似公平、卓越、超世的"西方世界伟大的书"背后，我们也看到了长期隐形存在着的欧洲中心主义，白人种族优越论，以及男性霸权的支配性统治。这种权力性的渗透演化，当然并非经典天生被设定的本质性规定，也不是文学发展的政治化升级。因应时代和历史的召唤，随着社会权力分配的调整，以及类整体政治格局的演变，经典的存在形态也在不断重建组合，这是一个面向未来动态构成的形塑（Becoming）过程。经典的本质性存在，当然无法跳脱语境的结构性制约而封闭固定为恒定客体。经典之"恒在"，不过是为流动的语境生成（Becoming），提供了话语运行的潜在视野。经典背后的权力机制由来已久，非独当代人的政治热情所致；但制衡经典格局的具体权力结构，定有不同的历史形态。这种权力形态的具体体现，自然也会反映在人们对待经典的立场和态度上，推动着经典本质的与世浮沉。如果说之前的经典观念尚是围绕西方一元文化而进行的内部调整的话，那么，自 20 世纪下半叶始，这种长期合法的经典理念与经典事实，都遭遇了最为激进的破坏性冲击。对一元世界的解构、多元权力诉求的自我重建、新的权利分化、民主化要求的涌现，都将经典问题的讨论，推向了一个更具有社会政治色彩的、广阔的、革命性的文化空间。对西方世界乃至整个人类来说，"一切坚固的东西都烟消云散了"②。推到极致的个人主义、新自由主义意识形态取代有秩序的社会运动模式；个人解放与社会解放的效用动机合一，不断否定社会中长期存在的、历史的价值体系，冲击社会惯例和文化禁忌所表达、认可与象征的秩序。各种政治压力群体应运而生，虽然无法统筹一个有计划和有节奏的社会性革命大进程，但却此起彼伏地前赴后继，席卷着各种被权力禁忌的

---

① Hence Michael Ryan. *Loaded Canons*：*Politics and Literature at the MLA* [J]. Boston Review, 1985, 10（3）：174.

② 此语原本出自马克思、恩格斯撰写的《共产党宣言》，用以描写现代资本主义离散的社会状况，后在当代文学研究中被广泛引用，作为对时下文学症候鞭辟入里的诊断。参见括号内著作（〔美〕马歇尔·伯曼. 一切坚固的东西都烟消云散了 [M]. 张辑，徐大建，译. 北京：商务印书馆，2003：114）。

习俗与规则,一波波地持续涤荡历史的陈迹。[①] 社会总体革命模式的退位,使分散的权力诉求趋向独立化,更多人(群体)开始寄望于个性化诗学革命的政治实践力量,相信"诗歌是直白的、可理解的、动人的和政治性的。终了,艺术是革命的,诗歌可以帮助我们改变社会,而不仅仅是在现状中哀叹和迷茫"[②]。分化了的社会阶层,分解了的文化生活,分散了的权力/利诉求,分裂了的审美共识,都加剧了整个西方社会对原有一元经典体系及其隐秘独裁权力体制的不满。而汹涌澎湃的民主化运动,又将诸如此类的诗学争斗,燃烧成一场弥漫政治硝烟的文化解构战争。透过喧嚣纷扰的各种权力/利肯定行动,以及文学领域里的经典重构实践,可以看到经典议题中权力政治所具有的更大的社会学锋芒。伴随艺术商品化的后现代演进,文学经典不仅成为现实政治对抗的话语高地,而且在更深刻层面上参与社会资本的调配与重组;经由文学场域的社会性交换,文学经典的资本博弈,最终撬动并牵制着社会阶层的位置结构和力量秩序。这些问题,都是在这一章需要加以观察和阐述的。循着美国当代文学经典论争中的多元主义立场,我们可以在 20 世纪特定的历史语境中,逐步梳理经典解构主张的思想特点和权力倾向,逐步将问题引向具有历史性和时代感的社会学层面,探讨文学经典价值在现实中转化的(权力)资本逻辑。这正好可以从一个侧面缓和多元主义激进立场留下的解构偏执,平衡文学经典在历史与现实、文化保守与激进解构之间的失重状态。

第一节　多元价值诉求:文学经典的解构性修正

在 20 世纪西方社会与文化大转折之前,对文学的理性认知和感性体验,都被纳入由稳固的经典书目所建基的文化框架之中,它的精神追求与社会生活模式基本保持一致。文学与文化、社会之间的本质性关系,强化了文学经典在社会话语体系中的重要地位。文学经典的传统链,在保持自我内在秩序平衡的同时,有机地因时而变。经典书目的高下判别,进出去留,也大抵是一场总体结构稳固的时间考验。可以说,整个文学理论、文学史和文学批评的发展,都汲汲维系在那套伟大的西方经典之上。文学史的编撰不过是对经典(作家)作品进行文献解释和意义处理;文学批评的方法、手段与价值取向,都来自经典(作家)作品提供的思想与艺术范型。而作为批评实践的参考坐标,文学

---

① 〔英〕艾瑞克·霍布斯鲍姆. 极端的年代 [M]. 马凡,等,译. 南京:江苏人民出版社,2011:342-357.

② Amirl Baraka. *Cultural Revolution and The Literary Canon* [J]. Callaloo, 1991, 14(1):152.

经典无疑是锻炼和考验批评家才识的量尺。杰出的文学批评家，都必然是精通经典堂奥的博学之士，这一点尤为古典主义学者所推崇。至于文学理论的提炼总结，不过是对经典巨著之文学经验的抽象分析和理性概括。文学理论的历史发展，美学意识的递相展开，新问题的引入，始终围绕着经典构成的总体文学体系而衍生。审美感知的变化及其时代内涵的容适，都以纳入和充实经典提供的文学机制为准绳，并不会旁逸斜出而改弦更张。在传统的文学知识构架中，理论家力图形成以经典为导向的思想体系；批评家建立起以经典（阅读）体验为绳墨的批评机制，用以开展具体的批判活动；文学史家的任务，则更多倾向于对经典文本及其解释历史进行爬梳，从而呈现出以经典为轴心蔓延开来的文学发展轨迹。在这般系统性一体化文学行动背后，综合了人们对文学审美的总体性认知和本质化理解，维护了文学传统与社会体系的统一稳定，于西方文化核心价值观的建构功不可量。但在另一个层面上，一元化的经典传承模式，剔除并压制了各种经验的多元价值，剥夺了不同历史主体特别是那些"无名"主体（群体）的权力/利诉求，维护着渊源悠久的等级秩序。"每一种审慎地确立起来的文学价值等级体系，虽未道破，却都是以一种社会的、道德的或知识的比较作为基础的。"① 层级结构之下的分野，决定了什么被推崇，什么被消音，这直接影响了文学经典的秩序和形态。

　　一元化的叙述体系，将文学的多元历史存在，变成了一种经典的循环确证。隐藏在经典体系背后的权力机制和神秘主义心理倾向，导致经典的阐释和评价，愈发变成一个日益封闭的坚固系统，以至阻止了文本在多维时间与空间上的意义流动，引发经典与丰富现实之间的矛盾断裂。隔离的状态，又使得经典积累的精神智慧在共时性的零散生活中被稀释，从而加剧经典的封闭性，造成束之高阁的顾影自怜。面对旧有社会关系模式的解体、绝对个人主义价值观的泛滥，传统大经典在 20 世纪不断遭遇颠覆舍弃，它们或被解构性戏仿，或被娱乐性矮化，或被庸俗性反转，价值的贬损，看来是无法挽救的事情。霍布斯鲍姆对 20 世纪西方社会形态的颠覆性转向，作了较为中肯的评判。他指出，传统性的历史沟通模式，已完全被新的时代价值观念所颠覆。历史与当下的断裂，基本上宣告了西方文化"大观念"的破产。"人类社会关系旧的模式解体，伴随着这种解体的，是一代代人联系的中断，也就是过去和现在之间的联系的中断。一种绝对的、自我中心的个人主义价值观在官方的和非官方的意识

---

① 〔加〕诺思罗普·弗莱. 批评的解剖［M］. 陈慧，袁宪军，吴伟仁，译. 天津：百花文艺出版社，2006：32.

形态中居于支配地位。"①

经典一元化体系的建立，努力地从本质上可靠地回答了"读什么"的问题，却基本忽略了"谁读经典？"和"读谁的经典"，这两个与文学接受和意义解释密不可分的问题。而"读谁的经典？"质问甫一提出，传统经典体系的普世合法性，就面临巨大的解构性挑战。既然"文学"概念都是一个不断引发争论的话题，选文辨经也就变得益发激烈。② 放弃"大观念"，多元化的思想主张——诸如解构主义、后殖民主义、女性主义、新历史主义、大众文化等等——都以自己的理论方法，揭穿了深藏在传统文学经典体系之下的欧洲中心主义和文化精英立场，瓦斯普主义（WASP）以及"德问"（DWEM）观念受到严厉批判。在美国文学经典的讨论中，关于传统经典权力指向的对象，说得更为翔实具体。经典常被批评是代表了白人、盎格鲁－撒克逊、新教徒、中产阶级、以英文书写为核心的男性作家立场，其中充满了种族的、宗教的、阶级的、地域的、语言的和性别的歧视与偏见，根本无法表征以种族多元化为立国之本的历史与现实。因此，在文学经典的选择与建构中，需要纳入更多弱势群体的诉求和"边缘的声音"③。众声喧哗的 20 世纪，陡然浮出如此多的"憎恨学派"，乃与那些被大观念叙述遮蔽的"无名"主体，走出历史地表进入时代发声，有着密切关联。在传统经典的捍卫者身上，可以越来越清晰地看到他们掌控社会话语解释权的强力意志。这种经典性话语，绝不只是为保留人文精神的纯粹品格而自划畛域。它们由操持者把持并垄断了正统学术资源，支配着文

---

① 参见括号内著作（〔英〕艾瑞克·霍布斯鲍姆. 极端的年代 [M]. 马凡等，译. 南京：江苏人民出版社，2011：17）。霍布斯鲍姆指责这种个人主义价值倾向是彻底的"无政府个人主义"。他认为，绝对个人主义的自由蔓延乃至占据支配地位，并非某种意识形态的营造或体制性反动，"其中真正的动力，是来自个人欲望不受限制的自律性"（《极端的年代》，第 347 页）。由此再看形形色色的各类经典榜单，大致就能体会到这种"欲望自律"留下的深刻烙印。而据此披阅经典论争中诸多并未得到彰显的少数族群诉求，也就能从另一个更为体己的角度去理解他们偏激的主张背后，那些"欲望"的自律性喷发。

② 文学史写作思维和方法的改变，文学观念的革新与多元化，都和 20 世纪晚近历史观念的新发展密切相关。历史事实的客观性和稳定性，被一种修辞性建构的历史诗学所取代，从根本上动摇了一切既有事实的可靠性权威。而文学经典作为过去"文学事实"的呈现，当然无可例外地也是一种建构的"历史"，需要从现在（present）立场返身，"打开"进行重建，而不是被当作永恒的精神图腾强令接受。

③ 参见括号内著作（Lauter Paul, ed. *Reconstructing American Literature*：Preface [M]. New York：Feminist Press, 1983：XI-XXV；Krupat, Arnold. *The Voice in the Margin*：*Native American Literature and the Canon*. [M]. Berkeley, Los Angeles, and Oxford：University of California Press, 1989：65）。

化资本，强化了阶层的区隔，① 进而制约了社会的总体结构——场域的竞争。这样产生的位置安排，很容易与一元的政治权力机制结合在一起，催生权力者的欲望神话。权力构成和身份意识逐渐多元化的 20 世纪，传统经典观念的一元机制，必然与时代格格不入。西方传统经典隐含的权力属性被大力抨击，顺势而下的多元权力/利申诉，挤满了 20 世纪下半叶的文学研究空间。文学经典原本提供的文化参考和价值坐标功能，也在新的社会形态下遭到了否定质疑。迅速离散化的日常生活，个人化的瞬息经验组合，逆向而行的价值结构，都给稳固有序、整饬有道的西方经典系统带来了无以解释、且难以容适和吸收的生活经验及价值形态。面对大量涌现的全新感知经验，一场针对原有经典体系的文化战争，势必不可避免。而这样激烈的震荡，显然不是搬动几个文学经典作品，考掘一些边缘文学事实，改变经典内在学术运作方法所能平息的。这需要"从根本上改变形成并促其（经典）行之久远的体制的和知识安排"②，同时"质疑它（经典）体制化的特殊价值，这个具有重要的政治意义"③。以文学经典的秩序解构为起点，重新组建经典话语，才可应对和缓冲既有经典体系长期形成的权力压制。从一元走向多元，从中心化走向边缘化，从固有的存在（Being）走向敞开的形构（Becoming），从维护传统社会权力模式的连续性和统一性，走向追求个人权力价值的多样性和独立性，西方经典的多元话语解构时代，对传统经典捍卫者发出了激烈而尖锐的理论挑战，将问题的思考推进了一个更为广阔的语境空间。

对传统"官样"经典的反叛，首源于对旧有英语文学课程安排的质疑，实际上就是将原本不成问题的"读什么"，变成了一个设疑的实践命题。又因"读什么"的设疑蔓延到经典主体性问题上，"读谁的经典"才成为论争时无可回避的焦点。此一论争因其强烈的现实应对性和广泛影响力，而在 20 世纪 80 年代进入西方主流学界，演变成一场以文学研讨为主、社会多元参与的文化大辩论。④ 用布鲁姆的话说，这场论争主要发生在"右翼的经典保卫者"和

---

① 例如，美国经典的建构，就跟大学文学教学的职业化有密切关系。文学教职的占有者，多为"受过大学教育的盎格鲁-撒克逊或北欧后裔男性"，他们掌控甚至垄断了有关文学的资源及其话语生产权，有意无意地将自己中产阶级式的白人男权观念渗透在大量文学活动中，取消了诸多异质性主体的诉求，对边缘群体进行了结构性屏蔽，从而形成社会在阶级、族裔、种族、性别等总体结构上的不平等关系。参见括号内著作（Lauter, Paul. *Canons and Contexts* [M]. New York: Oxford University Press, 1991: 28-29）。

② Lauter, Paul. *Canons and Contexts* [M]. New York: Oxford University Press, 1991: 41.

③ Krupat, Arnold. *Approach to Native American Texts* [J]. Critical Inquiry, 1982, 9 (2): 337.

④ 英美"文学经典"论争发生的大体过程和简要情况，参见"绪论"。

"学术新闻界"之间。① 经典保卫者从人文道德价值出发，主张保卫西方传统
经典——尽管这种道德化的主张是布鲁姆本人所极力避免的，因为他更强调经
典高雅卓越的美学创造性；而学术新闻界，布鲁姆笼称之为"憎恨学派"，主
要是反一元化的多元主义②论者及文化研究学者。他们主张重新诠释经典，以
颠覆正统的秩序，借由经典战争来实现对被压抑种族、阶级、性别和族群的关
怀。同时，他们希望以经典体系价值多元化的重构为依托，力图破除并匡正过
往经典传统的权力专横。因应时代平等的权力/利要求、膨化的"后学"思
维、浇透的个人自由激情，还有马克思主义的身份表征意识，③ 这大体就是多
元论者粗略的理论轮廓。因为对西方传统经典宏大的意义体系及牵缚的道德本
质甚为不满，多元论者首倡的论调就是"打开经典"（opening the canon）、
"扩大经典"（canon-broadening）："（既有）经典通常被看作是以往统治者所
建构的，而现在则是应该被完全打开、祛除其神秘色彩，或是消解之。"④ 他
们常用打开、扩大的说辞，也是深有策略的。其实多元主义对西方传统文学经
典的精神价值，并不只是简单否认。艾洛特在主编《哥伦比亚美国文学史》
时，致力于兼顾既有文学经典与当下学术成果的平衡。他指出："我们在处理
时必须尝试保持合理的平衡，既要扩大经典（范围），又不贬低（排除）长久
以来享有盛誉的作家。"⑤ 他们也肯定传统经典作品构成了西方文明基础，赞
同经典是西方主流的统一的文化根基。"关于经典，多元主义批评家也同意，
经典作品代表了'西方文明的理念'，而这种西方文明的理念和价值又构成
'文化'。荷马、莎士比亚、艾略特和奥斯汀以统一的方式构成了'西方文明'

---

① 〔美〕哈罗德·布鲁姆. 文学正典：序言与开篇［M］. 江宁康，译. 南京：译林出版社，
2005：3.

② 多元主义，pluralism，因他们多取个人（群体）自由立场，有时也多称自由多元主义（liberal
pluralism），它是受美国自由主义思想影响而在价值立场上倾向多元化的一种观念。主要强调社会领域
中的利益多元化诉求之平等体现，以彰显自由民主的政治理想。因其主要针对传统的一元化思想体系
和威权化的政治形式，所取的基本思想方法和斗争策略乃是与解构主义、后现代哲学立场一脉相通的。

③ 实际上就是文艺的社会反映论，非常传统而又稳固的文学观念，但在多元主义对传统经典的
抨击中，却发挥着极为优先的理论作用。多元主义研究者最常呼吁的一点是：脱离形式主义的纯文本
学迷障，还原文学经典的历史和语境（context），置于功能性视野（functional perspective）重审文学经
典的"事实"。看起来多元主义机锋十足，以颠覆传统经典为己任，但背后的理论图示，却杂糅颇多马
克思主义的社会历史批评方法，也与时兴的文化研究思路大相吻合。

④ Hallberg, Robert von. ed. *Canons*：Introdution ［M］. Chicago：University of Chicago Press，1984：1.

⑤ 参见括号内著作（Elliott, Emory. *New Literary History*：*Past and Present* ［J］. American
Literature，1985，57（4）：619）。而劳特在编辑《希斯美国文学选集》时奉行的比较参照法，实际上
强调了既有经典的文化度量作用。在选文时，他也强调既有经典作家与非经典作家并重，传承与创新
齐头并进。传统"经典"意识的影响，已经无意识化为一种基本的文化心理，总体上制约着学术话语
和社会文化的操作，即使最激进的叛逆者，也无法割断这一根基。

的文化观念，这一点在争论的双方都不存在问题。"① 多元主义者更希望改变的，是自己（族群）在经典文化中被淹没的"无名"状态。而解决这一处境的方法，有时竟然简单到"计数"的地步。亦即，在文学史或文学经典的叙述中，为某一历史主体（群体），列入代表其社会力量程度的作家数量，以达成多元主义者心目中最初级的"经典重构"愿望。如此一来文学史的重建将变得越来越臃肿，不同群体都在叙述中增加"表征"自己的"发言者"，这样均等用力或按社会平权要求安排的结果，就是不得不舍弃一些世所公认的"经典书目"——当然，"世所公认"的说法，本就受多元主义论者诟病，被指是基于对少数族群的遮蔽而形成的统治性立场。② 而所谓"打开"，就意味着传统意义上作为"本质"存在的经典，失去了它绝对性的权威力量，以及它对世界秩序排他性的单向影响力。经典从本体向（主体）对象的转移，凸显了历史主体与经典之间双向塑造的关系——从 being 到 bcoming，多元主义论者温和的"打开"，激活了被经典正统排斥掩埋的主体力量，为更多主体历史性地进入经典意义空间，提供了话语机制。本质论经典观的一元机制，强压了各种社会分化的差异性；而多元论经典观，则力图复活差异的多样性，并追求平等合理的话语表征权力，以重构"自由民主"的社会结构关系。③ "文学经典是现存权力结构的承载因素，（他们）相信通过对经典强加一些彻底的改变，能够有助于颠覆这种权力结构。"④ 这种把社会变革的行动捆绑在文学（文化）研究中的做法，在布鲁姆看来是非常幼稚的。因为多元主义的学术研究行动，并不能真正改变社会的压制关系。其实，在大学里进行的文化研究是

---

① 参见括号内著作（John Guillory. *Cultural Capital*: *The Problem of Literary Canon Formation*: Preface [M]. Chicago: The University of Chicago Press, 1993: 21）。此外，科巴斯也认为，在经典争论中，不管是多元文化论者还是保守人文主义者，都犯了同样的错误，或者说，他们共享了同样的一个"经典"观念，只是对观念的"权力表征"存在歧义。那些艺术社会学和历史主义的立场，都不同程度地忽略了对艺术作品自身内在审美内容的分析。科巴斯质疑这种外部的话语研究，过度夸大了经典形成过程的体制化和社会性力量，在讨论中往往抛弃了对作品独特内容的关注。参见括号内著作（E DeanKolbas. *Critical Theory and Literary Canon* [M]. Colorado, Westview Press, 2001: 2-3）。

② 参见括号内著作（单德兴. 反动与重演：论 20 世纪的三部美国文学史 [M] //单德兴. 重建美国文学史. 北京：北京大学出版社，2006: 3-30）。劳特在实现自己重建美国文学史的计划时，采取的基本策略也是以"量的增加"来制造"质的改变"。在现有的文学观念、时代、类别、作家、作品中，添加"生长自相同土壤、比较不为人所熟悉的作品"，也就是一场经典扩建的文学"考古"活动。参见括号内著作（单德兴. 重建美国文学史 [M]. 北京：北京大学出版社，2006: 96）。

③ 我们将会看到，多元主义在打破一种本质主义经典观的同时，却陷入另一种本质主义的泥沼中——他们认为经典具有某种权力或阶级的价值取向，并且这种取向是内在地植入文本生成过程与生俱来的"本质"。这种文学表征论的阐释立场，转化的不过是经典本质的"身份指向"，并没有打破经典封闭自足的意义属性。

④ Frank Kermode. *History and Value* [M]. Oxford: Clarendon Press, 1988: 114.

最安全、最没有政治风险的。即使是大学课程中安排的少数族裔和边缘群体的作品，其政治性动议完全是被动迎合既有体制的安排，并不具有分裂和异质的革命性。所有可以用来处理的政治议题，都是在意识形态框架下过滤了的对象，根本无法真正触及现实的权力秩序。换句话说，一切可以用来在学院被研究和阐述的政治议题，在现实的层面上，都是安全的伪命题。布鲁姆讽刺地说，"学术新闻界"要想以激进行动推翻秩序，最好去政府机关权力部门当工作人员。学校应该解决的，是如何传授文化传统的问题。①

这就回到了经典的恒变逻辑上来。保守论者设想，文学经典凝聚着普遍的文化价值，它有如玻璃樽中的宝石，总能巧妙地避开各种历史语境带来的冲刷和洗涤，自成一统不受拘囿。经典本质论——审美本质论抑或文化（道德）本质论——植根于一个更大的历史本质论观念之中，他们将一切语境中的价值理解与阐释，都付诸对最高本质的探寻和还原。而面对急遽社会变化带来的现实责任，文学评价和学院研究必须承担起介入的行动使命，这就要求把经典置于既有语境中进行历史的建构，更需要以新的历史语境重构经典在当下的价值体系与功能效果。布鲁姆"焦虑"式天才论调的神秘主义，及稍显空泛的审美本质论，自然会引起"憎恨学派"的"政治性"反弹。更何况布鲁姆坚守的那套文学经典，"都是由文化的掌权者提倡或撰写的"，也在传达一种国家权力的"意识形态神话"②。布鲁姆们又何尝不是像政府权力部门的员工那样，在传授着政治的箴言？以孤独式的美学体验来评价作品的高下，又何尝不是在淡化稀释既存权力体制的不合理？以诗学独立避开社会对立（矛盾），这本就是一场捍卫统治秩序的权力献媚。文学艺术既然是历史经验和社会感受的反映，那么，在多元群体的利益诉求推动下，它也应该以相应的方式批判等级化的不公。实际上，以古代经典为文化最高范本的本质主义论者，恰恰割裂了社会语境与艺术之间的互生关系。20世纪50年代以降，在美国盛行的新批评，就是以对文学形式的痴迷掩盖统治意志的强权，忽略了其他族群现实生活及其

---

① 很难说布鲁姆的批评，对多元主义左翼性的革命激进立场有什么政治意义上的考量。事实上，布鲁姆自己的学术研究和理论经历，本就充满激进色彩。从早年赞同同性恋理论，到后来积极介入解构批评，布鲁姆一直是学院中激进立场的先锋。在经典讨论中，他一反过去的立场，退居新保守主义的阵地，很大程度上是源于对多元主义与当代理论在文学研究上走偏的不满。文化研究将文本中的文化想象和现实中的文化斗争与权力问题等同起来，不但无助于解决社会问题，而且一定程度上在掩盖现实中的更为隐蔽的权力关系。特别是这些研究对文本的审美问题弃之如敝屣，让坚守文化传统和经典创造品格的布鲁姆甚为反感，以至于收敛隐藏了自己曾经的激进锋芒，与他们对立相向。

② Lauter, Paul. *Canons and Contexts* [M]. New York: Oxford University Press, 1991: 48.

表达的权力，从而完成了对美国性、中产阶级价值观的建构。① 美国主流文化的核心经典，依然是以白人和欧洲男性威权为基础的官方经典，缺乏对多元少数族群生活经验的表征。因此，以广阔的视野和开放的包容，纳入黑人、女性、工人阶级等不同群体的文本，正可以打破以古希腊罗马为圭臬的、传统保守的经典观念。从当下的权力诉求来考量，"我们几乎不为一件公认的杰作所动，而是为一件低得多的，但却关涉到我们在自己的时代所面临的问题的艺术品所深深'骚动'，为之震撼以达到净化点"②。社会不断发展，必然要求文学经典的建构能反映新的现实诉求和不同族群的经验。传统大书的生活世界，已经离我们远去，它们已丧失了言说当下多元生活的能力。所以需要重建这个时代的新经典。从这个意义上说，多元主义者都是有点"当下主义"倾向的。③

多元主义与时俱进地进入历史现场，以社会经验的多元性要求重设经典边界，对传统经典的一元论价值体系构成了反动。美国多元主义的代表保罗·劳特，就是一元本质论经典观的批判者。劳特 1971 年即与坎普合编了锋芒尖锐的文集《文学的政治性》④，其从性别与种族平等的角度，提出重写或修正美国文学史的叙述，以重建文学经典的秩序。通过编辑出版工作的具体实施，劳特希图影响文学选集的编排、文学课程的设置和文学教学的发展。劳特改革美国文学课程的基本理念和具体设想，都体现在他的《重建美国文学课程·进度·议题》⑤ 一书中。作为实施理念的具体进阶，为把课程改革纲要落到实处，他联合多人主编了影响深远的《希斯美国文学选集》⑥。该文集的选文策略和收录结果，甚至冲击和动摇了在美国文选界独占鳌头的《诺顿美国文学选集》。此后 20 年，"希斯"与"诺顿"在推进美国文学史写作、文学教学、课程修正、观念革新以及经典重构方面，形成了双子并立、齐头并进的盛况，

---

① John Guillory. *Cultural Capital：The Problem of Literary Canon Formation* ［M］. Chicago：The University of Chicago Press，1993：125-147.

② 〔匈〕阿格妮丝·赫勒. 日常生活 ［M］. 衣俊卿，译. 重庆：重庆出版社，2010：117.

③ 当下主义（presentism）是借自佛克马的一个概念，即"以现在的观念和标准，尤其是当下对于理性和真理的观念，来描述和评价历史现象"。参见括号内著作（Fokkema，D. W. *Literary History* ［J］. Tamkang Review，1985，16（1）：7-8)，实际上是一种以今论古的建构主义立场，一切归诸现时语境的主体理解和阐释，而不认同所谓业已永恒化的"历史真理"。

④ Kampf，Louis，and Paul Lauter，eds. *The Politics of Literature：Dissenting Essays on the Teaching of English* ［M］. New York：Random，1971.

⑤ Lauter Paul，ed. *Reconstructing American Literature：* Preface ［M］. New York：Feminist Press，1983.

⑥ Lauter，Paul. et al.，eds. *The Heath Anthology of American Literature* （2 vols）［M］. Lexington：D. C，Heath & Co. 1990.

影响了几代美国人的文学视野和阅读倾向。① 劳特在 1991 年出版的《经典与语境》中②，明确以复数"canons"表达对过往一元化、单向度的文学经典之反对情绪。③ 以图将文学经典置于开放多元、追求民主平等的"在场"（present）语境中，④ 解析其审美形式暗处的权力角逐和力量纠缠，将社会运动的实践关怀，引入到学院派的纯粹工作中来——新批评的形式主义路线就是这么纯粹地工作着。劳特认为，单一（本质论）的美学标准，很难能够清楚地解释过去的经典作品为什么一定会比非经典的作品好。更重要的是，人类的美学标准本身也在不断发展变化，根本不存在评价经典作品的唯一美学标准。美学普遍性掩盖下的权力不公，形成了另一种统治意识形态，筑起了经典价值单一的中心领地，这已与当下的现实格格不入。"当我们生活在同一种文化中时，正是文学统一的时代，但这不是当下的现实。"⑤ 现实是，单一的共同体认知已被分散化的利益群体所瓦解，以多元价值中心替换单一价值中心，就是文学需要面对的"当下"。据此，劳特对新批评影响下的文本批评路子甚为不满，认为这种只关注文学本体的认识论偏见，完全忽略了文学与社会体制之间的政治关联。"当使用'形式主义的'和'美学的'之类词语来命名多样的批评活动时，我想指出的是，他们无时不在想要将文学文本和批评行为，从历史中孤立开来，他们忽略了自己的工作在教育机构和社会中产生的特定作用，随之而来，他们将文学领域变成了一个'广阔的、封闭的、语义的禁地'。"⑥ 更何况，这个文学研究和批评的"语义的禁地"，长期以来都是由西方男性统辖

---

① 这里谈到的 1979 年首版的《诺顿美国文学选集》（Nina Baym, et al. eds. *Norton Anthology of American Literature* [M]. New York: W. W. Norton & Co., 1979），脱胎于 1962 年出版的同一系列《诺顿英语文学选集》（此选集先后由著名理论家艾布拉姆斯和格林布拉特总率主编，2012 已更新至第 9 版），其选文立场和叙述方法明显烙有"二战"后美国理论的色彩，受解构和多元主义的思想影响，纳入了大量弱势群体和边缘声音，并重审美国文学的历史脉络，确实改变了美国文学史的既有表达传统。"诺顿"和"希斯"出版后，学界反响都比较强烈，受众回应积极，文学教学对其参证取用颇多，在数十年间一版再版。这也促使它们根据时代需要和学术研究的进展，在保持总体框架结构稳定的情况下，不断进行内容的更新和替换，以保持文选的开放性活力。现两家公司都在积极探索网络线上内容的传播平台建设，借力网络媒介的开放和互动，它们希望将多元化的文学叙述变成一个真正民主的表述空间。

② Lauter, Paul. *Canons and Contexts* [M]. New York: Oxford University Press, 1991.

③ 二十世纪七八十年代经典论争中，这也是多元论者的一个基本的共识。许多经典著作和文集，都以"经典"之复数来表达一种颠覆、反动和解构的质疑，如哈伯格主编的《经典》（Hallberg, Robert von. ed. *Canons*: Introduction [M]. Chicago: University of Chicago Press, 1984）亦是如此。

④ 我们此处用的在场"present"，更强调"现在"的历史价值感，它在多元主义者手中，更接近于佛克马所言的当下主义"presentism"之意涵。

⑤ Joanna Russ. *How to Suppress Women's Writing* [M]. Austin: University of Texas Press, 1983: 120.

⑥ Lauter, Paul. *Canons and Contexts* [M]. New York: Oxford University Press, 1991: 138.

的领地，是男权话语的历史建构，它强化了 WASP 和 DEWM 式的经典观念。① 文学价值的高低判断，不能刻舟求剑式地牵系在某个刻板的标准之上。否则，文学评价和研究就会陷入因果循环的僵局。"我们被教导，要去寻求那些可以阐释我们认可的价值特征的作品，我们学习的也就是对具有这些特征的作品进行评价。"② 事实上，文学价值是由不同时代的人们根据不同的愿望要求而构建的、不断变化的价值理念。我们可以在历史语境的演变中，看到这种与时俱进的变化。"对不同群体的参与而言——民族、种族、性别、阶级、职业、机构——我们自身就可能蕴含了各种不同的矛盾价值和文学标准。"③ 所以，像形式主义批评那样，希望用一种诗学的自给自足来填满经典意义空间的做法，是不合文学现实经验的。正如社会职业领域的等级关系并未根本改变一样，传统文学经典影响下的价值判断领域，等级秩序也从未改变。经典既是这种价值等级的产物，又是维护它们的工具。而布鲁姆所不待见的"憎恨学派"，很大程度上是"去除了文学的理想性和形而上学的信念和标记，解除了阿诺德主义以文学代宗教的思想遗产"④，以期在更广泛的历史语境中纠正形式主义的毛病。毋宁说，多元主义破除了形式主义或审美本质论对文学经典的"鉴赏式解释"，代之以"表征性解释"，"文化产品就是一种处于社会——政治结构之下的表征"⑤。如此，才能打开社会历史视域，回应多元群体的权力诉求，对那些自命"崇高"的经典作品，重新加以价值的检视。

　　既然经典的（审美/文化/道德）本质要义需重新置入具体的社会历史语境中来神视，那它就不是一个自足完成的客观对象，也不会自动获得超然世外的真理性或美学本质。"经典的问题必须在伦理和政治的领域来竞争。"⑥ 所谓"普遍的美学标准"，也不过是在特定时空下的特殊产物，不可能用一套历史价值，来框定已经改变了的时代语境和社会结构。在处理文学经典议题——也即，什么才是我们最好的作家和作品——时，更重要的不是争议"标准是什么"，以及"何种标准更有真理性"，而是首先叩问"标准从何处来？它们包

---

①　Lauter, Paul. *Canons and Contexts* [M]. New York：Oxford University Press，1991：142.

②　Lauter, Paul. *Canons and Contexts* [M]. New York：Oxford University Press，1991：148.

③　Lauter, Paul. *Canons and Contexts* [M]. New York：Oxford University Press，1991：148.

④　Howard Felperin. *Beyond Deconstruction*：*The Uses and Abuses of Literary Theory* [M]. Oxford：Clarendon Press，1985：11.

⑤　参见括号内著作（Jonathan Kuller. *Literary Theory*：*A Very Short Introduction* [M]. London：Oxford University Press，1997：51）。"鉴赏式解释"，即 appreciative interpretation，"表征性解释"，即 symptomatic interpretation。

⑥　Lauter, Paul. *Canons and Contexts* [M]. New York：Oxford University Press，1991：170.

含了谁的价值？它们趋附于谁的利益？"[①]　劳特毫不隐晦，他就是运用一种非美学化的、持续变化的社会历史标准来甄定文学经典的。文学活动总是有它的社会动力机制，文学研究也是一个政治化的过程。基于此，劳特希冀借由美国文学史的重建、学术研究和文学课程的修正，更好地呈现美国多元结构下民主平等的现实预期，通过文学的行业努力，谋求社会整体语境的公平合理。修正美国文学史叙述和文学教学的课程规划，就是希望按照多元平等原则，来反映当代不同群体的诉求，创造出民主公平合理的文学（社会）话语机制，以回应"二战"后迅速兴起的社会民主运动。社会的异质性和多元性越来越高，文学受众的异质性和差别性也越来越大。文学提供的经验不能拘泥于古老经典的僵硬趣味，要开门接纳更多新的议题和作品，以扩大充实文学的含蕴。劳特主张通过多元化努力，将以往被忽视的少数派边缘作者从经典掩盖的陷阱中打捞出来，赋予所有族群和性别主体以同等的身份表征权力，一点点打开为"瓦斯普"封闭的历史空间，开拓所有被压抑者在美国整体文学叙述中的领地。实现这些目标的一个具体议程，就是对原有的美国文学课程进行"修正式"手术，"在课程的问题以及我们在课堂中选择要强调的事情的底下，都是政治的议题。"[②]　学校教什么、学生读什么、教员倚重什么，这些都在文学课程的大纲设计和教学实践中得到体现。由文学形成的一系列学术活动，因为文学审美的"无功利性"惯例，以及对过去经典权威的笃定，变得顺其自然，好似一切都是历史正义的合法性体现。然则，"文学优秀的标准不是绝对的，而是偶然的。它们所关涉到的因素，依赖相对的价值评断，这些相对价值有的体现在文学表达的形式及情感上，有的体现在对形式和文学功用的不同文化观念上。因此，我们基于责任而试图寻求构成我们国家文化的不同文学中的'最好作品'进行讲授时，需要不时地检验我们的文化尺度。"[③]　否则，立足于学院的教师和研究者，很可能限于自身受教的知识体系，以及学院职业角色的定位，去选择那些自身熟悉又切合其价值立场的作品进行传播。文学经典作为

---

①　Lauter Paul, ed. *Reconstructing American Literature*: Preface [M]. New York: Feminist Press, 1983: XⅧ.

②　Lauter Paul, ed. *Reconstructing American Literature*: Preface [M]. New York: Feminist Press, 1983: XX.

③　Lauter Paul, ed. *Reconstructing American Literature*: Preface [M]. New York: Feminist Press, 1983: XX.

"重要得足以作为阅读、学习、书写、教学的作品和作者的清单"①，在文学教学活动中得到了直接的稳固和强化；文学课程的排他性力量，在经典建构的进程中发挥温而而强大的作用。所以，多元主义者亟待就既有课程纲目进行手术式矫正。"我们想要什么？只不过改变文学课程，修正批评理论和文学史，这样一种改变是必需的。"② 正因如此，调整单一狭隘的课程安排，设计更具覆盖面的文学史论，扩大文学经典书目的表征对象，都成为经典修正的核心内容。"打开经典"的主要动机，是为了将更多徘徊在经典殿堂之外的文本"放进来"，企图以"量的增加"策略，来制造经典秩序"质的改变"。劳特主编《希斯文选》以备教学改革之用时，就是在现有的文学观念、时代、类别、作家、作品中，添加"生长自相同土壤、比较不为人所熟悉的作品"③，以最大的力量发掘曾被边缘化、隐匿化和消解了的群体声音。事实上，经此"打开""扩大"，少数族裔、女性群体、边缘阶层的代表性作品，被一种更宽泛的美学标准，包容到了新的经典书目之中。④ 尤其是对女性作家的抬升、少数族裔（特别是黑人族群）的重视、印第安土族文本的开掘，都在"政治"层面上为

① 参见括号内著作（Lauter Paul. *To the Reader* ［M］//Paul Lauter, et al, eds. *The Heath Anthology of American Literature*. Lexington：D. C. Heath，1990：XXⅧ）.劳特还在谈到"美国文学经典"概念时，表达过类似的想法："谈到'美国文学经典'，我意指的是，那些被包括在基础的美国大学课程和教材中的一系列作家及作品，这些作品通常会在标准的文学史、书目和批评中被讨论。"（Lauter, Paul. *Canons and Contexts* ［M］. New York：Oxford University Press，1991：23）至于"提及'经典'，我意指的是一系列在一个社会中具有文化分量的文字作品，其中集合了重要的哲学、政治学和宗教文本，这些文本对历史作出了独特的阐述。"（Lauter, Paul. *Canons and Contexts* ［M］. New York：Oxford University Press，1991：IX）这就把"文学经典"界定为广义上的书面文化经典了，跟我们谈到的传统大书概念，颇多重合。

② Florence Howe. *Those We Still Don't Read* ［J］. College English，1981，43（1）：16.

③ 单德兴. 重建美国文学史 ［M］. 北京：北京大学出版社，2006：96.

④ 在文学史的经典重构方面，1980 年代晚期艾洛特领衔的《哥伦比亚美国文学史》（Elliott, Emory, et al. eds. *Columbia Literary History of the United States* ［M］. New York：Columbia University Press，1988）在文学观念和写史方法上也有典型的多元论倾向，作出了许多有益的尝试。"颠覆国家文学统一叙事的观念。"（Elliott, Emory. *New Literary History：Past and Present* ［J］. American Literature，1985，57（4）：621）力图呈现近年在学术和经典讨论中新的发展，反映当代文学观念和批评意见的多样性与歧异性，努力使文学史的叙述"不因性别、种族或民族的、文化的背景的偏见，来排除某些作家"，"承认多样、复杂、矛盾，把它们当成结构的原则，扬弃封闭和共识。"（Elliott, Emory, et al. eds. *Columbia Literary History of the United States* ［M］. New York：Columbia University Press，1988：XII-XIII.）以多样内容建立对美国文学的总览，让与"美国"具有空间关系的文学作品，都能有一席之地，而不是强调"美国意识"统一的国家主义。哥版文学史专列三章讨论女性作家（即《女性作家的兴起》《女作家与新女性》以及《两次世界大战之间的女作家》），还在书中第三部分为女作家艾米莉·迪金森（Emily Dickinson）专辟一章加以论述，享有与其他十位作家同等的待遇，此举当时实属罕见；另又辟三章讨论少数族裔文学，在当时的美国文学史写作中，也是很难得的。

打开过去经典的封闭结构提供了丰富的经验样本。

与保罗的激进不同，克鲁帕特的立场就在多元诉求中有调和。他明确提出，"值得宣扬的文本，既不是毫无原则的任一文本，也不是那些为既存种族提供合乎统计学比例阐释的作品，而是那些与读者经验直接相关的作品"①，这被克鲁帕特认为是解决经典认知困境的一种有效途径。因为读者的经验是多元和变化的，所以，"任何将美国或英国文学视作一个整体的做法都是宽泛无据的。经典修正应该进一步促使课程和文本内容的变化，包括不同种族文学、工人阶级文学、第三世界女性文学、地方文学，等等，这种经典变革会进一步促使各群体之间的相互分立，而不是（在一种统一的文化认同下）促进他们的相互关联"②。传统的经典秩序忽视和淹没了诸多不同群体的经验，刻意擦去了大量历史主体的实践意志。要回归到读者的现实经验相关性上，其实也就是回到更为开放和多元的群体现实经验（利益）中去，从而以国家或民族的一元性抹杀多元经验表达的机制。克鲁帕特的经典观念强调群体之间的分离，而不是寻求单一的文化趋同。但他又反对那种机械式的统计学经典安排——试图以少数群体作品"量的增加"，来重构文学经典的做法，既不现实，也有违经典本意。克鲁帕特把劳特等人那种统计学性质的经典修正，称之为"道德-本体论的修正。它要求我们从公平的角度去读一定比例的有统计学意义的代表性作家作品"③。根据社会群体和种族的统计学分布，在经典系统中为他们分配适量的文本，从而浮现他们应有的历史"存在"——这种统计学的修正，想当然地以为，如此做就能从根本上避免弱势群体在经典中被压制、乃至失去表征能力的状况，进而消解西方世界长期以来形成的 WASP 经典传统。事实上，这种行动不过是加剧了经典所象征的权力冲突，强化了传统经典隐含的霸权存在。在经典的论争中，这自是少数群体据理力争权力开放的策略，在道德层面上赋予所有存在者以一定的历史合法性，从而在经典的秩序中为他们留下道德诉求的空间。经典在这个意义上成为了统计学上道德资源的分配——这是一种寻求更为公平的生存尊重的经典分配。每一群体的经典，就代表着他们的生存道德和思想观念，表征着他们的文化价值和现实存在。西方文学确然不只是由瓦斯普主义（WASP）群体的创作所构成，但即使这种统计学式的经典修

---

① Arnold Krupat. *The Concept of the Canon* ［M］// Lee Morrissey, ed. *Debating the Canon: A Reader From Addison to Nafisi*. New York: Palgrave Macmillan, 2005: 159.

② Arnold Krupat. *The Concept of the Canon* ［M］// Lee Morrissey, ed. *Debating the Canon: A Reader From Addison to Nafisi*. New York: Palgrave Macmillan, 2005: 159.

③ Arnold Krupat. *The Concept of the Canon* ［M］// Lee Morrissey, ed. *Debating the Canon: A Reader From Addison to Nafisi*. New York: Palgrave Macmillan, 2005: 158.

正原则，能为少数派挣得道德上的平等，却也面临着许多实际的困难。"种族－本体论修正无法确定，究竟哪一个作家能够被传授，能够真正代表特定的种族／社会群体。"① 也就是说，即便统计学的方式，能在社会结构的整体上解决经典的表征权力斗争，却无法在不同群体内部，特别是具体的文本之间，作出有效的区分。每一个文本最终都会被赋予更为无穷的统计学意义，推至极端，每个文本至少代表了作家本人的道德性存在。若要照顾人类存在的统计学公平，那必将陷入经典的无政府主义混乱状态，所有文本都将是"统计学上的经典"。因此，这种修正的最终结果，必然是在相对微观的范围内，执行权力斗争的策略，将大的权力争斗平衡为细部的经典争斗。这势必带来更多的争议与无休止的辩论，难以形成对"经典"判断的基本"共识"。赋予差异性经验以正当性及合法性，并不等于取消和否认文化共同性的可能性。对任何民族和国家来说，建构一种认同的文学经典仍是必要的。

文学经典作为一种身份认同的载体，就像集体自传一样诉说并记录着文化共同体的生存符号和象征系统。如此，"我们所有人的自我（身份），都是构成集体自我的一部分，所以，我们既不是将自己简单地理解为对他者的包容，也不是理解为与他者的对立，而是把自己看作在与他人的相互对话中构成的集体文化身份。在诸如经典这样的集体自传中所表达出来的集体自我观念，以及这一集体自我身份中暗含的社会观，正是我要回归的东西"②。因此，维护一种美国（集体）文学观念的努力，是至为重要而有意义的。克鲁帕特将这种共同民族文化身份的形成原则，界定为"差异中的统一"③。但克鲁帕特所谓的差异统一性原则，又不同于那种统计学基础上的种族平等主义，或是种族本位主义。为不同主体在经典中留一个位置，在名义上给一个出口，却无视它们在美国整体文化中依然被漠视的现实，此路径往往事倍功半。克鲁帕特更关注那些对建构美国统一的文化身份具有重要作用的群体文化或特殊文化。这些文化不以种族的身份甚至人口统计学比例来确定，更多取决于它在建构美国文化统一体中的重要性。也就是要看它能否作为美国文化统一体中"差异"的一极而被接纳，为美国文化贡献多元的作用。当一种新的异端文化逐渐对"美

① Arnold Krupat. *The Concept of the Canon* ［M］ // Lee Morrissey, ed. *Debating the Canon: A Reader From Addison to Nafisi*. New York: Palgrave Macmillan, 2005: 158-159.

② Arnold Krupat. *The Concept of the Canon* ［M］ // Lee Morrissey, ed. *Debating the Canon: A Reader From Addison to Nafisi*. New York: Palgrave Macmillan, 2005: 160.

③ 差异中的统一，"unity-in-difference"。参见括号内著作（Arnold Krupat. *The Concept of the Canon* ［M］ // Lee Morrissey, ed. *Debating the Canon: A Reader From Addison to Nafisi*. New York: Palgrave Macmillan, 2005: 160）。

国文化"形成冲击和压迫时，就必须考虑在经典的秩序中，为这些新的差异性因素提供位置，同时又将它们悄然纳入文化共同体中来。① 克鲁帕特更注重社会经验和差异力量形成的对抗，经典作为一种价值效果，必须反映特定时代中新的历史要求。所以，差异的统一，不是以既有的"统一"权威来收编归化"差异"，取消其经验历史的主体性；而是在"差异"的作用下，重构一种新的历史"统一"，以差异的经验消除"统一"的极端性，在多元性的协调中再造认同共识。

但无论激进与否，多元主义对形式主义批评"价值中立"的纯技巧分析，是极为反感的，他们力图在社会动机与社会效果两个端点之间，审察经典的建构机制与价值表征。他们不再把"文学性"看作经典自足确证的关键，而是把文学与个（群）体的社会意志联系起来，把个（群）体的行为，特别是政治性行为，看成是经典理解的中心。一切价值判断都是主体利益关系的表征，并不存在一种脱离主体社会诉求的普遍性审美价值。任何经典都是特定社会/历史利益的表达，它们背后不可能一水清明。既然经典是在排他的原则下形成的，一个体制性经典秩序的达成和维持，就必然有利益的上升与压抑，这是经典效果得以呈现的社会基础。"如果离开了这种历史的利益诉求，一个完整的体制性经典是不可能形成的，简单地看，就是因为这些经典表达的利益是特定的、偏颇的，因而是排他性的。"② 与形式主义批评从文学性去寻求最精美、"最正确"的经典作品不同，多元主义更关注文学发生和存续的社会机制。经典作为对文学作品甄别取舍的结果，在社会价值上构成了表征的"同类文本"，人们通过选择这些用来阅读的"同类文本"，以形成对特定价值利益的

---

① 克鲁帕特专门提到，美国传统文学经典的建构，仅包括少量的非欧洲白人作品，是值得怀疑的。欧洲白人创作是构成美国文学的传统主体，但现在，非裔美国人和印第安土族的文学创作，都开始引起重视，他们的优秀作品与传统经典之作一样重要。甚至包括西班牙语言文学的创作，都在改变着以欧洲传统作品为中心的美国文化身份建构。此类创作应该被考虑纳入美国文学经典的整体中来——这经典就是美国文化的仓库。这些非欧洲白人的传统作品——所谓异端不是因为他们提供了原住民生存的历史遗迹而被理解。它们应该被阅读是因为提供了丰富的教育和愉悦空间。如果能认识到这些作品的杰出之处和丰富空间，那么，它们将能教给我们不同于西方传统经典的东西，它们带给我们的愉悦，也不同于西方传统给予我们的愉悦"。参见括号内著作（Arnold Krupat. *The Concept of the Canon*［M］// Lee Morrissey, ed. *Debating the Canon: A Reader From Addison to Nafisi*. New York: Palgrave Macmillan, 2005: 161）。

② Howard Felperin. *Beyond Deconstruction*［M］. Oxford: Clarendon Press, 1985: 48.

诉求，建构"阐释的共同体"①。这价值共同体反过来制约影响一个社会的实践伦理与行为选择，并强化为判别正义与否的尺度和标准。"没有经典、文集或典范文本，就不可能有阐释的共同体……构建经典书目，事关的不是我们能读到的正确的文本究竟有多重要；经典问题源于我们阅读同类文本的必要性，或者说，同类文本必是充足的，才能使得阐释共同体的话语能得以持续进行"②。认同是人类社会性存续的主体需要，个人或群体，都会有一种对自我身份及所处社会/历史语境的内在体认。认同与特定语境中个人对社会（群体）的同一性想象有关，"认同也许可以被当作是一种虚构，把一个有序的类型和叙事置于实际的复合体之上，置于心理世界和社会世界的多重特性之上"③。通过对"经典"这种公认的"同类文本"进行同一性阐释，个（群）体间实现心理上的想象（虚构）指认，从而建构社会性的复合体。多元主义将文学经典问题与主体阐释和身份表征连接，恰好可以解开主体利益诉求与文学价值生成间的结构关系。

正是在这个意义上，从 20 世纪 60 年代开始受到重视的黑人文学和女性创作，在社会伦理上召唤出了一种新的价值图谱。通过文学经典的话语调整以界定社会结构的不平等关系，这是一个争取权力/利并建构"阐释主体"的社会行动。新的黑人或女性（群体）传统的建立，完全不同于形式主义/本质主义批评家所建构的、把少数派排除在外的那种经典传统，它对既有的意识形态构成了挑战。主体阐释和身份表征意识的植入，使多元主义的理论论争具备了更为强烈的政治品格，也为他们赢得了现实的正当性。正是这种社会性的价值表征维度，揭示了传统经典观念中隐藏在貌似中立的精英主义标准下的权力关系。所以，即使自由主义在美国政治文化中已明显式微，但"经典中的表征"

---

① "阐释的共同体"（interpretive community）是斯坦利·费什（Stanley Fish）提出的概念，参见括号内著作（Stanley Fis. *Is There a Text in This Class*? [M]. Cambridge：Harvard University Press，1982：11）。多元主义论者强调"群体"通过选择不同文本作为阐释对象和价值载体，以确认自我主体性。与安德森的"想象的共同体"相比，在主体生成的符号取径上，两者基本一致的。"想象的共同体"也是基于对价值的想象性建构而实现主体自认。不过，想象的过程中，可能会出现对"共同体"多样化的阐释行为。而阐释性共同体，更强调基于文本对象所进行的同一性阐释而形成的价值认同。也就说，想象的共同体更关注目的一致性，而阐释的共同体，还关注达成目的一致的主体历史条件的同一性。

② Howard Felperin. *Beyond Deconstruction* [M]. Oxford：Clarendon Press，1985：46-47.

③ 周宪，主编. 文学与认同：跨学科的反思 [M]. 北京：中华书局，2008：239.

之类议题，却成为学术研究组织关注的焦点。① 多元主义显然不承认文学具有内在的本质属性，而是把文学价值与作品表达的历史内容等同起来。价值对文学作品来说，自然是由外在历史（特定群体）所赋予的；反之，文学又以价值表征赋予历史群体以身份确证，从而形成一种类似循环论证的逻辑轨迹。对一个具有共识的共同体而言，作为"同类文本"呈现的经典，是其主体在具体历史语境中的表征性生产。通过将经典价值的判定与群体阐释行动融合在一起，所有"共同体"期望以"现在"的建构性方式，凸现出自己在社会结构中的权力位置。多元主义在此意义上，赋予价值判断的主体，亦即"阐释共同体"，以社会利益的历史合法性。文学经典价值的根基，从内在的审美/道德本质，转向了外在的社会利益诉求。判断一套文学经典的价值高低及其历史合理性，不是基于普遍的文化精神和文学经验，而是反求诸历史主体的利益多元化和权力公平性，这在当代语境中变得尤为突出。此观念暗含着如下语义："不同读者群体可以通过评价不同作品，也就是选定不同的文学经典，来表达自己不同的价值倾向。"② 不同群体有差异化的价值取向，这种取向影响他们对经典的选择。实际上，对文学的评价，因利益和文化选择的分歧，有时很难形成统一的交集。就不同"阐释性主体"而言，都必然会、也都应该有自己的一套经典，价值判断一直植根于群体的具体社会/历史条件中。就既有的西方文学经典而言，它们的形成就被看成是代表社会统治群体共同利益的典范，是主要群体价值的反映。所以，对文本的选择和排除过程，也往往受制于统治群体的价值"阐释"行为。"文学作品被选择并被经典化，是因为它们与价值本身一样，隶属于同样的社会群体，或者因为这些作品代表了主要社会群体的价值。"③ 因为社会已有"共识"，是统治群体利益与意志的反映，所以要想推翻其选择的经典，绝非易事。重构经典是异常困难的历史任务，它需要破除人们既有"共识"中被固化了的"共同体"认知——这种认知，实则是统治阶级借权力建构的主体间想象关系，是为现存秩序服务的。多元主义也深知举事维艰，所以其策略选择也从激进的颠覆和解构，转向了对多元群体利益协调机

---

① 关于这个主题的研究，也囊括了大量文献，参见括号内著作（Leslie Fiedler and Houston Baker, ed. *English Literature： Opening up the Canon* [M]. Baltimore： Johns Hopkins University Press, 1981; William Cain. *Crisis in Criticism： Theory, Literature and Reform in English Studies* [M]. Baltimore： Johns Hopkins University Press, 1984; Paul Lauter. *History and the Canon* [J]. Social Text, 1985, 12： 94-101）。

② John Guillory. *Cultural Capital： The Problem of Literary Canon Formation* [M]. Chicago： The University of Chicago Press, 1993： 27.

③ John Guillory. *Cultural Capital： The Problem of Literary Canon Formation* [M]. Chicago： The University of Chicago Press, 1993： 28.

制的诉求。

在社会语境中，个体总是隶属于不同的"共同体"，他们之间不免存在利益冲突，国家就是调节不同共同体（社会集团）利益冲突的政治机制。在当代，构成社会共同体的方式和标准已经多样化，连少数派的职业组织，都有自己的"共同体"形态。多元化的群体生态，构成了当代美国多元化的社会现世图景。从民主文化的历史发展来看，"二战"之后的美国社会，不同群体及其利益，已经在日趋多元化、细分化的区隔之下，变得更加复杂。而原有的民主政治机构，包括那些具有政治表征功能的文化机构，已经深陷危机之中，难以为继——因为这些机构表征不同群体的能力极为有限。也就是说，原有的社会机构，已经无法完全表征现有群体之间复杂的利益关系了。所以，对各种社会机构，特别是文化机构进行修正，促使其走向更大的多元化，以接纳不同群体的代表，这就成为了多元主义的目标。"当社会由相互竞争、相互交换的不同群体构成时，政治组织应追求一种社会平衡的趋向，在其中，不同利益群体都能得到体现，同时在很大程度得到满足。"① 随着战后美国自由主义的式微，这种危机也与日俱增，而保守主义政治则甚嚣尘上，并试图从思想文化中清除自由主义。为了回应保守主义形成的攻击性氛围，"自由主义政治文化在大学构筑了其最后的堡垒，通过采取固化的防御性立场，它达到的极端形式甚至已改变了自己（原有）的话语"②。多元主义的立场在大学实践中适逢其时，抬头迎上，权力政治从社会领域转移到了另一个斗争的阵地——文学经典的"表征场域"。但是，把经典形成过程看成是"政治性的"，把经典还原成身份表征的政治策略，却留下了一个无法解开的问题：文学经典中的表征政治与社会民主政治之间的实现关系——亦即，诗与事的真理关系，是无法解开的。换言之，在文学经典作品中表达出来的"社会身份"，不一定能在社会现实的民主政治中得到真正实现。诗的表征价值转移，改变的只是诗被赋予价值的方式，并未触动影响诗的价值生成的政治结构。"阐释性共同体"在经典文本中达成的价值满足，并不能打破政治性的利益关系。将经典形成等同政治表征实践，混淆这两个层面的问题，甚至会造成对民主政治行动的延阻，最终形成对文学探究的曲解。

"价值多元主义"是作为对规范体系实际结构的描述提出来的，它是对这一结构的本质性描述，而非对不同价值观点复杂状态的结果描述。价值多元的

---

① Gregor Mclennan. *Maxism，Pluralism，and Beyond* [M]. Cambridge：*Polity Press*，1989：22.

② John Guillory. *Cultural Capital：The Problem of Literary Canon Formation* [M]. Chicago：The University of Chicago Press，1993：5.

关键是建构保留多元的规范体系，亦即围绕着价值行动的社会结构是多元的。但价值观点作为价值活动的结果，并不考察价值多元构成的依据。即使是在不同规范体系中，也可能出于对社会整体利益和公共价值的认同，而实现价值观点上的统一共识。① 而"多元主义"的经典观，将文学经典的价值完全外化为群体身份表征的需要，使其固化为某一群体利益的输出管道，把经典建构为价值活动的结果，追求一种对文本阐释的"价值观点"共识，并没有从社会价值结构的规范体系上描述"多元主义"的本质。它不是对实现多元结果的社会结构状况之描述，而是对社会结构的价值行动结果——价值观点类同的表达。这会同时导致它陷入绝对主义和相对主义的偏执。本为实现多元化张目的"阐释性共同体"的建构，也会因对价值结果的偏执而走向各自对立的僵化。因此，身份表征的争议，时常陷入打架式的各执一词而莫衷一是。这种没有是非，不断高下，看似民主的多元个性，实则是"一种更坏的政治争斗"②。某种群体的阐释性共识，一旦构成判断经典的价值结构，它自身就很容易在社会语境中形成强大的排他性，从而封闭了多元主义的价值机制。多元、分离的最终结果，是走向绝对主义，是对局部价值标准的普遍化，由此会带来更为激烈的排斥行动——这很像艾略特批评的"地方气"。每个阐释共同体自陷畛域，画地为牢，看似公平地获得了表征的历史机会，实则取消了开放的历史空间。它们以悬置的方式再次将自我隔离在历史结构之外，这和过去本质主义所形成的压抑，从效果上来说，并无太大的改观。多元主义要么纠缠于相对主义的"公平"，而失去价值评断的文化力；要么满足于多元群体的表征性再现，而丧失文学批评的洞察力。总之，他们的路径很难实现对文学经典价值的真正重估，也难以达到他们所期望的多元民主的社会目标。多元主义把经典及其价值判断问题，看成是一个需要语境化历史性处理的问题，但他们将经典置入的却非客观"多元"的历史现场，而是未经开放性置换的主流统治阶级（群体）的历史。他们希望将不同群体的表征合法性列入经典体系之中的"打开"行动，乃是在延伸历史叙述的"现代"进行状态。多元主义力图达到的是写入历史，而不是真正校正历史前见，以浮现那些消音了的主体。多元主义依然无

---

① 关于"自由主义""多元主义"以及价值多元主义等概念的关系，参见括号内著作（〔美〕威廉·A·盖尔斯敦. 自由多元主义〔M〕. 佟德志，等，译. 南京：江苏人民出版社，2008；〔美〕威廉·A·盖尔斯敦. 自由多元主义的实践〔M〕. 佟德志，庞金友，苏宝俊，译. 南京：江苏人民出版社，2010；〔英〕克劳德. 自由主义与价值多元论〔M〕. 应奇，等，译. 南京：江苏人民出版社，2006 年）。价值多元论是以赛亚·伯林晚期思想中的重要概念，常被认为是与自由主义理念相冲突的。但盖尔斯敦和克劳德则为价值多元主义辩护，认为其与自由主义是兼容的。我们此处仅借用价值多元主义理念的一个基本区分：结构多元与结果多元的不同，以便更客观地看待经典论争中多元主义立场的利弊。

② Robert Scholes. *Aiming a Canon at the curriculum* 〔J〕. Salmagundi, 1986, 72：108.

法阐释清楚人们进行价值判断的具体历史条件。显然，多元主义反对文学作品价值的内在固有性质，但又设置了超历史性质的权威标准，以便克服内在标准对历史的忽略——就像对其外在价值的理解一样，文学内在价值的理解，从一开始，就使得经典重估的问题显得步履维艰。多元主义热衷"阐释共同体"的想象性建构，乃是因为他们文学价值评判能力的缺失——既然丧失了对经典普遍性本体价值的信仰，他们就只能投身于现实的"共同体"再造。

　　经典的建构，本就是一个在社会历史语境中不断扩张和收缩的替代循环过程。在文本的进入与排除之间，你来我往，激烈修整，倒也不必大惊小怪。但自由论者与保守论者之间的政治分歧，演化成了价值表态和政治正确的游戏，反倒忽略了文学与社会之间更深刻的历史关系。今天我们要求打开的经典，说不定到另一个世纪，也会面临收缩的局面。因此，关键的问题，不是争论谁的经典书目更有永恒的普适性，而是要摒弃门户和政治派别的对立，相互倾听对方的意见，寻求一个能为时人共享的"共同经典"。盲目的打开、无限地放纵，与顽固的保守一样，是对特定阶层利益的合法维护。① 大量盛行的多元主义观念，不但使人陷入虚无主义的历史迷障中，而且在多元的幌子之下，粉饰了人们对理想信念的无知，加大了与真善美生活的疏离。只顾眼前的相对利益，会使我们丧失对人类自然真理的探索与追求。中庸式的相对主义开放，在对西方传统文化的颠覆中，接纳了各种被不公平对待的"少数派"，但这种毫无原则的相对主义，不仅在价值观上模糊了判断的基本准则，而且导致带来心灵上的封闭。多元主义成功摧毁了西方的知识"帝国主义"，但也同样丧失了对知识和真理的"志业"索求。相对主义、平等主义的激进追求，不但导向文化无政府主义，而且给美国人带来了"开放的封闭"——"大肆张扬的大开放其实是大封闭。再也没有人希望其他地方和其他时代还存在着能够揭示生活真谛的伟大智者——除了少数仅存的年轻人还在从权威那里寻求捷径"②。这种冷漠的开放，贬抑了西方人文传统的知识自豪感。若遵循利益的价值原则——它宣扬我们可以成为想要成为的任何人，唯独不是成为真理的求索者——将导致实践伦理与文化价值的剥离。文字以权力表征加入利益的战争，失去了对自然、哲学和科学探索精神而狂欢于利益取得的西方，必会走向文化的崩溃。多元主义在大学插满文化"民主"的大旗，只会令当代文化陷入无政府主义之中。这种无政府状态的民主，不存在获得公民权的公认规则，也不

---

① Kennedy, George. *Classics and Canons & Teaching Classical Literature in the 20th Century* [J]. South Atlantic Quarterly, 1990, 89（1）: 217-225.

② 〔美〕阿兰·布鲁姆. 美国精神的封闭 [M]. 战旭英，译. 南京：译林出版社，2007: 10.

存在正当的统治资格。简言之，对受过教育的人该是什么样子，多元主义者没有基本的共识，也没有针锋相对的看法。"学生没有被告知，伟大的奥秘会被揭示给他，他可以从自己身上发现新的、更高尚的行为动机，通过他的学习，可以和谐地建构一种不同的、更富人性的生活方式。"①

第二节　文化资本：经典价值的社会性转换

　　多元主义在经典讨论中，将现实社会的权力体察融入学术思考之中，倾注了对少数族群、边缘主体和无名阶层的价值关怀。他们期望通过撬开传统经典封闭的价值体系，对恒化在伟大作品之中的各种内在本质进行历史松绑。又以权力价值的表征策略，为长期徘徊在西方经典殿堂之外的各种"共同体"，争取平等的文化通道，尝试校正经典秩序的历史偏移，清理西方经典所庇护的社会体制不公。为此，多元主义重新描述经典价值呈现的社会历史语境，挖掘各类文本意义发生的权力现场，解构了西方经典普遍性价值的文化幻象，事实上，也就以多元化"阐释共同体"，分割了统一的西方文化精神"共同体"。在民族国家中，这种统一的"共同体"常表现为凝聚起来的国家意志和民族认同。还原经典历史建构的权力谱系，既是经典修正中一种颠覆性的防御策略，同时又为将新的时代权力诉求纳入经典体系中，提供了话语合法性。经由打开经典、扩大经典的诸般努力，修正文学课程纲目，调整文学史叙述视角，多元论者解构西方传统一元论经典观的具体实践，确实拨开了过往经典系统的权力迷雾，也大大影响了英语世界（尤其是美国）的文学史叙述方式和文学研究格局。循此逻辑，环绕在西方"大书"周围的神圣权威，已渐次受到更为民主多元的"在场"利益考量；普遍永恒的经典本质俟经利益原则之融化，也就暴露出其世俗和偏私的一面。既要廓清已然存在之经典的权力脉络和等级结构，又要借经典阵地重树各类历史主体的表征身份，经典价值的重估和再造，就成为一项事关社会民主进程的重要活动。这就是为什么在美国政治领域的自由主义衰落之后，文学领域的经典之争会成为西方民主精神高地的原因。然则，尽管多元主义构建了评判经典价值的社会语境结构，也努力跳脱文化保守论者的抽象本质论立场，但在他们具体的文学行动中，却多少陷入了对"谁"该进入经典或排除出经典序列的门楣之争中。这导致经典建构经常走入两难困境：要么因文学的民主"平权"，造成文学史叙述变得庞大臃肿、负荷不堪，以至价值芜杂、尾大不掉，难以廓清经典的真正价值；要么因相对主义

----

① 〔美〕阿兰·布鲁姆. 美国精神的封闭［M］. 战旭英，译. 南京：译林出版社，2007：288.

立场而对经典存在的社会机制、价值生成的语境体制问题缺乏深刻洞见，陷入各持己见，固守畛域的境地，从而滑入绝对主义的价值泥潭①，取消了经典应有的范式意义。多元主义所面临的此般两难困境，应该说与其具体的思维策略是攸关相连的。

我们需要回到文学经典的价值论层面上来。"文学经典都具有极大的价值"，这是一种后设情境下的陈述，却未对经典价值的主体关系作出历史性的判断。毫无疑问，价值评价，只是经典建构的必要条件，但并非其充分条件（necessary but not sufficient condition）。经典建构的关键，不是去寻绎作品的价值实体而断定其位序高低，价值评价只是经典形成后伴随的必然行为。不管是本质主义的立场，还是多元主义的主张，将文学文本表达的某种特定价值（审美/道德/权力）视为其本质的做法，都是令人怀疑的。价值是一个指涉关系的概念，是随着人类历史发展而出现的社会实践理念。价值最终在社会结构中指认主体与对象的存在关系，是一个物在它满足人类的需要时与人发生的特定关系。所以伊格尔顿说，"价值（Value）是个及物词，它表示任何被某些人、在特定环境中、根据特定标准、按特定的目的来评价的东西"②。就此而言，文学作为人类特殊的社会实践活动，通过价值性社会关系，与人类的意志领域发生了（伦理，价值）连接。事实上，并没有什么属于文学作品自然蕴含的内在价值，所有价值都是依社会需要被历史地挖掘出来的。既然事物的价值非自洽完成，经典价值同样是在主体性的历史关系中生成的。"某些文学作品世世代代保持自己价值的原因之一"，乃是我们"总是从自己的关切出发来解释文学作品，从某种意义上说，'我们的关切'概括了我们所能做的一切"③。文学经典就在主体对自我的历史性关切中，建构了与人类的恒久价值联系——经典的恒久之道，与接受主体的历史要求，形成了价值的同构进程。

但论及经典的建构过程，也即一个作品价值形成的问题，又并非简单依靠主体价值评断的累积来完成。否则，经典问题又会演变成比赛"谁活得久"的耐力活动。我们前文讨论过的"时间检验"，也证实了，主体在历史中的价

---

① "绝对主义"亦即一种绝对的相对主义，承认所有价值的平等地位，从而也就取消了对经典评断的基本价值原则。完全遵循经典表征主体在社会公义层面上的历史需求，却忽略了经典文本在文化进程中逐渐累积的历史意蕴。"绝对主义"因而导致一种评价的无政府主义，论及经典建构问题则容易自说自话，缺乏沟通的共识。在这一点上，多元主义存在理论思维上的局限。但实际阐释中，他们还是未极端地抛弃西方经典文化的基本精神，此意我们在前文已提到过了。

② 〔英〕特雷·伊格尔顿. 二十世纪西方文学理论：导言［M］. 伍晓明，译. 北京：北京大学出版社，2007：11.

③ 〔英〕特雷·伊格尔顿. 二十世纪西方文学理论：导言［M］. 伍晓明，译. 北京：北京大学出版社，2007：11.

值评判,只是经典恒变的一个因素。主体的价值评判活动,给各种文本下一段批语,定一个结论,并不必然带来对作品"经典化"的历史共识——这种共识在很大程度上是多种价值评断历史性博弈的结果,也是时间检验机制所产生的历史张力。如若只是比较附加在文本之上的价值标语,就很难解释那些风靡当世的轰动之作,为什么会在后来沉没,也无法在历史性的结构中阐明,某些经典作品实现价值逆转的过程。经典的形成不是简单的书刊检查或风纪审判。价值选择或优劣评价本身,并不能实现经典的社会建构。因为,对文本的价值评判实践面临着两个困惑:一则,主体之间的需要是历时性和共时性差异化的,遵从主体价值判断的原则,就无法克服差异化带来的分裂与离散,从而在各不相容的文本对象之间达成统一的"经典标准";二则,价值判断实际上是一种主体行为的结果,追求价值结果的比较,很容易忽略价值形成的具体社会机制,使问题讨论陷入本末倒置。正是在这个意义上,观察经典文本是如何在具体的社会体制中,得以运作成功并取得了哪些支配性价值地位;经典文本代表的"文化资本"如何占据特定的社会场域并取得斗争的胜利,比生硬地把经典当作政治战争的武器库使用,要更贴近问题的核心。

文学经典不以其物理的自然效用施加于主体,它在社会领域中的价值生成和再现,是文学符号所负载的意义(信息)回应了接受者的历史性需要。经典的争论和甄别,所以重要攸关,乃是它汇聚了大量的文化资源,可以超越经济资本,成为社会身份"区隔"的重要文化资本。不同的文化资本决定了不同阶层的文化趣味或曰精神品味(taste)。作为一种后致性构成,品味具有"区别"与"鉴赏"的作用,它既可以构建差异,又可以标志差异。鉴于此,布迪厄认为,你拥有多少经济财富,并不代表你在社会上的地位;你对合法文化亦即高雅文化作品的鉴赏能力,才是你阶级地位的最佳说明。趣味是造成阶级区隔的根本因素,具有"阶级"制造的功能。而无疑,"经典"这一生产性文化资料,象征了特殊主流阶层的"合法性趣味"(Legitimate taste)——也即是,合法作品构成的"趣味"识断。所谓合法作品,当指是统治阶级(群体)认可的高雅艺术作品。① 统治阶级通过操作和控制高雅经典文化资本的分配,维护着既有社会统治,时时掌控并操持着对经典进行删改修整的主动权。一个人获得文化资本的能力及其在场域结构中占据的位置,建立在两个基本事实上:他拥有的教育资本和社会出身。我们需要特别关注教育场域文化资本的形成。就文学经典的社会"资本"转换而言,教育机制的运作不但实现了价

---

① 〔法〕皮埃尔·布迪厄,华康德. 实践与反思[M]. 李猛,李康,译. 北京:中央编译出版社,1998:95-96.

值的选择和评断，也实现了社会身份和权力结构的重新安排。教育在整个文化资本的获取分配过程中，以貌似"众人平等"掩盖了社会权利的不公，从而实现了统治者、支配结构的合法化。教育实际上"是最有效地将既有社会模式永久化的手段。也即是使社会不平等正当化，并提供人们对于文化继承的认知。换句话说，教育将社会所赋予或附加的东西，以自然的性质加以看待"①。学校作为当代资本主义最重要的"意识形态国家机器"，通过其特定的组织和表达方式，运用文学、知识，看似为受教育者提供了解放的德性和通向自由的道路，但实际上，是最需要进行意识形态祛魅、解蔽的领域。因为有一种笼罩在学校之上普遍盛行的意识形态，掩盖了它与资本主义制度之间的机制性利益关系，"这种意识形态把学校表述为清除了意识形态影响的中立环境"②，从而隐匿了学校教育的权力结构。所以，对教育机制，特别是文学教育策略的观察，可以为我们提供深入经典建构过程的权力解剖。我们很难在此对文学经典价值生成和转换的社会机制，作出整体性的精微分析，因它涉及政治经济、社会伦理、思想系统、文化机构、行为心理等复杂交错的领域，实在难以概全。然而，教育机构（体制）运作与文学经典价值生成，又确实休戚相关，能为我们提供一条有效的思考通道。不仅是因为教育机构直接承担了保存、研究、继承、传播经典的功能，更因为它在社会机制中所发挥的话语塑造和意识（形态）引导功能，比较有益于理解经典价值生成的语境关系。故此，我们想以教育机构作为中心视点，来观察经典如何在社会机制的运作中获取价值赋义；反过来又如何借社会体制的结构关系，将价值转化成权力或资本，进而影响社会的结构性变化。诚如基洛瑞所言，"只有理解了学校具有的社会性功能和体制性作用，我们才能理解文学作品怎样在一代又一代人、一个世纪又一个世纪中间被保存、复制和分配。同样的，当论争关注经典是否表征了特定社会群体的价值时，我们想谈的是学校在分配和调控各种文本资本权利过程中的历史作用"③。

作为体制性机构的学校，主要是进行符号性知识的生产与再生产实践。与"大炮"（cannon）构成的国家机器带来的武力震慑不同，学校机构的霸权性力量，更多潜在地影响主体的意识乃至无意识结构。在社会的总体场域斗争中，学校机构大量集结的文化资源与象征符号，使它拥有了改变权力结构的巨

---

① 赵一凡，张中载，李德恩，主编. 西方文论关键词 [M]. 北京：外语教学与研究出版社，2006：574.

② 〔法〕阿尔都塞. 意识形态与意识形态国家机器 [M]. 陈越，编译. 长春：吉林人民出版社，2003：244.

③ John Guillory. *Cultural Capital：The Problem of Literary Canon Formation：*Preface [M]. Chicago：The University of Chicago Press, 1993：Ⅶ.

大潜力。而其中上演的各种对抗，甚至超出硝烟弥漫的战场。"象征符号的斗争比客观主义经济学家想到的更有影响力（因而也更现实）……社会分配与符号表征之间的关系，既是以下两种人群永不停歇斗争的结果，也是他们斗争的资本。其中，一些人因他们在社会分配体系中的位置，而试图通过修正既有的、他们居于其中并已合法化了的社会分层体系来颠覆它们；另一些人则力图稳固对现有社会分类系统的误识，这是一种顺从现有世界分类原则的认知。它把现存的一切都看成是自然合理的。"① 在社会符号资本的分配与斗争过程中，学校机构起着重要的体制性作用。一方面，学校教育机构是区分社会等级，维护权利秩序的有机体，它强化了文化资本及其带来的差异。就这一点而言，学校体系"维持着先已存在的等级，也就是说，维持着占有不同文化资本的学生之间存在的差距。更确切地说，通过一系列挑选，它把承袭文化资本的持有者与那些没有这种文化资本的人区分开来。从承袭的资本来看，才能的差异与社会差异是不可分离的，承袭的资本将维持先已存在的社会差异"②。现代大学教育及其相关的考试与选择程序，通过遴选出来的经典文本，构筑了知识上的分层结构，最终维护着类似于传统世袭贵族的"国家精英集团"。现代大学的发展，也与现代社会的层级化过程相适应。另一方面，布迪厄却不像简单的政治表征主义者那样，把社会文化和符号关系看成是某种等级秩序支配下的单一性层级关系，而是用"社会空间"和"权力场"概念指出了现代社会的关系化生存状况。"空间"概念通过自身而包含着对世界的关系性感知原则，那种把社会结构完全权力图谱化的做法，仅仅只是政治实践层面的建构。统治与被统治的阶级结构，并不是单一支配的，而是相互关联的结果。所以说，"支配并不是由被授予强制权的全体行动者（'统治阶级'）起作用后产生的简单而直接的结果，而是在交叉约束网中产生的全部复杂行动的间接结果；被场的结构这样支配的每个支配者通过这个网来行使支配，而他们则又受其他人的约束"③。阶级关系仅仅是社会差异分化关系的政治化表述，而真正的社会空间，是由不同权力场构成的相互关系结构；场域之间，以及场域内部，各种主体依据支配的资本形成位置结构，相互发生关系，维持场域与整个社会空间的稳定。社会结构空间"既是一个力量场，它的必然性对投入这个场的行动者有

① Bourdieu, Pierre . *The Logic of Practice* [M]. Richard Nice, Trans. Cambridge：Polity Press，1990：140-141.
② 〔法〕皮埃尔·布尔迪厄. 实践理性 [M]. 谭立德，译. 北京：生活·读书·新知三联书店，2007：24.
③ 〔法〕皮埃尔·布尔迪厄. 实践理性 [M]. 谭立德，译. 北京：生活·读书·新知三联书店，2007：40.

一种强制力；同时，也是一个斗争场，在它的内部，行动者们按照他们在力量场结构里的位置，以他们的资财和不同目的而互相对立，这样，有助于保持或改变这个场的结构。"① 当场内资本的相对价值发生改变时，场的结构平衡受到威胁；这时，具有支配权力、掌握特定资本的主体和行动者，为了维护既有平衡，会在斗争目的和方向上趋于一致。当然，不管是在学校，还是其他权力场域产生的社会等级差异，那些获得了支配地位的行动者，始终要经受着异质力量对其地位和权力的挑战。这种紧迫的张力，使得现代社会中具有文化资本支配权力的主体，会像过去宫廷社会的特权阶层那样，为消除威胁、维护既有秩序而不断斗争。"为始终受到威胁的权力、地位和威望的可能性而进行的斗争是不可避免的，这一斗争根据统治体系的等级结构，促使当事人服从一种所有的人都感到像某种重负的礼仪。任何一个组成这个团体的人，都没有进行改革的可能性。最微弱的改革愿望，不稳定而又紧张的结构之最小的变化，都必然会引起讨论，引起个人或家庭的特权与权力的缩减，甚至取消。某种类似禁忌的东西将阻止这个社会的最高阶层去改变此类权力的可能性，更不会去取消它。这方面的任何意图，也许已经调动广泛的享有特权的阶层来对抗这意图本身，享有特权的阶层也许不无道理地会害怕，如果人们稍稍改动已经建立的秩序，那么，给予他们这些特权的权力结构会有撤换或崩溃的危险。"②

　　学校作为社会的重要机体，不仅是文化产品的集散地和交换场所，更是社会伦理和思想价值的孵化场与过滤器，它还是形成并维护社会"空间"场域结构的强制性力量。文学经典的建构与消费，在学校机构的规制性循环中，推动文化资本在社会各阶层之间的历史性流动，或改变或适应场域性斗争的需要。各类学校通过回应社会体制性（政治/经济/文化）要求，按照特定的知识规范，安排文化生产和思想教化的具体环节、途径及认证过程，从而制约并操控着一个社会的价值生成与传播。"学校作为价值评价行动的历史场域，将文学作品所表达的特定价值，变成了学校自身的社会功能和体制追求目标的附庸。"③ 文学作品的"特定价值"（审美创造）经过学校的场域化设置，在输出时接入社会体制目标，实现了价值的功能性转换。教育机构不仅是价值传输的交接口，它在更高的层面上改造了文本的价值输出形态。那些被作为权威典

---

　　① 〔法〕皮埃尔·布尔迪厄. 实践理性［M］. 谭立德，译. 北京：生活·读书·新知三联书店，2007：38.

　　② 〔法〕皮埃尔·布尔迪厄. 实践理性［M］. 谭立德，译. 北京：生活·读书·新知三联书店，2007：31-32.

　　③ John Guillory. *Cultural Capital: The Problem of Literary Canon Formation* ［M］. Chicago：The University of Chicago Press，1993：269.

范进入学校机构中的文学文本，只有在其 "经典性" 品格与学校的社会（体制）功能具有价值同一性时，才会经由特定的选择程序被纳入教育机构的结构中，成为调节文化权力/资本的公共策略。由是观之，过去对西方大书 "经典性" 习焉不察的恭维和敬畏，在在都有着强烈的体制性色彩。"文学作品的经典性，不过是对它们被体制接受和再生产状况的另一种说辞。然而，正是因为 '经典性' 这个词眼，使得课程大纲的工具性在超历史经典形成的过程中被明显地误读了。"① "经典性" 蕴含的普世品格和崇高意味，成为一种雄辩的文化修辞，掩盖了作品价值的社会性功能，绕过了其现实光照，超越了目下的体制僚系。这就形成一种无意识的文化幻觉：似乎经典作品的存续和流转，始终出于它们自身的 "经典性" 力量之强大，学校机构不过是顺应这种 "经典性" 力量的合理安排。用保守主义者的话说，教育机构要做的，就是把经典的伟大人性力量接续过来，再恰当地灌输给受教者。多元主义者如此热衷学校课程改革，就是因为对这种 "经典性" 的审美神话深感不安。考虑到学校机构的体制性属性，学校对文学作品的选择与安排，虽不是多元论者所夸张的历史 "阴谋行为"，但也确实在宏大的美学话语中置入了价值偏见，并以 "经典性" 或 "审美性" 将这种偏见神秘化了。学校机构在自己的专业化研究和教学活动中，刻意强化审美意蕴的超越性，恰恰是在遮掩自己对既有文化霸权价值的虚 "美"。这才是多元主义者始终要批判形式主义者做派的原因。

如布迪厄所言，经典作品所形成的特殊趣味、把持的文化语词系统，以及倾向性的道德偏好，在社会意义上构成了身份区隔的标志。"经由学校机构严格的技术训练（语法的、修辞的、审美的等），文学经典的独特内蕴"，融入个体的文化品味中，作为主体参与社会场域竞争的重要 "文化资本"，纳入复杂的价值活动中去。② 文化资本与知识的积累、教育的权利、文化的趣味和文

---

① John Guillory. *Cultural Capital*：*The Problem of Literary Canon Formation* [M]．Chicago：The University of Chicago Press，1993：269．

② "文化资本" 的概念来自布迪厄。布迪厄在他的著作《艺术的法则》《教育、文化和社会的再生产》《资本的形式》以及《国家精英》等书中不断地提到并阐释了 "文化资本" 概念。他将马克思用于物质和一般商品生产的 "资本" 概念，推及所有生产领域，特别是文化生产与交换领域。文化上的等级划分，犹如社会生产系统中的资本分配一般，决定并维护着总体上的文化生产结构。而特定的文化培养，可以内聚为主体的特殊资本。文化资本的获取与掌控，从根本上决定了主体在文化场域中的结构性位置，而这种结构性位置又左右了主体在社会总体场域中的结构关系。亦即，文化资本参与到了社会整体性的场域竞争之中，由此就将文化资本的属性扩大到社会总体价值范围中。在此意义上，引入 "文化资本" 概念为理解文学经典的价值问题，提供了新的角度。美国的基洛瑞正是以此为起点，将马克思主义的社会学理论与经典的文化理论连接起来，在《文化资本：文学经典的形构问题》一书中，翔实阐述了他对文学经典问题的文化社会学分析。

学的消费等都有关系。掌握一种高雅的读写技巧，具有特别的品鉴能力，拥有某种实体的文化产品，如特定的文化遗产，或是掌控某种象征的文化符号，都可以转化为重要的文化资本，加入社会的交换系统之中去。不仅在文化体制内部，而且可以在整个社会的场域中参与复杂的竞争。学校作为重要的社会机构，是实现文化资本分配与再生产的重要场域。从文化资本的角度来看，学校承担着文化分配和（再）生产的重要功能，围绕学校课程展开的争议，就意味着社会关系结构的调整和（再）生产。所以，经典的形构，不只是某个（类）作品进入学校课程、被作为文学技巧传输给特定群体的专业实践，而是一个文化资本分配体系支持下的社会关系（再）生产过程。

　　学校教育机构在文化资本的形成和分配中所承担的功能，随社会生产结构的变化而发生变化。文学在整个教育场域中的位置，也伴随它能提供的社会资本能量而不断调整。我们今天称为文学"经典化"的过程，最早出现在古代学校教授"读写"能力（literacy）的课程里。教师要发现、选用和保留优秀文本作为范本教育学生，就必须对芜杂的作品进行精炼挑选。起初，这种挑选和保存，主要是为了完成传播标准语言的任务。① 教员也不太关注对文本内容的（价值）理解，更多强调学生模仿范本以提高读写标准语言的能力。最早的文学选本出现在 18 世纪，可以说是当今诺顿或牛津文学选本的雏形。当时，新兴资产阶级急于在文化知识和语言规范方面向贵族精英圈靠拢，以图通过对读写语言的改造和统一，来实现自我阶级文化身份的提升。同时，据此为"资本"，他们想要争取在社会场域中区隔于其他阶级，特别是下层阶级的结构位置。强调学习标准英语，是他们实现文化资本积累转换的重要方式。直至很久之后，他们所选用的文本，才被冠之以代表某个时代或某个流派价值的"经典"，这自然是在作品语言功能之外，更多的价值（风格流派思想）追求了。基于对学校选取范文初衷的探究，基洛瑞认为，早期经由学校课程选取而逐步形成的"西方经典"，更多注重文本的语言质量，考量其是否有利于提高学生的标准英语能力，而不强调其宣扬进步还是落后的思想观念，或是代表了某个群体和阶级的意识形态。此时，"经典"是一种相对"纯洁"的语言典范，思想和权力的争斗色彩尚不浓烈。正因如此，有相当长一段时期，教师们在选取范文时抵制现代派作品，因其在语言上的创造性革新，导致表达反常、

---

　　① 基洛瑞谈到的标准化语言，乃是"标准英语"。但很难确定他所谓的"古代学校"究竟所指何时？前文追溯过"经典"的概念起源，它在古希腊罗马时期基本是作为语言教学的工具（范本）。教授"读写能力"之说，大概也源于此。如果以古希腊罗马作为"古代学校"的界限，那显然不是为传播"标准英语"而设的。考虑此处我们主要关注的是英美世界的经典论争，其焦点是基于英美社会的语境来展开的，所以在后文的相关论述中，我们也主要以"标准英语"的传播为范例，进行问题讨论。

极不规范，明显不符合学校标准英语培养的教育目标。伴随教育机构应对时代需要而作出的调整，以及教育体系层级结构的逐步完善，中小学标准语言教学的任务也发生了变化——"标准语言"的教学训练，成为最初级的教育目标，学校体系的低等阶段足以完成这一任务。在更高层次的教育阶段，文学范本的文化作用日益得到重视，这就要求作品具备超出纯语言训练的更多思想价值。于是，古今之争的锋芒又开始显露出来——是选择代表标准英语的"现代"文本作为经典，还是回到传统文本丰富的精神世界，奉它们为西方文化的最高典范？这成为学校选本考论的首义。说到底，这种经典的争论与重整，是在总体结构上对（现代）国族性进行的文化资本再造与重构。"学校文化从来就只是文化同化总体过程的一部分，而这一同化过程常常是复杂的，还有许多其他体制性的力量在起作用。"① 在这个过程中，因为学校被赋予了重要的文化同化功能，往往会要求学生按照课程安排，对过去（传统）经典作品进行去"语境化"（out of context）的解读。亦即，一种超越这些作品特定的时代性和历史性特征的阐释，以"拿来主义"进行价值处理，为我所用，最终维护（民族）国家文化的整体性与正统性。此一过程，就需要有对传统经典的现代性转化和价值重估。于是，作为国家"文化资本"的生产性要素，过去那些"伟大的书"，重又被纳入现代（民族）国家的文化生产系统之中。文学课程的体制性建构作用，也就在对"国家经典"的重新甄别和评估中，得以淋漓展现。

所以，"经典"的形成最好理解成文化资本的生产和分配过程。不同时代和历史语境的变化，必然会产生新的文化需求，必然会有新的文化资本分配过程。学校既然通过课程，选择性地采用某些作品（也即经典）来实现社会结构的生产，那么，其中也自然就有课堂（Class）之间的阶级（class）斗争。② 当代人之所以不再青睐古老的经典作品，不是因为这些作品本身出了问题，而是它们作为文化资本的生成功能，在一个高度工具化的时代中，不再能满足技术管理型的资产阶级需要。这样一个新兴的阶层，急需的不是古老的哲学智慧，而是更为实用的技术知识。过去经典的价值，因其社会适应性（满足主体要求）的下降，而被逐渐稀释乃至瓦解。新的时代要求在学校课程设置中体现新的知识形式，当然无可厚非。大学文学课程的修正，正反映了社会

---

① John Guillory. *Cultural Capital*: *The Problem of Literary Canon Formation* ［M］. Chicago: The University of Chicago Press, 1993: 43.

② Class 一词在此既指由不同课程内容构成的学校授课"班级"的区分，也引申为围绕课程区分而形成的文化与价值的"阶级"分离。在文学经典论争中，Class 一词与学校（特别大学）课程的设计安排密不可分，所以不能简单地把其理解成"阶级"之意。

与阶级关系的结构变化过程，这也是主体与经典之间价值关系的重新选择和定位过程。大学教室和课堂（Class）内容的调整与重新设置，暗示着社会场域中的阶级（class）斗争与冲突。"如果存在一种特定的象征或文化资本的话，这种资本的生产、交换、分配和消费就预设了我们称之为阶级的社会群体分化。"①。什么作品能进入学校"课堂"（Class），背后都有激烈的社会"阶级"（class）权力交锋。这里，"阶级"不只是一个简单的社会学概念。"阶级"很容易在种族或性别之类的话语运用中被掏空内涵，而仅仅作为一种身份进入经典论争。在多元主义者的话语中，"阶级范畴已经被系统性地压抑了"②。事实上，"阶级"概念在文学研究中充满着争议，一时也无法给出精确的定义。但在更广泛的生产性社会结构中还原其语义，可以使对经典问题的思考，进入一个有效的论域，不至于失之浮乱。

我们知道，马克思主义是在社会生产关系中去界定"阶级"概念的。它涉及生产的两个方面：资本与劳动，或者更直接地说，是资产阶级与无产阶级之间的关系。这种理论模式用经济学术语来理解阶级特性，但无法解释文化（阶级）区隔的问题。实际上，就资产阶级社会学而言，"阶级"本是一个文化的概念——虽然对诸多文化阶级特点的理解需要联系其经济背景。布迪厄的"文化资本"概念，部分地弥合了经济和文化领域之间的分裂关系。我们在此强调文化资本的阶级区隔作用，也是希望在论及文学经典的价值问题时，"力求使在经典论争中缺位的、作为劳动分工意义上的阶级分类浮现出来。这可能会让那些争论的参与者感到惊讶，因为他们一直认为经典的排选是由种族、性别或作者的阶级身份决定的"③。也就是说，经典论争中忽略了文学生产的社会结构及其劳动分工，以及由此带来的"阶级"区隔。在社会生产结构中来理解"阶级"及其文化资本，可以纠偏多元主义式的纯政治化表征分析，将经典建构推进到更加深入的社会实践语境中。社会生产方式的变化，影响并决定了文化的符号斗争。如果简单地用"阶级"分类方式，对应地分析经典排选的过程，既不可能，也不合事实。一则各种"阶级"都可以要求有经典的"代表"，经典就变成一个臃肿的排行榜；用作者的种族或性别身份解释经典的输入输出过程，实在偏颇。再则，当代语境下的"阶级"区隔，早已在趣

① John Guillory. *Cultural Capital*：*The Problem of Literary Canon Formation*；Preface［M］．Chicago：The University of Chicago Press，1993：Ⅷ．

② John Guillory. *Cultural Capital*：*The Problem of Literary Canon Formation*［M］．Chicago：The University of Chicago Press，1993：14．

③ John Guillory. *Cultural Capital*：*The Problem of Literary Canon Formation*；Preface［M］．Chicago：The University of Chicago Press，1993：Ⅷ．

味和价值层面上变得面目模糊，相互渗透，复杂难分。"决定个体是否能够以及怎样获得文学生产技巧的阶级划分，以及不断调整人们这些权力的社会系统，是一种比一般的价值评价行为更为有效的社会排除机制。"① 对经典问题的分析理解，要放在社会生产语境关系中去，不能孤立抽象地以种族或性别的价值立场，预设生产问题的社会结构。既然生产方式是历史发展变化的，决定文学经典"阶级"分配的关系结构，也必会发生变化，文学经典的资本价值生成就始终伴随着历史性的体制特征。文学经典和文学课程需要改变的本源，在于它植根的体制语境。学校作为提供文学生产和消费的场所，是一个文化资本受到分配调节的阵地，其中充满着各种压制与不公。"社会秩序的再生产，其中本就包含着各种不公。"② 学校作为体制性机构，通过对文化资本的定向配置，最终反射并维护着社会的不公平秩序。

实际上，经典作品内在的"经典性"本质，要在社会再生产体系中，才能光大其文化作用。制约着文学经典社会运作的学校，"自身在再生产中起到了更大的效力。它通过调整人们获取文化的权力，来调整人们的读写实践，控制文学生产的权力"③。当代经典论争中，多元主义之所以能在对经典课程的调整中嵌入各种新兴的价值诉求，不只是因为对经典作品的意识形态理解变得更为开放宽容，根原在于当代社会结构，特别是生产性（阶级）结构产生了深刻的变化。这既与劳动分工有关，也与社会生产方式的改变有关。新兴工业技术和通信手段，特别是生产方式的迅猛发展，国家管理和企业生产日益依赖于专业化的技术知识（能力）。专业化管理阶层（professional-managerial class）作为新兴的"资产阶级"，在确认自己的共同体身份时，已不再急切地假求于传统经典大书的寓意智慧，他们需要新的知识系统来注入生产性的社会资本。教育机构急需向新兴"阶级"提供专业化的技术教育，因为唯有独一无二的专业能力，才是区分社会阶层的"象征资本"。所以，传统经典构成的文化（资本）力量，在整个社会场域中，特别是在学校场域中的功能，就被大大降低，并遭遇到体制性否定。

当前对文学经典的质疑，意味着原有的"文学"经典范畴已经走向体制

---

① John Guillory. *Cultural Capital*：*The Problem of Literary Canon Formation*：Preface ［M］. Chicago：The University of Chicago Press，1993：Ⅸ.

② John Guillory. *Cultural Capital*：*The Problem of Literary Canon Formation*：Preface ［M］. Chicago：The University of Chicago Press，1993：Ⅸ.

③ John Guillory. *Cultural Capital*：*The Problem of Literary Canon Formation*：Preface ［M］. Chicago：The University of Chicago Press，1993：Ⅸ.

性失效，它代表的文化资本发生了危机。① 文学作为一种资本，是从对意义的
编码开始，介入到我们日常生活之中的——符号象征的意义系统，最终又决定
社会的想象性关系结构，从而实现社会关系的（再）生产。"人文危机不是因
为大学教授们不愿讲授伟大作品了，而是学生自身面对经济现实时所作出的决
定。"② 伟大作品对教师和学生来说，甚至成了一种错位的羞辱。二十世纪七
八十年代的美国，仅依靠"大书"的原始积累，想要在社会经济场域的博弈
中，占据有利的结构性位置，是根本不可能的。"大书"的批判性异质，有时
反倒成为进入工具性社会场域的负累。现实压力逼迫人们作出了无奈的选择，
进而引起文学领域内部对文化资本的重新安排。职业化管理阶层对文化资本的
要求，已经不同于往昔的资产阶级了。"这个阶层不再需要过去资产阶级的那
种文化资本。人文学科的衰退，绝不是更新的非经典文本或课程带来的结果，
而是在更大文化领域发生的、更大范围'资本外流'（capital-flight）的结果。
因此，关于什么才是对传统课程的补充和更新的争论，实际上是对资本外流的
错误回应。"③ 对人文课程的典型区分——在传统文化与多元文化、经典与非
经典、权威作品与非权威作品之间进行区别——"从历史角度来说，是两种
文化分裂的征兆，一种是'传统的'文化资本，一种则构成专业管理阶层的
文化资本"④。显然，传统的文学经典，被视作已不能适应当代社会需要的过
时的"文化资本"。高雅"文学"作为过去资产阶级文化资本的一种形式，在
当代教育的社会体系中已日趋边缘化。"从这个角度来看，文学作品的'经典
性'问题，远不及文学遭遇的历史危机那样重要，正是这种危机——文学作
为文化资本的长期式微——引起了经典的论争。"⑤ 换言之，这是两个阶级之

---

① 对"文学"范畴的认知，影响了文学课程的组织，并且"产生了一种稳定而独一无二的'经
典'系统的幻想；而这种幻想往往又被学校中的文学课程的真实历史所掩盖"。一系列的文学课程，以
及文学教育的推进，顺其自然地使人们形成了对经典的"误识"（misrecognition）。也就是说，文学课
程的安排，解构并改造了我们对"文学"的理解，尤其是对文学意义的理解。关于什么是好的作品，
什么是伟大经典的判断，也就从根本上重塑了我们的价值观念。参见括号内著作（John Guillory.
*Cultural Capital：The Problem of Literary Canon Formation：*Preface［M］. Chicago：The University of Chicago
Press，1993：X）。

② John Guillory. *Cultural Capital：The Problem of Literary Canon Formation*［M］. Chicago：The Uni-
versity of Chicago Press，1993：44.

③ John Guillory. *Cultural Capital：The Problem of Literary Canon Formation*［M］. Chicago：The Uni-
versity of Chicago Press，1993：45.

④ John Guillory. *Cultural Capital：The Problem of Literary Canon Formation*［M］. Chicago：The Uni-
versity of Chicago Press，1993：45.

⑤ John Guillory. *Cultural Capital：The Problem of Literary Canon Formation：*Preface［M］. Chicago：
The University of Chicago Press，1993：X.

间的资本较量，是新兴阶级力量对社会场域中既有位置的占有者发起的历史挑战，这种挑战带来传统经典资本功能的退化，并引发激烈的论争。

文学课程作为一种体制性力量，实现了知识的社会传播。课堂"经典"在两个意义上构成了"资本"："首先，它是一种语言资本，拥有它，一个人能够具备得到社会认可的有价值的言说能力，也就是通常所说的'标准英语'。其次，它是一种'象征符号资本'，一种知识资本，它可以在课程的要求中体现出来，并且赋予拥有这种资本的人以良好教育，使其从教育中得到文化和物质的回馈。"① 通过课堂的"经典"安排，学校机构借助体制手段，实现文化资本在不同阶层中的分配和流通，也保证现有体制的结构性稳定。文化资本的调配不断满足并平衡各种阶级力量的历史要求。"经典性"不是艺术作品自身所具有的品质，而有赖于它与其他作品并举时所具有的比较优势，也即是在学校课程中被摆放的位置——这也是文化场域的结构性位置。更具体来说，也就是取决于文学作品在学校机构中被传授的方式。在不同语境中，文学经典进入课程的方式、价值意义被接纳的程度以及传播的深度与广度，都会发生变化。这其中，语境才是文学经典形成的根本力量。文学课程对经典的选择与安排，经典标准的变化和调整，都是社会的体制性要求在具体历史中的展开。如果我们能在体制性的语境与文学性的意义之间，找到两者价值转化的历史动因，就可以更好地理解经典战争与文学危机的深刻原因。"文化资本"的理论，让我们得以窥见经典价值实现语境转化的社会结构性动因。

我们不妨参照几个实例，来阐述体制性转变与文学经典价值转换之间存在的历史关联。在 18 世纪早期的英语基础教育课程中，格雷②等人构成的本土文学传统，逐渐取代古希腊罗马的文学传统。格雷《墓园挽歌》之类的作品，开始在经典的课程中占据一席之地。但格雷的成功，很大程度上在于他用得到认可的本土语言，将古典文学传统进行了现代转化。格雷上接古典传统，为本土（英国）文学的经典化提供了历史的合法性。本土文学课程的出现，逐渐成为英语"经典"选择的稳定途径，"它不再赋予来自古希腊和罗马的那些标准以特权，也不再赋予那些被认为是体现了古典标准的人以特权"③。这可视

---

① John Guillory. *Cultural Capital*：*The Problem of Literary Canon Formation*：Preface ［M］. Chicago：The University of Chicago Press，1993：IX.

② 托马斯·格雷（Thomas Gray，1716—1771），是英国新古典主义后期的重要诗人，虽作品不多，但在文学史上有较大影响。其最为著名的作品当为《墓园挽歌》（*Elegy Written in a Country Church-yard*）。

③ John Guillory. *Cultural Capital*：*The Problem of Literary Canon Formation*：Preface ［M］. Chicago：The University of Chicago Press，1993：X.

为英语文学经典的一次重要转型——从希腊罗马的拉丁文明，转向了本土化的民族文学。但是到 18 世纪中后期，英国"本土文学"范畴发生了改变，导致了关于"本土经典"的第一次危机。早期由传统英语经典支撑、被视为精英文化堡垒的大学教育，不得不向日益增长的公众需求靠拢。大众文学趣味带来的挑战，虽未达到完全颠覆精英传统的地步，但开放"经典"的趋势已不可逆转。中产阶级，特别是受过非主流教育的人，大量涌入英语文学领域。因为"公共空间"的兴起，通俗文学成功赋予了人们进行公共交流的语言。基于这种社会性的变化，"对本土文学的文化资本进行重评，既是文学范畴本身发展的回应，也预示着本土经典地位的第一次危机，亦即，是否要在经典中吸收诸如小说之类新兴文学类型的问题。"① 以前为少数精英提供"文化资本"生产的文学课程，现在需要切近大众的教育诉求，以为他们提供进入社会场域的"资本"。大量通俗性"小说"文类的进入，大大冲击了传统高级文类史诗和悲剧的经典地位。即使是在英国本土文学经典中，那些具有古典风格的作品，也遭受到了抨击质疑。而华兹华斯和柯尔律治，则通过重申西方传统经典的高雅文化地位，来回应这次危机。据此，他们一方面反对流行小说和叙事性诗歌；另一方面，也反对那种格雷式的准拉丁化古典诗学风格。华兹华斯和柯尔律治两人，"保留了以高雅经典作品为基础的'文学'范畴，并以此方式延续了这些文学作品的文化资本"② 。传统的知识精英极不情愿自己的文化资本被通俗"小说"贬低——所谓通俗高雅之分，说到底还是一种资本的"定价"之争。

与经典走向大众化的倾向不同，新批评则是在大学课程中，制造一系列"困难"的经典名录。新批评理论为许多现代作品，特别是玄学派诗人的经典化作出了重要贡献。他们通过重新定位大学文学研究所生产的"文化资本"，赋予文学课程和学术研究以不同的独特价值，力图修正原有文学经典结构。转折来自"二战"前，当时英美中小学教育得到了普遍发展，学生在进入大学之前，已经掌握了很规范的读写能力。大学的文学课，已不必再担负教授标准英语的任务。这个变化，为新批评和现代文学——它们在语言上并不墨守规范，以追求文字的创造个性为尊——进入大学课堂提供了契机，铺平了道路。反过来，新批评的理论方法，又进一步把大学的文学教学拓宽到多重维度。文学教学不再服从语言能力的训练，语言基础——已在中小学教育中得到的

---

① John Guillory. *Cultural Capital*：*The Problem of Literary Canon Formation*：Preface ［M］. Chicago：The University of Chicago Press，1993：XI.

② John Guillory. *Cultural Capital*：*The Problem of Literary Canon Formation*：Preface ［M］. Chicago：The University of Chicago Press，1993：XI.

"资本"——已成为理解接受文学的媒介工具。文学课程逐步脱离了它的实用功能——这是自古以来文学教育的重要训练之一，转而追求超越实用的诗性语言。大学不再围绕标准语言的传播安排文学课程，因为本土化的、标准英语的传播，是初级学校的教育目标。大学文学课程，需要在此基础上，重新区分"文学"语言的独特性。所以，新批评提出，文学作品应具有观念和语言上的困难，只有运用"细读"技巧，才能识别这些困难。大学文学课程，应为训练"细读"能力而卓选经典文本。文学语言的独特性，成为了标示经典"文化资本"的基础。在完成了本土化文学传统的建构之后，标准语言训练已经不是大学阶段教育的中心目标。新批评注重文学本体研究，他们对经典的选择，不是为了表征政治立场和价值观念。新批评反对将文学经典变成大众语言训练的工具，通过对文学语言"难度"的坚守，进而维护高雅文化在文学传统中的权威地位。"新批评关于文学标准的观念，并不是他们的政治观念，只有在利用文学的文化资本反对那些颠覆和漠视高雅文化作品的'大众文化'时，新批评才能带来影响。"① 换言之，新批评的经典修正，又回到了精英化的"老资产阶级"套路上。

在最高层级的研究生教育中，文学课程加入了许多"理论经典"，主要由哲学（美学）著作组成。这种新的课程大纲，对原有课程大纲的权威性，又构成了一种挑战。在西方世界，特别是美国，晚近三十年来，智力活动的社会条件发生了巨变。大学课程按照技术官僚主义的方式被重新建构，这是当代语境带来的必然结果。由此，专业的文学批评工作也开始发生转向，最终产生了具有区分性的两种研究生课程：文学经典类课程与理论经典类课程。理论经典在课程中的占位，其在文学研究场域中的结构安排，是对"技术"管理模式的一种学术回应。它要求以技术的科学原则，来组织对文学的阐释活动。通过文学的理论分辨，培养技术的严谨逻辑，生产出符合社会需要的"文化资本"。在大学的文学研究中，对理论的迷恋，大有取代传统经典教学的趋势，这显然不是文学内部简单的结构调整。"理论课程间接意味着与束缚智力劳动的技术官僚体制保持一致，暗示了对'严谨'的盲目崇拜。理论的出现，与文学课程一定程度上的失灵有关，传统文学经典资本价值的贬损，引发了理论的"挤兑"行动，造成了经典的危机。它是由专业管理阶级的兴起带来的，这个阶层不再需要过去资产阶级那样的文化资本。这次危机引出了对文学本身的重新界定，这种界定由专业管理阶层作出评价，它将知识的'技术'属性

---

① John Guillory. *Cultural Capital*：*The Problem of Literary Canon Formation*：Preface［M］. Chicago：The University of Chicago Press，1993：Ⅻ.

作为文学研究的一个新层面。"① 大量理论的不断涌现，正说明我们遭遇了（单一）理论本身无法解决的问题。理论家在社会结构中的隆誉，恰好证明具有科学技术特征的理论工作，比富于感性的文学经典鉴赏，更能给新兴专业管理阶层，提供适应社会生活的文化资本。富有领袖头脑，智慧、理性、严谨，讲逻辑，善克制，等等，这些都是技术管理阶层所需要的新型人格品质。文学到理论的转移，满足了新阶层的文化资本预期。

　　还有一个特别突出的现象，也需要在教育机构的体制性背景下加以考察，才能理清其历史的语境脉络。亦即是，女性作家在经典序列中的位置（结构）变化，以及文学研究中女性主义风潮的兴起。女性主义理论在学术研究中的风靡，反映了女性群体在当代社会劳动分工中日渐增长的影响力。学校相关研究项目的增加，也体现出对女性社会经济地位变化的回应。因为女性不断进入新的劳动场域，需要大学为她们提供新的文化资本，所以相应的学术研究——女性主义理论，应运而生。而女性作家在 19 世纪中后期大量进入"经典"榜单，则是学校机构回应体制性改变而带来的转换。换言之，并不是现代女作家在创作上表现出了超越她们前辈的伟大天才，而是社会体制提供的新型场域结构，为女性群体带来了显要的位置空间。文学经典体系应对此种变化，对自身价值结构进行调整，希图保持"文学"在整个社会场域斗争中的文化（资本）功能和社会作用。但在当前的女性主义批评中，存在一种不良倾向：大量发掘过去"女性作家"的创作事实，作为控诉男性霸权的历史依据。在这种观点支持下，以往女性作家在"经典"中的缺席，被理解为是由男性权威的"厌女症"所引起的病态结果。但她们有意无意地回避了一个客观事实：因为一般人没有机会接受教育，过去女性作家主要出自贵族阶层，她们本就是一个数量有限的群体。罗宾逊（Robinson）认为女权主义批评大大发掘了过去被淹没的女性作家，重新恢复了她们的历史声誉。但大部分被发现的女作家，都生活在"19 世纪和 20 世纪"。这一时期女性作家队伍的扩大，本就是女性社会地位变化的表征反映，并不是过去经典甄选时刻意的疏漏。② "在中产阶级教育体系出现以前，对控制教育权利的社会条件，决定了大量作家都是男性，不管

---

　　① John Guillory. *Cultural Capital*：*The Problem of Literary Canon Formation*：Preface ［M］. Chicago：The University of Chicago Press, 1993：Ⅻ.

　　② Lillian Robinson. *Treason Our Text*：*Feminist Challenges to the Literary Canon* ［M］//Hazard Adams, Leroy Searle, ed. *Critical Theory since* 1965. Tallahassee：Florida State University Press, 1985：575.

是经典还是非经典的"①。女性作家群体的特殊性，决定了她们在整体社会场域结构中的位置空间是无法与男性相比的，也就很难独立参与文化经典斗争的资本游戏。"如果说，超历史的性别歧视压迫始终使女性处于社会秩序的不利地位的话，那么，只有历史的阶级体系能够决定她们如何被推向了这样一种处境。前现代时期的劳动分工，决定了妇女在生产体系中的位置，与大规模商品生产出现后她们所占据的位置，是不一样的。在以新的形式赋予女性商业气息的商品生产体系中，女性拥有了生产新商品（例如小说）的机会，成为新的文化创造者。但资本主义的历史阶级体系产生了一种新的性别劳动分工，一种建立在此阶级体系（物质和文化资本在其中得以分配）之上的超历史（永恒）的性别歧视。"② 亦即是说，新的劳动分工，在为女性提供广阔场域位置的同时，也将性别压制的关系永恒化了。总之，社会阶级区隔和历史语境，决定了女性在整个劳动体系中的地位和作用，也决定了她们的文学生产。19 世纪以前很少出现伟大女性作家的原因，并不是男性"厌女症"的发作，而是社会体制和教育机构为女性安排好的文化分配结果，其社会结构位置是笃定的，非因男性的主观态度而改变。

最后，我们想简单讨论一下与文学经典密切相关的"教养"观念。经典的重要功能，就在于提供基本的文化技巧训练和文明教养培育——文学经典对读写技能的训练，是无以取代的；而读写，又是文化教养的基础。但"教养不能简单地视作一种阅读能力，它应看作是对读与写的系统性的社会控制"③，这是一种与以下问题相关的复杂的社会实践：谁读？读什么？怎样读？在什么样的社会和体制环境下读？谁写？在什么样的社会和体制语境中写？为谁写？④ 获得教育，拥有读写的权力（access）——它是进入更高场域结构的资格——不只是取得了政治或经济意义上的机会（opportunity）。读写"教养"在学校教育中分配，不只是群体身份能否在文学中得到表征的问题，而且涉及社会文化资本分配与再分配的总体机制。正是在有关读写能力的教育问题上，突显了多元主义的某些局限。多元主义将经典形成的历史仅看作是价值消费的

① John Guillory. *Cultural Capital：The Problem of Literary Canon Formation* [M]. Chicago：The University of Chicago Press, 1993：16.

② John Guillory. *Cultural Capital：The Problem of Literary Canon Formation* [M]. Chicago：The University of Chicago Press, 1993：349.

③ John Guillory. *Cultural Capital：The Problem of Literary Canon Formation* [M]. Chicago：The University of Chicago Press, 1993：18.

④ John Guillory. *Cultural Capital：The Problem of Literary Canon Formation* [M]. Chicago：The University of Chicago Press, 1993：18.

历史，一是对文化产品作出价值判断的历史。然而，如果那些受教育权力/利影响、而未在过去经典中得到表征的内容，因（主体）群体教育权力分配的改变而有了调整的话，一个完全不同的经典形成过程就会发生。在这个过程中，社会身份作为历史范畴，不仅是由（多元主义者认为的）文学消费（阐释）决定的，它也可能受到文学生产体制深度制约。随着读写教育权力分配结构的调整，那些曾无法入选经典的作品以及主体（群体），会在新的教育体制中，以他们获得的文化资本参与文化场域斗争，并改变这一场域内部的位置结构——经典秩序就是这种结构改变的一部分。学校机构不但将选出的经典作为表征形象传递给受教育者，而且通过读写能力的教育，改变了文学的生产结构。而生产，才是进一步决定其后消费——阐释行为的关键环节。如果对经典的批评仅限于文学消费的话，就容易忽略文学生产过程的体制作用。倘若只关注从作品中读到了什么——读出主体的身份表征——就不可能看到，"教育系统在决定谁写和谁读，以及什么应该读，在什么语境下读等问题时产生的体制性影响。教育机构通过控制人们获取文学生产与文学消费手段的权力，来调整写作和阅读的实践，从而发挥其社会功能"①。立足于对教育机构的体制性分析，以揭示其在文学经典建构中的生产性作用，远比多元主义者对经典进行政治表征的阐释，更有信服力。"如果说文化教养是一个文化资源分配的问题，那这个问题比那种'经典表征'政治强调的问题要大得多。"②

基洛瑞强调学校机构的体制性语境作用，其思想面临的挑战，倒不在于理论的可信度，而在于它的实践效果。除了揭示文学经典建构的社会生产结构之外——这种结构以权力机制左右文化资本的生产与分配——政治化的社会批评似乎遗忘了经典的崇高美学。他们对过去的经典进行"祛魅"，却从未理解文学经典真正的"魅力"，没有解释清楚经典永恒价值的来源。为什么是莎士比亚，而不是别人，成了西方文学永恒的经典中心？这恐非文化资本的体制安排所能解决的问题。坚持文学审美本质论的布鲁姆，对基洛瑞的审美社会学立场，以及"文化资本"概念，有自己清醒的判断。他曾反诘："为了积累'文化资本'而榨取的'剩余价值'是什么？马克思主义与其说是科学还不如说是痛苦的呐喊，它也有自己的诗人，'文化资本'若不是某种隐喻，就是某种无意义的纯粹文辞。如果是后者，它只会牵涉到当今由出版商、代理人以及读书俱乐部所组成的市场。作为一种修辞，它仍是一种部分出自痛楚、部分出自

---

① John Guillory. *Cultural Capital*：*The Problem of Literary Canon Formation* [M]. Chicago：The University of Chicago Press，1993：19.

② John Guillory. *Cultural Capital*：*The Problem of Literary Canon Formation* [M]. Chicago：The University of Chicago Press，1993：19.

罪恶感的呼喊，那是身为法国上层中产阶级社会所培养的知识分子的人所感到的罪恶感，或是我们学术界中与法国理论家们认同而实际上忘了自己生活和执教于哪个国家的人所感到的罪恶感……《草叶集》是'文化资本'吗？《白鲸》呢？从来就没有什么官方的美国文学经典，也绝不可能有，因为在美国，美学总是处于孤独的、个人化的和孤立的地位。"① 这漫长的一段，不断质疑"文化资本"的理论基础，对文化唯物主义者，特别是社会学政治学式的说辞，进行了激烈的炮轰。毕竟，文学的"美学生产"是一个有其自足边界的活动领域，没有属于哪个阶层的独断性经典"资本"。经典披阅的是"人性"而非人的"阶级性"——即使阶级性，也是人性构成的一部分。伟大的杰作，总是以其天才的创造性，引导我们在孤独的恬谧中享受生命的旅行，并与那些伟大的灵魂对话，在一种文化的精神感应中回归快乐的家园。

---

① 〔美〕哈罗德·布鲁姆. 文学正典 [M]. 江宁康，译. 南京：译林出版社，2005：410.

余论：经典“问题”未有终结

我们在当代语境的权力和资本机制中，结束对“文学经典”问题（question）的讨论，这并不意味着，解决纷扰经典问题（problem）的历史机制已在当代完成，或权力与资本的价值转换可以上升为评断“经典”的终极准则。之所以在此暂时收住对问题的进一步敞开，一则因为我们考察的理路和框架，基本是循着历史线索顺延而来的，在时间上，“当下”已经到达了可以进入理论观照的最后节点。而以经典建构的“后设”立场来看，对当下各种经典现象的理论慎思，还有待时间提供历史距离，暂且无法轻下臆断。二则，我们正处在“当下的现场”（present），可以依靠“在场”提供的独特体验结构，感受着经典问题（question）的问题化（problemization）呈现。这种当下的存在感，赋予我们比任何理论规定都更为强烈的“历史”意识，经典的问题之思已上升为与我们的“存在”同一相生的诗学“在场”。当我们循着时间的纵轴，将有关经典（classic/canon）的话语演变，在历史性的视界中逐一敞开时，当下的问题（problem）无疑也可以在对历史的自我反观中得到回应；而历史中存在和展开的各种经典之思（question），又在当下正发生的经验中上演着它们鲜活的“历史出场”。面对经典在现实中遭遇的“末日狂奔”和“一路悲歌”，能有力穿透“经典”价值迷障的，与其说是博奥理论投射的思想光芒，不如说是我们对经典作品的“现在”立场——只有深切的“现场”感知，才能将我们当下的理论之思纳入历史的结构之中去。这样一来，由当代经典争论引发的现实关怀，必能丰富并延伸过往理论思想的历史维度。

总体上，我们以历史性的视野，对“经典”理论进行了简略的问题式（question）话语考察。历史性的逻辑框架为我们提供了历时与共时的双轴辩证思维。一方面，我们依循着历史的时间线索，考察了“经典”概念在不同时代的特定内涵，及其在社会话语实践中的历时演变关系。只有在西方思想话语的历时逻辑链条上，我们才能理解中文语境中的“经典”一词，在指涉文学议题时，何以可同时涵盖 classic 与 canon 两个语词；也只有历时的视野，才能厘清不同语词之间在根本内涵上的历史关联。这种语词之辩的内涵对接，又将我们对概念的符号歧义，转化为更具普遍意义的议题之思。由此，我们才能围绕一些基本"问题"，对"经典"展开同一性的历史讨论。由此，就上升到另一方面，也就是历史性视野为"经典"的本体探讨提供的共时性框架。所谓共时，不仅指"经典"与促使它生成的社会话语是共时出场的，无法割裂的；更是指对"经典"本质和意义的探讨，在不同语境中，总是以某种同一的方式，在历史的视界中"共时性"地敞开。不但"经典"的建构是一个"视域"融合的过程，有关"经典"的理论之思，同样是一个跨越时代的视域融合过程。用伽达默尔的话说，过去（之思）与现在（之思）处在一种"同时性"的关系之中，恰恰是此一"同时性"，内含了历史演变的辩证逻辑。盖因此，我们才可超于 classic 与 canon 的符号差异，在对"经典"理论的历史勾勒中，把捉到具有一般意义的基本"问题"。此种一般性的"问题"意识，有利于我们从对经典事实的现象之争中跳脱出来，从"问题"（problem）的暂时显现进入到对"问题"（question）的历史反思中。换言之，这是赋予不同历史语境下的"经典事实"以历史性内涵的思想前提，也是判断文学作品最终能否实现历史超越的基本方法。

由此再来处理历史上林林总总出现的"经典"之思，就不能只以历史编年的方式作文献罗列，对其加以静态描述，而是要在历史的话语结构中，展开其所具有的理论价值。因为"经典"文本的建构及其价值赋格，是一个在历史中不断传承和追述的敞开过程，它与人类的社会话语实践同一展开，由时间机制保证其超越性的品格维度。我们始终相信，经典的建构非暂时性的利益交换或权力垄断。"经典"危机与困境，也并非伟大杰作——当然不是那种时髦的排名式的"经典"，而是能够在历史的时间机制中经受检验的伟大之作——失去其历史位置的末日沉沦。经典必当出于时代之外，却又居于历史之中，始终保持着在价值结构中的话语张力。于是，我们总能在某种立场的理论阐述中，看到经典更为丰富和饱满的其他面相。美学的、道德的、政治的、文化的、权力的、资本的，诸如此类的修饰性定语，设定的只是经典在历史场域中的价值维度之一。它们彰显了经典的一种厚度，却又同时暗示着经典内涵的其他品格和张力。我们发现，没有任何一种单一的理论阐述，在它自我规定的范围内穷极了经典的价值内涵。恰恰相反，在任何一种理论将经典的本质推向极端时，倒显见出它们自己的苍白无力。在各种经典观念貌似雄辩和强大的逻辑中，隐含着各种对自我言说的背反与分离——这一切，并非经典理论思考的逻辑困境所致，乃是源于"经典"自身所具有的伟大张力。经典本质上规定了，任何对其进行的单一化片面性解释，在历史的结构中，都是捉襟见肘的。这也可以解释，笔者在本书中对"经典"问题犹疑两可、莫衷一是的不明确态度——与其说是在进行"经典"理论思考时留下的逻辑缺陷，倒不如说是

“经典”在历史视界中敞开的无限可能——何种明确决断能博大到足以囊括
“经典”的无限可能呢？哪一种博奥的理论又能终结“经典”的本质性讨论
呢？其实，只要再检视一番那些颇有影响的“经典”立场，就能在它们相互
对立、反驳，乃至攻讦的争论中，捕捉到“经典”内在的话语张力。

　　对文化保守主义者来说，经典的本质和价值从来就是毋庸置疑的。经典的
权威与地位，自来就不会成为令人疑惑的问题（problem），不管这经典是储存
了丰富文化精神的古典杰作（classic），还是支撑了人们道德信仰的宗教圣典
（canon）。就经典概念与社会的历史关联而言，变化的只是其外在边界，不变
的是其永恒本质，以及这些本质在人类历史实践中的真理价值——经典是参与
人类自我认知与存在之思的伟大智慧，是思想文化、道德信仰、人格操守、审
美情感，乃至语言表达的最高典范。经典被按照如此要求甄选和建构出来，又
无时不在规范和制约着与人相关的这诸多领域。经典具有自我立法和自我解释
的本体性品格，而这种品格，又会在依照经典规范确立的“传统”变体承接
链中，得到更进一步的巩固和强化。时间的检验机制不但促进了经典的历史生
成，而且以其强大的历史性，维护着经典书目的稳定性、权威性和可靠性。经
典是遵循自我确立的原则而树立起来的具体垂范，是一个在本质规则中不断循
环增长的稳定的历史“流传物”。保持对经典传统的认知与学习，可以使我们
与卓越的古人、与伟大的智慧进行沟通交流。只有教会人们那些可以共享的文
化知识，才能克服现实利益的对立与狭隘的圈子偏见，改变各种权力的不平等
关系，真正在理解中实现自由发展的社会目标。“自由主义的社会目标需要教
育上的保守主义来完成。我们只有教每个人阅读和沟通才能促进社会与经济的
进步，而这却意味着，要向他们传授神话和明显传统的东西。”①这看似悖论，
却恰恰反证了经典建立的传统知识与西方社会发展的历史关系。经典建立起一
个知识共同体，只有这些为所有人共享的知识，才可以建构一个人人共享的社
会共同体——这不是为强权垄断的意识形态“共同体”，“共同体是建立共享
的知识和价值——这些共享知识自然也就是我们读书看报时共享的知识，无疑
这些知识也就是将我们与他人联系在一起的社会结构的一部分”②。对美国人
而言，不同种族和文化多元共存，经典形成的知识共同体，比其他方式更能消

---

　　① D. Hirsch, Jr. *The Theory Behind the Dictionary*：*Cultural Literacy and Education* ［M］//D. Hirsch,
Jr. ed. *The New Dictionary of Cultural Literacy*：Preface（3rd ed）. New York：Houghton Mifflin Company,
2002：XVI.

　　② D. Hirsch, Jr. *The Theory Behind the Dictionary*：*Cultural Literacy and Education* ［M］//D. Hirsch,
Jr. ed. *The New Dictionary of Cultural Literacy*：Preface（3rd ed）. New York：Houghton Mifflin Company,
2002：VIII.

除社会差异，形成以文化共识为基础的"爱国主义情感"①。换言之，当代多元主义揭示的那些社会压抑和不公，那些情感和利益上的撕裂，尚需要经典智慧提供最终的解决之道。事实上，多元主义虽然指出了社会中隐藏的权力压迫，但他们彰显独立（对立）的方式却是进一步加剧、而不是弥合这种历史化了的社会裂缝。反之，经典传统，以对人格修养和道德信仰的规范塑造，来完善人性中那些瑕疵与弱点，使人类摆脱思想和精神的幼稚状态，心灵得到自由成熟的发展。所以，艾略特把经典视为是人类历史进程中"自然选择"的必然结果，是一种文化、语言、思想、文学发展成熟的必然产物，它的广度、宽度与厚度能够包容各种尚在形成之中的不确定的历史客观物。② 经典可变、能变，都是基于它自有的这种历史成熟品格，以及它在时间中得以容适的意义空间。

　　"经典"从来都是保守主义者深切关注的社会议题。他们对经典与人类诗意栖居的自由寄望，对经典与传统价值同构的历史分析，对经典话语与民族（国家）共同体建构的文化把握，都倾注了厚重而恳切的人文之思（question）。这种问题性的反思，因当下利益的暂时性之超越，而显示出其无比普遍的道德意义，从而越过了形而下的事实性纠葛，以对经典的问题之思（question）代替了问题之实（problem）。我们发现，每一个命题的反思，恰恰反映了经典遭遇现实问题（problem）时，与人类话语实践所构成的历史性生发关系。问题（problem）并不必然都会以 20 世纪晚近那样尖锐对抗的方式上演"经典战争"，在更多的历史进程中，它体现在一种"当下"与历史的"同时性"对话之中。"对话"超越时代，进入对人类普遍性的终极关怀，将经典在每一次"当下"现实中所处理的问题（problem），转化成更具普遍性的本体性追问（question）上。反过来，已然得到西方文化确认、长期内化为西方意识结构的经典，因它们内在的规范性和权威性，在当代社会的话语实践中遭

---

　　① 赫希还在"文化共同体"所建构的"爱国主义"与"民族主义"之间进行了区别。相对"爱国主义"的共性和包容，他认为民族主义的情感对"他者"采取的是敌视态度，把他人看作是需要征服和排除的对手与敌人，构成的是对抗而不是交流关系。"爱国主义"因为知识共通和价值宽容，所以能够形成一种体现所有人普遍价值的理想社会生活，而且基于经典所赋予的生存智慧，在历史与现实、个体与群体、自我与他者之间构成真正的对话。"美国的爱国主义建立在共享的知识、态度、忠诚和价值与宽容之上，尊重其他的宗教和文化……这就是惠特曼的爱国主义，也是麦尔维尔的爱国主义"。参见括号内著作（D. Hirsch, Jr. *The Theory Behind the Dictionary*：*Cultural Literacy and Education* [M] // D. Hirsch, Jr. ed. *The New Dictionary of Cultural Literacy*：Preface（3rd ed）. New York：Houghton Mifflin Company, 2002：Ⅷ）。

　　② 〔英〕T. S. 艾略特. 什么是经典作品 [M] //王恩衷，编译. 艾略特诗学文集. 北京：国际文化出版公司，1989：190.

受打击和颠覆，又确实需要我们将一般的经典之思（question），还原到当下的现实问题（problem）中来。经典对人类文化生活和话语建构所具有的超越之功，它们伟大智慧中所展现出来的对人类深刻的问题（question）关怀，首先必须在现实的语境中加以"当下"的审视，以分析它们与当下形成的历史断裂，解开经典陷入问题（problem）困境的历史动因。经典的"诗意"，被我们大量的文化实践改造成矫情的戏弄或娱乐的狂欢，但这又岂能成为"经典"审美的自我拯救？当我们将经典的智慧和情感神圣化为普遍的力量，把伟大作品的卓绝诗意寓言化为攸关人类存在的象征仪式之时，却粗心地忽略了孕育经典"诗意"的社会火种。诗人可以拒绝为直接的利益目标或政治招牌服务，但诗人的语境化生存本就附带了政治性的诉求。在文字想象的领域里，从来都逃离不了与社会利益相随的价值关系。即使那些宣称自我沉潜的纯艺术，也从未切断与社会语境的价值脐带。更何况，艺术总是在现实秩序的裂缝之处抛撒乌托邦之言，批判地挑起与现存秩序的对抗。

这个弥漫着"经典悲歌"的碎片化时代，这个由电子媒介和视觉图像营造的"图像社会"，大量装置的"景观"成为商品关系取代人类关系之后颠倒的社会表象，呈现出强烈的"后现代"社会症候，① 生产着强烈的感觉愉悦，稀释了经典文本在思想和情感上的历史深度，改变了经典生成的过程机制。经典的检验机制从时间的长度向空间的广度转移，文本价值的展现夹带在文化市场的营销策略中，以"现象"化的社会方式凝聚人气，流量演化为具有身份区隔功能的文化资本和风尚趣味。一种围绕着作品特定感觉性（这感觉性有时又纯属表面视听的体现）而形成的共同体吞噬着意义"阐释的共同体"。多元主义的经典"打开"，是一场以解构为策略的经典"重构"行动，他们将过往经典（classic）重新置于实践性的社会语境中，作"后设"性的反观，从而对经典（classic）进行了新的封圣（canonization）。以多元主义的当下性立场（presentism）来看，所有经典（classic），不管时间曾赋予它们多么神秘的历史"光晕"，首先必须在场，才能以其对现实的价值参与和意义表征，来释放在历史中内聚的永恒性品格。只有如此，经典（classic）的时间机制才能在一种延传不灭的传统秩序中，树立起自己在当下的典律（canon）之威。时间机制绝不是封闭经典意义的历史阀门，它以必要的结构性制约，为经典的秩序化力量提供保证，又在时间的流转中，保持经典在当下现实中的价值张力。时间机制划定了经典品格评断的逻辑起点，但却无法也没必要设定经典意义及其建构行动的历史终点。经典（canon）作为一种活动的社会话语，在历史的进程

① 〔法〕居伊-德波. 景观社会［M］. 王昭风，译. 南京：南京大学出版社，2006：3-10.

中，无往而不在地接受时间性机制的淬炼，适时调整自己内在意义与外在历史语境之间的关系。对一个文本而言，它的价值宽度、厚度、高度、深度，都需要接受时间的历史检验。与其说经典与生俱来就有万世不祧的永恒本质（带有神启色彩），毋宁说，经典的永恒性在于它能接受始终变化着的历史在场的不断检验。经典的魅力在于，它具有穿透历史时间的韧性和价值张力，而不在于拥有某种既有的内在本质。经典具有的是一种自我历史品格的永恒建构和生成力量，这种力量赋予经典在广阔的话语空间中保持与不同时代生活赓续对话的活力。经典不是静止的高悬历史天空的文学标本，也不是媚俗的装饰政治庙堂的艺术画片。虽然在特定的时代语境中，经典建构会受到社会体制的看护，但杰出作品乃是以自己独特的伟大品格，完成着对社会价值的话语表达。"它是反体制的，独立不羁的，以个人兴趣为衡量尺度。"① 任何文学经典，不管它建构的具体路径如何，其首先是一个独特的个性化作品。伟大杰作创造性的形式和独特的生命内涵，足以在有限的当下出场中，崭露对体制的某种批判性张力，从而完成对时代局限的历史性超越。

布鲁姆那"与死亡相遇"的阅读体验，虽然有些令人难以企及的"陌生化"意味，② 但对伟大经典的心灵感召，我们必须做出历史性回应。在人们的感受、情绪与判断被娱乐快餐饕餮坏了的时代，经典的炼成无疑是对混乱而扁平的文化处境之抵抗，显见出伟大杰作那自足的超拔品格。"如果说'经典化'是被甄选出来的文学作品之持续重写复现，进而为文化所吸收，变得人所共知，继而成为常识的文化过程，那么，'经典性'就是作品美学质量的衡量，它是对作品批评潜力的评价，作为对社会现状的否定性力量，它有自己独特的制度调节机制。"③ 文学和艺术根本上是异在的，是对现实的反抗，"即它们维护和保持着对立——对分隔了的世界的不幸意识、挫败的可能性、未完成的希望，以及被背弃的承诺……揭示着一种在现实中被压抑和被排斥着的人和自然的维度"④。文学经典的伟大性，既可以让它在历史的容适中引发时代性的心灵共鸣，又可以在对现实的批判与对抗中，保持坚硬的、不被历史软化的独立性。换言之，经典与每个历史时代的价值容适，是以悖论性疏远和分离作为前提的。否则，它的容适潜力、它历史敞开的品格，可能会终于某个历史的节点——"终结"是经典走向消亡的标志，是时间检验机制的最后判词。真

---

① 〔美〕丹尼尔·贝尔. 资本主义文化矛盾 [M]. 蒲隆，赵一凡，任晓晋，译. 北京：生活·读书·新知三联书店，1989：26.

② 〔美〕哈罗德·布鲁姆. 文学正典 [M]. 江宁康，译. 南京：译林出版社，2005：21.

③ E. Dean Kolbas. *Critical Theory and Literary Canon* [M]. Colorado：Westview Press，2001：139-140.

④ 〔法〕马尔库塞. 审美之维 [M]. 李小兵，译. 桂林：广西师范大学出版社，2001：64.

正的经典，永远不会封闭自己的意义空间，自然也就与现实形成了永恒的批判性关系。面对技术力量的全面规制和压抑，艺术成为唯一可以从现实的工具压迫下解放人类，并保持这种否定性力量的实践领域。所以，马尔库塞提出，艺术比现实的革命更重要，艺术的革命性就在于它与现实的疏离性。"艺术的政治潜能仅仅在于它自身的审美之维……艺术同实践的关系毋庸置疑是间接的、中介性的、甚至是晦暗不明的。艺术作品直接的政治性越强，就越会弱化自身的异在力量，越会迷失根本性的超越的变革目标"①。"革命"艺术往往以政治道德压制艺术的真正力量，将文学阉割成"革命"的乌托邦注脚。文学经典强大的社会言说功能必定植根于其创造性的美学形式中，以保持它在社会语境中独特的话语生存样态。否则，文学经典与道德教条何异？与政治导言何别？又或者，各守利益畛域，各执一词，自建规则，何来泰纳所言的"经典共识"？

　　对西方经典的轻率崇拜和简单攻击，在根底上可能同样偏执，经典的论争要么陷入对实用效果的社会学分析，要么陷入对政治表征的符号争斗。②自由多元主义对经典表征的霸权深感不满，却又同时玩弄着相似的表征游戏；保守主义对西方经典顶礼膜拜，却又陷入与世无争的孤芳自赏。两种推论的逻辑路径都走向了极端。"批判理论"③正好可以提供一个校正两种极端的新视角。"既不偏于实用主义，也不走向理想主义；既不持保守的政治化立场，也不绝对地与政治绝缘"④。"批判理论"一方面强调了艺术审美具有历史性的社会认知功能，另一方面，又强调艺术作品的批判性。从艺术与权力的关系结构中，确认艺术的社会价值；同时又通过艺术自律性，返回到每个作品的独特审美上，这样既不死守保守主义的僵化教条，又能避开社会学分析的非美学缺陷。但我们需要谨慎地处理艺术的"自主"与"他律"概念。事实上，文学经典

---

　　① 〔法〕马尔库塞. 审美之维 [M]. 李小兵，译. 桂林：广西师范大学出版社，2001：26.

　　② E. Dean Kolbas. *Critical Theory and Literary Canon* [M]. Colorado：Westview Press，2001：139-140.

　　③ "批判理论"是科巴斯从阿多诺的美学思想中引申出来的一个视角。这一视角特别强调艺术的"真理性"认知和批判特质。真理性认知，是指对普遍性、必然真理的认知，从此切入，可以克服政治主义的阶级批判观点对经典的过度功利化。通过赋予文学作品以永恒性的批判张力，来确认经典形成的过程与标准，以有效规避目前论争中存在的诗学缺陷。尽管"批判理论"也有其自身的不足，但确实可以避免经典论争陷入立场和派系的对立境地，从而为思考文学经典在社会结构中的悖论性张力机制，提供了新的视野。参见括号内著作（E. Dean Kolbas. *Critical Theory and Literary Canon* [M]. Colorado：Westview Press，2001：6-7）。

　　④ E. Dean Kolbas. *Critical Theory and Literary Canon* [M]. Colorado：Westview Press，2001：7.

以其自主品格对社会构成的批判性，从来都是由"他律"的非艺术力量规定的。① 批判性本身就是不同历史语境对比之下的价值评估。同样，"他律"条件对建构经典所发挥的作用，乃是在文本自主性内涵不断确认其社会效果的情况下形成的。"他律"若陷入极端，要么是禁毁，从而封闭经典形成的通道；要么是神权化——完全切断经典形成的其他途径，使经典成为政治"神权"的附庸——实际上宣告了经典在更换语境后的无效性。无疑，对经典形成具备有效性的他律，都是能与自律构成张力关系的因素。这也是基洛瑞、科巴斯一再主张的理念：简单地以政治化概念或社会区分（他律性）作为经典之争的标准，不但无益于解决经典的现实乱象，更漠视了经典的内在伟大性。任何政治性的价值标准，都自设了意义疆界和排他性；以一种偏见去排除另一种偏见，其结果无非是五十步笑百步。这也是多元主义向西方经典传统发起挑战后，却未根本解决经典历史困惑的原因。

批判理论的张力就在于，以美学的内部秩序与社会的外部语境沟通，以"批判"作为艺术存在的普遍性价值基础，建立内外平衡，双向互动的动态性思维模式。于经典建构的观察而言，批判理论可以连结普遍价值与具体价格、审美个体与社会语境、超历史的共性与当下的具体性等多重对立。批判理论将艺术文本的价值构造语境，扩大到了更为具体的商品生产上，视商品活动为文化批判力生成的重要前提，将马克思主义的社会生产理论、艺术社会学和传统人文主义，以及自由多元主义思想成分熔铸一体，别开生面。经典作品首先也是一种特殊的商品，"纯粹的艺术作品总是与纯粹的商品绞合在一起……艺术的自主性从未'纯化'或真正完全的实现"②。艺术追求的绝对自主（自由），必然遭遇历史实践总体上的历史不自由（现实局限）。换言之，艺术自由至少在历史语境中，是"乌托邦"的理想，它依然要面对来自现实的非自主压制。然而，又正是因为现实中存在着对自由的限制，才为艺术的自由抗辩提供了历史性驱动。"只要社会自身是不自由的，艺术的自律性就是一个不可改变的、不可逆转的历史性因素。"③ 批判理论在这个节点上，让我们进入"经典"议题时，具备了历史的自我反思精神。真正伟大的作品，不只是提供了政治性表征，它要能穿过现实的有限性，表达普遍的知识；同时，它又以不同于其他知识的方式接近关于世界的"真理"——不是为特定利益张目的政治"正确

---

① 正如科巴斯所言："自主概念不过是资产阶级自由意识的结果，它的社会性起源来自阶级关系。"参见括号内著作（E. Dean Kolbas. *Critical Theory and Literary Canon* [M]. Colorado：Westview Press，2001：85）。

② E. Dean Kolbas. *Critical Theory and Literary Canon* [M]. Colorado：Westview Press，2001：85.

③ E. Dean Kolbas. *Critical Theory and Literary Canon* [M]. Colorado：Westview Press，2001：85.

性"，而是普遍性的"自然真理"①。伟大作品的"否定性"力量，不仅表现在对社会实践的批判性认识中，而且表现在对受到交换原则侵蚀的艺术本身的自反性批判上。于是，我们看到，"否定性潜力"乃是作为艺术的乌托邦特征而存在的。只要那些社会控制因素，如劳动分工，依然存在，文学作品就带有掩盖现实不公的危险内容——不管这内容是对现存事物的反对还是乌托邦诱惑。换言之，文本如果能够"自主"并独立，则意味着它不再受到他律的挑战，至少是暂时安全的。外在"他律"力量的消隐，取消了艺术的批判指向。我们需要对艺术的"完美承诺"保持警惕，要敢于对其禁律原则进行反抗，时刻保持对"艺术"自我的批判，以防自身陷入内容的虚无之中。一方面是乌托邦语言，可能成为幻象，完全忽视现实的社会要求，从而掩盖各种不公；另一方面，是艺术的确定内容，也未必可信，因为它不过是已然完成的（历史）的代替性表征。"不管是文化霸权者还是社会的少数派，都把经典作品看成是必定受到敬重和记忆的对象，这实际上是忽视了艺术内在的责任，历史的不公往往就是由这些盲目崇拜构成的。"② 艺术本身需要自我"反批评"，经典作品的历史性品格已暗示了它的可批判性。因此，经典必然是在不断的外部挑战和内部回应中得到调整的。真正的经典只能是保持着内外双向批判性的作品。

　　这种在文学内部与社会外部加以双向"否定"的批判性属性，与其说揭橥了经典的"本质"，不如说揭开了文学与社会之间的悖论性关联。"永远的反中心和解经典化对于新的文学和意义的创造来说，永远都是必要的。然而，如果文学没有限制和成规的存在，创新就是根本不可能的，制度和成规以及限制正是创新和'反抗'得以产生的前提。正如尼采所说的：'成规是伟大艺术产生的条件'。"③ 文学经典并非全无实践价值的空幻的永恒之物，它以自己特有的"抗逆性"（antithetical）④，与现实（历史）形成一种张力结构。即，文学总是以自己的内在力量对统治权力进行一种"抗逆性"反叛；但"抗逆"不是绝对狭隘的权力斗争，不是以经典表征的一种权力压服另一种权力。抗逆

---

① E. Dean Kolbas. *Critical Theory and Literary Canon*［M］. Colorado：Westview Press，2001：85.

② E. Dean Kolbas. *Critical Theory and Literary Canon*［M］. Colorado：Westview Press，2001：87.

③ 旷新年. 文学存在的权力与制度［J］. 湖北大学学报（哲社版），2003，30（6）：60.

④ Antithetical 一词，台湾论者翻译成"逆辩性"，在内涵上会相对温和一点，强调文学与统治权力之间的辩论式对话和共存。参见括号内著作（〔英〕亚当斯. 经典：文学的准则/权力的准则［J］. 曾珍珍，译. 中外文学，1994，23（2）：6-26）。但我们觉得，文学与现实的对抗，是艺术的一种内在本质，它不是温和的对话，而是在自由独立的想象性空间中，保持对现实的权力疏离和价值批判。就文学对社会的批判性价值张力而言，强调这种对抗是必要的。所以我们在此将其翻译为"抗逆性"。

是对主流保持批判性的对立,为我们开辟更广的认知空间。它类似于"对立性语言"或"文化语法",为人们的价值评判和现实行动提供不同于权力话语的差异化思想结构。过度使用权力标准处理经典建构问题,只会造成一种永无休止的"战争"。因为不同的利益诉求和权力机制,会在此消彼长的压制与对抗关系中,无限地循环下去,未有终结。"权力斗争只能提供一种往复循环的相互取消。"① 权力标准变得任性而乖戾,它带来的"否定性",是通过文学作品的表征,以一种权力立场取消另一权力立场——文学对权力的真正抗逆,将为无尽的权力游戏所瓦解,这是一种十分危险的理论倾向。"某些文学作品就越会理直气壮或是仓皇无度地被权力标准奉为经典,或是禁绝焚毁。更糟糕的是,我们担心,在这样的时代风尚中,有些见识独到的作品会因未加入某种权力游戏而被彻底地漠视"②。在当代经典争论中,权力化的论辩策略,原本是针对传统经典的"暴力权威"而进行的解构行动;但推至极端,就导致了对西方人文传统的彻底否定。在传统话语中被赋予了历史自主性的"主体",被视作整个传统文明设计的空洞形象。当代理论,或隐或现地热衷于拥抱权力标准,还时常以抵制暴政反抗压迫为己任,却总是与一种消解"自我"(主体)的企图强烈联系在一起,想抹杀自文艺复兴以来加诸"自我"的一切意义。这个具有历史意义的自我主体,通常被贬低为一种放任的个体形象。"这个主体不再被认为与自由相关,而是被融入了权力关系之中。不管怎么说,这个目前被贬抑的主体就其源初而言,还是与某些自由、知识、政治和情感之类的概念密切相关的;现在全盘否定,多少让人有点恐惧。将个体/社会视为对立否定的观念,需要用一种相对的理念来加以抗衡,也就是要标举一种'社会的'或'文化的'个体。"③ 一个完全自主的独立个体被"社会性"权力主体所否定,那作为独立个体产物的文学作品,又如何能在激烈的权力争锋中保持它冷静的"抗逆性"品格呢?自由激进的多元主义主张,又如何能从过去经典的丰富意蕴中,啜饮到那真正赋予人以自由的精神养料呢?

　　还是美国理论家哈罗德·布鲁姆对审美创造性的坚持,让我们回到了经典的本体之内。布鲁姆是经典论争中保守立场的代表,但他对经典的本质理解,显然要比阿诺德、圣伯夫等道德派来得更为"自主"。换言之,在道德派还无

---

① Adams, Hazard. *Canons*: *Literary Criteria / Power Criteria* [J]. Critical Inquiry, 1988, 14 (4): 752.

② Adams, Hazard. *Canons*: *Literary Criteria / Power Criteria* [J]. Critical Inquiry, 1988, 14 (4): 764.

③ Adams, Hazard. *Canons*: *Literary Criteria / Power Criteria* [J]. Critical Inquiry, 1988, 14 (4): 752.

法细致解释经典伟大奥义的由来时，布鲁姆却通过对作品"陌生化"创造的阐释，揭橥了经典魅力的美学根源。文化正义很容易在对传统道德的事奉中，僭越了文学的创造性冲动。因此，布鲁姆解决"传统"与"个人才能"之间矛盾的方式，乃是依托于天才创造者对"影响焦虑"的弗洛伊德式升华。经典作家和伟大作品，是文学"刺客"相互决斗留下的历史遗产，"西方经典是一份幸存者的名单"①。以教条的道德主义为文学作品强加伦理内涵，是一种"以社会经济正义（阶级地位）为名来摧毁文学研究的毛病。传统学者和憎恨学派成员都是柏拉图主义的继承人，即使他们对柏拉图一无所知"②。布鲁姆将传统学者与憎恨学派划到与己对立的同一个阵营，皆因他视美学力量为经典作品的核心本质，显见出与各种柏拉图道德主义的分道扬镳。布鲁姆列文学为"世俗经典"，与宗教经典对立；其看宗教经典，多出自对人类道德信仰的召唤，适宜道德论者施展研究热情。而"如果我们设想出一种多元文化和多元价值的普遍性经典，那它的基本典籍不会是一种圣典，如《圣经》《古兰经》或其他东方经典，而是在世界各种环境中以各种语言被阅读和表演的莎士比亚戏剧"③。宗教经典倾向封闭，目的是维护信仰单一与绝对权威，而一切世俗的文学经典，则从未封闭过，"破解经典"之举，实属多余。今天西方人面临的问题，不是翳开传统经典，挖掘书目中的"遗珠"，不断对经典大厦进行增添扩容，而是面对数量庞大，高度复杂矛盾的西方经典书目，如何进行通阅并览胜的问题。被吸纳为经典的作品益发增多，这是客观的历史事实。由于有价值的杰出之作是不可穷尽的，即使急切地要求开放的多元主义者，恐也未能完整地读尽他们炮火猛攻的"经典书目"。"有记录世界历史的漫长和复杂所导致的书籍（和作者）过度膨胀，这是经典困境的核心，于今尤甚。'我要读什么？'不再是一个问题，因为在影视时代里读书人已经寥寥无几。实际问题已成为'什么是我不必去费心读的？'"④ 当文化生产变成规模工业的经营部门，媒体技术消解了书籍储存的难题，面对海量文本，我们又将陷入选择性"缺乏"。与其在时髦读物中挥汗如雨，茫茫然不知所措，不如回到传统经典，与那些被时间检验过了的伟大智慧愉悦对话。

　　文学作品在时间的流变中维持着恒与变的张力，在时代的新生活力中不断激发恒定品格的普遍性价值。文学经典的恒变张力，我们可以转化为两个相互联系，又彼此独立的具体问题来加以讨论。就"恒"的一面来说，文学经典

① 〔美〕哈罗德·布鲁姆. 文学正典［M］. 江宁康，译. 南京：译林出版社，2005：27.
② 〔美〕哈罗德·布鲁姆. 文学正典［M］. 江宁康，译. 南京：译林出版社，2005：84.
③ 〔美〕哈罗德·布鲁姆. 文学正典［M］. 江宁康，译. 南京：译林出版社，2005：27.
④ 〔美〕哈罗德·布鲁姆. 文学正典［M］. 江宁康，译. 南京：译林出版社，2005：415.

那种超时间的力量、普遍的解释性，以及神话化般的权威力量，经过时间之沉淀，逐渐演变为了一种文化传统，或隐或现地成为制约人们思想情感的普遍力量。"至少对于更为遥远的过去来说，文学经典已经被牢固地确定下来，远远地超出怀疑者所容许的程度。贬低莎士比亚的企图，即便它是出自托尔斯泰这样一位经典作家也是成功不了的"①。而另一面，经典在不同时代中具有的当下存在意义，往往表现为作品与现实之间，或同构或异质的联合/对抗关系。政治化的要求必然对过去经典提出符合当下要求的种种寄寓，在"经典"与"大炮"构筑的民族、国家之上，今天正上演着更为绚烂的文化"叛逆"。也许传统形态的"文学"及其经典，已在这个景观时代中被视觉文化抛进了历史角落，但这并未消解它们所散发出来的独特"文学性"对我们生活的影响——这种影响乃因其随意赋性的强大能力，渗透到了日常的各个层面。在当代大众文化语境下，"文学性"正四处蔓延。"文学性"植根于语言的修辞性特征，它在表述与现实、描述与规范之间形成了比喻性张力关系。② 面对技术的确定性和政治的宏大叙事，文学性修辞揭穿了真理与符号之间的任意编码，戳破了各种历史合法性的幻象。"文学性"甚至上升为一种普遍的政治策略和文化抵抗手段，不仅为我们提供脱去世俗束缚的"诗意"栖居，而且在修辞性的符号实践中，孕育出否定现实的批判力量。文学经典既非外在权力的阴谋设计，也不是简单的政治安排结果。文学经典之所以能从浩繁的文本中脱颖而出，必有其独特的审美价值。"以为经典的产生可以是一部分人的阴谋策划，甚至以为完全可以通过权力的运作硬造一批经典出来，则实在是荒谬的无稽之谈。这种说法显然不能解释何以某些经典著作可以数百甚至数千年发生影响，为大多数人接受。而在这样的长时间内，政治和意识形态往往改朝换代，经历了无数次的变化。虽然经典的形成可能有许多复杂因素，但完全否认经典作品本身有任何内在因素或价值，也很难使人信服。"③

在当代，传统经典之所以"悲歌四起"，乃是因新媒介"十面埋伏"，印刷作品日渐落寞，视觉艺术甚嚣尘上。但我们相信，文学能提供比视觉艺术及其他媒介更好的"认知和情感信息的优点"，所以依然具有不可替代性。诚如艾柯所言，"一本书给我们提供了一个文本，它在对多种解读开放时，告诉了我们某种无法改变的东西"④。那些作为"已经写出"的书流传下来的文本，

---

① Wellek，Rene. *The Attack on Literature and Other Essays* [M]. Brighton：Harvester Press，1983：21.

② 余虹. 文学的终结与文学性的蔓延 [J]. 文艺研究，2002，6：15-24.

③ 张隆溪. 中西文化研究十论 [M]. 上海：复旦大学出版社，2005：190.

④ 〔意〕翁贝托·艾柯. 书的未来：下 [J]. 康慨，译. 中华读书报，2004-3-17.

显示出接受了严格"生死律法"考验后而具有的特定魅力。① 即使由电脑网络组成的超文本环境，也不可能改变"已写就"文本的命运，无法改动已有文本形成的"系统"与艺术场。无限的超级链接，撼动不了伟大作品给人们带来的"阅读经验的唯一性"；以各种媒介方式进行的改写、改编、转化，颠覆不了伟大作品的独一无二性。对已完成作品（主要指那些留存下来，富于伟大品格的作品）的改编、戏仿或重新组织，本质上是一种文本形式游戏，它不可能消解已完成文本中那些坚硬的确定性、必然性。所以，艾柯用"上帝经过"解释伟大作品的自由创造，它"教给我们必然性"，是"上帝之书"。也只有在对这些书本保持足够敬意的前提下，阅读才会给我们带来真正智慧。否则，形式上的无限开放，也只是一种虚拟的"自由幻象"。不管我们以何种媒介手段实现经典之作，在新技术时代，的"抄本"转身，它们内在的"命定"（必然性）印记是无法复制的。"为了到达一个更高的知识境界和道德自由，它们可约束的课程不可或缺。"② 在技术垄断和职业为上的实用课程体系里，我们还能听到多少来自自然天启的心灵和弦？在一个物质决定自由，财富标榜知识的时代，又还能为"上帝之书"留出多少的空间？对汲汲于现实苟利的我们，即使不求在"自然之书"的谕示中得到知识与道德的进阶，阅读文学经典依然是一件有所增益、并且在当代世界颇能赢得名声的好事。"阅读文学作品既有益处，名声又好，阅读革新性的复杂的文学作品声誉更高，收益更多，因为只有具备高超的文学能力的人才能做到这一点。在民主社会的每一个角落里，重要的都是能力。文学能力是一个人被允许进入文化精英圈的资本之一。"③ 不妨说，阅读的能力——尤其是阅读那些具有难度的文学经典的能力，是一种重要的"文化资本"。这不是文学教授为抬高职业地位而进行的文化营销，乃是商品化时代摆脱野蛮与媚俗的文化出路。经典之书仍然是检测我们心灵深度和文明厚度的基石，是所有社会关系生产与再生产的重要资本之一。

"经典的悲歌"是一个价值判断，还是一个事实陈述？或者只是一种观念的呈现？我们宁愿把它理解成是经典恒变逻辑中的一个小悖论，是经典在历史性的视界融合过程中出现的适应性调整，是经典扩大其容量和边界的一种时代

---

① 艾柯在阐释与过度阐释的理论框架中，分析了一个（书籍）文本潜在的无限可阐释性，但同时强调，已被历史"写就"的文本具有某种"无法改变的东西"。这不可过度阐释的文本限度，即他所谓"生与死的严格律法"。

② 〔意〕翁贝托·艾柯. 书的未来：下 [J]. 康慨，译. 中华读书报，2004-3-17。

③ 〔荷〕D·佛克马，E. 蚁布思. 文学研究与文化参与 [M]. 俞国强，译. 北京：北京大学出版社，1996：60-61.

性演变。经典的伟大性不独在于其别立新宗的排他性和唯一性，而在于它熔铸新知的包容性与开放性。经典问题（problem）不会因文化战争的休止而终结，更不会因经典之书的冷落而自动消失。经典（classic/canon）始终嵌于人类栖居其中的社会历史语境之中，它还将面对正在（将要）发生的全新的历史处境——新的媒介、新的审美、新的文化格局、新的时代风尚，等等。更重要的是，新的人类社会结构和全球化进程，给文学经典提出更深入复杂的挑战，同时将它带入更多未曾预见的问题（problem/question）之中。这一切，并非因经典缺乏历史性张力，受困其历史的生成语境而无以进入新的历史空间；恰恰相反，乃是因经典在本质上具有直面人类生存终极追问（quetion）的品格，这品格时时能在各种新的历史当下廓清繁芜的枝节缠绕。经典的最终力量，并不体现在它对现实问题（problem）匆忙而短视的帖服或适应中，而在于其总能以自我强大的普世性理清人类存在的本质真理。而这种真理性，时常以同现实（利益）对立的姿态来实现对问题（question）的反思。从这个意义上来说，经典问题（problem）未有终结，经典所蕴含的问题（question）力量，也永不会枯竭。这令我们想起了卡尔维诺那段诗意化的哲语，"一部经典作品是一本每次重读都像初读那样带来发现的书"，"一部经典作品是一本即使我们初读也好像是在重温的书"①。经典的"问题"（problem/question），凸显出伟大作品内在的丰富蕴藉，它本就是一种无法终结的永恒存在（Being）。

　　文学经典的理论议题很难一时穷尽，我们仅以历史性的视野，对"经典"理论进行了简略的问题式话语考察。经典的理论问题也不可能仅仅在时间的维度上得到全盘解答。我们始终避开的空间维度，无疑将会为经典问题的深入展开，提供更为具体、翔实而有说服力的基础。但这一点，受限于自身的条件和研究思路，并未能在本书中得到体现。许多问题的展开，如果能引入时空二维向度加以思考，或许能得到更有价值的结论。在将经典建构的分析置入社会语境结构中时，若能有对具体时点上的空间话语把握，经典问题的审思也会显得更有针对性。此外，微观层面上的理论反思，本可以将我们带入对经典入木三分的深刻之中，也因准备不足，而遗憾地被放弃。例如，文学消费活动在某一经典作品建构过程中发挥的生成性作用；媒介演变与经典内涵的历史性演变。又或者，某一历史阶段的教育体制与教育观念对经典建构的深刻影响，等等，这些具体问题，都值得深入探究。好在我们并不寻求在逻辑上和事实上完结经典问题的理论思考，本书对西方经典理论的问题化提炼与阐释，与其说完成了

---

　　①　〔意〕伊塔洛·卡尔维诺. 为什么读经典［M］. 黄灿然，李桂蜜，译. 南京：译林出版社，2006：3-4.

对经典的历史概括，不如说是通过历史的观察，打开了进入经典现场的理论窗口。我们始终不是为了彻底解决经典的"问题"（problem），更不可能去终结经典的"问题"（question）。本书尝试以问题化（question）的方式，对经典在问题（problem）困境中激发出来的理论之思，进行较为粗浅的梳理，意图借对思想资源的历史性整理，回应当下对经典的问题性（problem）苛责与质疑。我们相信，经典的问题化思考远未完成。在历史的进程中，经典始终于超越与容适的两极之间，做着有张力的摆动，在诸多价值的选择和主体阐释中，连接历史视界的逐渐融合。经典是开放动态建构的，这一点，多元主义是对的；但经典的开放与建构，不是对历史的无原则退让与趋附，而是以它自有的历史容量，以及在历史中不断集聚的价值维度，沟通文化的过去与未来。在这个意义上，经典的"问题（problem）"化，正是经典自我建构与反思的一种历史途径。而在"问题"困境中所呈现出来的与文学发展休戚相关的问题（question），正是我们对文学、历史、社会、生活乃至存在的思考。尽管经典在当代遭逢的问题（problem）困境，远远超过它曾在历史上遇到过的争议与挑战，但也因此引出了比过往更深刻更独特的问题（question）。而这些，远没有在我们的论述中得到完美的终结，也永远不会在某一点上终结。

"经典"问题（problem）不会消失，"经典"的问题（question）之思也未有终结。经典成为这个时代的问题（problem），不过是我们以问题（question）方式回应经典自身历史发展的一种思考路径。经典依然是缠绕我们的远未解决的问题（question），也是面对具体文本时所显示出来的那些莫衷一是、争论不休的问题（problem）。经典正是以问题（problem/question）的双重属性，将我们带入了对更多深层观念的思考。毋宁说，经典的问题（problem）存在，正显示出了经典参与时代化问题（question）思考的巨大力量。"在我们的年代，当玩世不恭和怀疑态度，使得我们几乎无法严肃地理解那些背离我们的（时代）标准或是（娱乐）愿望的事物时，正是伟大的经典才具有这种独一无二的力量，向我们直接解释我们具有的潜能和存在的危险。正因为如此，我们应该永远感到幸运。"①

我们是幸运的。因为我们享受了这场"经典"的理论旅行。

---

① Lundin, Roger. The *"Classics" Are Not the "Canon"* ［M］// Cowan, Louise and Guinness, Os, ed. *Invitation to the Classics*. Grand Rapids（MI）：Baker Book House Company, 1998：25-33.

参考文献

一、英文著作

[1] ABRAMS M H, HARPHAM G G. A Glossary of Literary Terms [M]. 9th ed. Boston: Wadsworth, 2008.

[2] ADLER M, HUTCHINSE R. Great Books of the Western World [M]. Chicago: Encyclopædia Britannica, Inc, 1952 (1990).

[3] ALTIERI C. Canons and Consequences: Reflections on the Ethical Force of Imaginative Ideals [M]. Evanston IL: Northwestern University Press, 1991.

[4] ARNOLD M. On the Classical Tradition [M]. Michigan: The University of Michigan Press, 1986.

[5] BlOOM A. The Closing of the American Mind [M]. New York: Simon & Schuster, 1988.

[6] BLOOM H. The Western Canon: The Books and Schools of the Ages [M]. New York: Berkley Publishing Press, 1994.

[7] CURTIUS E R. European Literature and the Latin Middle Ages [M]. New Jersey: Princeton Universrity Press, 1991.

[8] EAGLETON T. The Idea of Culture [M]. Oxford (UK) & Malden (Mass, USA): Blackwell, 2000.

[9] ELIOT T S. To Criticize the Critic and other Writings [M]. Lincoln & London: University of Nebraska Press, 1965.

[10] FIEDLER L, BAKER H. English Literature: Opening Up the Canon [M]. Baltimore: Johns Hopkins University Press, 1981.

[11] FENDLER S. Feminist Contributions to the Literary Canon: Setting Standards of Taste [M]. New York: The Edwin Mellen Press, 1997.

[12] GATES H L, Jr. Loose Canons: Notes on the Cultural Wars [M]. New York: Oxford University Press, 1992.

[13] GORAK J. Canon vs. Culture: Reflections on the Current Debate [M]. New York: Garland, 2001.

[14] GORAK J. The Making of the Modern Canon: Genesis and Crisis of a Literary Idea [M]. London & NewJersey: Athlone, 1991.

[15] GRAFF G. Beyond the Culture Wars: How Teaching the Conflicts can Revitalize American Education [M]. New York: W. W. Norton & Company, 1992.

［16］ GREGORY S J. American literature and the cultural wars ［M］. New York: Cornell University Press, 1997.

［17］ GUILLORY J. Cultural Capital: The Problem of Literary Canon Formation ［M］. Chicago: The University of Chicago Press, 1993.

［18］ HALLBERG R V. Canons ［M］. Chicago: University of Chicago Press, 1984.

［19］ HOCTOR T M. Matthew Arnold's Essays in Criticism ［M］. Chicago: The University of Chicago Press, 1958.

［20］ HUTCHINSE R. The Great Conversation ［M］. Chicago: Encyclopedia Britannica, Inc, 1952.

［21］ KERMODE F. The Classic: Literary Images of Permanence and Change ［M］. Cambridge: Harvard University Press, 1983.

［22］ KERMODE F. History and Value ［M］. Oxford: Clarendon Press, 1988.

［23］ KOLBAS E D. Critical Theory and the Literary Canon ［M］. Colorado: Westview Press, 2001.

［24］ KRUPAT A. The Voice in the Margin: Native American Literature and the Canon ［M］. Oxford: University of California Press, 1989.

［25］ KUIPERS C. The Canon ［M］. London: Routledge, 2009.

［26］ LAUTER P. Canons and Contexts ［M］. New York: Oxford University Press, 1991.

［27］ LAUTER P. Reconstructing American Literature: Course, Syllabi, Issue ［M］. NewYork: Feminist Press, 1983.

［28］ LAWRENCE W L. Opening of American Mind: Canons, Culture, and History ［M］. Boston: Beacon Press, 1996.

［29］ LENTRICCHIA F, MCLAUGHLIN T. Critical Terms for Literary Studies ［M］. Chicago: The University of Chicago Press, 1990.

［30］ LOUIS K, LAUTER P. The Politics of Literature: Dissenting Essays on the Teaching of English ［M］. New York: Random, 1971.

［31］ MILNER A, BROWITT J. Contemporary Cultural Theory ［M］. 3rd ed. New York: Routledge, 2002.

［32］ MORRISSEY L. Debating the Canon: A Reader from Addison to Nafisi ［M］. New York: Palgrave-Macmillan, 2005.

［33］ ROSS T. The Making of the English Literary Canon: From the Middle Ages to the Late Eighteenth Century ［M］. Montreal&Kingston: McGill-Queen's University Press, 1998.

［34］ SAID E W. Culture and Imperialism ［M］. New York: Alfred A. Knopf, 1993.

［35］ SAINTE-BEUVE, CHARLES AUGUSTIN. Essays by Sainte-Beuve ［M］ Elizabeth Lee, Trans and Introduction. London: Walter Scott, Ltd. 1893.

二、中文著作

［1］ 〔美〕爱德华·希尔斯. 论传统 ［M］. 傅铿, 吕乐, 译. 上海: 上海人民出版社, 1991.

［2］〔美〕爱德华·W·萨义德. 世界·文本·批评家［M］. 单德兴，译. 北京：生活·读书·新知三联书店，2009.

［3］〔美〕爱德华·W·萨义德. 文化与帝国主义［M］. 李琨，译. 北京：生活·读书·新知三联书店，2003.

［4］〔英〕E. 霍布斯鲍姆，T. 兰格. 传统的发明［M］. 顾杭，庞冠群，译. 南京：译林出版社，2004.

［5］〔美〕艾伦·布鲁姆. 走向封闭的美国精神［M］. 缪青，安丽娜，译. 北京：中国社会科学出版社，1994.

［6］〔法〕罗贝尔·埃斯卡皮. 文学社会学［M］. 于沛，选编. 杭州：浙江人民出版社，1987.

［7］〔美〕本尼迪克特·安德森. 想象的共同体［M］. 吴叡人，译. 上海：上海人民出版社，2003.

［8］〔法〕茨维坦·托多罗夫. 巴赫金、对话理论及其他［M］. 蒋子华，张萍，译. 天津：百花文艺出版社，2001 年.

［9］〔荷〕达文·佛克马，艾尔·蚁布思. 文学研究与文化参与［M］. 俞国强，译. 北京：北京大学出版社，1996.

［10］〔美〕丹尼尔·贝尔. 资本主义文化矛盾［M］. 蒲隆，赵一凡，任晓晋，译. 北京：生活·读书·新知三联书店，1989.

［11］〔法〕费尔南·布罗代尔. 论历史［M］. 刘北成，周立红，译. 北京：北京大学出版社，2008.

［12］〔英〕弗兰克·雷蒙德·利维斯. 伟大的传统［M］. 袁伟，译. 北京：生活·读书·新知三联书店，2002 年.

［13］〔美〕弗里德里克·詹明信. 晚期资本主义的文化逻辑［M］. 陈清侨，译. 北京：生活·读书·新知三联书店，1997 年.

［14］〔美〕哈罗德·布鲁姆. 文学正典［M］. 江宁康，译. 南京：译林出版社，2005.

［15］〔美〕哈罗德·布鲁姆. 影响的焦虑［M］. 徐文博，译. 南京：江苏教育出版社，2006.

［16］〔德〕汉斯-格奥尔格·伽达默尔. 真理与方法［M］. 洪汉鼎，译. 北京：商务印书馆，2007.

［17］〔阿根廷〕豪尔赫·路易斯·博尔赫斯. 作家们的作家［M］. 倪华迪，译. 昆明：云南人民出版社，1996.

［18］〔法〕居伊·德波. 景观社会［M］. 王昭风，译. 南京：南京大学出版社，2006.

［19］〔英〕凯·贝尔塞，编. 重解伟大的传统［M］. 黄伟，等，译. 北京：社会科学文献出版社，1999.

［20］〔英〕卡尔·波普尔. 开放社会及其敌人［M］. 陆衡，等，译. 北京：中国社会科学出版社，1999.

［21］〔美〕雷内·韦勒克. 近代文学批评史［M］. 杨自伍，译. 上海：上海译文出版

社，2009.

[22] 〔美〕R. 韦勒克. 批评的诸种概念 [M]. 丁泓，余徽，译. 成都：四川文艺出版社，1988.

[23] 〔英〕雷蒙·威廉斯. 关键词：文化与社会的词汇 [M]. 刘建基，译. 北京：生活·读书·新知三联书店，2005.

[24] 〔美〕理查德·罗蒂. 偶然、反讽与团结 [M]. 徐文瑞，译. 北京：商务印书馆，2003.

[25] 〔美〕理查德·罗蒂. 筑就我们的国家 [M]. 黄宗英，译. 北京：生活·读书·新知三联书店，2006.

[26] 〔英〕马修·阿诺德. 文化与无政府状态 [M]. 韩敏中，译. 北京：生活·读书·新知三联书店，2002.

[27] 〔英〕马修·安诺德. 安诺德文学评论选集 [M]. 殷葆瑮，译. 北京：人民文学出版社，1958.

[28] 〔法〕米歇尔·福柯. 规训与惩罚 [M]. 刘北成，杨远婴，译. 北京：生活·读书·新知三联书店，2003.

[29] 〔法〕米歇尔·福柯. 知识考古学 [M]. 谢强，马月，译. 北京：生活·读书·新知三联书店，1998.

[30] 〔加〕诺思罗普·弗莱. 批评的解剖 [M]. 陈慧，袁宪军，吴伟仁，译. 天津：百花文艺出版社，2006.

[31] 〔法〕皮埃尔·布迪厄. 艺术的法则 [M]. 刘晖，译. 北京：中央编译出版社，2001.

[32] 〔法〕皮埃尔·布迪厄. 实践理性 [M]. 谭立德，译. 北京：生活·读书·新知三联书店，2007.

[33] 〔加〕斯蒂文·托托西. 文学研究的合法化 [M]. 马瑞琦，译. 北京：北京大学出版社，1997.

[34] 〔英〕托·斯·艾略特. 艾略特诗学文集 [M]. 王恩衷，编译. 北京：国际文化出版公司，1989.

[35] 〔英〕托·斯·艾略特. 艾略特文学论文集 [M]. 李赋宁，译. 南昌：百花洲文艺出版社，1994.

[36] 〔英〕特里·伊格尔顿. 二十世纪西方文学理论 [M]. 伍晓明，译. 北京：北京大学出版社，2007.

[37] 〔英〕特里·伊格尔顿. 文化的观念 [M]. 方杰，译. 南京：南京大学出版社，2003.

[38] 〔德〕瓦尔特·本雅明. 经验与贫乏 [M]. 王炳钧，杨劲，译. 天津：百花文艺出版社，2006.

[39] 〔美〕希利斯·米勒. 文学死了吗 [M]. 秦立彦，译. 桂林：广西师范大学出版社，2007.

[40] 〔美〕伊恩·P·瓦特. 小说的兴起 [M]. 高原, 董红钧, 译. 北京：生活·读书·新知三联书店, 1992.

[41] 〔意〕伊塔洛·卡尔维诺. 为什么读经典 [M]. 黄灿然, 李桂蜜, 等, 译. 南京：译林出版社, 2006.

[42] 〔美〕詹姆斯·戴维斯·亨特. 文化战争：定义美国的一场奋斗 [M]. 安荻, 等, 译. 北京：中国社会科学出版社, 2000.

[43] 甘阳, 主编. 中国大学的人文教育 [M]. 北京：生活·读书·新知三联书店, 2006.

[44] 葛兆光. 中国思想史：导论 [M]. 上海：复旦大学出版社, 2001.

[45] 洪子诚. 问题与方法 [M]. 北京：生活·读书·新知三联书店, 2002.

[46] 黄俊杰, 编. 中国经典诠释传统（一）：通论篇 [M]. 上海：华东师范大学出版社, 2008.

[47] 林精华, 李冰梅, 周以量, 主编. 文学经典化问题研究 [M]. 北京：人民文学出版社, 2010.

[48] 刘小枫, 陈少明, 等, 主编. 经典与阐释的张力 [M]. 上海：三联书店, 2003.

[49] 孙康宜. 文学经典的挑战 [M]. 南昌：百花洲文艺出版社, 2002.

[50] 童庆炳, 陶东风, 主编. 文学经典的解构、建构与重构 [M]. 北京：北京大学出版社, 2007.

[51] 尹虎彬. 古代经典与口头传统 [M]. 北京：中国社会科学出版社, 2002.

[52] 阎景娟. 文学经典论争在美国 [M]. 北京：社会科学文献出版社, 2010.

[53] 詹福瑞. 论经典 [M]. 北京：人民文学出版社, 2015.

[54] 张隆溪, 编. 比较文学译文集 [M]. 北京：北京大学出版社, 1982.

[55] 张隆溪. 中西文化研究十论 [M]. 上海：复旦大学出版社, 2005.

[56] 朱国华. 文学与权力 [M]. 上海：华东师范大学出版社, 2006.

后 记

网络时代，关于文学，会有两种错觉：一方面，今天好像进入了文学的"高热期"，网络文学借助影视化改编，在流量杠杆的撬动下，重新激活了年轻人的写作梦想。作家和写手们，在富豪榜打卡，做话题红人，当公知代言，甚至反串文艺片导演，以娱乐明星出位，文学好似重新进入了"中心化时代"，"文学性"正以更生动的日常方式，恢复着往昔的辉煌；另一方面，经典作品被束之高阁，似乎遭遇了史上最严峻的"冰冻期"，时常要等待"大话""戏说""水煮"式的召唤，才能进入公众的话题区；严肃的文学阅读，必须借助"说书人"的戏剧化演绎，通过 APP（应用程序）或短视频，才能更有效地进入到日常经验中。人人都知道要读经典，人人都在谈论"读"过经典，但大多数人的意识与意志、感觉和行动，是分离的。我觉得这充满"问题"的经典现象，是文学研究者，不得不面对的时代性价值问题，也是一个值得深思的课题。

关于文学经典的课题研究，我曾有过"宏大"的学术想象。从理论概念的思辨，到具体文本的建构；从社会机制的运作，到媒介传播的影响；从经典作品的阐释，到文化资本的形构，等等，议题可大可小，伸缩延展、进退自如。我似乎在时代的经典"危机"中，看到了源源不断的话题生成，找到了做不完的学术"问题"。

但这恰恰就有"问题"。拉满话题，四处出击，容易陷入口舌之辩，逞一时之快，并无学术增益。多年前，我写过几篇关于网络化时代与文学经典传播关系的小文，当时还颇得意。现在看来，不过是"半瓶摇"的水平，用时兴的话讲，就是心机蹭上了学术热点，撞上了话题"风口"，并不是自己多有见识。想法很多，随时可以找到切口进入，但又易于浅尝辄止，用力不精、学问不够。最终，面对展开的学术"问题"，徒然兴叹；许多有价值的研究课题，也逐渐在心里被荒废。幸运的是，在南京大学的多年学习，让我有机会沉静下来，得以绕开喧嚣的话题，回到对文学经典基本理论问题的思考，于是，就有了这本小小的书。

当初有过更大的理论构想，无奈眼高手低，书写成这个样子，非不为也，是不能也。偶尔有点想法——且称思想的"火花"，也只能望洋兴叹，心有余而力不足。写作过程中诸般痛苦与烦闷，而今看来，皆作过往。现在最想说的，是对那些人、那些事的美好回忆与真挚感恩。

首先要感谢我的导师余斌教授。余师是我的硕士、博士导师。当年选余师作导师，还是有一些"场外因素"的。南京大学文学院流传着一些余师的掌故，一则说余师书多，书看得多。书多，能理解，南大教授，个个都得书多。但既然是当掌故传，想必见过的人总该看出点与别家的不同来。我想大概是书的门类、种数、趣味和风格比别家老师多一点、杂一点、丰富一点。后来登门，见过余师的书房，跟我揣测的差不多，书的门类和路子确实广。我上研究生前，看书一直是野路子，东一榔头西一棒子，全凭一时兴趣和热情。当时报考南京大学，也是因为入学试题铺得广，涉及知识多，合自己的套路——好多人一看，蒙了；我一看，这不正合适吗！现在想想，野路子哪能当得了真啊。余师之广，是有自己的专长作基础的——一本《张爱玲传》，已成经典。我每每听人说起，大多是赞誉有加。多年来，感谢余师对我"无底线"的宽容和"有底线"的肯定，正是这些帮助，让我能够不断地将心中所想，攒成文字，留下自己生命中"不成样子的记忆"。

也要感谢南京大学文学院比较文学专业为我授业、带给我人生启迪的诸位老师。钱林森教授、杨正润教授、董晓教授、唐建清教授、肖锦龙教授等，从硕士开始，我就聆听他们的谆谆教诲。那些温润而深刻的声音，有如细水涓涓，在学习、工作和生活中，一直陪伴着我，默默地点化着我，直至今天。同时，感谢在写作过程中，给予我热情指导的江宁康教授、汪介之教授和华明教授，他们的建议，中肯精辟，不时帮我拨开迷雾，避免了自陷畛域的徒然消耗。

感谢一路上遇到的同学、朋友。有他们的帮助，我才能把"懒散"走成"悠闲"。特别是同门师妹蔡骏，为我的写作，提供了诸多英文资料，解决了基础性问题。否则，以我自己的条件，根本无法写到现在这个样子。

感谢湖南大学出版社责任编辑饶红霞老师，精审严谨地帮我把关著作内容，一字一句地帮我改文字讹误，一丝不苟地帮我订正文献注释。在我懈怠拖沓时，友好而不失严厉地督促，让我跟上工作"进度"。此书能够顺利出版，离不开饶红霞老师的辛勤工作和默默付出！

最后，把最深的感谢，留给我的家人，我的母亲，特别是我的爱人。是她们的支持，给了我坚定的信心和勇气，帮助我克服心理上的煎熬，直到最后完成写作。这几年，拖拖拉拉、磨磨蹭蹭，初稿"写"出了可爱的大宝贝；待到今日定稿出版，小宝贝也已经三岁了。因为他们，好多难，也就不觉得那样苦闷了。

是为记。

谭军武

2020. 11. 3